オーストリア綺想小説コレクション……2

男爵と魚

Der Baron und die Fische

Peter Marginter

ペーター・マーギンター

垂野創一郎 訳

国書刊行会

男爵と魚

キャンディーが口に適合した形で
製造されねばならぬことを考慮するならば
すでにそれにより
形態の可能性はきわめて限られたものになる。
よって形態の模倣がそれ自体合目的的であるなら
そのことのみをもってしては
風俗壊乱とみなすことはできない。

最高裁判所判決
一九六一年十二月十九日
四－最高裁－三五三／六一

ほんとうの花屋は都市《まち》にしかない。いちばん華やかで品も豊かな花屋のある場所こそ都市の中心だ。田舎なら花は庭師から買い、庭師は栽培の専門家として敬われる――たとえその売りものは、家庭の祝いごとや埋葬やパレードで要るが庭ではあまり育てない、たとえば春なら桜草、夏なら紫陽花《あじさい》、秋なら菊、冬ならアザレアやシクラメンのような花が少しばかりで、ほかのものはあまりないとしても――。しかし花だけではどんな庭師もつねに子だくさんの家族を養えない。心を痛ませて袋入り種子や植木鉢を農婦や菜園趣味の年金生活者に売って収入を補う。このことは静かな満足のうちに自然と一体になっていると思われがちな庭師の口数を少なく、気を重くさせる。そしていっぽう、中心と周縁の合間、都市の下層民と田舎の無産者が区別つけがたく泥のごとくに年中十一月色をした賃貸住宅の上階に住み、何本かの街路の名だけがかろうじて夏の離宮や光あふれる晴れやかな庭園の記憶をとどめる、そんな区域には、花屋と庭師の剣呑《けんのん》な両性具有者として野菜売り女が店をかまえている。そこにはさほど高価でない花が、鉢に植えられ胡瓜《きゅうり》やいんげん豆やキャベツと並ぶ。花屋の目は庭師や野菜売り女の目とはまるきり違うので、今目の前にいるのがどちらなのか判別に迷うことはない。とはいえ、人は下層から上層へ、周縁から中心へ移ろうと努めるゆえ、庭師の目を持つ野菜売り女を見かけることも珍しくない――ぼんやりとしていて、むしろ憂鬱で、つねに子供たちに林檎《りんご》をやろうと思っている目。そして野菜売り女の目を持つ花屋が都市にいることも珍しくはない――落ち着きなく、貪欲で厚かましく、抑えきれない憤懣で輝く目。大都会ウィーンの中心、シュテファン大聖堂が影を落とす区域にさえ、この種の人物にはお目にかかれる。

都市の美学を支える酵素としての花屋は、けして無害ではない――いわばそれはジャングルの総督邸、抽象化された植物の繁茂、天地創造第三日（植物創造の日）第五列（敵陣営にいるスパイ）の隠れ処《アジト》といえる。目に映らぬほど磨きぬかれたガラスの嵌まる、下端がふくらはぎまで届くほど大きな張り出し窓は、何も知らぬ散歩者を、色も彩《あや》な斑《ぶち》のある緑の迷宮に、植生地から解放された飛び領地に、はちきれそうな色彩の楽園に誘おうと、街路の窪《くぼ》みに偽装している。散歩者は花の吐息に、葉の地味な香気《アロマ》に、土の匂いに、それらからなる霧の海に、麻酔をかけられて沈入する。するときれいな小壺で飾られた扉が罠のように背後で閉まる。強《こわ》い棘をもち、小柄で肉づきのよい血に渇した悪党なのに、尖った武器の上に信じがたい星や釣鐘やらっぱ形の花が微かに香るサボテン。のびやかな仕草で緑を広げる観葉植物。きれいな節をもつ竹の骨組に高く巻きついて、らせんの前脚でさらに遠くを探る蔓《つる》植物。睡蓮の青白い萼《うてな》が鈍い色の水面から顔を出す小さな鉢。――気の遠くなるほど充《み》ちた香気が押しよせるなか、すべてが柔らかな腐敗のオー・グウ（食通の好む熟成した肉の味）で彩られ、一見何の目的もなくただ美しく、多かれ少なかれ価格も手ごろで、あらゆる悪からはるかに遠い。

これら魅力ある自然の子のどこに悪があろう。貴重な商品として、生命力旺盛な素振りを崩さず、かれらは待つ。大地の公使として緑の仕着せを着こみ、鉢の中の治外法権で、ものも言わずに愛想よく、かれらの種族を代表し、タールやコンクリートや石でできた人類の砦のなかで、粘り強く耐える。死ねば廃棄場に捨てられる――そのたび兄弟姉妹や子や孫が身代わりになるため、死はほとんど気づかれない。そして美と芳香と空気の浄化によって、優しく冷酷な部長、疲れ知らずの秘書、苦悩する母、潑溂とした独身者を元気づける。切られてグラスの中に、斬首されてボタン穴に、最後のあいさつとして黒い棺とともに地中に――かれらが育ったところに――導かれる。だがこれほどの慎み深さ、これほどの自発的忍耐は、疑惑をおこさせはしまいか。いつの日か、変容した人類が放棄した座を奪うことを、かれらは願ってはいまいか。われわれの地上の支配は、庭師たちによって裏切られ、花屋たちによって売却されはしまいか。人類よ警戒せよ《カウエアント・ホミーネス》！ 人の追放されたあとの楽園が、地平線のかなたで待ち伏せている。華奢な花や重厚な観葉植物は、たんに苔や地衣類や刺草《いらくさ》や毒人参《どくにんじん》の前衛部隊にしかすぎない。かれらはわれわれの街路をおおいつくし、バルコニーを引きずり落とし、屋根を突き破り、塀の石を一つ一つ外す。ひびわれた立像の悲劇的な姿勢を蔦《つた》が覆い、そのうつろな眼窩に空豆の花が咲く。肉体を失ったわれわれはその上を純粋な精神としてただよう――だが破壊された記憶の世界でそれが何になろう。

　とはいえ、シュテファン大聖堂の影が落ちる範囲にある清潔で評判のいい花屋に、誰もが世界の終わり《アポカリプス》のパノラマを見るわけではない。普通の人なら花屋は終わりより始まりにふさわしいと考える。人は別れのとき花は贈らない――今生の別れだけは別だが、それは始まりでもある――。概して花屋は媒介役、いわば花言葉の役を受けもち、ある場合には店そのものが何らかの事件の舞台ともなる。

　それはオーストリア憲法裁判所ならさしずめ「想定できなくもない」と言うであろう事態だった。万物を統《す》べる運命はほんのいっとき、未成熟メロロンティッド、すなわちやがてコフキコガネになるもののかたちを選び、この花屋の中央で、丸く肥えた白い地虫として、罪もなく丸まり、つつましく植木鉢の中にいた。その虫を手でつまみ、黒く芳しい土から持ちあげ、おいしい根から捥《も》ぎ離し、男爵の顔に投げつけたのも運命だった。これは茶番なのだろうか。お膳立ての大変さに思いをいたすなら、茶番どころではないとわかろう。もしフランス革命が起こらず、流血の嵐が八代目クロイツークヴェルハイム男爵ジュリアン・ダナスを奥方と未成年の子息二人のともども、遠いウィーンまで吹き飛ばさなかったなら、その末裔の第十六代男爵（ボヘミア族籍《インコラート》によれば第九代帝国男爵でもある）が、ある晩秋の午後、地虫の的《まと》になりえただろうか。さらにそれは、もしドクトル・ジーモン・アイベルが、奉職している宝くじ局を終業時刻の五時正時でなく、野心ある同僚を見ならって十分過ぎに出ていたら、起こりえただろうか。あるいは、あの気まずい事件のあった花屋の女店主が成りあがった野菜売りでなく、あれほど癇癪もちでもなかったとしたら――。

この三人のほかに店にいたのは、誰とも知れない太った女性客、虎猫、二、三匹の蠅、それから見えないミミズが何匹か、それに同じく見えない地虫だった。地虫は眠っていた。ミミズは穴を掘っていた。蠅は大きな黒蠅に食肉植物を見にくるように誘われ、そのまわりを音をたて飛び交っていた。猫は積み重ねた空の植木鉢近くの架台の、中ほどの抽斗《ひきだし》に丸まり、しっぽの先を右の前足で抑えつけて居眠りをしていた。太った女性客は財布をかきわけて小銭をさがし、クロイツークヴェルハイム男爵は興味深げにドクトル・ジーモン・アイベルを眺め、アイベルはアイベルで白い花を咲かせたライラックを眺め、店主は六本のピンクのカーネーションを、おまけのアスパラガスとともに薄紙に包《くる》んでいた。

「きれいじゃないか」男爵がジーモンに話しかけた。「無垢の優しいシンボルだ。君がうっとりするのも無理はない。だが気をつけたまえ。贈り物にするのかい。まあ――どんな花もいつかは枯れる。

だが、君の目的を考えるなら、念のために言っておかねばならない。その花はあまり長くもたない。根に地虫が巣食っている。幼生コフキコガネ《メロロンタ・インペルフェクトゥス》、おそるべき地虫だ。どうやらそいつは今――失礼――ひたすら消化をしているらしい。この虫は消化にかなりの時間をかける。それが終わるとまた齧《かじ》りだす。穴を掘って咀嚼して肥え太るようすが目に見える。この土くれが育《はぐ》くむのはライラックの黒ずんだ莢《さや》じゃない――コフキコガネだ」

ジーモンは驚いて目をあげた。愛らしいが相当に値が張るにちがいないこの贅沢品を――すらりとした茎の上の、ハート型に輝く葉の輪舞の中に、かぐわしい白い花が七総《ふさ》ついている苗を――買うつもりはまるでなかった。しかし男爵は一歩そばに寄り、眉根にしわを寄せ、貴族風の口髭を逆立てて、陶器の植木鉢に目をこらした。ジーモンはともかく今は感謝すべきと思い、その言葉をさがしているところに、いきなり店主が割って入った。小柄で汗かきの女性で、そこから当然、長身で清潔感のある異性をよく思わず、その反感は元野菜売り女の階級闘争的な野心によってひときわ強まった。何もかもを悪意ある中傷にほかならないと考え、それは抜きにしても、迷っていたらしいお客をおどして買うのをやめさせた男爵の余裕ある態度が店主を怒らせた。かねてからの政治的信条が怒りを何倍にもした。店主の顔は真っ赤になった。

「何をおっしゃいます。地虫ですって。お客さん、すぐ取り消してください」

男爵は落ち着き払っていた。その態度はクロイツ‐クヴェルハイム家の一員と野菜売り女との懸隔《けんかく》に、そしてとりわけ男爵の教養にふさわしいものだった。男爵の鼻にそれとわからぬほど皺《しわ》がより、金縁の鼻眼鏡が一ミリほど上に押しあげられ、下の縁に半分隠れた目が不機嫌な店主を空気のように透かし見た。それが店主を激昂させた。まずは男爵を地虫呼ばわりして、矢継ぎばやに豊かな動物学の知識を駆使して喋りまくった。

　ジーモンと第三者の女性客はその言葉の波しぶきを隅で浴びていたが、いかなる動物が男爵一族を支配しているか、花屋の女主人が考えているか、すぐ見当がつかなくなった。半時間ほどのちにジーモンは男爵の名を知ることになるが、そのとき、この場合適切な唯一の動物の名を、想像力にあふれた花屋がなぜ思い浮かべなかったのだろうと不思議に思った。

　気の昂《たかぶ》った店主は、困惑と驚きが相手の顔に表われたと感じて憤怒をいやがうえにも高めた。男爵の性格の悪さをこと細かにあげつらって、それを華やかな形容詞で彩った。最後に男爵にある要請をしたが、それはもし男爵がそれに従えば、店主自身が気まずい立場に置かれるであろうものだった。

　太った女性客は、荒れ狂う店主をなだめようとこう言ってみた。それと知らずにライラックの苗に地虫をつけて売っても罪にはならない、地虫が植木鉢に忍び込んでも店主のせいとはいえない、あなたが悪意をもって商品を地虫で飾ったと思うものはいないと――。そして横目を走らせ、ジーモンがそんな年でないことを確認してから、不良少年の嫌がらせかもしれないとほのめかした。

「ほら、ああいう人たちって、何かを敬うってこともないし、分別がつくような仕事もしてませんでしょ」そして店主をなだめるようにその間に数えた小銭をゴムの会計皿に入れた。

　しかし憤怒の炎はもはや収まらなかった。店主は手なれたしぐさで苗を植木鉢から引き抜き、震える声でたずねた。「ほらほら――どこに地虫がいるっていうの。雌牛さん？」

　自分に話しかけられたと思った男爵は、手をのばして、人差し指の先で、細かい根の網目から土を払い落とした。案の定、あの地虫、白い大食漢がいた。体を丸め、じっと動かず、隠密行動に疲れた白い体を黒い土のなかで鈍く輝かせている。店主は口を半開きにして男爵をにらんだ。そして虫をつまむと、腐植土のベッドから引きはがして投げるかまえをした。

男爵は自分の使命をすでに果たしたと考えた。事態を把握していないジーモンに、ライラックの根のなかに寄生虫がいたことを説明して、その言い分を反論の余地なく証拠で示した。いかにも男爵風の鼻に地虫がぶつけられたのは、すでに出口に向かいかけていたときだ。ジーモンと太った女性もあわてて退散し、小柄な女店主はみずからの怒りとともにひとり取り残された。

この騒ぎに猫も寝場所から起きあがった。そしてジーモンに続いてドアをくぐりぬけようとした。だが遅すぎた。細いドア枠のゴムはぴったり嚙みあい、猫は隙間に髭をはさまれてすごすご引き返した。だが汚れて湿ったタイルの上で、なすすべもなく短い足をせわしく動かす地虫が目にとまった。猫はもの珍しそうに匂いを嗅ぎ、前足でそっと叩いて戯れると、逃げそこなったことも忘れて腰をすえ、舌鼓をうちながら虫を賞味した。

店主はいわゆる事務室に退却した。売り場に隣りあうその部屋にふだんは居て、入口に結《ゆわ》えた鐘の音に耳をすませている。憤怒で身の震えがおさまらぬまま、店主は壁の戸棚からずんぐりした緑のボトルを取り出し、中身をしたたかにあおった。イェーガートロストが喉を焼きながら下り、店主の顔は苦しそうにゆがんだ。だがすぐに胃の中でその鋭さは丸みをおび、心地いい温《ぬく》みに変わった。苦笑いが顔に広がった。ざまあ見やがれ！　そして口もおおわずにげっぷをした。

外に出ると男爵とジーモンは店から数メートル離れたところで立ちどまった。太った婦人は軽く会釈してよたよたと二人を追い越した。今の件にこれ以上かかわりたくはないし、なにより名誉毀損訴訟に証人喚問されるのはまっぴらだから。

ジーモンのほうは自分が悲喜劇的な幕間狂言《インテルメッツォ》を起こしたことをいさぎよく認めた。「わたしが起こした不愉快な事件にあなたまで巻き添えにして申し訳ありません。あのライラックはたまたま感心して見ていただけなんです。どうかお許しください」

男爵は愉快そうににやにやした。そして虐待された鼻から鼻眼鏡を外し、マントのポケットに入れて、手の甲で髭と鼻を撫でた。

「喜んで。君は見たところ――うれしいことに、どうやら身分のある、すくなくとも教養のある紳士のようだ。君の言葉遣いもそれを裏づけている。今日ではそれは必ずしも当たり前ではない。だからさっきの――何というか――あの少々気まずかった場面を補って、わたしを愉快にさせる。まあ面白くはあったけれどね。君みたいにライラックの前で放心するなんて……。無作法にならない程度に言わせてもらえば、あんなにぼんやりしていてはいけない。もっとずっと恐ろしいことだって起こりかねない。それはそうと、これから行く方向が同じなら、ちょっとしたことを頼まれてくれないか」

ジーモンは無言でお辞儀をして、偶然のきまぐれが何を押しつけようが、それを引き受けることを承知した。

「ある壊れやすいものを運ばねばならないのだ。ちなみにわたしはクロイツ-クヴェルハイム」

「おや、それは光栄です」ジーモンはまたお辞儀をした。「喜ばしからぬ序幕がそれでいっそう悔やまれます。わたしはアイベル――ジーモン・アイベルです」

「こんなことでもなかったら出会えたかどうかもわからない。どうぞよろしく。菌類学者のドクトル・アウグスト・アイベルは君の親戚かい」

「父です」

「それはすばらしい。お父上は気品と学識のある紳士だ。アカデミーでよく顔を合わせた。まだ現役だろうか」
「いいえ。志願して三年前に引退しました。オーバーヴェルツから遠くないところに家を買って、世間から遠くはなれたアルプスの谷中におります。南側が開けていてとても湿気のある――菌類学者の楽園です」

高貴な家に生まれたものは、連綿とつらなる先祖のおかげで、人を記憶する力が早くから鍛えられる。とはいうものの、たいていは同等の身分のもので精一杯だ。だがクロイツ－クヴェルハイムは並みの男爵と違って、平民もまた記憶すべきとしていた。小柄で痩身で分厚い眼鏡をかけたアウグスト・アイベルが、茸博物館の玄関ホールで母と自分にうやうやしくあいさつをした姿はまだ目に浮かぶ。男爵の母は結婚前はレディ・オヴ・アイラ・アンド・シャンといって、マキリー一族のものだったが、故郷スコットランドを遠く離れたところで、たどたどしくはあるがハイランドの言葉で話し合える相手に出会ってたいそう嬉しく思った。アウグスト・アイベルは予算の都合で無限に延期された植物学的探検旅行にそなえて、その特殊言語を習得していたのだった。そのことさえ男爵はまだ覚えていた。菌類学者は成功した学者特有のつつましやかな威厳をただよわせて広い館内を案内した。展示ケースの中には、石膏や粘土細工の茸が、本物の苔や枯葉や松葉の上に何千となく置かれていた。透明なゼラチン状のとりわけか細い菌種は、かなりの費用をかけてムラノで作らせた色ガラス細工だ。訳のわからぬ言葉で説明役のアイベルと会話をする母の手につかまって、素人にも有益だが人が少なすぎる展示場をぶらついた少年時代の男爵がひときわ熱中したのは、むろん魅力的なガルテンツヴェルク（庭に飾る小さな陶器人形）だった。これは大衆の趣味に妥協して置かれた、茸類集団へのおどけた対抗勢力で、厳密に学術的原則にしたがって構成された展示室の緊張を例外的にやわらげるものだった。アイベルはたくさんあるガラスの小瓶から一つ二つの栓を開け、客に匂いを嗅がせさえした。黄がかったオリーヴ色のフウセンタケの乳香のような匂い、シロオオハラタケのアニスの匂い、オシャグジタケの刺すような猫の糞の匂い。それから時が過ぎ、魚類学の燈火《ともしび》としての名声が揺るぎなくなったあと、男爵はあの博物館と、多方面の教養のある館長をふたたび訪れた。ガルテンツヴェルクにはニスが塗り直され、そのあいだで遊ぶ子供は、今では宮廷顧問官に昇進したアウグスト・アイベルの孫かなと男爵は思った。学問は嫉妬深い愛人で、そこに身を捧げるものは往々にして晩婚になる。あるいは独身のままでいる。アイベルは男爵より優に二十年も年上だが、今男爵の近くにやってきた少年は、かれ自身の息子としてもおかしくなかった。だが男爵に子はいなかった――しかも妻さえ。


「それで君もその道を進んだのかい」

「いえ、法学を修めました」

「それは惜しいことをした」

男爵はしばし口を閉ざし、おかげでジーモンも思い出にふけることができた。

パパ・アイベルは男爵の知己であることをたいそう誇りにしていた。自分の読む学術雑誌に著者として男爵の名を見つけると、満足げに喉を鳴らすのでそれとわかる。つい何週間か前、ジーモンが週末を過ごしに両親の家に行くと、パパは――この菌類学者は引退してもまだ一連のそんな学術雑誌を購読していた――喉をいつになく大きく鳴らし、書斎の本棚の前を行き来して、あちこちから本をつかんで引き出し、頭を振ってまた戻しながら、息子に男爵一族の話を聞かせた。いかにも父親らしいこの長談義をジーモンはふだん好まず、子としての義務もろくに果たさず、ときどき口をはさんで話の流れをさえぎる。だがその晩だけはパパの話を心から面白く思った。

ブルゴーニュのアナス一家の祖先は、むかし水牛の角をつけた勇者として、ラインのかなたの暗い森から現われ、今のアルザスでガロ・ロマンス語を話す集落をいくつとなく手下を連れて荒らし、ほどなく洗礼を受けはしたが、いぜんとしてそれらの地の権利があるものと思っていた。そこまではまだよかったし、気高くもあった。何世紀ものちになり、その勇者の子孫で、フランスのシャルル四世と同じころ生きたマティルデ・ダナスという女が、はてしなく枝分かれして伸び広がり、今では葉もまばらな家系樹を、目前に迫る忘却から、モグラと関係して奪いとった(話がここにいたるとパパ・アイベルは息子の機械的な相づちにも腹を立てなくなった。おりしもジーモンはあくびしようと開けた口を急に閉じ、前に当てていた手を嚙んでしまった)。この逸脱行為に肝をつぶした親族たちは、はじめはこう主張して醜聞を糊塗《こと》しようとした——この地中生物は実はやんごとないお方であって、他の場所でもやはり動物の仮装で他の淑女たちに近づいて赫赫《かくかく》たる成功をおさめているのだと——。だが哀れな親族たちは小難を逃れて大難に陥った。信心深い隣人たちはリヨンの大司教に異端告発をするより分別のあることは思いつかなかったからだ。むろんこれは悪魔の仕業とみなされ、ローマのもっとも有能な悪魔祓い師が二重に聖別された聖水の小瓶をたずさえてブルゴーニュに向かった。それと時を同じくして、この奇妙な結びつきの果実が世に現われ、かまびすしい世評を一掃した。生まれたのは男児で、その唯一の、だが見過ごせない特徴は、総身をおおう黒く濃い産毛であった。さらに手と爪は他の幼児より頑丈にできていたという。それにもかかわらず、あるいはおそらくそれゆえに、この私生児は、とりわけ高貴で由緒のある一族の娘を夢中にさせるのに成功した。その異常なまでの嗅覚と、幼児の父が妻にしぶしぶ与えた庇護のおかげで、年端もいかぬうちにウルビーノ公の秘密警察の長に昇進し、ネグロフェルトレ侯爵となった（ゆえにクロイツ＝クヴェルハイム男爵にはこちらの爵位も名乗る権利がある）。物珍しいものに常に執心するプラハの皇帝ルドルフ二世は、かれが伺候すると、《フォン・クロイツ・ツー・クヴェルハイム》の称号とともに男爵の位をさずけ、ついにはフランス王に働きかけてアナス家の嫡子《ちゃくし》と同等な権利さえ獲得させた。この男爵はかなりの高齢で亡くなった。脂肪の多すぎるミミズのテリーヌがいけなかったらしい。その息子にも柔らかな毛皮があったが、ルイ十三世に仕え、築城術と女蕩《たら》しで名をあげ、ブルゴーニュのますます広くなった領地をすでに相続していた。のちにアルザスの小さな町ビュールハイムから遠からぬところに、リュッセルブルク城を築いた。迷路じみた地下墓所《カタコンベ》や通路や吹き抜けや地下室は、今日でも一見の価値があるとされている。かれには二人の息子ギュイとロバンがいて、弟のほうが現在の男爵の直系の祖先だ。最初はまだ深く刻まれていた遺伝の痕跡も、世代を重ねるにつれ、正真正銘の人間の、しかもことごとく青い血（貴族の血統のこと）と混じりあって失われた。

そこでパパ・アイベルの過去への遠足は終わった。モグラの私生児が子孫に伝えた昆虫や蠕虫《ぜんちゆう》全般への特異な体質が、のちにジーモンと帝国男爵クロイツ＝クヴェルハイムの運命とを結びつけるとは、父も子もその晩は夢にも思っていなかった。ライラックの根に潜んだ地虫についての驚くべき知識を男爵がどこから得たのか、ジーモンはとても気になっていたが、身にそなわった機転のおかげか、あるいは貴族的退化の迷宮を無意識に予感したかして、質問は控えた。それは結果的に正解だった。というのもクロイツ＝クヴェルハイム一族はその方面のあてこすりには病的なほど敏感だからだ。男爵の父はそのため決闘して命を失ったくらいだ。きっかけはハイスター伯爵が小声でピュックラー公爵に言った言葉だった。「クロイツ‐クヴェルハイム家かい。《ゴータ》（王侯貴族の系譜を記録する年鑑）で十六世紀まではさかのぼれる――それ以前は《ブレーム》（『ブレーム動物事典』のこと）を見たまえ」。男爵自身も、カール大公のレセプションで、「それは天竺《てんじく》ねずみだ！　天竺ねずみ！」と叫びながら、イングランドのヘンリー八世はモグラの丸焼きをことのほか好んだと間違ったことを言ったある公使の横面を張った。いくぶんかの鑑賞眼でホルバインの描く有名な肖像を見たものなら、それは天竺ねずみだと自然に思うだろう。血まみれ《ブラッディ》のメアリ（メアリ一世。ヘンリー八世の娘）がひそかにモグラを食していたかどうかはまだはっきりしていないし、それはまた別の話だ。

　いつのまにか霧が出て、ガス灯の青い炎がマントルのまわりに柔らかな光暈《アウラ》を広げ、その縁《ふち》を湿りのある闇に溶けこませている。街に人気《ひとけ》は乏しく、陰気な家並みはほんのときたま、ワイン酒場の人懐こい照明でとぎれ、その窓からの光が湿ってでこぼこの舗道に反射している。

　醸《かも》したように押しつまる闇から、不意に瘦身の男が剝がれたように現われて、男爵に側面から近寄った。郵便配達人風のふくらんだ鞄が腰に揺れ、黒い巻物の束が突き出ている。右手にもっているのは鋏《はさみ》だ。

「アントワーヌ・デュン、パリから来た影絵細工師でございます」そう鴉声で言うと、男は二歩進むあいだにまた深くお辞儀をした。「技がいつもほど完璧にならずともご勘弁ください。とても暗いうえ、霧があなたの輪郭を侵《おか》していますから」

　それとともに黒い巻紙の一本を袋から抜いて展《ひろ》げ、熱心に鋏で切りはじめた。できあがったものを左の脇下にはさみ、ジーモンの側に跳びうつり、顔をしげしげと眺めながら、鋏をまた動かした。だがとつぜん動きが止まった。疲れた目が皺のよった涙袋から驚いたように飛び出し、今まで薄い唇をしっかり押さえていた顎が落ちた。二度目のお辞儀をして、しかしうやうやしく背を丸めたまま後ずさり、うろたえたように、いやむしろ不安そうに、目をしばたたかせた。二人はけげんに思って立ちどまった。

「押しつけがましい真似をして申し訳ありませんでした、旦那《モンセニユール》。もし旦那がどんなお方かわかっていれば、こんな失礼なことはけしして……霧の、霧のせいです――おまけに眼鏡が壊れていて……」

影絵師は男爵の手に紙切れを押しつけて、ジーモンが出した硬貨に目もくれず、霧の中に消えた。

「哀れな奴」ジーモンはそう言って、こんなときのためにふだんから用意している小銭をマントのポケットの中に入れた。「きっと僕を誰かと間違えたのでしょうね」

男爵は夜の奇妙な徘徊者にもらった紙を、街灯の光にかかげた。

「金は受けとったかい」男爵が聞いた。「受けとらなかったって。わたしが立て替えてもよかったのに。あの男は芸術家だ」

「僕を誰かと間違えたんですよ」ジーモンは繰り返した。

「それは残念。おかげで肖像をもらいそこねたね」男爵は書類かばんをマントの内側から出して肖像を大事そうにしまった。「ああ、ちょうど着いた」

二人は間口の広い貸家の正面に立っていた。上のほうは暗くて見えない。扉門の上に灯りがともり、奥に暗く開く玄関に、男爵は躊躇なく入った。ジーモンも後を追った。

「右壁に沿って歩きたまえ。すぐに中庭に出る」

ジーモンは用心深く手探りで先に進んだ。三十歩ほども進むと、手が宙をつかみ、足は敷居につまづいた。

「そこを左だ」

蝶番《ちょうつがい》をきしませて鉄の扉を押し開けた男爵は、ジーモンのほうを振り返りもせずに、照明の乏しい階段を地下室へ降りていった。暖かく湿った腐敗臭が鼻をついた。下り道は長く、角を三回曲がっても、踏み均《なら》された急な階段がなお続いていた。

そろそろ気味悪くなってきたジーモンが、今立っているところで待っていたほうがいいかと考えだしたとき、男爵が二番目のかなり低い扉を押して開けるのが見えた。水のはねる音がくぐもって聞こえ、ジーモンはあぜんとした。開いた扉を男爵がこぶしで叩いた。頑丈な鉄板は中国の銅鑼《どら》のような音を響かせた。

次の瞬間ジーモンは広い部屋にいた。壁から壁にわたされた針金にランタンがひとつ揺れ、黒い水面に跳ね動く閃光を撒いている。その光の破片は、水中に潜《もぐ》ってはまた高く跳ねあがる小さな生き物が反射するものだった。かれらは追っかけっこをし、つかまえ、溶けあい、ふたたび姿を消した。部屋はランタンのリズムで揺れ、影が前へ後ろへ這い、ぶよぶよした壁は光で凹みが強調され、呼吸しているように見える。ジーモンは目まいを起こしそうになって、扉の取っ手にしっかりつかまった。水槽あるいは池の正面に、もろい砂岩でできたネプチューンが三叉の矛をかかげ、反対側の縁で幅広の口から水を吐く緑がかったブロンズのイルカの頭を狙っている。揺れる光は海神をいわば白痴のように生き生きさせている。ネプチューンは口の端をゆがめ、盲《めし》いた目をぎょろつかせ、指で矛の柄をもてあそんでいる。池のまわりの床には板石が敷かれている。水を吐くイルカの背後の空間は洞窟になっていて、奥にぼんやりと書棚や箱や壜やガラスやアクアリウム、家具の一部、それから縄や袋や防水シートの積み重なりが見分けられた。

大きな衣装簞笥《だんす》の隣にあった一山が動き、人の形をとってカオスから分離した。それは息をはずませ足をひきずって近づき、男爵の前で足をとめた。男爵は杖で体を支え、階段から何歩か離れたところで待っていた。あきれるほどさまざまな服の切れ端の不定形の重なり合いから、頭と思われる瘤《こぶ》が飛び出している。体からは腐った鯨のような魚油の匂いがした。

ジーモンはハンカチを鼻にあてて、嫌な香りが染《し》みこんでいるような扉の脇を通って水槽の囲いに近寄ったが、すぐ飛びすさった。朽ちた梯子の最上段を越えて、太った山椒魚が水の中から這い出て、タイルの上でせわしく尾を振り、ブリキの洗い桶のほうに向かい、少し苦労してその中にもぐり込んだ。

「こいつは人見知りなもんでね」人の姿をした化け物が歌うような柔らかい声で言った。「最近ウミグモに左の後ろ足をつねられてからは、ひどく嘆き悲しむようになったんです」

「そんな四つ足や六つ足のものを魚と同じ水槽に入れておく奴の気がしれないな、ティモーン」頭をふりながら男爵が言った。「哀れなヴァインハッペルと、劣らずひねくれたドクトル・グーゲル以外は、誰もそんな動物に興味を持たない。倫理と方法論の関係について説教をもう繰り返すまい、だが商売の上からも、いつかはきっちり整理したほうがいい。まあ、お前がよい商人になることはなかろう——わたしがそれを願う理由もない。わたしが言いつけたものを準備したかい」

「ディオドン・ヒストリクス・ブラキアトゥスはすでにガラス瓶に入れてあります。キメラ・モンストローサ・アルゲンテアはすぐに持ってきます。なにしろあれは狭いところが苦手ですから。どうか少しお待ちを」

棚に小さな鐘が並ぶ壁龕《へきがん》に、ティモーンはよたよたと歩いていった。そこから鐘をひとつと、蝶の採集に使うような目の粗い網を手に持つと、砂岩製ネプチューンの苔むした膝によりかかり、水槽に身を屈めて、澄んだ音で鐘を鳴らした。

「銀です。Cシャープに調律してあります」

次いで網をすばやく黒い水のなかに突き入れ、歯の間にくわえた鐘をなおも響かせ、黒い生き物を灯りにかかげ、男爵に問うような目を向けた。男爵は頷いた。ティモーンは網を中身ごとそろそろとかたわらの床に置き、暴れる生き物を慎重に網の外に出し、ふらふらと壁龕にまた舞い戻った。

「あの哀れな奴を見てびっくりしたろう」かすかに笑いながら男爵がジーモンに言った。「あいつほど優秀な魚商人はヨーロッパ中さがしてもいない。あの変人はわたしにはかけがえのない男だ。匹敵するのはせいぜいローマのメジュノール爺さんくらいだろう。この老人に関してはブルワー卿が相当間違ったことを書いている。どんな手づるをたどってあいつが商品を仕入れるのか悪魔のみぞ知るだ。ともかくわたしのために、きわめて珍しく貴重な品を仕入れてくれて、コレクションを構成する上でのまたとない手先だ。というのもわたしは魚類学者だから」

「法律家といえどそれくらいは知っています」

「だが全員ではなかろう――許してくれたまえ。そう、あのティモーンはまさに得がたい男だ。あの男のおかげで本物の金魚の跡を追えた。真に黄金の魚だ。だが他のことには信じられないくらい能がない。あの隠れ処の中には探偵小説が山ほどあって、同じシリーズを頭から尻尾まで何度も読んでいる。何年か前にある娯楽小説を贈ったことがある。伯母のアイフェルハイムがとても面白いと言っていた本だ。だがティモーンの奴、この新しい本を奴の正典《カノン》に入れようとはしなかった。まだページも切らないまま荷造り用テーブルの上にのってるんじゃないかな。実に頑固なやつだ」

五分もしないうちにティモーンがふたたび、五リットル入り漬物瓶《びん》二個の重みで身を屈めながら、もがくように穴ぐらから出てきた。瓶の中でなにか黒いものが動いている。ジーモンは息をのみ、腕をひろげてその一つを受けとった。口は硫酸紙でふさがれ紐でくくってある。男爵は紙幣を一枚差し出し、ティモーンの不平を軽く手を振ってはねつけ、二つ目の瓶を受けとった。男爵の瓶には青白くて丸くふくれたものが泳いでいた。体じゅうにするどい棘《とげ》を生やし、後方と側面に優美な鰭《ひれ》があった。その大きな濁った目は瓶をかかえて組んだ男爵の手を見つめ、突き出た口でもの珍しげに手狭な牢の透き通った壁をつついている。ジーモンの瓶でとぐろを巻いているのは、長細く黒い生き物で、うねる葉状のうろこにおおわれ、鰓《えら》は奥から珊瑚《さんご》のように赤く照らされている。

縁まで水の満たされたガラス瓶は重かった。その縁越しに見当をつけて二人は前後になって階段を上り、中庭から玄関の方向に曲がった。表に出ると今度は右に曲がった。会話はとぎれがちになり、そのうち二人は黙りこくった。重いガラス瓶を抱えて雪があちこち残る舗道を歩くには、複雑なバランスをとる必要があったからだ。男爵はよろめきながらも大またに先を行き、ジーモンはそのすぐ後ろについていった。ぱちゃぱちゃと音をたてるガラス瓶の重みでたちまち腕は痛みだした。一度、よりによって街灯の下で、襤褸《ぼろ》のような怪物がもたげた頭が硫酸紙にぶつかった。薄気味悪い邪眼に横目でにらまれて怯えたジーモンは、あやうく瓶をとり落としそうになった。

最後に横丁のひとつに入った。背の高い建物はしりぞいて軒が低めの田舎風ともいえる家に代わり、合間には蔦《つた》が庭塀を越えて街路まではみでている。さらに三ブロック進んだあと、近くの街灯のせいで明るい門扉の前で男爵は足をとめた。ガラス瓶を左手で抱え直すと、鍵を取り出して門の片方の扉を開けた。

そして顔を横に動かし、ジーモンに入るよううながした。

壁に落ちる乏しい光の中に、ジーモンはフランス風に整えられた広大な庭をおぼろに感じた。直角に刈り込んだ生け垣にはさまれた広い砂利道が長々と伸び、屋敷正面まで達している。どちらの側にも球やオベリスクを象《かたど》って刈られた柘植《つげ》の木の大きな連なりが暗がりに溶けこんでいる。

男爵は扉を内から閉めた。それからガラス瓶を持ち直して、ジーモンの先に立ち屋敷に近づいていった。およそ五十メートルばかりで生け垣は二本のひときわ高いオベリスクとともに終わった。二重の屋外階段が平らな砂利の上に降りている。

ジーモンのわきを黒く長細いものがすばやく通りすぎ、白い砂利の上にひとときあざやかに浮かびあがった。男爵は立ちどまると、慎重にガラス瓶を地面におろした。次にそれまで脇にかかえていたステッキの中ほどを握りしめ、爪先立ちになって音をたてず前に進んだ。

後に続こうとしたジーモンには「シッ」と声をかけた。やがていきなりステッキを高くかかげ、投げ槍のように階段の一番下の段めがけて放った。皺枯《しわが》れたかん高い叫びがそれに応え、哀れっぽい鳴き声にとって変わり、地面を掻く音を残して、屋敷の前面沿いに木立ちの中に消えた。軒蛇腹《のきじゃばら》の下にある正方形の窓に灯りがともり、その前に男の影が現われた。窓の扉がきしり、誰かが外に身を乗り出した。

「誰か《キ・ヴイツ》（歩哨の誰何）。誰かいるのか」

「ペピ、急げ」男爵が呼びかけた。「わたしだ。ランタンをもって来い。あのいやらしい獣が来た」

窓は閉じ、室内の明かりが消えた。ジーモンは驚いて男爵を見やった。男爵は待ちきれぬように庭石にステッキを刺している。

「君の政治信条は知らない」だしぬけに男爵は口をきった。「でもわたしがもう六年近く続けている抗争は聞いていると思う。その政治的背景は宝くじ局の職員として知っているだろう。われわれの首相は単純な、物事をまっすぐに見る人だ。そしてほとんどの大臣には文句をつけどころがない。だが政府は、いつ潰《つぶ》れるかわからない水泡のように、野党のうごめく官僚主義の沼の面《おもて》で、なすすべもなく動いているだけだ。この野党は他の罰当たりなスローガンとともに、カワウソの保護を旗幟《きし》にかかげている。そんな胡乱《うろん》な奴らの語彙にある《保護》とは何を意味するだろう。奴らはこのごろつきの獣に特認状を出して、あらゆる恥知らずな行為をする権利を与えている。われわれの哀れな皇帝は遠く離れたシェーンブルン宮で、あたかも一般公開日のように、野党の連中がカワウソの群れを宮殿の庭園へ散歩に連れ出すのを眺めているよりほかはない」

ジーモンは頷いた。カワウソの件は野党から正式に表明はされていないが、秘密会議で党のシンボルとトーテムにカワウソが選ばれた件は聞いている。党の女性狂信者がカワウソを自分の胸で飼っているという気味悪い噂はさすがにほんとうとは思えない。だが宝くじ局にさえ、小さなカワウソのつがいを机の上で飼っている課長がいる。

「まさか君もお仲間じゃなかろうね」

「神に誓って否です。もしそうなら父に相続権を剝奪されていたでしょう」

「あっぱれな父君だ」

「そんなことは考えもしません。あんな獣は嫌で嫌でたまりません」

「ふん」男爵は鼻を鳴らした。「その言葉はあの畜生には生温《なまぬる》すぎる。困ったことにわたしはたいへん貴重な魚のコレクションの持ち主で、これがカワウソどもの興味の好ましからぬ的になっている。けして誇張ではない。今のところは奴らも公然と手出しすること、わたし自身とわたしのライフワークを守るのを妨げようとはしていない。だがもしもの場合は、体を張って守るつもりだ。治安当局の援助など考慮にさえあたいしない。ああ、やっと来た」

男爵が《ペピ》と呼びかけた男が、大きな龕灯《がんどう》（正面だけを照らすランタン）を手に階段に現われた。男爵は龕灯を受けとって、ステッキがカワウソに当たったはずの場所を探した。実際、一族の紋章のかたわらで高々と前脚をあげる一角獣の石像を載せた柱の近くで砂利が乱れ、真っ黒な斑点が散っていた。斑点は花壇をかすめて、樹々と藪の黒いかたまりまで続いている。庭園のフランス風の箇所が終わるところだ。男爵、ペピ、そして最後にジーモンは、芝生にはっきり残る跡を、樹々の根元まで追っていった。あたりは暗く、目の前の手さえ見えない。龕灯の光だけが草の狭い帯を闇から切りとっていた。三人の男は立ち止まって耳をすませた。

「あそこに！」ジーモンがあえぎ声を出した。地面すれすれに淡い黄色の点が半円状に広がり、点はかならず二つずつ隣り合っている――カワウソの目だ。ジーモンは息をするのもはばかった。一番外側の一対の目がゆっくりと三人の前を通りすぎた。

「囲まれました」ペピがささやいた。

ジーモンの心臓は喉の上で脈打った。薄地の服に寒風が沁《し》みる。とうとう物音まで聞こえだした。冷酷に吐かれ、かすかに吸われる息の音。目の群れが近づいてきた。ジーモンは神経質にコートのポケットを探った。手がマッチ箱に触れた。パイプ煙草を喫《の》むのにいつも持ち歩いているものだ。すぐ隣でペピの歯が鳴る音がした。別の手が職場帰りに買った新聞に触れたとき、かれは心を決めた。手ばやく新聞紙でマッチ箱をくるみ、火をつけてカワウソの群れに投げつけた。同時に動物じみた荒々しい唸り声をあげ、前を開いたコートを巨大な翼のようにはためかせ、お終いに男爵の手から龕灯をもぎとり、燃える新聞紙に投げつけた。龕灯の火が消えた。新聞紙は最初せわしなくちらつき、炎がマッチの頭まで達するや轟音をたてて炎を高く吹きあげた。

「逃げましょう!」ジーモンは他の二人にささやいた。三人は力のかぎりに走った。階段のところまで来てようやく一息ついた。

「危いところでした」ペピが息をはずませながら言った

「アイベル君、どうして君にこんなことを思いつけたのか、見当もつかないよ」男爵が言って、ステッキの握りを当惑気にひねりまわした。「獣が人間を襲うようになったなんて、夢にも思わなかった」

かれらは闇を手探りして、先ほど地面に置いたガラス瓶をさがした。瓶は転倒し中身は空だった。

「あいつらの仕業だ」男爵がいまいましげに言った。

ペピがライターに火をつけた。キメラは見つからなかった。ハリセンボンは棘の甲羅のおかげで生きていた。ガラス瓶から何メートルか離れた草の中で口をぱくぱくさせている。

「ペピ、早く! 水だ!」

ペピはガラス瓶の一つをひっつかみ、急いで階段を駆け上がり、水ばかりか耐風カンテラまで持ってきた。男爵は手袋をはめると慎重にハリセンボンをつかんで水に落とした。そして上体を起こすとジーモンに顔を向けた。

「いろいろな大変な目にあったが、これからちょっとした食事につきあってもらえないだろうか」

ジーモンにはわかった。男爵はこんな形で感謝を表わそうとしている。ここは遠慮すべきではない。

「たいへん光栄です。男爵」

救出されたハリセンボンを腕にかかえ、男爵はジーモンの先に立って階段を昇った。ペピがすばやく幅広い扉を開けた。

銀のジランドーレ（壁掛け式の飾り燭台）の八本の蠟燭をペピがともすと、広間の古典様式風の均斉がジーモンにもわかる程度にあたりは明るくなった。高い窓にはさまれた壁は、かなり上の学問の勝利を描いた華麗な天井画にいたるまで、棚でおおわれていた。そこに何千もの魚の標本が、アルコールに漬けられたり乾燥されたりして保存されている。ある一区画はすべてが魚の保存法のコレクションで占められていた。入念に分類されたサーディンの缶の塔、さまざまなソースのニシンの切り身、ツナ、サバ、フカヒレ。別の棚にはきれいに漂白された骨格標本があった。長い列をなす革装フォリオ本の中身は、魚の皮を延ばして極上の羊皮紙に貼ったネプチューンの眷属の衣装総覧だった。コレクションには複数の分類原則が同時に適用され、博物館の手法に親しんでいるものには、混乱ばかりか無秩序の印象さえ与えるだろう。だがこのコレクションに唯一無二の計り知れない価値をもたらすのは、その根底にある一段と高次の体系だった。もちろんジーモンにこの多元的な作品の複雑さをかすかにでも感じとれる素養はなく、天井に目を走らせたあと、大きな楕円形に配置された無数の水槽に「おお」と感嘆の言葉を発するばかりだった。世界中の海に棲むものがここでは仲良く隣り合い、高い噴水を囲んで暮らしている。広間の中央で輝いて泡だつ水柱は巨大な薄緑色の大理石の貝殻から昇っていた。換気装置の渦音《うずおと》と噴水の水音に重なって、おごそかに静まりかえった鐘の中から、肝油と海藻のかすかな匂いが降りてくる。

ペピが二人を男爵の書斎に案内した。暖房のきいた小部屋はまわりを本に囲まれ、背の金文字が暖炉の炎の揺らぎを穏やかな光にして投げかえしている。古風な柱頭にのった太鼓型の水槽が二つ、本や書類で埋もれた机の左右にあった。窓辺に白い板石の机が別にあって、これは男爵が魚の解剖に使うものだ。ペピがトルコ風の台の上に灯りを置き、安楽椅子を二脚、暖炉の前まで動かした。男爵は優雅なしぐさで客に座るよううながした。

「ポートは飲むかい」男爵が聞いた。

この貴重な飲み物の名をディケンズの小説で知っていたジーモンは喜んで同意した。ペピが部屋を出ていくと男爵は足を組み、手のひらを椅子のひじ掛けにぴたりとつけて、ジーモンを親しみのこもった目で見た。

「ペピを気に入ってくれたようだね」

それは正しかった。ペピは黒人で、それだけでどこか人を魅了するものがある。金ボタンと飾り紐のあるモスグリーンの仕着せを来たかれは、冬に姿を消す星々に代わって太陽から来た使者のように見えた。

「名前を全部言うとジョゼフ・ブオナパルテ・ノヴァク。ミズーリ州の生まれだ。出会ったのは十四年前、トローファイアァッハ（オーストリア中部の町）でだった。サーカスの一座がそこで客演をしていて、ペピは猿の世話係だった。黒人は皆そうだが、あの男も生まれつき音楽の才に秀でている。だが面白いことにわたしたちの出会いの仲立ちになったのは、あいつの——のちに明らかになったが——特にどうということもない絵の才能だった。奴は猿の檻の前で、バナナの空箱に座り、上機嫌に口笛を吹きながら、靴先で魚の絵を描いていた――少し手直しすればまずまずのカワマスになるだろう絵だった。言葉がひとりでに出て、わたしは奴の絵を直してやり、奴は暑い故郷と、ラロッシュとかなんとかいう名の、かつて付き人として仕えていた主人のことを話し、ヨーロッパの寒く淋しい冬を嘆いた。サーカスの座長を説き伏せるにはかなり根気がいったが、最後にはペピはわたしのもとに来た――猿といっしょに」

「猿はまだここにいるのですか」ジーモンはていねいにたずねながらも、どうして男爵は自分にこんなに何もかも話すのだろうと思っていた。

「一匹また一匹、結局みんな、奴が庭に埋めたよ」

つつましいノックの音がして、ペピがクリスタルのカラフェと二つの細長いグラスを持ってきた。

「乾杯！　アイベル君！」

「あなたの健康を祈って、男爵！」

ジーモンは濃い蜂蜜色のワインをすすり、その一口を、香気が口じゅうに広がるまで、ゆっくり舌の上で溶《と》けさせた。男爵は左手の薬指にはめた紋章付き指輪をグラスに当てて音をたてた。ジーモンはそれまで見ていた薪から目をあげた。澄んだ固い響きが短い沈黙をとつぜん破ると、ジーモンはますますつのる居心地の悪さを隠すことができなくなった。

「すると君は法律家で、宝くじ局で働いているんだね」男爵が先ほどの話題を持ち出した。

「ええ」

「身も心も捧げているかね」

「せいぜい身だけです。前々から法律家稼業は性に合わないと思っていました。宝くじ局にしてもそうです」

「法律家に偏見を持ってはいない。叔父のオクターヴは何年か前、ムキウスの推定《プラエスンプティオー・ムキアーナ》（古代ローマ夫婦財産法上の概念）に関する注目に値する著作を出版した。きっと君も知っていると思う。ともかく君の口ぶりでは、君は自分の仕事にも、あるいはもしかしたら職場にも、さほど満足していないらしい。それこそわたしの望むところだ」

男爵は頭を後ろに投げた。そのさまは暖炉の上に掛けられた豪奢な金の額縁に収まった八の字髭の紳士の肖像と無言の会話を交わしているようだった。

ジーモンは椅子の上でもじもじし、湿った手のひらをこっそりズボンで拭いた。そして最初一すすりしただけで台に置いたグラスに、所在なさにまた手を伸ばした。

「ドクトル（博士号を持つ人への呼びかけ）」男爵が不意に沈黙を破った。「わたしの秘書になる気はないか」かれは起ち上がり、暖炉の前に出て、肖像にさらに近づいた。まるで八の字髭の男の言った言葉が理解できなかったように。「君は今いる宝くじ局で――理由はともあれ――幸せではない。君の政治的信条はわたしのものに反してはいない。行動力がありそうだし、頭もよさそうだし、良家の出身だ。膨大な書簡の処理であるとか、その外にペピの手にある件の手助けに、わたしは信頼のおける者を必要としている。わたしの資産の管理もそれ自体が大仕事だから、法律家ならとても価値ある仕事ができる。むろん君にやってもらうことは易しくはないし、危険もないとはいえない。そして君の地位は不安定だが、それはわたしとて同じだ。われわれは火山の上で暮らしている」

その最後の言葉に相槌をうつように燃える薪がはじけ割れ、暖炉で火花を舞いあがらせた。ジーモンは口ごもりながらもごもごとお愛想をいった。何かを待ち受けているような奇妙な男爵のふるまいの理由がわかって心が軽くなったが、同時に頭がとても混乱し、意味のある言葉が口から出なかった。ひそかに男爵の贅沢な書斎と父親が長年過ごしてきた質素な部屋を比べた。座り心地のいいアイベル講師の机よりさらに下のどこかに位置する、宝くじ局のどん底にある国有財産の自分の机とインクに汚れた書類棚も目に浮かんだ。そこまで考えがおよんだとき、少し鼻にかかった穏やかな男爵の声がジーモンをわれに返らせた。ジーモンは手に汗をかき、男爵から目をそらそうと、水槽が両脇にならぶ学問の祭壇におずおずと目をやった。祭壇はマホガニーの輝きを誇り、そこに打ちつけられた銀は炎を映して痙攣している。まるで宝くじ局と比較された侮辱に抗議をしているようだった。

「今すぐに決断を迫るつもりはまったくない」男爵はふたたび口をきった。「わたしの申し出をじっくりと考えても構わない。むしろそうすべきだ」

「僕――僕は――」ジーモンは口ごもった。

「よくわかる。あまりにだしぬけなので驚いているのだろう。君の前任者によってわたしは痛い目にあったが、自分では人を見る目はあるとうぬぼれている。前任者のマウスエルルのとき、客観性がわたしに欠けていた。かれは動物学の学生で、才能はあまりないが勤勉ではあった。そいつとは大学の自分の講義の聴講生として知り合った。偉大な魚類学者になることはなかろうが、秘書くらいは務まるだろうと思った。どういうわけか奴はネズミイルカの子を思わせた。娯楽施設で田舎客用に用意してあるボトルみたいな体つきだった。おかしな名がもったいぶったラベルに印刷されていて、グラマトノイジードルかランゲンレバーンの展示会で賞を取るような酒で――飲むと二日酔いになるようなやつだ。あの狡《こす》からい悪党は、この机からわたしのアイデアとわたしの草稿を盗んでフィラデルフィアの大学教授になった。ここに」男爵は分厚い封筒を取り上げて、訴えるようにジーモンに差し出してから、炎の中に投げた。――「あれは奴の就任講義の写しだ。燃えるものであってよかった。わたしを自分の恩師と呼んで、わたしの『魚類学原理《プリンキピア・イクチオロギカ》』を引用している。あんな奴は民主主義者ども（米国人のこと）――それともギャング団か、まあどちらでもいい――につつしんで進呈してやる……」

ジーモンは同情するように舌を鳴らした。

「悪態はこれくらいにしておこう。字はきれいかい」

「上司からの評判はとてもよいものでした」

「上司からか。官庁ではまだあのいやらしい機械を使っていると思っていたが」

「いえ、局内の書類は違います。局長には専任のカリグラファーがいます」

「すばらしい。もっともカワウソ派が権力を握ればすぐ変わるだろうが――天よ守りたまえ。変遷の代わりに変革、質に勝利する量……。君には試用期間も置かないし推薦状も求めない。今の職場で真価を発揮できているのならそのままいたまえ。――もしそうでないなら、これは賭けだ。ペピの存在が示すように、わたしはつきあいにくい人間ではない。君となら、わたしもあのマウスエルル的な陰謀の犠牲になることもあるまい。給与は月百グルデンで、それに食事と部屋付きだ。君にしてもらう仕事は、それほど難しいものにはしないつもりだ。だが昼であろうと夜であろうと、わたしが必要なときはいつでも役にたってくれることを望む。それから旅にも同行してもらう。旅行は好きかね」

「とても好きです」

「それは結構。わたしたちは気があいそうだ。ペピ！」絨毯から魔法で生えてきたようにムーア人が男爵の安楽椅子のかたわらに現われた。ジーモンはかれがまだ部屋にいることすら気づいていなかっ

まえ」

「どんな待遇が君を待っているか見てもらいたい。今の件は一晩ゆっくり、君のベッドの中で考えたまえ」

「でも──」ジーモンが断ろうとした。

「ドクトルにマウスエルルの部屋を見せてあげてくれ──浴室も」

た。

「シュヴァインバルト未亡人のベッドで考えます。そこに下宿しているんです」

「マウスエルルのベッドもそれに劣らず気持ちよいと思うが。それではお休み」

ペピが灯りを手に先を進んだ。大広間で隠し扉を開けると、その奥で急な螺旋階段がゆったりとした空間と上階をつないでいた。先祖の肖像画と低めの扉がうち並ぶ狭い廊下を通って、ペピはジーモンを秘書用の部屋に案内した。壁龕に正方形の窓が三つある広々とした心地いい部屋だった。ところどころ毛がはげているが美しい絨毯、どこかの城を描いた暗い画、大きな天蓋つき寝台、二棹のどっしりした簞笥、そしてぴったりと革の張られた安楽椅子と書き物机があった。床磨き用ワックスの匂いがただよっていた。ジーモンは寒気を感じたが、胴が丸く脚の湾曲した鉄ストーブを見て安心した。

「浴室はすぐ向かいです」扉のわきに立っていたペピが言った。

ジーモンは感銘を受けた。生まれのせいで大人物を特徴づける禁欲的《スパルタ》豪奢については十分に理解していた。思いにふけりながらかれは部屋を出てまた階段を降りた。男爵は大広間のアクアリウムの前に立ち、クリスタルの皿の上でメデューサの髪のように縺《もつ》れうごめく細長い虫を、水中で泳ぐものにやっていた。そして心ここにない様子でフォークをかかげてジーモンに別れのあいさつをした。その先にピンク色のものがぴくぴく動いている。かれの客でありやがて秘書になる男は黙礼をするにとどめた。

おおかたの文化国家同様、オーストリアのあらゆる国民は法の前に平等である。それはそれとして、公務員は他の国民より一段と平等である。かれらの言によれば俸給は平等に低く、平等に――もっともこちらは大部分がきっぱり否定するが――みずからの仕事の意義への信頼の欠如を表わしている。不可解にもそれはある種の神経をすり減らすほどの粘りと表裏《ひょうり》をなす。だがこの不思議な現象はまったく簡単に説明がつく。官吏候補者のうちもっとも強情なものだけが、比較的長期にわたる見習い期間を耐え抜く能力を発揮し、公務員の世界では本採用と呼ばれる一段高い身分を拝命できるからだ。本採用された公務員は今度は粘りを特権として享受できる、というのは国家は非常に厳格な条件でしか、かれらを解雇できないからだ。その後の公務員は一般の法令集ばかりでなく、公務員服務規程のもとにも生きる。これは一種の修道会戒律で、その習得は本採用の前の厳格な試験の対象となる。本採用者はきわめて厳密なヒエラルキーの構成員で、局外者にはほとんど理解できない幻想的な敬意表明でそれは表現される。かれらの熱意はまず第一に、できるだけ早く階梯を昇ることに向けられる。

人はオーストリア人に生まれるのと同じく、国家公務員に生まれる。今までの説明から、外国人にさえそれは自明であろう。生まれつきの国家公務員でもないのに国家公務員になって国家公務員であり続けるものは、魂に激しい打撃を受け、密やかな悲劇の雰囲気がまとわりつくようになる。官僚の大部分は登用に際して官僚圏にはびこる近親交配の影響を受けている。父はこの特異な存在形態への信仰告白を息子たちに伝え、娘たちの婿も可能なかぎり本採用公務員となるよう心をくだく。かくてそれはメンデルの法則のごとくに代々受け継がれる。それ以外の者は天命を心に感じ、あるいは性格の特殊な傾向によって、あるいは生まれつきの特長や欠陥によって官僚になる。あるいは代父や伯父や近親者の中に、たんなる名前や《ドクトル》を冠した名前では呼ばれず、たいていは謎めいた《顧問官》なる称号付きで呼びかけられる黄金の血脈を持つ老人がいたために、みずからの天命を意識するものもいる。天命や遺伝による将来の官僚を見分けるのは難しくはない。物静かで従順で、遊び道具をていねいに扱い、何時間でもひとりで遊んでいられるような子らである。

かれらの名誉のために言っておけば、ごく少数の官僚だけが無能で怠惰であり、独特の生活様式を実現しようと願うためにだけその職に就く。そうしたものは往々にして受付業務時間に窓口に座っている。というのは、嫌そうに目をそらすだけで、請願者たちに自分たちの価値のなさを骨の髄までわからせる術にたけているからである。さもなければそんな無能官僚は、ある種の上司によって、補充要員として扱われる。みずからの部局の人員を増やすことで、おのれの威勢を保とうとする上司である。無能で怠惰な官僚は、こと権限の押しつけ合いに関してはトリュフ豚のごとく嗅覚が発達している。その結果、誰の担当でもなく、したがって新たに人員を投入せねばならない案件がたえず出てくる。さらに当該上司が無能で怠け者の官僚を調達する手段を心得ている場合は、望んだ効果はたやすく倍にも三倍にもなる。

以上述べた官僚には四つのグループがある。もっとも下位のDはまったく何者でもないもの、Cは何者でもないもの、Bは大学入学資格取得者、Aは法律家である。それ以外に非正規あるいは学者の官僚がいて、その勤務時間のかなりの部分はグループAに登用されるための争闘に明け暮れる。だがそれはかなり稀《まれ》な現象である。というのも、かれらが本採用に叙任されるのは例外にすぎないからだ。だが他方で非正規官僚や学術官僚にとって本採用はしばしば死活問題となる。無資産の学者が一見無意味で的外れな研究を行なえる特別保護区は国家だけが提供できるから。

ジーモンの父、菌類学者アウグスト・イレノイス・アイベルは、茸博物館館長として学術官僚の一員に数えられていた。ジーモンが正規公務員への道を進むことになったのはそのためかもしれない。傑出した人物の中にも非正規から正規への希求は根深く、父アイベルは、何はともあれ息子が法律の勉強をするときのやる気のなさに、ある種の性向が現われているのを見てたいそう喜んだ。父アイベルは顧問官の地位まで昇進したものの、真正の顧問官たちのサークルからもっとも外様《とざま》にいる奇妙な存在である自分をつねに苦々しく意識していた。その思いは、正規公務員という王家の出《で》である義弟のカイェタン・フォン・エーレンシュタインが局長になったことでいっそうつのった。これは正規公務員だけが達せられる境地だ。

ジーモン・アイベルは世俗法と教会法の博士号を取得すると、すぐオーストリア・ハンガリー二重帝国の宝くじ局に入ったが、クロイツ＝クヴェルハイム男爵に出会ったときは見習い期間を実質的に終了していた。そして先に述べた厳格な試問の準備をし、半年ほどで正規公務員になることをめざしていた。だがこの進捗はパパを完全には幸せにしなかった。自分の息子に、ごく少数だが生態系ピラミッドのどの部分にも棲みつく寄生種の臭いを嗅ぎとったからだ。それは官僚体（全官僚の総体はそう呼ばれる）に色鮮やかな膿疱《のうほう》のように貼りつく。ジーモンがおりおり漏らす言葉から父が察したところによれば、どうやら息子の狙いは、生活費の確保と個人的興味に必要な資金の調達のため、人生のほんの一部を、あいまいに《自己実現》と呼ぶものに厄介な影響を及ぼさない程度に犠牲にすることらしい。この前の休暇を両親のもとで過ごしたとき、ジーモンは怪しげな文句をどこからか引用した――《労働は人民の阿片である》。これは断じてマルクスの言葉ではない。それしかわからなかったパパ・アイベルは、本採用が息子に幸多い結果をもたらせばいいのだがと願った。

だがジーモンは本採用を恐れていた。机に向かって公務員服務規定を開きつつも、内心ではいちかばちかの逃亡計画をあれこれ練り、外人部隊や旅回りの一座や見習い水夫を、本採用がもたらすはずの二十パーセントの昇給よりずっと生き生きと想像していた。ついこのあいだまで漠然とした高貴な目的のための安直な手段とみていたものが、べたついた薄黒い蛸《たこ》の足に見え、それがあらゆる書類ファイルからちろちろと伸びる気がした。その下で自分の将来を設計したいと思っている生暖かい日陰が、自分に悪い影響をおよぼす気がした。その晩ジーモンはシュヴァインバルト未亡人の亜鉛のバスタブの中でずっとありもしない汚れを拭おうとした。

そんな気質のジーモンだったから、もちろん男爵の提案にはたいそう心動かされた。それにいたるきっかけさえも、ジーモンの目には運命的な意味を持って映った。花屋のエピソード、魚商人ティモーンの店への訪問、カワウソ事件、贅を尽くした邸宅、魚類コレクション、そして黒人ペピ。こうした一段上の存在の展示会を目にすると、外人部隊や見習い水夫の冒険生活はその陰に隠れて、三文小説同然に思われてくる。この四年のあいだはともかくうまく自分を職場に順応させ、仕方なく国有の机に座っているあいだは、与えられた仕事にはわずかの時間しか割かず、あとは本を読んだり手紙や詩を書いたり物思いにふけったりしていた。野心はまるでなく、官僚機構はおそらく今後も自分を心地よい無関心で遇するものと考えていた。だがこのような甘やかされた生活がもたらす危うさを知らないわけではなく、この生ぬるい環境がだんだんと自分を弛緩させることも恐れていた。そのうち自分の耳には書類仕事の単調なリズムしか聞こえないようになると思って怖くなることもしばしばあり、そんなときは隣にあるカフェ《ミニステリウム》に駆けこむのだった。

ジーモンは男爵を職場の上司と比べてみた。宝くじ局顧問官アロイス・クレッペルも階級を重んじるタイプで、それは洗礼名Aloysに含まれるyに現われているばかりではない。かれのいでたちはやたらに幅広い筒ズボン、気難しげに垂れた腹、ウエストを強調したトップコート、糊のきいた純白のスタンドカラー、薄青色のネクタイというものだった。このクレッペルが月に一度ジーモンを呼びつけて、近視の目で頭から爪先まで不機嫌そうににらみ、撒き砂の使い過ぎについて、ローマ数字の傾き具合について、仕事を始めるのが時計ぴったりなことについて、袖カバーの道徳的意義について、がみがみと小言を言う。顧問官にとって袖カバーは義務感と従順さのための侵すべからざる聖域であり、それを嫌うジーモンを、腕が裸のままの君のあつかましさにはいつも驚かされるよ、と言ってののしる。そしてクナックヴルスト（太く短いソーセージ）ほども太い人差し指を顔の前で振るので、ジーモンは齧《かじ》りつきたくなる衝動を苦労してこらえた。


男爵はむろん紳士で、どこから見ても立派な紳士だった。それはズボンの折り目や英国風の口髭のせいばかりではない。ジーモンは男爵の気高い鼻とクレッペルの団子鼻とを比べてみて、大きく笑い声をたてた。巡査がけげんそうに振り返った。ジーモンは足を止めて小さく口笛を吹いた。巡査はサーベルの柄を握り、夕刻の散歩者を取り調べる構えを見せた。ジーモンはさらに大きく笑い、だが足は速めて横丁に曲がった。巡査は角で足を止めた。管轄区域はそこで終わりだった。

この前の好景気の時に建った高級フラットが横丁のはずれにあり、そこに宝くじ局夢占い部部長の法学・哲学博士アルボイン・ガイエレッガーが住んでいる。オーストリア公務員年鑑は、長く続く平和のあいだに何巻にも肥大した軍事公務員職階表と好一対の重量を持つが、それを見ると、ドクトル・ドクトル・ガイエレッガーなるものが第一部局の一般人事課の代表者になっている。だが宝くじ局は、極端に頑固で意地悪な本物のドクトル・ドクトル・ガイエレッガーの代わりに、そのドッペルゲンガーを一般人事課長として雇っていた。本物は夢占い部にいるある職員に、ささやかな特別手当を与えて毎日家まで来させ、しかるべき扮装をさせる。二人の——本物と偽物の——ドクトル・ドクトル・ガイエレッガーがワインバーで一緒にいるところを見たものもいるらしい。身の毛もよだつ光景だったそうだ。

存在そのものが国家機密とされている夢占い部は、半ば公的に刊行される夢占い本に組織的な誤謬を織り交ぜ、新聞に載ったり歳の市で売られたりするホロスコープを改竄し、運任せのゲームにおける確率計算の有効性を保証し、その信用が落ちぬようはからう。そればかりか、夢占い部の職員は夢やまじないや吉日厄日の専門家ゆえ、ほかの場合も——とりわけ選挙や公的に外国を訪問するとき——お呼びがかかる。さらには多くの手相見、カード占い師、お茶の葉占い師、そしてほとんどすべての錬金術師が夢占い部の現場官僚と言われている。だがそれはおそらくあらゆるオーストリア人の持つ縁故願望の反映にすぎまい。

夢占い部長のドクトル・ドクトル・アルボイン・ガイエレッガーは宝くじ局でも特殊な地位にあった。中年で小太りで、広い額は頭頂を越えてうなじまで後退し、くぼんだ目がぎらぎら輝き、顔一面に炎の色の髭を生やしたかれは、女性からさえ興味ある人物とみられていた。エメラルド色のスーツしか身につけぬことで有名だったが、そのスーツは素肌につけた無数のお守りと幸運の石で膨らんでいた。腰をかけると電流のようなぴりっという音がズボンから聞こえた。本人が言うには鴉の血で呪文を記した羊皮紙のせいらしい。ドクトル・ドクトル・ガイエレッガーは課長や部長たちからひそかにではあるが慎重に遇されていた。大臣さえもこの前の選挙の前、この赤髭の夢占い師に助言を求めたそうだ。そのドクトル・ドクトル・ガイエレッガーがジーモンに、かれの自尊心をくすぐるような関心を示した。『オーストリアの若い詩人たち』というアンソロジーに「夜の歌」というジーモンの詩が載ったと聞いたからだ。夢占い部も有能な後継者を必要としていた。登用されるのはジーモンだと妬み深い同僚はすでに陰で噂をしていた。

豪奢な建物の四階にある褐色に塗られた扉にあったのは、真鍮から型抜きされた五芒星だけだったが、それは間違えようのない目印だ。ようやくそのときになって、「夜の歌」の一件のあと、同じ部署にいる目上の者から、困ったことがあったらいつでも来てくれたまえと言われただけで、それを本気にするのは賢明なのかとジーモンは疑いだした。あの上司はすでに自分のうちに裏切り者の匂いを嗅ぎつけたもしれない。ともかく、ドクトル・ドクトル・ガイエレッガーのようなオカルト学術官僚は、同僚と意見が食い違ったおりは、銀河か地獄かは知らないが、ともかく宝くじ局ではない別のどこかに片脚を置くもの特有の高尚な皮肉で応じる。おまけにあの男は参事官クレッペルの公然たる敵とみなされている。

近いうちに夢占い部への異動の見込みがあるかどうかを、ジーモンは単刀直入にたずねるつもりだった。もしかするとこの宝くじ局部長の形而上的な美辞麗句は男爵の提案に匹敵するものになるかもしれない。

ジーモンは呼び鈴の象牙ボタンを力をこめて押した。部屋の中でベルが鳴った。少し長く待ったあと、扉の向こうで足をひきずる音と忍び笑いが聞こえた。いきなり扉が大きく開いた。ドクトル・ドクトル・ガイエレッガーが片脚を敷居の上に残したままドアノブによりかかり、呂律《ろれつ》の回らぬ理解不能の声を発してくずれ落ちた。不審に思いながらジーモンは部屋に入ってお辞儀をした。部長は目を閉じたまま譫言《うわごと》のようなものをつぶやいている。だが声は髭の藪の中で圧死し、それと同時に片手が大儀《たいぎ》そうに、手から逃れたドアノブを探った。めくれ上がった緑のズボンの下からお守りがきらりと光った。ドクトル・ドクトルが発する匂いを蒸留スモモ水と判ずるのは難しくなかった。ジーモンも風邪のときや胃の調子が悪いときは同じ処方をしていたからだ。

ドクトル・ドクトル・ガイエレッガーは不意にまぶたを開け、ガラスのような目でジーモンをにらんでつぶやいた。「おや、アイベル。どうしたんだ。何か用かね」それから伸びをして横向きに転がるといびきをかきだした。

押し殺した鼠のような鳴き声がジーモンの目を上げさせた。前に立つのは目を恐怖で見開き、コート掛けのスタンドにしがみついているがに股のエルフィー、つまり夢占い部で一番若いタイピストだった。ピンク色のスリップ姿で、足は裸足で、髪の毛が乱れていた。「人殺し――人殺し!」エルフィーはわめき散らした。「アイベルがドクトルを殺した!」

金切り声に驚いてジーモンは素早く後ずさった。そして泥酔した占い師をコート掛けのまわりでふらふらしているエルフィーの方に通り過ぎざまに押しやりながら、恐ろしい顔でにらみつけて、すばやく部屋を出て扉を閉めた。最後の踊り場まで着いたとき、エルフィーはエレベーターシャフトの格子に向かって「人殺しいいい」と金切り声をあげていた。

ふくらはぎ丈のズボン下姿で管理人室から、目をこすりながらのろのろ出てきた守衛に帽子をあげて目礼をするのもそこそこに、ジーモンは街に走り出た。声も届かないくらいの距離になって、はじめて歩みをゆるめた。そして思いに悩みながら足元に転がる濡れて輝く丸いマロニエの実をけとばした。マロニエは舗道を勢いよく跳ね、吸い殻入れの脇に落ちて鈍い音をたてた。ジーモンは目の前で手を叩かれた気がした。今の音は運命の声だ。下位の官僚が第八等級の上司を玄関で押しのけて無事にすむはずはない――しかも半裸の秘書のいる前で。とつぜん宝くじ局に訳もなく郷愁を感じた。

丸々と肥えた厚着の焼き栗屋が、ティンパニ型の炉の火を消そうとしている。そこから手のひら一杯分の焼き栗を買うと、新聞を折った袋に入れて渡された。歩きながら熱くてほくほくした栗の皮をむいて、ゆっくり噛みながらも気はそぞろだった。そのうち下宿先のシュヴァインバルト未亡人の家の裏にある広い木材乾燥場のところまで来た。家の裏手の眺めは心に沁みた。おりしも雲間《くもま》から射した月の光で、それは積み重ねられた黒い箱に見え、かれは苦く甘い別離の味をあらかじめ味わっている気がした。

木材乾燥場の片隅の憂鬱な眺めは今の気分によく適《かな》った。すでに先週のはじめからサーカス団がここにテントを張っている。そのみすぼらしい小さな一座は数台の箱馬車でやってきた。前輪より後輪がはるかに大きなそれらの馬車が、継ぎのやたらに当たったキャンバス地の丸い神殿のぐるりをぴったりと囲んでいる。数は少ないが賑《にぎ》やかな色の電球が天幕の継ぎ目にそってぶら下がり、入口の上方で一つに合わさり、隙間の多い花綵《はなづな》を形づくっていた。のっぽの男が巨大な毛皮の襟《えり》が付いた深紅のマントを着て、その前に立っている。

「晩の公演！　正真正銘、シーズン最後の公演だよ！　お目にかけますは恐れ知らずのライオン使いジャン・サンプール、踊る犬チコとチキータ、高名な奇術師ウー・チー、フェリーニ三兄弟の息を呑む空中ぶらんこ、支配人アルトゥール・ヴァーゲンシュロートとそのリピッァ種の愛馬、そして――極めつけは――世界中で人気の道化者タヴィでございい！　紳士淑女の皆さまがた、どうぞ入って、とくとごらんあれ！」

今晩は下宿に戻って将来を考える気にはなれない。ジーモンは深紅のマントの男に親しげに頷くと、料金所というかテント前のがたつく仕切りに向かった。金髪の痩《や》せた娘が窓口にいた。機械的な笑みの上の大きな茶色の目には、深淵のような悲しみが見てとれる。ジーモンはおずおずと焼き栗が二つだけ残った紙袋を差し出した。娘はさぐるようにかれを見た。

そして「ありがとう」と言って焼き栗を一つつまんだ。

「よく見える真ん中の席がいいんだが」料金入れらしいスープ皿に紙幣を置いて、かれは緑のチケットをもらった。「寒いね」

「そうね」

茶色の目を向けられてどぎまぎしたジーモンは、雑談で切り返そうとした。「こんな季節に旅暮らしはつらいだろう」

「でもあんなとこに住むよりはまし」娘は蔑むように手を動かして向かいの家を指した。

「どうして僕の住みかを知ってるんだい」

「払い戻しはなしよ」

「そんなことはしないよ。実際あの家はひどいからね。でも、どこかの知らない町の片隅で、吹きさらしの荷馬車で生活するほうが、隙間風のない部屋の暖かさより本当にいいのか、僕にはわからない。

夏ならロマみたいな暮らしも格別かもしれない——だが秋ももう終わる……」

「あたしたちは自由と芸術のために生きてるの！」

「するとあんな家に自由はないし、芸術も育たないと？」

「あなたみたいにね、お客さん」

娘はせせら笑い、面皰面《にきびづら》の太った若者のほうに顔を向けた。若者は一つかみの硬貨を皿にじゃらりと投げ入れ、紫の入場券を受けとった。ジーモンは頭を振っただけで何も言わず、鷹揚なところを見せた。娘はもうかれに目をとめなかった。赤マントの男が入口に掛けられた粗末な毛布を掲げ、ジーモンを中に入れた。

「暖房がきいてます」男は励ますようにささやいた。

湿ったおがくずの撒かれた平土間に、赤い長椅子が四列並べてあった。皺だらけの小男がジーモンから入場券を受けとり、場所を指さした。かれは腰をかけ、しっかりマントにくるまった。そしてゆっくりと最後の焼き栗の皮をむき、数人しかいない観客を見回した。赤らんだ鼻々から息の白旗がたなびいている。隣の男が靴の中でかじかんだ爪先を動かすのがはっきり見える。出し物がはじまった。

芸人の入場口のかたわらにあるグラモフォンの巨大なラッパが騒がしくマーチを鳴らした。先ほどの皺くちゃの小男が混血の男といっしょにばらばらの格子の部品を組み立て、テントの壁に空いた穴と格子細工の通路でつながる檻《おり》にした。世界中で人気の道化タヴィが二人の邪魔をしようとサイフォンで水をかけ、豚の膀胱《ぼうこう》を二人の耳にかぶせ、二人が芸人用入口から舞台に引きずって来た格子に猿のように飛び乗った。とうとう道化は檻の中でしゃがみこみ、獣の真似をして後ろ足で立ち頭を揺らした。マーチが突然やんだ。何ごとかと通路を見やった道化は恐怖の叫びをあげ、ウナギのように体をくねらせて格子をすり抜けた。もじゃもじゃの老いたライオンが大儀《たいぎ》そうにゆっくりと、ジャン・サンプールに導かれて檻に入ってくる。この猛獣使いは肩幅の広い浅黒い男で、お伽《とぎ》の国の将軍のようななりをしている。白いブーツのかかとを音を立てて合わせ、まっ黒の髭をひねり、モノクルを左目にはさみ、鞭をひとつ鳴らすと、親しげにライオンに声をかけた。「おいで、マニュエル」

マニュエルはあくびをひとつして、痩せた体を丸めると、さも嫌そうに床に肘をついたまま体を起こした。主人がその前で鞭を振りあげると、キャッツアイ色の目が無関心に、だが従順にその動きを追った。次にライオンは、転がって出てきた丸い腰掛けの上にそろそろと乗った。主人は造花を巻きつけた輪を差し出した。ライオンはまたもあくびをして、物憂げにそちらに前足を伸ばし、何度かためらったあげく、ようやくそれをくぐった。ジャン・サンプールは足で腰掛けを檻の端に動かした。グラモフォンがメヌエットを奏でだすと、マニュエルはダンスのステップを不器用に踏んで輪を描き、猛獣使いのまわりを回った。今度も音楽は拍子の途中で不意にやんだ。格子だけが軽く音をたてている。

ジャン・サンプールはマニュエルに近寄り、両手でその口を開けると、黒い鼻にキスをした。そして観客のほうを向き、モノクルを胸ポケットに差し、軍隊式の簡潔なお辞儀でまばらな拍手に応えた。手招きしてライオンを檻の外に出し、堅苦しい足どりでその後についた。

皺くちゃの小男と混血の男と世界中で人気の道化が檻に走り寄った。分解のために鉄のボルトを緩めかけたとき、悲しげな鳴き声が聞こえた。と思ったら白い子犬が一匹、通路から檻に飛びこんだ。後を追う先ほどのライオンが、力強い一跳びで襲いかかり、可愛い子犬がすり抜けようとした鉄の支柱に前脚をあてて圧《お》しつぶした。不気味に唸りながらライオンは子犬にのしかかり、痙攣する柔らかな体に歯を突きたてた。

ジャン・サンプールが駆けよった。今はぴかぴか光るリボルバーで武装し、左手に鞭を持っている。

「やめろ、マニュエル!」

王者の風格のある頭をもたげてライオンは吠え、おがくずの中で尻尾を激しく振った。ややあって身を起こすと、ゆっくりと出ていった。凱旋を思わせる堂々とした足どりだ。

観客はあるいは石のように固まり、あるいはうろたえてベンチから立った。子供が二人、大声で泣きだした。だが最初のひとりが出口まで来たとき、赤マントの男が急ぎ足で、舞台と観客をへだてる低い壇に現われた。毛皮の襟は開けられている。大型の青い蝶ネクタイがあごの下で揺れ、そこを二すじの大粒の涙が伝っている。

「どうかそのままで、皆さまがた。そのままで! たかが犬に——子犬にすぎません……まことに申し訳ありません……ショウは続きます。今日はチコがひとりで踊ります」

赤マントの男はチェック模様のハンカチに紫色の顔を埋めて鼻をかみ、観客の同情を誘いながらも、先の懇願を繰りかえした。ジーモンにはわかった。この男はチキータの死を悲しみながらも、客が金を返せと言いだすのを恐れている。支配人ヴァーデンディングスに小銭なりとも残しておいてください! だが子犬は檻の中でいぜんとして血まみれのままじっと横たわり、それを見たジーモンの夕べの気分はだいなしになった。ほかの客がふたたび座席に体をすべらせるのを横目に、かれは立ちあがり出口に向かった、外に出るともう一度料金所のほうを見やった。美しく悲しい目をした娘はもういない。これからフェリーニ三兄弟と綱渡りをしたり、中国人のお手玉代わりになるのかもしれない。

だがかれは引き返さなかった。

一時間後、シュヴァインバルト未亡人の下宿でナイトスタンドの明かりを消したとき、悲しげに吠えたてる犬の声が木材乾燥場のほうから聞こえてきた。

朝になるといつものようにシュヴァインバルト未亡人が硬い指の関節で扉をこつこつと叩いて「ジーモンさん、起きてくださいよ」と呼びかけた。

「今日は起きません」そう答え、キルティングのふとんを耳の上まで引きあげて、ジーモンはふたたび眠りに落ちた。今度の夢のすみっこでは、未亡人が足をひきずってキッチンへ歩き去るのが見えた。かれをふたたび、そして最終的に目覚めさせたのは朝日だった。赤く燃える気球のような太陽が、窓の外の青白い空に昇っている。ベッドをきしませて心地よく伸びをしてから、ジーモンはなかば閉じたまぶたの裏で、染みのついた天井をクロイツ‐クヴェルハイム家の天井の化粧漆喰《スタッコ》の薔薇や小天使で飾りたてた。卓上の丸い水差しの曲面に赤くたわむれる光が、何匹とも知れない魚が泳ぐ広間を思いおこさせた。今ごろ日差しは骨格標本のぶきみな影を背後に投げているだろう。歩くと霜のきしる庭園が朝靄にぼやけ、ペピが主人の寝室のブラインドを上げ、モーニングガウン姿の男爵は紅茶とトーストとジャムを前に手紙に目を走らせているだろう。それからジーモンは体を転がして腹這いになると、クレッペル参事官のことを思った。今ごろはサスペンダーとスリッパ姿で魅力の失せた細君――このぞっとしないミイラとは、記念祝典のときに三度ダンスのお勤めをしたことがある――の淹れたコーヒーにクロワッサンを浸し、そのかたわらで半分寝ぼけた掃除婦が、くず籠の中身を別の大きな籠に入れているだろう。体を起こして毎晩ベッドの頭にぶら下げる懐中時計を見ると、クレッペルと掃除婦の場面はすでに二時間前に過ぎていた。ジーモンはまったく脈絡なく、可哀そうなミミ・

シュヴァイゼルが昨日、最近の大臣訪問に関する議事録につけた大きなインクの染みを思い出して笑った。あのとき職場は笑いの渦におおわれた。課長アーベントヒルシュの最初の一文字と最後の四文字だけ（Arsch=尻）が残っていたからだ。

「男爵に栄光あれ！　栄光あれ！　栄光あれ！」とジーモンは声を張りあげて叫び、ベッドから飛び起きた。ていねいに髭を剃り、あごと頬にラヴェンダー化粧水をすりこみ、一番上等のスーツを着込んだ。朝のコーヒーとゼンメル（小型の白パン）二つを載せた盆を持って入ってきたシュヴァインバルト未亡人に、恵みでもほどこすように笑いかけた。

「おはようございます、シュヴァインバルトさん。お知らせしたいのですが、この馬鹿馬鹿しいほど金をふんだくる穴ぐらを来月一日付けで解約します」

善良な未亡人はテーブルにトレイを乱暴に置いて、もっと早くお行きなさいと勧めた。ジーモンは絵葉書を送りますよと約束した。楽しい気分でコーヒーを飲み、その合間にパンくずを、フラシ天のカバーがかかったピアノに置かれた故エウゼビウス・シュヴァインバルト郵便局長の写真めがけて指ではじき飛ばした。

「今は亡きシュヴァインバルト氏に敬意をこめて！」

それからおろしたての銀ねず色のシルクハットをかぶり、それに合うペルリーン（袖なしのコート）を肩にはおり、足どりも軽く職場におもむいた。だがふつう遅刻者が期待されるように済《す》まなそうにさりげなくさっと机につく代わりに、正面にいる上役のアントン・ヴェーデルマイヤー（二人の机は額が突き合うくらい近接していた）に、「べえええ！」とあいさつし、その声は隣室の参事官クレッペルまで聞こえた。

参事官は扉を引きちぎらんばかりの勢いで開けて怒鳴りつけた。「アイベル!」

ジーモンは眉をあげ、頭を振って参事官を見た。

「アイベル!」

「クレッペル?」

「なんという恥知らずだ! こっちに来い!」

「まっぴらです。参事官どの」ジーモンは馬鹿にしたようににやにや笑い、事務用の椅子を部屋の真ん中まで動かしてそこに座り、かれの正面で脚を伸ばして舌を突き出した。

参事官は驚きで言葉を失った。はげ頭のてっぺんまで紫色になって、物差しをむやみに振り回した。

「参事官どの、アイベルは発狂しました」上役のヴェーデルマイヤーがうろたえて言った。

「いいえ、シュラムバイサーちゃん」ジーモンが訂正した。「まるで逆です。わたしは理性に酔っています」かれは立ちあがり、たるんだ手袋でズボンの尻の塵をはらった。「いまこの時点でこの職場を辞めます!」そして二人にお辞儀をした。「長く抑えていた鬱憤《うっぷん》を、こんな子供っぽいかたちで表明したことを許してください。わたしの書類については全部燃やすことをお勧めします。灰色の毎日にいくぶんかの温みを得られるでしょうから。右側の抽斗《ひきだし》にある探偵小説は、あなたがたのよき読書の糧となるでしょう。それではさようなら!」

この言葉のあと、ジーモンは参事官と腰を抜かして見ていた上役を置き去りにして部屋を出て行き、埃っぽい油が浸みこんだ長い廊下を抜けて正面玄関に着くと、守衛におまけのあっかんべえをして、一路クロイツ＝クヴェルハイム邸へと向かった。

緑のエプロンをつけて熊手を手にした赤い頬の庭師が門を開けてくれた。

「男爵が待っているんだ」そう言って庭師のかたわらを通り、庭を抜けて屋外階段に足をかけると、すでに黒人のペピが待ちかまえていた。書斎の男爵は書物と専門誌に埋もれて執筆の最中だ。ジーモンが控えめに咳払いをすると、男爵はペンを置いてあたりを見回した。あいさつはたいそう心のこもったものだった。

「やあアイベル、おはよう。こんなに早く再会できるとは。この前の件は考えておいてくれたかい」

「時間は長くないかもしれませんが、徹底的に考えました、男爵」ジーモンは静かに答えた。「将来何が起きるかは誰にもわかりません。どれだけ考えても近似値にしかなりません。でも、この賭けはするに値します。わたしが失うものといえば、賭けない人の生活の安定だけです。それにあなたに仕えることはわたしの栄誉にもなります。最初はあなたの指示を完全に果たせないかもしれません。しかし寛大な目で見ていただければとお願いいたします」

「いいともジーモン君。君の真摯な決意は必ず実を結ぶとわたしは信じている。秘書で協力者としての君と握手できてうれしい。今からペピに車で君を下宿に連れて行かせる。荷造りを手伝わせたまえ。ほかにもわたしの用がないときは何なりと言いつけてかまわない。戻りしだい連絡をくれ」

ペピのおしゃれなブルーム（運転台に屋根のない箱型自動車）で下宿に乗りつけたジーモンは、荷造りをしたあと、シュヴァインバルト未亡人に下宿代の残りを払って冷ややかに別れを告げた。未亡人はその辛辣な言葉を何も言わずに聞いていた。かたわらの黒人が恐かったからだ。あとになって未亡人は思い当たった。あの下宿人は今までずっと虫が好かなかった。

その週のうちにジーモンは両親に手紙を書いた。

宮廷顧問官・講師アウグスト・アイベル博士夫妻、フォイテンタール・バイ・オーバーヴェルツ、ヴァルデスルスト荘、シュタイアーマルク州

愛する父上と母上

この手紙は、報告せねばならない事態の重大さに比べて短すぎるとあなたがたは思われることでしょう。僕が先週の火曜に官庁を辞したと聞いてあなたがたはどう思うか、とても心配です。あなたがたが賢明な助言と助力で、僕の人生行路からあらゆる障害を除こうと常に尽力してくださったことは承知しています。特にあなた、愛するパパ、僕がこの若さで宝くじ局の課長代理という人もうらやむ地位につけたのは、ひとえにあなたの奔走とコネのおかげだと常々感謝しています。あなたはいつかは僕がこの高名な官庁の参事官、あるいは局長にさえなれると思っていることでしょう。あなたがたをたいそう幻滅させたことを許してもらえるでしょうか。僕はすでに何度も、あの職場にいるのが嫌になるさまざまなことであなたがたを煩わせてきました——あなたがたはきっと、そんなことはあらかじめ描いた栄《は》えあるキャリアを放棄するほどの大事《おおごと》ではないとみなしていたでしょう。さらに白状しますと、あなたがたの祝福を受けないまま新しい道を進んだことに、僕は何の後悔も感じていません。これはあなたがたを憤らせ、苦しめて当然かもしれません。このことだけは僕を心苦しくさせます。そうはいうものの、新しい職務はそう見下げたものではありません。僕はエリアス・フォン・クロイツ゠クヴェルハイム男爵の秘書になりました。パパ、あなたがたいそう高く評価していた魚類学者です。男爵は大きな敬意をもって、いくぶんの愛情さえ交えて、あなたのことを話していました。

男爵のもとでの仕事はたいそう面白いもので、男爵から支払われる月百グルデンは、宝くじ局では、うまくいった場合でも十年後でないともらえないでしょう。それればかりか、今までの多からざる給与から払わざるをえなかった出費も抑えられました。というのもシュヴァインバルト未亡人の下宿を引き払って、男爵邸のとてもすばらしい部屋に引っ越せたからなんです。食事もここで供されます。男爵が家で食事をとるときは僕もかならず招かれます。邸宅には男爵と僕のほかに召使のペピ（黒人なんです！）とそれから、ベアテ・グラウルヴィッツさんという一種の家政婦である年かさの婦人がいます。庭の小屋にはプラティンガー夫婦がいて、夫は庭師で、奥さんは雑用万端を受けもち、そのほかに料理人のアンナ・コールハウプトもいます。男爵の秘書として僕はこの人たちに敬意を表されていますし、僕と打ち解けてくれてもいます。あなたがたが僕を許していただけることを願っています。すべての愛情をこめてあなたがたを抱擁しキスを送ります。

あなたがたを心から愛する息子ジーモン

二週間ほどして、ジーモンは返信を受けとった。ひとつの封筒のなかに、厚手の白い用箋と薄いライラック色の手漉《す》き用箋が入っていた。

愛するわが息子よ！

お前の転職を聞いて（お前の手紙を受けとる前に、休暇をオーバーヴェルツで過ごしたゼーテーゲル宮廷顧問官からすでにこの話は聞いていた）最初は度を失った。だが今では、わたしの敷いてやった以外の道を進むお前に、父として真面目な言葉を送ってやれる程度には落ち着いている。疑いなく今世紀の学問の輝かしい燈火《ともしび》のひとつである男のライフワークに、お前がカンマひとつなりとも寄与できるなら、わたしたちはその幸運を喜ぶべきだろう。いかなる地位をクロイツ-クヴェルハイム男爵が占めているかは、もしお前に——罰則付きの守秘義務を顧みずに——こう漏らしたならば、きっと推察できよう。アカデミーの中でさえ、男爵は皆に《ネプチューンがもっとも愛する息子》と呼ばれている。学者どうしの妬《ねた》み嫉《そね》みはよく知られていて、わたしも嫌というほど味わってきたからわかるが、これはただごとではない。そんな男に仕えるという栄誉のなかで、やはり栄えある地位であった宝くじ局職員よりも、お前が本領を発揮してくれるようわたしは望む。ゼーテーゲル宮廷顧問官から否応なく耳に入ったが、あの職場とは甚《はなは》だ不名誉な別れ方をしたそうだな。お前は喜んでいいが、クレッペル参事官は——いけすかない男ではあるが——この騒ぎをきわめて狭い交際範囲の中でしか口外していない。心から忠告するが、今後はああいう無意味な意趣返しはつつしみ、お前とわたしたちの名誉を言語道断なやり方でだいなしにしないようにしてもらいたい。もうひとつ心配なのは、これはゼーテーゲルが言っていたのだが、男爵は政治面で見通しのきかない危ない橋をわたっているそうだ。お前はそんなことに首をつっこんではいけない！　男爵がカワウソを好かなくとも、誰も悪くはとらない。だが野党の感情を害さないよう気をつけなければいけない。どうか用心しておくれ。お前が金銭的に前より恵まれたことはうれしく思う。もっともお前の年では、老後の安定の大切さなど想像もつくまいが。もちろんお前が期待に応えたなら、男爵はささやかな年金を用意してくれるだろう——あの界隈では普通はそうだから——だがお前自身も今から少しばかり貯金をはじめておくがいい。ところで先の手紙には書いていなかったが、どんなきっかけでクロイツ-クヴェルハイム男爵と知り合ったのだい。わたしはとても知りたく思う。さほど確固とはいえないお前の将来の幸福を祈りつつ——

父より

そして薄ライラック色の用箋には——

愛する坊や

お父さんとわたしは、お前がもう宝くじ局にいないと知ってとてもびっくりしましたよ。お前はみんなにとても好かれていたじゃありませんか。ゼーテーゲル顧問官がおっしゃるには、宝くじ局を辞めるときにとてもお行儀の悪いことをしたんですってね。お母さんは心配でたまりません！　お父さんによれば、クロイツ‐クヴェルハイム男爵はとても有名で立派な方だそうです。でもわたしは、お前もポルディ叔父さんのように局長になるとばかり思っていました。この年になって考えを改めるのはとても難しいんですよ。お金が今までよりたくさん入るようになったのはもちろんすばらしいことです。冬のコートは絶対に買ってください。クリスマスに帰ってきたときお前が着てたものは襟《えり》がすり切れてましたからね。明日小包で蜂蜜ケーキと林檎《りんご》を送ります。男爵がすぐ休暇をくれればいいのですが——思っていること全部はとても書ききれません。愛情のキスをこめて——

お前の母より

次の年の夏、ある暑い日の午後、ジーモンは男爵の書斎のすぐ隣にある仕事部屋で、ペピとともに論文のゲラ刷りの校正をしていた。これは男爵が英国海軍の記念論文集《ナーヴァル・アカウント》に寄稿したもので、サメの調教とその海戦投入への可能性を論じていた。ジーモンはいまさらながら見出し語《魚》にかかわるあらゆる領域におよぶ男爵の百科全書的な知識に舌を巻いた。呑み込みの早いペピがアクセントをつけながらゆっくりと原稿を読みあげ、ジーモンが鉛筆を手に印刷されたテキストを追う。外では町の向こうから、まだ陽光がぶつかりあって燦《きら》めている。市長は思いきった節水措置をとっていた。茶色に枯れた芝生が灰色に埃をかぶった柘植《つげ》の幾何学にかこまれて、こおろぎの合唱によるかんだかい音をたてている。この庭園は屋敷の裏手まで延び、そこで二重帝国特認の靴墨と髭用チックの製造工場の敷地に接しているのだが、その一方の端にある池では蛙がすでに喉袋を鳴らしはじめている。

屋敷の人たちは男爵の帰りを待っていた。エリアス・クロイツ゠クヴェルハイムは数日前からニーダーバイエルンにあるクロイツシュテッテン僧院の廃墟に出かけていた。スペイン継承戦争（一七〇一―一四）で荒廃したこの修道院のなかに、もとは養魚池だったが、今は葦の繁る、真四角な形だけがかろうじて往時のおもかげを残す沼がある。そこでカロリング朝以前から棲む鯉が一対発見された。少なくともレーゲンスブルクのエラスムス・カチアネルはそう主張している。この著名な魚類学者が力説するには、二匹の鯉はアイルランドとスコットランドの修道士によって、ゲルマニア布教への途上でもたらされたもので、すでに当時からかなりの高齢であったという。苔に覆われてとても魚には見えないその怪物を、男爵は、画期的なその発見を報じたカチアネルの論文に付された挿絵を一目見ただけで、せいぜいそれはシュタウフェン朝時代のもので、皇帝バルバロッサの勅令に関連するものとみなした。魚の養殖にたずさわる修道士は最も高齢のものを宮廷の食卓用に残しておくようその勅令は定めていた。この掟は一九一八年まで実際に守られていたことを男爵は証明した。もっとも、その布告がなされた直後に、それほど老齢の魚は食用に適さぬことが判明したのであったが。だが男爵はカチアネルの権威を慮《おもんぱか》って、自分の目でその魚を見るまでは判断をひかえ、場合によっては妥協も辞さないつもりでいた。

門扉の周囲を熊手で掃除していた庭師プラティンガーは、門の取っ手が動くのを見て、主人が帰ってきたと思い、自動車が通れるよう扉を大きく開けるため駆け寄った。だがそこにいたのは男爵ではなかった。黒の作業用コートを着た痩《や》せぎすの男だ。何が何でも《ボス》に会わせてくれとその男は言った。同時に肩越しに後ろをふりかえり、プラティンガーの脇を通って庭に入り込んだ。

プラティンガーは熊手でひっかけて男を押しとどめた。

「男爵はお出かけ中だよ」

「だがたいへんに、たいへんに、重要な用件なのだ」男は神経質に歯ぐきをつまんだ。「わたしを追い出したと知ったら、男爵はお前の尻をもぎ取りかねないぞ」

プラティンガーは不審そうに男の頭から爪先にまで目をやって、鼻に皺を寄せた。「そんなに大切なことなら、ドクトル・アイベルに会わせてあげようかね。男爵さまの秘書だよ」

男の見るからに不安げなようすを、自分の権威がもたらしたものと思いながら、庭師はかれをジーモンの居室へ追い立てた。

不思議な来客は戸口に立ったまま、そこにジーモンとペピを認めると、興味深げに目をくるくると動かした。

「二人だけにしてくれ」ジーモンが言った。ペピは従順に姿を消した。

「どういった御用でしょうか」

男はインクの染みのついた手を揉み合わせ、大きく息を吸った。

「何をそう心配されているのです、ええとお名前は……」ジーモンは重ねて問い、男に椅子を押しやった。男は腰をおろし、尖った膝のあいだに両手をはさみ込んだ。

「わたしの名などどうでもいい。外の庭番にも言ったが、何がどうあろうと男爵に会う必要がある」

「わたしは男爵の個人秘書です。あなたの用件が本当にそれほど重要であれば、男爵ならまずは……」

「そんなことはどうでもいい！　男爵はいつ戻るんだね」

「夕方には戻るでしょう。お待ちになりますか」

男は何とも答えなかったが、その痩せた体はとうとう椅子に落ち着きどころを見出したようだ。黒い木綿のコートのポケットに両手を突っ込んで、意固地にジーモンから目をそらし、向こう側の靴墨と髭用チックの工場の煙突を見やっている。ジーモンはふたたびペピを部屋に入らせた。


一時間ほどたつと、男爵のイスパノ－スイザのクラクションが鳴らすリュリの《狩りの歌》の第一小節が聞こえた。門の扉がきしり、車輪が砂利を挽き、男爵をニーダーバイエルンから連れてきた百一馬力が音を立てて止まった。ペピが駆け出して、男爵が車から降りるのを手伝い、手荷物を運んだ。ジーモンは大広間で男爵と会った。男爵はまだ大きな運転用ゴーグルと耳当てつきの帽子を身に着けたままだった。自分だけに伝えたい用件を持つ怪しい来客が待っていることは、すでにペピから聞かされていた。

「その人はどこにいる」と男爵は聞いてジーモンの手にゴーグルと帽子を押しつけた。

「カロリング朝の鯉は――」

「わたしの見るところではアルトナ種だ。だがそれは後にしよう。その人はどこにいる」

それまでじっと腰掛けに座っていた男は、コートの裾をつまんで深々とお辞儀をした。

「われわれだけにしてくれ」男爵は秘書と召使に命じた。

ジーモンは自室に戻り、もうすぐ迫る夕食用の着替えをしていた。ちょうどベストの銀の丸ボタンをかけ終わったところに、ペピが飛び込んできて、そのまま男爵のもとにひっぱっていった。

男爵はせかせかと部屋中を歩き回っていた。テーブルの上に積まれた本は、男爵が通りすぎるたびに追加されていく。口から吐かれるゲール語の呪いは、男爵の母――旧姓レディ・オヴ・アイラ・アンド・シャンが、誰も理解できないのをいいことにあたりはばからず吐いていた、髪も逆立つ先史時代の悪態であった。インクの染みのついた鬱陶《うっとう》しい男はすでに消えていた。

「すぐ荷造りだ――もちろん居残るのは君の自由だ。高飛びが危険すぎると思うならな」男爵は本の上に本を投げ重ね、ぐらつく山はみるみる高まり、やがて隣に第二の山ができた。「わたしを待っていたあの男は官庁用務員のヴォンドラで、内務省最奥部にいるわたしのスパイだ。あの男が今日、枢密会議室――ちなみにミヒャエル広場の地下五階にある――の紙くず籠を空けて、いつものようにその中身を分類して広げて皺をのばしていると――あの男の雇い主はわたしの他にもいるのかもしれない――この紙を見つけた」男爵は非難するように汚れのついた紙きれを高くかかげた。「三人いる深海魚族《プロフンディシーミ》のひとりが、おやつのパンをこの紙に包んだのだ。周知のように、厳重な秘密を要する議案や正式文書は、仕事が多すぎるときは、しばしばソーセージとチーズパンの包み紙にカムフラージュして自宅に持ち帰る。これもどうやらそのたぐいらしい。この紙くずによれば、反カワウソ政治活動に関した謀反と大逆罪の疑いがわたしにかけられていて、国内の全財産を差し押さえる訴訟手続きが進められているそうだ。場合によってはあと数時間で、公的証書の作成が済み次第、わたしに通達され、警官の群れが封蠟用の棒を手にして――手錠さえ持ってくるかもしれない。そんな疑惑には根も葉もないと言っても無駄だ。政治的信念の話になればわたしがいかに歯に衣着せぬかは、君も雇われて半年のあいだに目のあたりにしているだろう。時間が惜しいので実地の活動はどんなに無害であろうと参加を控えているがね。あらゆる種類の陰謀が企てられているが、カワウソ擁護派は何も知らない。結構なことだ！　それはそうとわたしは野党にとっては目の上のたんこぶなのだ。おかげでわたしは自分の権利を奪われ、市民のリストから削除された――もしかしたら与党が怪しげな譲歩の見返りに、わたしに熨斗《のし》をつけて進呈したのかもしれない」男爵は話をやめ、机に体をもたせかけた。

「逃げねばならない。グラウルヴィッツはここに残る――占領された地に歩哨に立つようなものだろうが――。プラティンガーも残る。荷造りをしたまえ。だが必要最小限のものにかぎること。ペピはわたしの荷物をまとめている――奴からトランクを受けとりたまえ。準備ができ次第、車のところで会おう」

ジーモンは螺旋階段を駆け上り、衣装戸棚の中身をベッドの上にあけ、ペピの用意したトランクにすばやく詰めこんだ。車中で読む本として、すこし考えたあと二人のシュトルベルク－シュトルベルク伯爵の薄い革装の詩集とジャン・ド・ブシエールの『ミューズのキャビネット』を選んでトランクのいちばん上に置き、革ひもをきつく締めた。おしまいにコーゼガルテンの詩集をポケットに突っこんだ。大広間に出ると男爵がいた。その脇に追加のトランクや、旅嚢《りょのう》や、巻いてある膝掛けや、何かの容器が積まれていた。いちばん大事な荷物二つは開いた金庫の前に上下に重ねられて置かれていた。注入口と排水コックのある防水トランクで、中にはもっとも重い十八カラットの黄金の魚と純銀の鱸《すずき》が格納されている。ペピが男爵に一角《いっかく》の角のステッキを渡し、トランク二つに旅嚢三つ、それから釣り竿のケースを背負って、屋外階段をあえぎながら下り、ニーダーバイエルンの埃をかぶったままのイスパノ゠スイザのところまで運んだ。

まもなく自動車は縁までぎゅう詰めに荷を押し込まれ、なおいくつかはタラップにバンドでしっかりと結わえつけられ、ペピは後部座席の手荷物のあいだに埋もれた。男爵とジーモンは前の座席に座り、プラティンガーは別れのあいさつをし、ヘッドライトを減光した車は、淋しい夜の街に走りだした。リングシュトラーセに入り、ヘルデンプラッツを過ぎたところで、男爵は聖シュテファン教会の塔に、ちらりと惜別の視線を投げた。そしてハンドルにかがみこみ、アクセルを強く踏んだ。

プルカースドルフを過ぎたところでささやかな椿事があった。頭を反りかえらせたジーモンは、いちばん上のトランクのうえに身をひそめるカワウソを見た。

「カワウソが！」吹きつける風とエンジンの騒音の中でジーモンが叫んだ。

「どこに」男爵が叫び返した。

「あなたの後ろです」

男爵はスピードを落とし、片手でハンドルをしっかり握ったまま振り返った。おもむろに胸ポケットをさぐって、小型ピストルを取りだし撃鉄を起こし、また振り返ると瞬時に狙いを定めて撃った。カワウソは頭を砕かれてのけぞり、後部トランクの蓋の上に転がり、そのまま街道に落ちた。男爵は何も言わず、撃ち終わったピストルを運転席の物入れにしまい、ジーモンに煙草の火をつけさせた。

真夜中すぎにザルツブルク近くの国境に着いた。エンジンを唸らせて車はいびきをかく税関吏の脇を通り過ぎた。

「今何か通らなかったか」関税検査係の曹長は唸り声で軍曹勤務伍長を揺さぶった。

「いいえ。通ったとしてもすぐまた戻ってくるでしょうよ」伍長は寝ぼけ声でつぶやいて、うめきながら寝返りをうった。

「この阿呆」曹長が唸った。「絶対きさまはそのまま通らせた」

そして相棒の巨大な背中に向かって目をしばたたかせると、ふたたび寝入った。


目的地はスコットランドだ。はじめは長子相続権者としてリュッセル城に居をかまえるスタニスラス伯父を頼ろうとも考えたが、クロイツ＝クヴェルハイム男爵にしてネグロフェルトレ侯爵、ツァンゲンベルクとヴルムシュタインにあるリュッセル城の当主スタニスラス・ダナスは高齢のわりに子供じみていて、援助は期待できそうにない。おまけに辺鄙《へんぴ》なところにあるリュッセル城は、今後の活動の拠点には不向きであった。それに対してスコットランドのキリーキリクランク城にはかなり大勢の母方の一族がいて、粗野で猛々しくはあるが、気のいい人たちで、その息子たちは、世界中から計り知れないほどの財宝を盗み、奪い、取引し、一族の根城であるその地に積みあげている。キリーキリクランクは町にして砦にして兵器庫にして宝物庫であり、一族の忠誠の証といえるバビロンの楼閣であった。男爵はネス湖の怪獣狩りを試みて失敗したとき、ここで親族たちに暖かく迎えられた。男爵は今、かれらをマキリー流の実力行使にうまく誘いこめればいいが、と思っていた。

スコットランドにも夏は立ち寄る。荒涼とした山の斜面にも揺れる金雀児《えにしだ》が咲きほこり、あざやかな緑の苔が標石に這いのぼり、湿原では山椒魚が自慢そうに子供を引きつれて冷ややかな水を歩く。美しいこの土地の富である羊は、しなやかな草や柔らかい茎を食《は》み、子羊たちが遊びはしゃぐのを楽しそうに眺めている。日が沈むとあちこちの村のバグパイプはひときわやかましく鳴り、髭面の老スコットランド人も若がえって、キルトをひるがえし孫たちの踊りの輪に加わる。人を幸せにする北国の短い夏！　何もかもがいきなり促され伸び生える。石枠の窓の前の木蔦《きづた》を通して秘密がささやかれ、血の気が多い氏族《クラン》のあいだで戦意がふたたび燃えあがる。

衝突で凹んだ馬車をグラスゴーで堂々と値切って借り、男爵とジーモンとペピは蜿《うね》る石ころだらけの道を一路北へ進んだ。口数少ない渡し守がかれらを広い入り江の向こうに渡した。水底に巨大な魚が、曇りガラスを通して見るように見えた。羊飼いたちが道を教えてくれた。陽気にどなり散らす宿屋の亭主がかれらを迎え、ドランブイ（リキュールの一種）と金色のウィスキー、それにかりかりした羊の腿肉を添えてうやうやしく勧めた。背筋を立てて鞍に乗る貴族に途上で何度か出くわし、グラスゴー到着以来マキリー家の鮮やかなタータンチェックを身に着けていた男爵と親しげにあいさつを交わした。ジーモンとペピには一語も解せなかったが、男爵が説明するには、話題はほとんどいつも天気と旅の目的だったらしい。香ばしい空気、日ごとの強い酒の晩酌、それから大きなチェック模様の羽根ぶとんでの健やかな眠りは男爵とジーモンの頰を健やかに赤くした。ペピがスコットランドの歌を横笛で吹いた。これはかれがウィーンから持ってきた、ただ一つの記念の品だ。馬車はがたごとと走り、たくましい二頭の馬の蹄はかたかた鳴り、行く先をまだ知らぬジーモンは、この美しい丘を、地平かなたの世界の果てまで走っていくように思えた。ところが男爵は、だんだんと憤りを強めながらも陽気さを増し、そんな遠くまでは行かない、もうすぐキリーキリクランクだと言うのだった。

「地主《レアド》アイヴォルに会わなければ。すべてがそこにかかっている」だしぬけに男爵が言った。

「レアド・アイヴォルとはどういう人ですか」ジーモンが聞いた。

「かなりの老人だ」男爵が簡潔に言った。「だがマキリーを体現している」


ようやくマキリー領までたどり着いた。御者は鞭の先で長々と伸びる山脈の壁を指し、歯のない口をグラスゴーを出てから初めて開け、男爵に何か呼びかけると、男爵もうれしげに頷いた。それからも街道はなお何時間か、ゆるやかなループを描いて山を昇っていったが、ついには鋸歯状の塁壁までたどりついた。そこで御者は馬をとめ、ブレーキのクランクをしっかり回してから御者台を降りた。

今いるのは一本の樹もない高原の縁で、その中央には巨大な建築群が平らなクレーターの水晶の轂《こしき》のように広がっている。それは外塁、壁、丸や四角の塔、穀物倉、住居用翼部、それから用途の不明確な家からなるいわば晶洞で、乱れ縺《もつ》れて層状に積み重なり、奇怪な頂点へ達する。一マイルか二マイルほど離れたところからも建築様式はさまざまであることがわかる。いくつかの建物は、たとえば南に迫《せ》りだした低めの円塔のように、すでに崩れてさえいるようだ。他のものは見たところごく近い過去のものだ。いま近づきつつある城門と外堡は、新ゴシック様式盛期の息を呑むほどの典型で、それがムーアの要素と混ざりあっている。そのかたわらの壁の上方に、広いバルコニーがイオニア式支柱の上で憩う厳格な古典様式のファサードが見えた。

不意に霧笛のくぐもった唸りが聞こえ、間髪を入れず城門から馬に乗った三人の男がかれらを迎えに飛び出した。男爵と同じタータンチェックの装いで、不審の目も露わに男爵を観察していたが、二、三言葉を交わすと疑いも解け、けたたましい歓迎に変わった。訛《なま》りはなくもないが正確な英語でジーモンにあいさつし、ペピにも親しみをこめて頷いた。いちばん年若《としわか》の、顔に傷痕のある痩せた男が、客人の到着を城内に知らせるために、まずはギャロップで駆けていった。それから馬車は、他の二人に導かれて、ふたたび動き出した。

近くでよく見ると、城はさらに広大で錯綜していた。馬に乗った者のうち、朗らかで頬ひげをつけた方が、聞かれもしないうちからジーモンにこの風変わりな一族の住居の来歴を披露した。かれの話によれば、マキリー一族は実は有史以前からここに住んでいたが、おぼろな霧のような世紀をいくつも曲がるうちに、その痕跡は失われてしまったという。伝説の語るには、マキリー家の始祖《猪のグライヴ》が、今でも見られるいわゆるキュクロプス式石壁（巨石を積み上げただけの壁）を築いた、とうに忘れられた氏族《クラン》の首長を、その巨大な猪牙で頭から真二つに裂くと、敵は慌てふためいて四散し、高原の彼方の海辺に停泊していた船に逃げ、ヘブリディーズ諸島をめざした。それからは名もない恥ずべき存在として細々と暮らしたという。以来キリーキリクランクはマキリー家の領地となった。そして世代をへるごとに勢力をひろげた。一生をこの地で過ごすものもいるし、外に出てマキリー家の真価を広い世界に知らしめたあと帰郷するものもいる。マキリー家のものは、急死でもしないかぎり、キリーキリクランクの城壁の外で亡くなることは稀《まれ》である。象の本能のような謎の力がマキリー家のものをして、名声と栄光の頂点で、まだそこにとどまれるにもかかわらず、一切をまとめてキリーキリクランクに向かわせる。かくて半年前、新大陸で一番有名な金庫破り《ガラスの眼》のマキリーが瘧《おこり》のように体を震わせて城門の前に立ち、意識を半ば失って体をひきずって中に入り、父の家の前で亡くなったが、痙攣するたびにダイアモンドが滝のようにポケットから流れおちたという。ニカラグアで検事長にまで出世したダフ・マキリーは、ほんの一週間前、大型トランクにバナナ農園の株をいっぱいに詰めこんで現われた。忠心こそはマキリー家最高の徳であり、城の外で亡くなるのは他家に嫁いだ女性だけであった。

「それであなたは」ジーモンがたずねた。「申し訳ありません。ごあいさついただいたときに、お名前がよく聞こえなかったものですから」

「アラン・マキリーです。ハイデラバードでスルタンの砲撃手でした。ジャイプル（インド北西部の都市）のマハラジャとの戦いのあと、年金をもらえる身になって、もう四年間ここにいます」

そのうち城門の前まで来ると、老いたマキリーが門番の詰所から足をひきずって現われ、この前の男爵の訪《おとな》いをまだ覚えているらしく、握手をした。首長のファーガス・マキリーがすでにお待ちかねだという。

「またネス湖の大蛇かね」

「残念だけどそうじゃない。今にわかるよ」

老人は足をひきずりながら共に歩いた。以前男爵がこの地を去り、大蛇をめぐる怪談はすべて法螺話であると最終的に確認したすぐあと、マクファーソンという男がネス湖で釣りをしたと老人は愉快そうに話した。哀れなその男はその場で発作を起こして水に落ち、亡骸《なきがら》が見つかったのは何週間もあとだったという。

「ひどく嚙まれとった」老人はそう話を締めくくり、にやりと笑った。「大きな尖った歯でな」

男爵は不信の笑みを浮かべてこの話を聞いていた。そして哀れなマクファーソンの運命を悼みつつも、怪物のことはそれ以上立ち入って聞かなかった。死んだ男にどんな証言ができよう。「ネス湖の怪物は迷信深い高地人のあいだである種の心理学的リアリティを享受しているかもしれない。だが学問的見地からはその存在はいささかの逡巡《ためらい》もなく否定できる」男爵は成果のなかった遠征報告をそう要約していた。

角を曲がるごとに新たなマキリー家の一員があらわれ、男爵と握手したり、その肩を叩いたり、自分の家に引っぱっていこうとしたりしたが、それでもとうとうファーガス・マキリーの家までたどりつけた。次々現われる防御回廊や中庭や門扉や格子戸を過ぎ、塀のあいだから見えるのは、手入れの行き届いた花壇——花たちはざらついた潮風に雄々しく抵抗している——のある小ぎれいな屋敷、積み重なる邸宅に広い階段や橋や苔むした小屋、窓の鏤《ちりば》められた無骨な堡塁《ほうるい》の一部、張り出しとバルコニー、あげくのはてに梯子や階段や傾斜路を登るとようやくバロック様式の建物に到達し、夢のようなその装飾はピラネージのもっとも大胆な夢も凌《しの》いでいた。裸童子の天使の群れと一角獣とスフィンクスが正面玄関ではしゃぎ、壺やオベリスクが造園師の貯蔵所にあるようにテラスに列をつくって並ぶ。そして軒蛇腹のまわりには天界の神々が勢ぞろいし、奇天烈なポーズをとって散らばっている。これがファーガス・マキリー家、男爵の曾祖父にあたるジェイミー・マキリー・オヴ・アイラ・アンド・シャンによって建てられた屋敷であった。アイラ・アンド・シャン卿は数十年のあいだバイエルン王国でグレート・ブリテン大使を務めたが、ミュンヘンに来てまもなくの狩猟遠征をきっかけに、傑出した南ドイツ建築の壮観とトラベスベルク伯爵夫人への愛に打ちのめされた。前者はキリーキリクランクのなかでもっともすばらしくもっとも心地よい一画を生み、愛のほうからは男爵の祖父が生まれた。レディ・オヴ・アイラ・アンド・シャンが男爵の父と結婚し、男系が今後も続くという希望がだんだんに萎《しぼ》んでいくと、祖父は家系の存続を傍系のマキリー・オヴ・ローンに委ねた。すなわちファーガスの属する家系である。それはキリーキリクランクで最初の水洗便所をそなえた家でもある。マキリー家はつい先ごろイングランドのこの退廃《デカダンス》的流行への見解を改めたのだった。

ファーガス・マキリー・オヴ・ローンは到来客を一種の謁見室で迎えた。壁は歴代の首長の黒ずんだ肖像画で何段にも覆われている。肖像は年代順に掛けられ、《猪のグライヴ》からはじまる。スコットランドがようやく石器時代の混迷から抜け出したころ生を受けたこの始祖の姿は、スペインの巨匠ピカソの筆が召喚したものだ。肖像の締めくくりはファーガス・マキリーの先代で、こちらはダイナミズムの創始者ヤン・スナープスの作品だった。部屋で唯一装飾のない場所を、高い玉座に陣取った当代の首長が占めている。

男爵が連れとともに入室すると、ファーガス・マキリーは立ちあがり、威厳ある態度でかれらのほうに歩んでいった。客人から三歩のところで腕を大きく広げ、男爵もそれにならい、二人は兄弟のキスの儀式を交わした。男爵は当主の右に座を占めた。背もたれの高いその椅子の後ろにペピが控えた。ジーモンのためには来客用の、庶民風の安楽で背の低い椅子が持ってこられた。

くだくだしい歓迎のあいさつがひとしきり続いたあと、ファーガス・マキリーはおもむろに、男爵が母方の故郷に来たわけをたずねた。そのあいだにもマキリー家のものが次々広間に押しよせ、今はあふれかえるほどだ。男爵は皆に話を聞かせるために立ちあがり、心を動かす言葉で、オーストリアの者がいかなる悪さを男爵にしたかを語った。マキリー一族は耳を澄まして聞いていた。バルカン半島の辺境にある遠い国で親類の貴族が受けた仕打ちを知ったときの憤《いきどお》りが、その表情からうかがわれた。髭は逆立ち、目はかがやき、男爵が報告を終えると、それに代わって聴衆の不満と怒りの叫びが広間を満たした。ファーガス・マキリーは静粛を求め、男爵とその従者の非運を歓待によりやわらげるよう勧めた。そしてさらなる協議を行なうために男爵を連れて退出した。

かつてのハイデラバードの「スルタンの砲兵《ボンバルディエ・デ・スルタン》」がジーモンを向こうにひきずっていき、足の悪い門番がペピを泊める用意があると告げた。だがかれら二人は、一族の他のすべての者を向こうに回して、この好意の表明を死守せねばならなかった。誰もが客人を何がなんでも自分の家に泊めねばならぬと思っていたからだ。結局ジーモンは大柄で豊満な婦人の手に落ちた。その女は形のいい大きな胸と筋肉質の腕で競争者を押しのけてジーモンを自分の前に持ってきた。老いた門番はひじ突きと威嚇の叫びで首尾よくペピを確保した。洪水のように広がったマキリー一族の頭ごしに、ペピが広間から連れ去られるのをジーモンは見た。

婦人は目に熱意を燃やしてジーモンと廊下やギャラリーを通ってルネサンス様式の荘重な邸宅の屋根の上まで歩いていった。その端から風通しのよい鋳鉄の螺旋階段が、よく手入れされ、まわりを隣家の壁に囲まれた正方形の小さな庭に向かって降りていた。

「わたしの家に行くにはこの道を通るしかないの」と、婦人はたどたどしい英語で言った。「キリーキリクランクに住むにはこんな馬鹿馬鹿しさにも慣れなくてはね。わたしはトマス・マキリーの寡婦です」

「自己紹介が遅れて申し訳ありません。わたしはジーモン・アイベルと申しまして、あなたの御親戚の秘書です。ウィーンから来ました」

「存じてますとも」婦人は力強く請け合った。その声は低く、聴く者は年代物のカルヴァドスのような穏やかな炎に包まれた。それから視線を落として、「他のことも知ってましてよ。他でもないあなたにわたしの家を使っていただくのはたいそうな光栄ですわ。たいそうつつましいものとお思いになるかもしれませんが」

「とんでもありません」ジーモンはしりぞけるように手をふった。「スコットランド流儀でもてなしていただくのは身に余る光栄です。あなたもスコットランド出身なのですか」

「いいえ、わたしは旧姓をデスキオーといって、ノルマンディーの生まれですの。父は短気な分からず屋で、一度商用でパリにおもむいたトマス・マキリーと争いごとをおこして、とうとう決闘になりました。負傷したトマスを、父は自宅で看護しました。それがトマスとのなれそめになりました」

「それならフランス語で話してもよろしいでしょうか」

「まあすてき！　でもまずお入りになって」

室内は十九世紀末の様式で豪勢にしつらえられていた。深紅の天鵞絨《ビロード》のカーテンが窓辺でふくらみ、アルコーヴの前には房飾りのカーテンが垂れ、天鵞絨の安楽椅子、天鵞絨のテーブルカバー、斑岩の柱にのった巨大な石油ランプ、青銅の植木鉢に植わった椰子《やし》、重々しい金縁の中の豊満な胸の女性たちの肖像画。深紅と金との響き合いは心をざわめかせる雰囲気を醸し、悪魔に見捨てられた地獄の炎がひとつひとつ消えていくようだった。パチョリとナフタリンのひかえめな香りがこの強張った華麗さを守るように漂っていた。

「胸が悪くなりませんこと？」女主人がすまなそうに言った。「亡くなった夫はとても悪趣味でした。愚かで無教養でしたが好い人でした。ですから亡くなったあとも始末する気になれません。一日中蛾をつかまえるためのメイドをひとり雇っていますの」

「それでもやはり……」気の毒になったジーモンは言った。

「ええ、残念ながら。獣でさえ悪臭に慣れますのに。でもわたしが悪かったんです。もっとまともな飾りつけだってできたはずです――夫をロスチャイルド家に紹介したとき、よりによってフェリエール城を最初の訪問先として選びさえしなければ――。おかげでトマスは死ぬまでその感銘から逃れられませんでした」

それからジーモンはかれに割り当てられた部屋に案内された。中規模の広間で、家具調度はモンテカルロの極上の娼館の貴賓室を思わせる。あまりにも華やいで思わせぶりなのは、貝殻のかたちをした巨大なベッドだった。枕の側にはサチュロスとニンフのカップルがじゃれあっている。

「夕食はあと一時間ほどで用意できます。その前に軽いものでも召しあがりますか」

ジーモンは固辞して、代わりにまだ馬車にあるはずのトランクを持ってきてくれるように頼んだ。旧姓デスキオー未亡人が部屋を出ていくと、かれは靴をぬいで、日中は純白の中身を緋色にカムフラージュしている緞子《どんす》のベッドカバーを剝ぎ、満足のため息とともに、柔らかな羽根ぶとんに身を沈めた。手をうなじの下で組み合わせ、女主人の変わったふるまいを思いかえして「まあいいや」と肩をすくめ、穏やかで心地よい眠りについた。ほどなく満ち足りた若い男だけが出せる優美ないびきのアダージョが、罪深いクッションから響きだした。召使がコーヒーを持ってきたのにも気づかず、旧姓デスキオー未亡人が爪先立ちで忍び込み、好奇心もあらわにかれの上にかがみこんでいたのにも気づかなかった。眠りの砂洲の中で、かれは二つの大きな黒い目に出会った。それはかれの上で渦巻いていたが、婦人がこっそりと引きさがると、黒い漏斗《ろうと》を通りぬけたように深みの底にすべり降りた。

そのころ男爵はファーガス・マキリーの屋敷で熱心に語っていた。まずオーストリアの政治状況と、自分がその犠牲になった事実をおおまかに説明し、ついでにその損害の範囲にも触れた。計り知れない価値のあるコレクションの一番大切な部分も、とうにカワウソに食われているでしょうし、ニーダーエステルライヒやシュタイアーマルクの領地やイシュルの別荘もです。後に残るのはもとはオーストリアの山岳に面した所有地と、ボーデンゼーの葡萄山と収益の多いトスカーナのオリーヴ果樹園くらいです。

ファーガス・マキリーはその話を、ほんのときたま、同情にあふれた激励の唸り声でさえぎるだけだった。かれは頑丈な顎と筋肉質の重々しい体をしていて、頭の働きはゆっくりだったが着実だった。計画の具体化は一週間後の聖ラウレンティウスの祝日（八月十日）まで延期された。その祝祭には、マキリー家の象徴アイヴォルも現われる、とかれは男爵に告げた。それから立ちあがると、城を案内して、これこれの部屋は滞在中に自由に使ってくれと言った。

次の数日は親族訪問に費やされた。男爵はその仕事をよろこんで引きうけた。記憶力のよさと優れた家族意識を発揮して、無数のマキリーをひとりひとり区別し、最後の訪問以来のかれらを思い出したり、あるいは新入りとあいさつを交わす機会にめぐまれたからである。男爵はいくつかの招待にジーモンも連れていった——秘書がどれだけそれを苦にしているか気づくまでは。

「アイベル君、どうやらここが性にあっていないようだね。犬小屋みたいな住処《すみか》が神経にさわるのかい」

「臓物《ハ》煮込《ギ》み《ス》と去勢羊《ハンメル》、去勢羊と臓物煮込み」ジーモンがうめいた。「すっかり気分が悪くなりました」

「そうか。それなら従姉妹のアレクサンドリンのところで休んでいたまえ。わたしも認めるが、あの家の料理がいちばんうまい」

それからというもの、ジーモンはほとんどトマス・マキリー邸に閉じこもった。図書室でアタナシウス・キルヒャーの『エジプトのオイディプス』の多数の銅版画で飾られた版を見つけて拾い読んだ。この奇妙な著作の不可解さはその興味深さに匹敵したが、それでも新しい世界が目の前に開けたように感じられた。

家の女主人は食事のときくらいしか顔を見せなかった。料理はフランス流料理術の傑作で、それを供するとき、女主人は特段のまめまめしさでジーモンをもてなした。

ある午後、忍冬《すいかづら》が上から垂れる大理石のベンチに座ってジーモンは本を読んでいた。そこは中庭で陽のあたるただひとつの場所で、暑い光の杭が打ちこまれた緑木が影を落とし、その湿りをおびた香りをかれは喜ばしく吸いこんだ。とりわけ含蓄に富むが理解できない一節がかれを先に進めなくした。枯葉をそのページにはさみ、本をベンチに置き、その種の覚え書を記すノートブックを取りに自分の部屋に入った。トランクの中からそれを探して、ついでにパイプと刻み煙草入れをナイトテーブルから取りあげ、広く開けた窓辺に寄った。大理石のベンチを視線が偶然にかすめた。マキリー未亡人が大理石の端に優雅に浅く腰をかけ、本のタイトルページを開いて満足そうに微笑んでいた。それから表紙をまた閉じ――銀の留め金を締める音が聞こえた――こっそりあたりを見まわし、脇扉から邸内に入った。ジーモンほど人のよい者でなければ、人の読むものを詮索するこのふるまいに気を悪くしたかもしれない。だがジーモンは『エジプトのオイディプス』がこの家に来た由来について聞くきっかけができてありがたく思った。

だがマキリー未亡人のほうが先回りをした。昼食のとき、未亡人はそれまではとりとめなく当たりさわりのなかった話題をアタナシウス・キルヒャーにもっていった。

「わたしの本のなかから何か見つけてくださってうれしいわ。おかげであなたが待つ時間が短く感じられるでしょう」

ジーモンは焼きたてのぱりぱりしたパンにバターを塗っているところだったが、頭をあげて黒い目に自分の目をあわせた。米粉《こめこ》のようにすべすべした顔に輝く瞳は、終わらずに放置された文章の点々を思わせた。

「キルヒャーをどうお思いになって」

この気まずいほど直截な問いにどう答えるべきか。ジーモンは考えこんだ。この婦人が自分からこしらえた自尊心をくすぐる贋のイメージをこわしたくはない。昔のイエズス会士の乱れたラテン語さえろくに理解できず、まして意味を解せるはずもないと白状したくはない。同時にこの人が自分を誰と勘違いしているのかを探り出したくもある。次の言葉の重みを舌の上で量りつつ、上の空でトーストにキャビアを塗りつけていたとき、ふと切り抜き影絵師との奇妙な一件を思いだした。男爵と知り合ったあの十一月のウィーンの夜と、マキリー未亡人の大仰な恭《うやうや》しさとのあいだには何かつながりがあるのかもしれない。もしかするとこの部屋には隠し扉があり、そこを開けると自分のドッペルゲンガーが見つかるのかもしれない。

「ええ、あのキルヒャー、興味深い人物です。博識家で」ジーモンは探り探り持ち出されたテーマに入っていった。「夜の側のライプニッツといえましょう。それにあの版の美しいこと！　僕は古くて豪華な本が好きです。あの本にしても、何よりまず、著者と挿絵画家の共演に心を惹かれました。銅版画家の尖筆がしばしば本文の隠れた意味を解き明かしてくれるのは驚きです――学校の知識では夢見られようもない全世界を」

ジーモンは顔をしかめた。守勢から攻勢に移ろうとしたのにうまくいかなかったからだ。良い法律家なら、こんなときも手段と方法を見出さねばならない。法学が大嫌いなくせに、かれは自分を良い法律家だと思っていた。こうなれば無理やりにでも会話の軌道修正をはかるしかない。思考が鼠のように駆け巡《めぐ》った沈黙の何秒かのあとでは、それもあまり不自然ではないだろう。そこでジーモンは言った。

「せんじつめれば」――せんじつめると多くのものが結びつくので、そこに関連するたいていの見解は正しくなる。「せんじつめれば」はすべての可能な真実が遊び回れる共有地である――「せんじつめれば、キルヒャーの場合も、あの昔ながらの問題『わたしは誰か』ではないでしょうか」

そして顔をあげて、トーストを一口かじり、同時に目を大きく開いて未亡人を見た。

「わたしは誰か」かれは力をこめてくりかえした。「わたしたちは誰でしょう」

「ヘリオポリスの偉人のひとりにわが館の屋根を避難所として提供できる光栄を、いまわたしは噛みしめています。正直申しまして、頭のおかしい魚類学者の秘書のさえない衣装から、誰が現われたかを知って驚きました。わたくし自身は学問のつつましい召使にすぎません。でも、あなたが隠したままにしたことを、わたしも黙することができて、うれしく思います」

婦人はボルドーを飲む銀の盃を手にとって、ジーモンに乾杯した。

「あなたの健康を祝って！」

ジーモンはますます困惑した。ヘリオポリスの偉人だって？　フリーメーソンの疑いがある響きじゃないか。ひとまずは無害な領域に方向転換しよう。

「どこからあの本を手に入れたのですか。まさかサー・トマスが……」

「違いますわ」未亡人は愉快そうに笑った。「トマスであるものですか。わたしの伯父パラメド・デスキオーの代父クロード・ディジェが蒐めた参考文献の一冊ですの」

「すばらしい家系ですね」

あとで紳士録《フーズ・フー》と『エンサイクロペディア・ブリタニカ』でクロード・ディジェを引いてみようとジーモンは決心した。

それから話題はまたもや、スコットランドにしてはいつになく暑いここ数日の天気に移り、デザートのころになると、話に飽いた沈黙が湯気のたつモカのカップから昇った。ジーモンはパイプに煙草を詰め、未亡人は金のケースからイニシャル入りの長い煙草を取った。そして半ば閉じたまぶたからジーモンを観察していた。かれは庭に向いた壁を飾るグロテスクで仄《ほの》かにわいせつなスグラフィート（装飾画の技法のひとつ）をまじまじとながめていた。

そのあいだに男爵の二槽の巨大なアクアリウムを手配したのは凧の糸を買うためにバリンダルロッホまで行った甥だった。薄く砂を敷いた水槽を、ビール保温器で適正な温度にした澄んだ泉水で満たし、薬味としてエールウィン・マキリーの塔の廃墟のそばの沼から採取したプランクトンの豊富な泥を少々振りかけた。そこで救出された魚をようやく狭苦しい輸送用トランクから解放することができた。魚たちは旅行によく耐えていた。純銀の鱸《すずき》だけは微かに酸化現象を呈していたが、それも水槽に入れるとすぐに消えた。男爵が親族の群れから逃れられる夜には通信会員になっているマールブルク動物学協会に、デヴィルフィッシュと異端審問の関係について短い論文を寄稿し、その中で両者は無関係であると論証した。時間がありあまると嘆く暇は男爵にはなかった。

ペピが足の悪い門番の家に泊まったのは最初の夜だけだった。翌日にはもう、召使なしには何もできない男爵のたっての願いで、ファーガス・マキリーが男爵のために折りたたみ式ベッドを据えさせた部屋の隣の更衣室に引き移った。

七夜がすぎると聖ラウレンティウスの祝日となった。男爵は前夜にマールブルク用の記事を書き終え、バリンダルロッホの郵便局まで持っていくよう小僧に託していた。冷たいシャワーと日課の体操のあと、エリアス・クロイツ－クヴェルハイムは早朝から祝祭広場――むかし城の競技場だったところに足をはこび、準備のようすを見物し、代表者たちと話を交わした。いたるところでペピが役にたった。

ジーモンは耳を聾《ろう》するほどやかましい音でようやく目を覚ました。それは屋上で行進する十七人のバグパイプ奏者のたてる音で、広場に顔を出したときには、すでに三十歳から四十歳の組の競技が進行中だった。老年組の演目は終わっていた。行なわれているのは一種独特のスポーツだ。草原の端に電信柱の山が積まれている。審判の笛で参加者は全員その山めがけて走り、おのおの自分の電信柱を選ぶ。それからふたたび一列に並び、号令に応じて、一斉にかたわらの地面に置かれた長く重い柱をつかんで駆けだし、見物人が熱狂し、子供が金切り声をあげて跳びまわり、淑女が日傘を、紳士がベレー帽を振るなか、高く柱を掲げ、大きくはずみをつけて、上を向いた端を地面に突き刺さるように投げると、電信柱は跳ね返り、草地に鈍い音をさせる。もっとも遠くまで投げたものが勝者となる。審判は勝利を争う二人の屈強な兄弟のあいだの意見の相違を、両者ともスポーツマンシップに反する態度のゆえに失格とし、金属のような光沢を放つ柊《ひいらぎ》の緑の冠を投距離が最短だったジェイムズ・マキリーの頭にかぶせることで調停した。あぜんとした観衆は暴力に訴えようとしたが、すぐにあっけらかんとした笑い声がおこり、歓呼の声をあげて審判と勝利者を肩のうえにかつぎあげた。

「何よりも重要なのは態度だ」男爵が秘書に説明した。「質は量におとらずここでは重んぜられる」

二十歳から三十歳までの競技にはジーモンも参加し、さほど見苦しくない六等賞を獲得した。賞品として贈られた美しい銀のシガレットケースは、最初から自分用に定められていたのだろうな、とかれは思った。何もかもがむかしのウィーンの子供用のお祭りを思い出させた。

少女たちが布をかけた大きな籠からめいめいに分配したランチの時間が終わると、全年齢のクラスで剣の競技がはじまった。ジーモンは固辞したが男爵は勇敢に戦い、準々決勝戦でようやく猛々しいゴール・マキリーに敗れた。この男は引退した海賊で、ダチマチア沿岸の観光客船の略奪によって怪しげな変名を名乗り出した。その《二重皮剝ぎ》は自ら開発したフリント銃で、当時恐れられていたモンテネグロの国境警備司令官モハメド・ベグを仕留めたことがある。競技は男爵にとってさほど無念なものではなかった。なにしろゴールは決勝戦でようやくクルディスタンの元探鉱者グウェイア・マキリーに敗れたものの、準優勝の座は《立派な態度のゆえに》オーストリアから来た客人に与えられたのだから。華麗な剣が男爵に、そしてゴールには三等賞としてモロッコ革で作られたミニチュアのバグパイプが贈られた。

「元気でやっとくれ、俺の従兄弟」ゴールは男爵に祝いの言葉をおくり、右手代わりの鉄の鉤を差しだした。

剛勇の士がバグパイプを愛しげに体に押しつけ、足音高く観覧席に向かうと、男爵はジーモンにささやいた。「乱暴な奴だ。あの男は今もＩＰＡの顧問をやっている」

「何ですって」

「国際匿名海賊協会《インターナショナル・パイレーツ・アノニマス》さ」男爵は口髭をひねり、膝の上に置いた美しい剣を満足そうに見やった。

「ところでアレクサンドリンとはどうなった。あの女は君にぞっこん惚れている」

ヘリオポリスの偉人は返答をせずにすんだ。けたたましい音でファンファーレが鳴り、勝者の表彰がなされた演台を、ファーガス・マキリーが戦闘用の棍棒で叩いて大きな音を出したからだ。

「子供は早く寝ろ！」

この命令は、ぐずぐすねだる声、厳しい警告、そしてびんたなしには従われなかった。そして今も休暇中のイートン校の生徒たちにみられる光景と同じく、年長の子が年下の者を城館へ追い立てて行った。

そのあと祝祭広場には投票権のあるマキリー家のものと、前年に成年に達したその息子たちと、結婚適齢期の娘たちだけが残った。ファーガス・マキリーはふたたび演台を叩き、立ちあがると、メガフォンを口にあてて声を張りあげた。

「兄弟姉妹諸君、とりわけこの祭典に今年はじめて最後まで参加することを許された若人《わこうど》諸君、今日聖ラウレンティスの日に六百三十一歳になった愛すべきレアド・アイヴォルのもとに参上し、ともに誕生日を祝おうではないか」

男爵はジーモンのほうに身をかたむけてささやいた。一族でない者は今からはここにいられない。

自分の部屋で待っていたまえ。

「前任者の場合と同様」演台に背を向けて軽食の置かれたテーブルのほうに歩くジーモンにも声は聞こえた。「高貴なる人格と六百年を超す経験が一体となったレアド・アイヴォルは、わたしの就任を承認した際、いかなる些末な件にも最後に自分が一言述べる権利を留保した。したがって例年と同じくわたしは長老連とともに議事一覧を作成した。これら通常の一連の祝辞のあと——この際若人たちは特に誠実であることが求められる——レアドが扱うべき案件となる」

扉がジーモンの背後で音をたてて閉まった。

「今回の議事は」ファーガス・マキリーの声は外にも響いてきた。「以下のものよりなる。

一、一族状況。生誕者。帰郷者。死亡者。離郷者。

二、わが甥アンドリューおよびドナルドへの、不法行為すなわちブランデー密貿易と奴隷売買を行なう権限の付与。

三、わが姪フィリスのカトリック修道院隠遁の意向に関する論議。

四、叔父マシューが財産を結核ブラッドハウンド施療院に遺贈する旨の遺言の吟味、鑑定、そしてあるいは起こりうるかもしれぬ破棄。

五、婚姻。これに関連し、わが姪メイベルのバリンダルロッホ－インヴァネス有限会社機関士キャンベルなる者との醜聞的関係」

不満げなつぶやきが聴衆から聞こえた。どこかで女性が激しくすすり泣く声も。

「六、耕地整理の進展。土地の購入および売却。

七、わが甥シャウンの詩集の印刷許可。

八、ティレニア海イゾラ・デイ・レオニの植民に関するイタリア政府との交渉状況。
九、わが従兄弟エリアス・クロイツ＝クヴェルハイムのオーストリア政府による資産没収に関する措置」
男爵のいるほうから小さなうなり声が聞こえてきた。

「十、当年度会計と翌年の計画。
十一、その他」
ファーガス・マキリーは問うように一同を見回した。

「議事は二週間のあいだわが書斎で閲覧に供された。変更案や補足案は提出されなかった。したがって了承されたものと考える」

誰も異議を唱えなかった。

「ヒュー、鍵をくれ」

門番は一メートルほどもある、先に精巧な歯のついた鍵をファーガス・マキリーにわたした。

行進の態勢が整えられた。先頭はファーガス・マキリー、その後ろに男爵、そして長老連、バグパイプ奏者、その後ろに他のマキリー一族が家系の分岐にしたがって分かれた――夫婦は腕を組み、正式な婚約者は手を握りあい、寡夫や寡婦や独身者は個々に。たいまつが配られて点火され、行進がはじまった。

キュクロプス式石壁の前で行進は足を止めた。数名の屈強な男が進み出て、梃子《てこ》の棒で巨大なブロックをわきにずらした。その後にできた黒い穴にマキリー家のものが一人また一人消えていった。闇が最後のたいまつを呑んだところで、ジーモンはアレクサンドリンのオペラグラスをポケットにつっこみ、邸宅の屋上から自分の部屋に戻った。

傾いた廊下を歩き、階段をのぼり、坑道と反響する窖《あなぐら》をぬけて、マキリーたちは一族の霊廟をめざした。耳に入るのはたいまつの爆《は》ぜる音と足をひきずる音だけだ。ときおり目に見えない通気孔を通して爽やかな風が地下に吹き、一度などは男爵のたいまつを消した。

「縁起が悪いな」ファーガス・マキリーがささやいた。

霊廟はおそろしく広く、ドーム状の天井が石の柱で支えられている。大理石や青銅や錫《すず》の棺が、部屋の中央から放射上に目の届かない彼方まで並んでいる。その中央部、ドームの天頂の真下に、ウィスキーの巨大な樽がそびえている。隅にあらかじめ積みあげられていた粗造りのベンチがせかせかと樽のまわりに並べられ、柱や壁に嵌めこまれた鉄の環にたいまつが固定された。ファーガス・マキリーと二人の力持ちの若者が梯子で樽の上に乗り、丸い蓋のねじをゆるめた。

樽から強いアルコールの霧が放たれた。目を涙ぐませて三人の男は穴の縁に膝をついて、深みをうかがった。

「あそこにいるようだ。あのあたりを照らしてくれ」

「まさしく。あれにちがいない」

「たいまつを近づけるな。火だるまになりたいか」

「とんでもない。投げ縄をよこせ」

「気をつけろ。首にからまないようにしろ、二年前みたいに」

「水面まで出れば、どのみちたいしたことにはなるまい」

「明かりをもう少し右に」

「よし、かすった。つかまえた！」

「縄をよこせ」

ファーガス・マキリーはたいまつを隣にいた男の手に押しつけ、縄の端を持って、そろそろと引っぱりあげた。投げた縄に何か重いものがかかっていた。三十インチほど引きあげるとウィスキーから足の先が、縄を絡ませたくるぶしが、さらに毛深いふくらはぎが出てきた。二人目の男がそれをつかんで引っぱると、脚全体が水面から突き立った。三人目が腹ばいになって、ウィスキーの中を手探りし、粗い布地をうまくつかんだ。二人目が脚を放すと、重い水音とともに沈んだ。三人目が引っぱった。すぐまた水面が分かれ、白い長髪が生えた頭と肩の一方が現われた。ファーガス・マキリーと二人目が樽の中に身を乗りだして腕と手をつかみ、力をあわせて、ウィスキーをしたたらせた顔一面に髭のある、一種のパジャマを着た男を引きあげた。

そして男を樽の縁に座らせた。二人目と三人目がタータンチェックの布を目隠しのように男の前に垂らした。ファーガス・マキリーはウィスキー男のパジャマを頭から脱がし、タオルで体をふき、最後に手足をマッサージさせるための四番目と五番目の男を呼んだ。

ほどなく男は顔をゆがめ、鼻に皺を寄せ、激しくくしゃみをしたので、水面全体が波だち、細かな水滴の雲となって散った。男は目をまたたかせ、指を一本喉に突きたて、何リットルかのウィスキーを樽に吐きもどした。そのあいだにファーガス・マキリーは包みから服を出し、三人目と四人目の助っ人がそれを男に着せはじめた。すべて吐きおわると、人手はもう借りず、数分後にはスコットランドの威厳ある老人が樽の上に立っていた。よくやったと言いたげにファーガス・マキリーの肩をたたくと、老人は大きく咳ばらいをした。

「ご苦労であった、息子たちよ」周りをゆるがす低音が放たれた。「今回はすこぶる上首尾であった」

「用意はよろしいですか、マキリー」

レアド・アイヴォルは鷹揚《おうよう》に頷いた。タータンチェックの布が落ちると、マキリー家の始祖が、ウィスキーの金に光る青みをおびた霧につつまれ、背筋をのばし、子孫たちを睥睨《へいげい》した。

「マキリー家に栄光あれ！　万歳！　万歳！　万歳！」皆が熱狂してわめき、樽近くまで押しよせた。レアド・アイヴォルはすばやく梯子を降りて腕をひろげ、一族を歓迎した。一度でも会ったものは記憶しており、子供は父の名を聞くだけで、家系の大樹のどこの枝に属するのか即座に当てられた。男爵とはとりわけ心をこめて握手した。

「エリアス、お前の母親はほんとうに美しかった。あれほど申し分のない女はめったにいない。嬉しいことにお前は今回、ちょうどわしの誕生日に来てくれた。お前の蛙たちはどうしておる」

「魚です、レアド」ほほえんで男爵は正した。「それについては、今晩いやというほど聞かされるでしょう。しかし何よりも、すべてがうまくいくよう、今後の幸運と成功を心から願いたく思います」

「ありがとう。若いの、ありがとうよ」

一人一人に言葉をかけ、かれらの祝いの言葉に応えると、レアドはふたたび樽にのぼり、腰掛けに座った。ファーガス・マキリーは本日の議事に移り、第一項として予定された、一族の変動の報告を読みあげた。

男爵は論議をなかば聞き流していた。レアドがおのおのの議事に結びの言葉を発するたび、手にした目録のその議事に金のシャープペンシルで抹消線を引いた。

レアド・アイヴォルは騒々しくはあったが、他の点ではごく親しみやすい紳士で、その古風な慇懃《いんぎん》は、とくに一族の女性を相手にするとき、いやおうなく目についた。今は体も乾き、周囲を囲むたいまつで赤らんでいるせいか、樽から出てきたばかりのときよりもずっと若く見えた。六百三十一歳という年にしては驚くほど壮健だった。アルコールの保存作用でおそらく老化の進行が完全に止まったか、少なくとも相当に妨げられているようだ。

マキリー一族は始祖の存命を幸運とウィスキーの品質のおかげと考えていた。今のマクフェロン一族はダンブレー墓地のいくつかの墓石に痕跡をとどめるのみであるが、かつてその一族とマキリー家がローン伯爵領を巡って争ったころ、マクフェロン一族の豪胆な部隊はキリーキリクランクまで押し入った。レアド・アイヴォルは一族に追われ寝間着のまま地下貯蔵庫に逃れ、ぐらつく板切れや樽や桶を越えて蒸留槽によじのぼろうとしたとき、足をすべらせて蒸留したてのウィスキーに満ちた槽に落ちた。三週間ほどたって、マクフェロン一族がロッホ・クエーで討ちとられたのち、レアドは発見された。一族が嘆き悲しみながらかれを釣りあげ、礼拝堂の棺台に安置しようと運びかけたとき、とつぜんかれは身動きし、咳きこんでウィスキーを吐き出し、乾いた服を要求した。だが何時間もたたぬうちに、また蒸留槽に戻るといいだした。襲撃以来三週間のあいだ心地よい夢にひたっていたという。ほどなく蒸留槽の代わりに据えられた大樽から、誕生日にかぎってかれを引きあげることが慣わしとなった。レアド・アイヴォルは初めはそれを迷惑そうにしていたが、およそ百年たち、同世代の者がみんな亡くなり、不死の評判がそれ相応の敬意とともに広まると、この状況を楽しむようになった。自分の世紀の権威を演じ、自分の意見を押し通し、判定をくだし、実りの多い仕事を共に企み、無条件に服従してくれる新たな子孫を誕生日ごとに迎えるのを愛するようになった。蒸留槽への落下という記念すべき日までは、レアドはこれといって大したことのない男だった。それが今は多くの孫を持ち、祖父さえ思いがけなかったであろう名声に浴している。今のかれは一個のシンボルで、半神でさえあり、マキリー家のあいだでもっとも厳粛な誓いは「レアドの名にかけて」となった。

男爵はじりじりして待っていた、だがついにファーガス・マキリーはかれに目くばせして、クロイツ－クヴェルハイムの一件をレアドに説明した。レアドは見るからに緊張して聞き、片手を左ひざの上で支え、もう一方の手で真っ白な髭をつまんでいた。ファーガス・マキリーは話を終えると、ひとつ頷き、付けくわえることはあるかと聞いた。

ファーガス・マキリーの話は重要なことは網羅していたものの、老人にしかるべき激昂を起こさせ、それによって決定的な決断を下させるにはあまりに即物的で素っ気がなかった。そこでいくつのエピソードで無味乾燥なデータを彩色するのが得策と思われた。そこであの夜、カワウソの子らが――おそらく野党のいたずら者に使嗾《しそう》されて――洗面所の排水管を通ってクロイツ－クヴェルハイム邸に這い込み、コレクションをさんざんな目にあわせたことを述べ、事前の警告にさえ力を貸さなかった首相の空約束を嘆いた。あるいはそれはたんなる怯懦によるものかもしれない。それから最後の謁見の際に皇帝の頬を伝ったもっとも高貴な涙について、それから同じくらい心を動かされる、オーストリアの識者たちの無力感をともなう怒りについて述べた。このときも聴衆はおおいに沸き、間髪を入れぬ呪言の嵐とともに演説は締めくくられた。

レアド・アイヴォルは口をはさまず親身になって聞いていた。男爵が一息いれて薄めたウィスキーを口に含み喉を湿らせると、今度はレアドがいくつか教えてほしいことがあると言った。

「それならドクトル・アイベルを連れてきたほうがよろしいでしょう。あの男なら自分の知る範囲で、わたしの言葉を裏書きしてくれますから。それにあれを無為に待たしておきたくはありません」

「ドクトル・ジーモン・アイベルはわれわれの従兄弟の秘書なのです」ファーガス・マキリーがレアドに説明した。「ジェントルマンです」

「その者を呼んでこい」

そしてまた男爵のほうを向いてたずねた。

「もっとくわしく話してくれ。お前が失くした財産はどれくらいだ」

「まず金銭に代えがたいコレクションがあります。世界のどんな水族館にも、モナコ公のものだろうとナポリのものだろうとひけはとりません」

「お前の蒐集品の価値を疑おうとは思わん。聞きたいのは、わしら俗人にとって、それがどれほどに見積もられるかだ。わしらが決起するかどうかはそこにかかっておる。まずはそれに関する申し合わせがなくてはならん――たとえば遺贈だ――資産回復の措置をとるのはそれからだ」

男爵は言葉につまった。そしてレアドに軽蔑の視線を投げた。レアドは幸い、自分自身とその威厳ばかりに考えが行っていてそれに気づかなかった。

「すると採算が合わないといけないと」男爵が辛辣にまとめた。

「当たり前だろうが。ここであれ、いつの世であれ、成果だけがことを正当化する。だがわしらは喉切り（高利貸しの意もある）ではないし、わしらもお前も両方満足できる解決に持っていけると信じている。お前の持ちかけた厄介な一件には無視できない危険があるのを忘れてくれるな。わしは自分の言葉を黄金の秤《はかり》にかけたい（一語一語を慎重に選ぶの意）」

自分の言い回しが気に入ったのか、レアドは快活に笑った。男爵は暗い目で樽の木栓をながめ、鼻眼鏡の紐をつまんだ。

「そこでエリアス」レアドは繰りかえした。「お前はどれだけのものを失おうとしているのだ」

「わかりました」男爵は深く息を吸った。「それが正確に何ポンドかは、もちろん言えません。わたしは国際的な基準でも裕福な男です。わたしの現金資産はおよそ三百万グルデンにおよび、さらに千百グルデンが国債と株式に投資されています。六十八カラットのダイアモンド《コル・フルゲンス》と四十九カラットのルビー《グローリア・サンギヌス》をちりばめた有名なネックレスは、まだ世襲領主の伯父スタニスラスのものですが、ウィーンのある銀行の金庫室にあり、わたしの財産といっしょに没収されました。あのネックレスは母が婚礼の日につけたものです。当時カワウソのことなど誰が考えていたでしょう。コレクションがしまわれてあるわたしの屋敷のほかに、主なところでは叔父カール・アントンの絵画コレクションを保管するニーダートルム城、シュタイアーマルク州の狩猟用別荘グルレンバハッハ、ヴァルトフィアテル地方のシュラルプフェンの地所、それから――伯母アイフェルハイムの死以来――イシュルの別荘《ディアーナ》。これらの土地ももちろん資産のかなりの部分を占めています。今残されたのはモチェニーゴから遺贈されたトスカーナの小さな土地、小作に出しているいくつかの土地、それからバーゼルのケーゲリーシュヌルフ銀行にある約五十万スイスフランの預金だけです」

「相変わらず金持ちだな、エリアス。だが仮にそうでなくとも、先にも言ったが、わしらがお前を見捨てると思ったら大間違いだ。頭の上の屋根と鉢の中のハギスはいつでもお前のために用意されておる。そのうえ他ならぬ近親のことだ、他の場合なら自殺行為と言われかねない条件を出してやろう。活動資金の四分の一は今拠出してくれ。成功したあかつきには四分の三を払ってもらう。あとの財産はわしらを相続人に指定してくれ。それでどうだ」

男爵の背後で扉のきしる音がした。ふりかえるとジーモンがたいまつをもった男につき添われて戸口に立っていた。一瞬男爵は、秘書が光輝に包まれているようにみえた。赤橙《あかだいだい》の光の織物がその頭から爪先までをおおっている。男爵はレアドに答えるのも忘れて呆然とこの不思議な現象を見つめた。

「どうかね」レアドが返答をうながした。

むろんそれはたいまつの反射にすぎなかった。ジーモンの同伴者が脇にしりぞくと、光の織物は消えた。気を悪くした男爵は、一角《いっかく》のステッキの鉄の先で自分がその上に立っている石の墓標板をつついた。

「決断をくだす前に、まずあなたがたが何をしてくださるつもりなのか教えてもらえませんか」男爵は冷静な口調で言った。「もしあなたがたの計画が、オーストリア政府へ書簡を送ることだけであるならば、対価は高すぎると思います——仮にその書簡が功を奏したとしても」

「いい質問だ、エリアス」レアドも認めた。「お前たちはどんな措置をオーストリアに対して考えておるのだ」

ゴール・マキリーが鉄の鉤爪を上げた。「俺はファーガスから意見を聞かれた。東南ヨーロッパでの少しばかりの体験をふりかえってみろと。こんな場合、交渉はまったく役にたたない。俺はそれを確信している。この何十年かにめっきり進んだオーストリアのバルカン化を見れば、そんな手段には待ったをかけざるをえない。多額の賄賂はこの件に値しない。脅迫も意味がない。なぜなら今の場合、われわれは与党と野党の両方を相手どっているからだ。絶対的に必要でないかぎり多数のものを激昂させるのは賢明じゃない。したがって残されたただひとつの道は、実力行使だ。まず報復措置を考えたが、適切な手段は思い浮かばなかった。たとえば七つの海に浮かぶオーストリアの船を待ち伏せしたとしても、どうせその数は知れているから、たいした効果は望めない。それに拿捕《だほ》した船はどうすればいいのだ。近ごろはIPAも人道的見地か何かの理由で、船を沈めることには反対している。陸に上げて隣人たちのあいだで安全に匿《かくま》う面倒を考えれば、この案はとうてい支持できない」

ゴール・マキリーはふたたび祖父の棺の上に座った。レアドが意味ありげに髭をなでた。

次に発言を求めた元ヴァージニア州タバコ農場主のティモシー・マキリーは、キリーキリクランクにはじめて来たのは一年前だったが、そのアメリカ流儀はたびたび物議をかもしていた。ティモシーの提案は外国にいるオーストリアの外交官を組織的に誘拐し、オーストリア政府が男爵の資産を返還しないかぎり解放しないというものだった。だが男爵は反対して次のように述べた。そんな手段での前任者の排除は、あとに控える候補者に歓迎され、結果的に二重帝国外務省の人員削減計画を推進するだけだ。外交官はこんなときレミングのようにふるまうから。

次に内気そうな若者が手をあげて、オーストリアには略奪できるような植民地はあるかと質問した。遺憾ながら男爵はこれも否定せざるをえなかった。

レアド・アイヴォルはあまり関心なさそうにひとりで考えにふけっているように見えた。だがとつぜん、子孫らの騒がしいお喋りを厳粛なしぐさで静めた。

「えへん」レアドは咳払いをした。「思い出した。お前たちの父親の一人の話によれば、スペインの従兄弟ハイメ・イ・トリル・マキリーが十八世紀の終わりころ、モンゴルフィエ兄弟の飛行機械用の舵を考案したそうだ。聞いた話ではそれなしでは飛行船はまったく役立たずだったそうだ」

「ハイメはわしらにもその器具を送ってくれた」エイモリー・マキリーがその話を裏づけた。かれはホンジュラス英国領の郵政局長を引退して以来、一族の歴史に専心していた。「ナポレオンはそのころ風船でイギリスに侵攻しようとまじめに考えていて、その発明にたいそう興味を持っていた。だがナポレオンがフランス国債で払うと言ってきかなかったので交渉は決裂した。あのしろものは上にある古文書館に転がっている」

「それがまだ動くとして」ファーガス・マキリーがつぶやいた。「レアド、それで何をやろうというんです」

「わしの若いころよくやったように、そのオーストリアにフェーデ（中世における権利紛争解決のための私闘）の通告をして――あるいは通告なしに――わしらのうち戦える男が総がかりで急襲するのだ。飛行機械があれば……」

「気球」男爵が口をはさんだ。

「……気球があればわしらとオーストリアをへだてる障壁を飛び越えて、ハヤブサのように首府に、カワウソ愛好家の巣のまん真ん中に急降下できる」

「それより先は賢明な交渉戦略にかかっています」男爵が口をはさんだ。「税を少々軽減するとわれわれが一方的に通告すれば、人民はたやすくこちら側につくでしょう。わたしは知っていますが、オーストリア人は栄養をたっぷりとった温和な人々で、不平をこぼしながらも与党のために拠出すべき額を払います。なぜならば政府が世を揺るがすようなことはしないのを期待しているからです。また野党のためにも払います。というのは人々は、野党が何もできないよう願っているからです。原則としてかれらは、自分たちの生活環境を乱さない党を支持します。わが従兄弟ゴールが言ったバルカン化にもかかわらず、自分たちの利益だけを問題とするプラグマティストは、かれらが起こす騒ぎから信じられているであろうほど大勢はいません。危険で影響力のある野党の活動家さえ、数はそれほどいないのです。もっとも誤った方向に流れた国家の金で肥え太ったあいつらは、それでも邪悪なことには変わりませんが。われわれがまず第一に謁見を願うべき皇帝は、間違いなく救い主の立場でわれわれを迎え、援助の手をさしのべてくれるでしょう」

「すると皇帝を捕まえずともよいと」

「当然ですとも。皇帝は権力こそありませんが、秩序の保証人になっています。その存在によって、オーストリア人ひとりひとりは、社会の中で自分の位置を定めます。皇帝がいなければカオスが出現します。しかし――先に言ったように、シェーンブルン宮はいかなる場合もわれわれの背後にあります」

ジーモンは、アラン・マキリーが最小限のことを通訳してくれたおかげで、畏敬の念をもって男爵の学者魂の深淵をのぞけた。マキリー家の霊廟で孵化《ふか》したとんでもない計画はジーモンにとって恐怖以外のものではなかった――生まれてこのかた臣民で、しかもその三分の一の期間は国家公務員でさえあったかれにしてみれば――。しかしここでは、別の次元で思考がなされている。ジーモンにはそれは快楽と恐怖の入り混じった陶酔のように感じられた。アラン・マキリーがささやくところによれば、レアドは過去に二回気球による侵攻を提案したという。一回目は民族移動の時代、キリーキリクランクからヘブリディーズ諸島に駆逐された氏族の子孫で、十九世紀の中ごろマキリー家の名誉にかかわる噂を世間に流した者たちに対して。その次はアルバイス・マキリーのヨットを魚雷で撃沈したルシタニア人の住むキプロスに対して――。一族が雲高く栄えある戦《いくさ》へ向かう夢をウィスキーのなかで何度も見たレアドが無念に思ったことには、ヘブリディーズ諸島のその噂の張本人は、マキリー家の計画を聞いて卒中の発作に見舞われてしまった。キプロスへの復讐行は島の岸に追われた女好きのアルバイスが、魅力的なルシタニア女ルシンデと結婚したことで不要になった。しかし三十八体の気球はすでに発注され、そのとき以来タルカムパウダーと殺虫剤がていねいに塗りこまれ、今は使われていない穀物倉で眠っている。

だがとうとう出番が来た。気球戦争は目の前にある。

スコットランド式の派手やかな官僚文体で起草され、レアドとファーガス・マキリーと男爵が署名した議事録には、すでに存在する気球――その中にはシャルリエール型と並んで、より古い熱気で動くモンゴルフィエ型も数台あったが――それらに加えて、さらに十一台の新式ヘリウムガス式気球を発注し、すぐさまキリーキリクランクの外に住み、手が空いていて、武器が使えるマキリー家の者を召集し、軍需品と糧食を購入する権限を族長に与え、さらに気球団の最高司令権はファーガス・マキリーに委ねる旨が記されていた。男爵は男爵で、一連の活動が首尾よく遂行されたあかつきには、ここから生じた費用を支払い、回復された資産を一族に遺贈する義務を負う。ジーモンとマキリー家の二人の若者が、証人として署名した。

《その他の議題》用にとっておいた質問を取り扱おうとする気は誰にもなかった。戦争への士気高まるなか、晩の非公式の時間がはじまった。ウィスキーと蜜酒を満たした樽が転がして運び込まれ、上の祝祭用草地の端で未成年者たちが小さな火で炙りながら果汁と脂を注ぎ裏返した去勢羊の串刺しが、じゅうじゅうと音をたてながらドームの中に運びこまれた。ハム、燻製の魚、極上のシチューで満たされた湯気をたてる鍋、ハイランドの者の心を沸きたたせるすべてのものが、狭い扉を通って地下納骨堂に押しよせた。直系の先祖の石棺のかたわらにくつろいで腰をすえ、陽気に飲みかつ食らう――

若者たちの無邪気な遊戯に加わるほうがいいと思うものは別として。ほどなくバグパイプのかん高い音と輪になって踊る者の足踏みが古い壁を揺るがしだした。この騒音のなかで真面目な会話は怒鳴らなければ聞こえないゆえ、かなりの努力が要ったし、どんなに無害な言葉であろうと、陽気に羽目をはずそうと決めているマキリー一族のあいだに轟《とどろ》くような笑いを起こし、会話は目的を達する前に潰《つい》える。人々はこぞって騒ぎに突入し、飲み、食い、わめき、歌い、隣にいるものの肩を叩き、剣のまわりを飛び跳ね、ハイランドだけでできる無茶をする。それはその名にふさわしい堂々とした大饗宴《バッカナーレ》だった。

男爵とジーモンはいささかあきれて、英国王室のバイエルン駐在大使を収めた青銅の大きな棺のそばに隣りあって座っていた。やがてそこらじゅうを歩き回って握手したりジョークを飛ばしたりしていたレアドが、男爵とファーガス・マキリーを手招きして片隅に呼び、六百三十一歳のバスの音声を存分に反響させて、出征作戦の詳細を語った。

ジーモンはしばらくのあいだ一人で棺の台座に座って、少し焦げた亜麻のような巨大な肉のかたまりと顎を痛めながら格闘していた。そしてかれの家主を目で探すと、二人の婦人といっしょにトマス・マキリーの棺の前に陣どり、どうやらウィスキーをすでにかなり聞こし召しているらしい。

「うるわしのヘルメス、こちらにいらっしゃいな」家主は美しくなくもないアルトの声で歌うように言い、去勢羊の棍棒《こんぼう》でこちらに来るよう合図した。ジーモンは愛想よく微笑んで近寄った。

「レディ・ファークアー、レディ・ミンクボトム」アレクサンドリン・マキリー、旧姓デスキオーにそう紹介されると、婦人たちはジーモンの礼儀正しいお辞儀にけたたましい笑いをあげた。

「トリスメギストスの愛《いと》し子さん」未亡人がなまめかしい声を出し、ヴィクトリア朝風の胸をジーモンにもたせかけ、ブレスレットの鳴る肉づきのいい腕をあこがれるように絡《から》ませると、婦人二人は嬌声をあげてよろこんだ。

「マダム！」ジーモンは驚いて抵抗し、自分に身をゆだねて憩っている重荷から身を捥《も》ぎはなそうとした。

「哲学者の玉子の孵《かえ》し方を教えてくださらないの。あんなに、あんなに小さな玉子なのに」甘えるように未亡人は言って、必死に抗議するかれの開いた口を唇全体でふさいだ。

ジーモンがかろうじて覚えているのは、何か柔らかいものを踏んだことだけだった。かれは滑って床に落ち、続いて落ちてきた豊満な肉体の下敷きになった。

気がつくと男爵の部屋にいた。安楽椅子に腰かけ、クッションでしっかり支えられ、足は足台に乗っている。男爵は窓辺にもたれ、葉巻をふかし、《捕鯨者新聞《ザ・ホエイラーズ・ガゼット》》、つまりこの地で手に入るうちで唯一興味の持てる新聞を読んでいた。新時代の釣り用具を宣伝するエジンバラの通信販売店のカタログが広げたままかたわらに置いてあった。

ジーモンがおずおずと頭をあげたのに気づくと、男爵はにこやかに朝のあいさつをした。

「色男君《ドン・ファン》、あの不運は君のせいではないと思う。君の崇拝者はもうここに来て、言葉をつくして事情を説明し、君にささやかなプレゼントを贈った。軽い病人食だ」

男爵は小ぎれいな籠を指した。ワインボトルの細い深緑の首がそこからのぞいていた。「あの気まずい一幕のあとでは、誰か他の親戚のところに宿を斡旋させるほうを望むのではないかと思っていた。ところがどうして！　あの人は君から《許し》をせびり取り、これからも自分の家でがまんしてくれるように取りはからってくれとわたしに頼んだ。善良なアレクサンドリンのふるまいにしては大仰すぎて理解できなかったので、君にお願いせねばならないが、この馬鹿げた一件は忘れ、今後は侮辱めいた真似は何であれやめてもらいたい」

ここで男爵は鼻眼鏡の紐をもてあそんだ。「あの一件にどんなほのめかしをしても、わたしは侮辱と見るだろう」

ジーモンは起きあがろうとしたが、刺すような頭痛がそれを押しとどめた。

「軽い脳震盪だそうだ。ペピに頼んで、君がまた動かせるようになるまで、隣のベッドに寝かせるようにした。だから夜まではそこにいられる。そのころまでには自力で、あるいはペピとトマス邸の若者の助けを借りて、わが従姉妹が――僕は確信しているが――親身に献身的に君の世話を引き継ぐだろう」

ペピに支えられてジーモンはよろめきながら化粧室に入り、野戦用ベッドに身を横たえた。頭のなかは荒れ狂っていた。その額にペピは冷やした薄切りメロンでこしらえた湿布を積み重ねた。ジーモンは弱々しく、スコットランドではたいへん高価で珍しいメロンを無駄遣いしないよう抗議した。だが食欲をそそる香りと、頬を伝《つた》い流れる甘くさわやかな果汁が、すぐにかれのうちに不思議な植物性の感覚を呼びおこした。メロンは効果を現わした。今は痛みは美味《おい》しく熟れた肉のなかの蛆《うじ》くらいになり、蛆が満腹して疲れると、ジーモンも眠りについた。晩にはペピの腕につかまって未亡人の館にたどりつけるまでに回復していた。アレクサンドリン・マキリーは良心のとがめを大げさに表明してかれを迎えた。ジーモンは苦笑して許しを与え、自分のベッドに案内してもらい、一杯のペパーミントティーのあと、ふたたび夢の領域へと暇《いとま》を告げた。その夜の夢は格段に混乱していて激しくかれを悩ませた。

マキリー一族は気球出征の準備にたいへんな熱意でとりかかった。ロンドンを代表する旅行・スポーツ用品店ウィリス・アンド・ギルウォーター宛ての手紙をたずさえた使いが、昼食後すぐにバリンダルロッホの郵便局に走った。その内容は注文品の長いリストで、Ia式ヘリウム気球十二体にはじまり、寝袋、コッヘル、遮眼灯、縄梯子、羅針盤と続いて、兵器格納用の旅行バスケットにまでおよんでいた。

兵器庫の所蔵品は閲兵式場に積みあげられた。いたるところで剣が磨かれ、銃に油が差され、弾が鋳造され、甲冑が打ち出された。女たちは厳めしい軍服から除虫粉をはたき出し、恋人の格子縞肩掛けと下着を折りたたみ、丸い陶器壺にマーマレードを、袋にオートミールを、箱に脂身や燻製肉を、樽に塩漬け肉を詰め、休みなしに働く男たちに、嗅煙草とあわせて士気を高揚させる強い茶を淹れた。技術の心得があるマキリーの一団はスペインの従兄弟が組み立てた舵取り装置を古文書館から借り出してきた。近くのロンゲウフ村の鍛冶屋の指導のもとで、この卓越した装置の複製が五十体分作られはじめた。すでに前日踏みならされた野外祝祭場では子供たちが《マキリー対オーストリア》ごっこをしている。ついにはオーストリアは手ひどいしっぺ返しをくらい、その指揮官は泣きながら母親のもとに逃げ帰った。さらには輝くばかりの初秋の天候のもとで、マキリーの軍旗、青い地に描かれた金の玉子が、潮風にうれしげにはためいた。

何日かのちに、ロンドンからの荷が二台の貨物列車に載って、インヴァネス経由でバリンダルロッホに到着した旨の通知が来た。はやくも次の朝、ベン・アニスの山腹で孤独に羊を追う羊飼いたちは常ならぬものを目撃した。晴れた日にはそこからキリーキリクランクの晶洞がはるか遠く聳《そび》えるのが見えるが、今はその城のすぐ北東に気球が係留されている。色とりどりのお手玉か、あるいはノアの洪水前の巨鳥の玉子がイースター用に彩色されたような柔らかで巨大な球が、まず三十八個、のちに五十個になって、高原の剛《かた》い草の上空に揺れ、係留索を張りつめさせている。多くの気球は巧みに縫われた多彩な色の布で覆われていて、おかげでこの巨大な球は殻を剝いた黒‐茶‐黄色の雲丹《うに》の中身を思わせたが、それよりずっとけばけばしかった。赤‐白、青‐白、赤‐緑。あるいはそこそこに流行《はやり》を追って灰‐金、オリーヴ‐紫、ピンク‐薄青、しかしまた火炎模様《モアレ》の、斑《まだら》の、格子縞の、あるいは盾形紋章と標語の装飾が描かれていた。はちきれそうに膨らんだ絹布の下に、彫刻をほどこされ、金箔を塗られ、神話やアレゴリーの場面で飾られたゴンドラが索具に囲まれて軋《きし》りながら揺れ、渦巻模様の柵のあいだに籐《とう》で精妙に編まれた中仕切りがあり、さらには、輝く船首像、天鵞絨と錦《にしき》が張られた座席、望遠鏡と航空用器具の入った真鍮の格納箱、気圧計の水銀柱、砂袋、縄梯子が備わっていた。まさにそれは技術と芸術と景観の祝祭であった。

翌日は小型のシャルリエール式気球で試験飛行がなされた。ハンフリー・マキリーが放物面鏡と安定装置《スタビライザー》を備えた舵取り装置をカルダン式懸架《サスペンション》に取りつけ、バラストを積み、さらにガスを気球に吹き込んだ。ファーガス・マキリーと男爵、そして舵取りの原理を心得る二人の男がゴンドラに乗りこんだ。舫《もや》い綱が切断された。気球は王者の風格をただよわせて音もなく昇っていった。

男爵とファーガス・マキリーは台座に据えた望遠鏡のかたわらに立ち、代わる代わる地上を眺め、他の二人は舵を調整し、諸器具の目盛りを照合し、六分儀で現在地を決定した。もはや城は広野の真った中に組み込まれた小さく乱雑なかたまりにしか見えず、今はその広野も後にされつつあった。眼下の海は果てのない灰緑色の平面で、水平線に近づくにつれ色彩は失われ天と溶けあう。ここからはもう音は聞こえず、波の動きもほとんどわからないけれど、曇りガラスのような海が岸辺に寄せる跡は白いかさぶたのようだ。城の裏で街道の明るい道筋が赤さび色に隆起した泥炭地を抜け、ゆるやかにうねる丘に隠れたバリンダルロッホの背後をまわり、どこか遠くへ伸びている。空からだと張りきって膨らんだシャルリエールは色とりどりのマーブルに、弱火でほどほどに膨らんだ大きなモンゴルフィエは薄葉紙に包まれたレモンか丹精をこめた林檎に見える。

男爵とファーガス・マキリーは航空士たちのそばに行った。

「この装置はわたしのもっとも大胆な期待も超えている」ジョン・マキリーが断言した。かれは《サロン噴水》の発明家であった。これは一種の室内噴水で、ほぼすべての先進国で特許を持ち、いくつもの国際博覧会で賞をもらっている。どれだけ荒《すさ》んだ部屋であろうと、これが片隅にあれば、たちまち居心地のいい洞窟《グロット》に早変わりする。ジョンはまたトリル式操縦桿と呼ばれる舵取り装置の復元にも重要な役割を果たしていた。

「なに、子供の遊びのようなものだ」かれは続けた。「どんなに愚かな者にも理解できる。もちろん風はここである程度の役目をする。方向と速さは変化する風の強度と方向と、制御装置の効率との積分値から得られる。制御装置は、負の風——というのは行きたい方向に吹いていない風のことだが、その負の風は必ず推進力を減殺し、ついには気球を——理論的には少なくとも一瞬——停止させるにいたる。これはたやすく回転計《タコメーター》から読みとれる」ジョン・マキリーは渦巻く風車を楽しげ気に指した。その風車は丸い計器の針を動かしている。「その時点にいたると、碇《いかり》を降ろして風向きが変わるか凪《な》ぐのを待ったほうがいい。さもなければ気球は押し戻されるから。風が斜めから吹いた場合は、全体が数学的に複雑になる」

「わたしも自動車のボンネットの下で何が起きているかは知らないが、ともかく運転はできる」男爵が口をはさんだ。

「まさにその通りだ、エリアス」ジョン・マキリーが相槌を打った。「だから僕は『子供の遊び』と言ったんだ。一七九九年になってもまだオーストリア皇帝は気球に鷲をつないで操縦させようとしていた。それを思えば、その直後に開発されたこの発明品がいかに革新的かわかるだろう。でもこれ以上君たちを退屈させたくない。そろそろ大回りして城に戻ろう。舵はたやすく君たちに任せられると思う」

ファーガス・マキリーが操縦を代わった。男爵はそのこつを頭に刻もうと努め、従兄弟ジョンの言葉から、どう天候が変わろうができるだけ短時間で目的地に着くための決定方法を知ろうとした。

気球が優雅に着陸地点に降下していくと、歓呼する大勢の人たちがすでに待ちかまえていた。飛行士たちは伸ばした手めがけてロープを投げ、縄梯子を垂らし、風に吹かれながら意気揚々とゴンドラを降りた。


ジーモンの回復は出発準備にいくぶん遅れをとった。あれから何日かようやく数時間だけベッドから出て過ごせるようになっていた。召使の手を借りれば庭へ出る階段を降りられた。後悔に打ちひしがれた女主人はますますかれを避けるようになり、食事をともにしても、場を引き立てようとするジーモンの軽いからかいさえ、とまどったように短い言葉で応じるだけだった。だがどれほど注意深くかれを観察しているかは見逃しようがなかった。というのも女主人は、かれのどんな望みも目から読みとったからだ。かれは偏頭痛持ちの大臣《パシャ》のように暮らした。はじめは読書さえ真の喜びをもたらさなかった――とりわけ相変わらずふんだんに使われたメロンの薄切りに悩まされるときには――。だが回復が進むにつれ、ふたたびアタナシウス・キルヒャーを手にとるようになった。重いフォリオ判を支えるのに苦労していることを未亡人が見てとると、すぐに書見台を用意して、本をめくるメイドが入用かと、召使を介してたずねた。だがジーモンは断った。それでなくとも度を超した心遣いを煩わしく思っていたからだ。男爵も何度か来て――最後は少し待ちきれない様子で――調子はどうだとたずねた。ようやく気球出発の前日になって、かれの世話をしていた、薬草と人や動物の病に通じた羊飼いは、すっかり治ったと宣言した。

　そこでジーモンも泥縄式に気球の一台に慣れる手ほどきを受けた。男爵とその秘書、それからペピに割り当てられたその気球は、薄い青とピンクに彩られた優雅なシャルリエール式で、その備品にはどんな煩《うる》さがたも一目置くだろう。《不謹慎《アンディスクレ》（三人掛けのソファ）》と呼ばれるあのフランスのソファを模して組み合わされた安楽椅子三脚がゴンドラの中央に螺子《ねじ》でとめられ、そこに座れば胸の高さの手すりごしに、あるいは安全のため銀めっきの柵があるその下から四方を見晴らせた。手すりの太い支柱にはボックスや抽斗《ひきだし》があり、道具や地図や食糧や海水着を入れられた。テーブルクロスさえ欠けていないし、ステンレスのナイフとフォークや割れない皿はいうまでもない。折りたたみ式の洗面台や水差しや姿見などの化粧用具一式さえあった。ゴンドラは円形ではなく、コグ（ハンザ同盟が用いた帆船）と同じく鳥の嘴《くちばし》状に反りかえり、後甲板は聖書台《プルト》のように一段高く、アルコールランプや調理用具や氷を用いた冷凍庫が備えられていた。竜骨は湾曲し、前方の先端は丸まって渦巻になり、様式化された海豚《いるか》が添えられている。甲板の下、ゴンドラでいえば喫水線より下の部分は、本来は積荷用の区画だが、今は重々しいフリント銃や銃弾であふれかえるほどだ。安楽椅子の上には航空士が座りながらも楽に操作できるようトリル式の操縦装置が備えられていた。気球の名は「海豚《ル・ドーファン》」といった。その名の下にペピが黒のアイアン塗料（鉄のような質感を出す塗料）でクロイツークヴェルハイム家のモットーを描いた。『目標ハ常ニ高《フィニス・センペル・アルティ》ク《オル》』。

風向きと天候にはつねに注意がはらわれた。おあつらえむきに西風が吹き続け、スコットランドの晩夏から初秋にはまれな暖かい日が続いた。霧のような絹雲《けんうん》が空高くを流れ、さらに高いところに精妙に紡《つむ》がれた筋《すじ》が白く平行に走っている。はるか遠くの海上に鷗《かもめ》がとどまっている。これはいい徴《しるし》だ。天気蛙（蛙の形をした天気予報計）と気圧計にもたえず目がくばられた。夕焼けの色彩値は毎日ブロックの気象表と比較され、千鳥の鳴き声を最初に知らせた子供には十シリング硬貨が約束された。だが千鳥は鳴かなかった。天気は晴れ続けた。

そればかりかますます快晴になってきた。絹雲はある夕べに青空に消散し、それきり二度と現われない。古き良き時代に作られた絞首台は絨毯《じゅうたん》を干す棹《さお》そっくりだったが、今は吹き流しが水平にはちきれそうに流れ、赤い縞模様をつくっている。塔の胸壁ぎわでは髭面のグウェンドリン・マキリーが十八個の湿度計の隊列を前にして座っている。地下室の奥深くではドルリー・マキリーが地震計を注視している。とうとう白い平行線も消えた。空は青一色《ひといろ》になった。

馬上試合広場《トーナメント》でマキリーたちは戦《いくさ》の演習を行なった。スコットランド人は命知らずの戦士である。猛《たけ》る声、輝く剣、たなびくタータンチェックとともに群れをなして襲来すると、勇敢な兵士の白く輝く真鍮にも緑青が吹いた。ジーモンはオーストリア軍の運命に同情を禁じえなかった。歩哨交代、閲兵式、陣中ミサと、営庭で厳密な訓練を何十年も続けたあげくに、血に餓《かつ》えたこの猟犬どもに蹂躙されるのだろうか。マキリーたちは近ごろ栄《は》えある弩《いしゆみ》を使っていた。煙も音も発せずに敵を豚のように串刺しにするひどく陰険な武器である。悪名高いかれらの武器には激臭壺《スティンクポット》もあり、これを短かい帯でぐるぐる回して敵のただ中に投げ込むと、敵は気持ちが悪くなり嘔吐する。パニックを起こして便所に駆け込むとすでに将校に占められている。それが戦いの終わりであった。接近戦ではマキリーは剣とともに油と灰汁《あく》の携帯用噴霧器を用い、カーニヴァルさながらに蠅取り紙や腐った玉子やインク壜を投げつけ、顔に小麦粉や胡椒《こしょう》を吹きかけ、鋭い歯を植えた長いやっとこで威《おど》す。ジーモンは怖気《おぞけ》だち、さしもの男爵も口数が少なくなった。

　九月二十九日、一斉離陸の合図の笛が鳴った。男爵のモノクルは粉々になり、バグパイプ二つが鈍い音をたてて裂けた。悪い予感を感じたある年かさの紳士が、親族一同の嘲りをよそに一族の納骨堂に這い込み、そこで泣き言を言いながらレアドの樽をかきむしって目前に迫る一族の没落を嘆いた。
　十時ころ、全員の出発準備が整った。巨大なモンゴルフィエ式気球の小さな炉が目の痛む泥炭の煙をあげ、圧縮ボンベからガスが音をたててシャルリエール式気球に流れこむ。皺だらけの表面が膨らんで張りきる。最後にファーガス・マキリーがすでに人員の乗り込んだゴンドラのまわりを一巡して、男爵に手を振り、それから自分も旗艦気球によじのぼった。そのくすんだ絹地にはマキリー家の三つの黄金の玉子が輝いている。出発合図の銃声がとどろいた。気球がひとつまたひとつ空にのぼり、解《ほど》かれたロープを根っ子のように後ろにひきずった。「東南東に針路を取れ！」ファーガス・マキリーがメガフォンで告げ、正確な放物線で横にカーブを描いた。残された人たち――女性、老人、子供たち――は、気球が遠くに去り、秋の太陽の絹のような光線に織り込まれるまでハンカチを振り続けた。男爵の気球は風に吹かれて進み、ゴンドラはたいそう静かだった。ゴンドラからぶらさがるザイルが軽くきしるだけだ。男爵がジーモンに望遠鏡をわたした。ジーモンは欄干に近寄った。はるか下、平らな海面を風がひと撫でると粒々《つぶつぶ》に震えた。細長い定期船が帆を自慢気にふくらませ、銀の泡の裾を短く曳いている。西のほうのイギリスの岸は細い灰緑の縁飾りに見えた。

午後一時ころ、一行はグレート・ブリテン航空協会の気球を追い越した。協会員たちは一連の色付き信号旗であいさつし、行く先をたずねた。ファーガス・マキリーは手旗信号で、バート・ホムブルク（ドイツの温泉保養地）へ集団旅行中と返信した。ブリテン気球の船長は三角旗を「いい湯を！《グーテ・クーア》」の形に並べたが、さぞ不思議に思ったにちがいない。華やかな色彩の群れが、どうして軽々とコースを保持できるのか、なぜああも自信をもって、五十個の気球すべてをバート・ホムブルクに着陸させられると主張できるのか。船長は航海日誌にこのできごとを大きな疑問符をつけて記すと、上空の大気サンプルを採取するため、砂袋を二つ空にして二千メートルほど昇った。

男爵のゴンドラも、マキリーの他のゴンドラも、いつもの時間に晩餐の支度をした。旗艦気球が全気球に「おいしく召し上がれ《ボナペティ》」のあいさつを送った。ファーガス・マキリーの執事がゴングを鳴らすのが聞こえる。ペピがバスケットを開き、ジーモンは三脚の折りたたみ式椅子をテーブルのまわりに並べて食器を置いた。男爵はポートワインのボトルを沈みゆく夕陽にかざして吟味し、デザートのときまで開けるなと命じた。ペピがクレソンとカンバーランドソースを添えたピスタチオ詰めの七面鳥には、宿泊先から餞別にもらった年代物のシャトーヌフ・デュ・パプのほうがよく合うからと――。

爽やかな高所の空気に刺戟されて、かれらは旺盛な食欲を発揮した。デザートにペピは苔桃《こけもも》を詰めたパラチンケ（薄く焼いたパンケーキ）とかりかりしたチーズクラッカーを供した。それから男爵はポートワインのグラスと葉巻とともに安楽椅子にもたれ、ジーモンはパイプに煙草を詰め、ペピは力強い歯で嚙み煙草のひと巻から大きな切れを嚙み切った。

「ペピ、お前のテーブルマナーは完璧だ」はじめて召使と食卓を共にした男爵が感嘆した。

「サーカスにいたとき、ある老婦人から仕込まれたんです」つつましくペピがこたえた。「その方はお姫さま《プリンセス》でした」

「サーカスのお姫さまに脱帽だ」男爵は思いにふけりながら煙の輪がゴンドラの縁《へり》を越えていくのを見ていた。「こんな夕べにはサーカスのそんなお姫さまと知り合いになれなかったのを悔やみたくなる。わたしの家庭教師はそろいもそろって退屈な奴ばかりだった」

陽が沈んだ。雲の薄い紡錘が耀《かがよ》い、乳色の織物が金色になって、疑わしくはあるものの明日の天気を保証した（夕焼けの翌日は晴れるといわれる）。西の空は透きとおった薄緑色になり、東の空と鈍い灰青色に溶けあい、黒ずんだ銀の蓋が高みにあがった。

「本物のお姫さまにもとても魅力のある人はいる」夕焼けで夢見心地になった男爵が言った。そして激しい咳払いをして、挽歌の気分に浸る自分を目撃した同席者を非難の目で見やり、鼻眼鏡を押しつけてメモ帳を手にすると、ハリウナギの異常なふるまいの推測的原因についていくつかの所見を走り書きした。最も高所の雲はまだかすかに輝いているが、すでにあたりは暗い。夜が迫っている。

ペピが石油ランプに火をつけ、そのうち三つを索具に掛け、男爵とジーモンのそばにも一つずつ置いた。ほかの気球も今は色彩を失い、薄明のなかを太った酸塊《すぐり》のように漂っている。そこでも灯は輝きだした。隣のゴンドラでブリッジの「四、ノートランプ」の宣言が聞こえてくる。どこかで誰かが「船乗りの子守歌」をリュートに合わせて歌っている。

ジーモンはなおも望遠鏡を手にして、眼下に走る船の航跡を追い、イギリスの港に立ち乱れるマストが霧のなかに沈むのを眺めていた。陸上でもかなり前から灯りはともっている。すっかりあたりが暗くなって、ようやく魅惑的なパノラマと別れる踏ん切りがついた。そのとき思い出したのは離陸のときアレクサンドリン・マキリー＝デスキオーから渡された小さな包みだ。船底倉の弾薬類の隙間にどうにか詰め込んだそれを、親切なペピが取り出してくれた。金のリボンを結んだ白い紙包みには書物の感触があった。何かなと思ってジーモンは入り組んだ結び目をほどき、包み紙をめくりあげた。浮き出し模様がふんだんに施され、真鍮が打ちつけられた革装本を膝の上にのせると、それは怪皇帝ルドルフ二世の宮中伯ミヒャエル・マイアーの『逃げるアタランタ』、一六一七年の初版だ。少なからぬ価値を持つこの稀覯本が僕に贈られたのか、とジーモンは思った。石油ランプはさほど明るくなかったから、本を取り上げてタイトルページの精妙な銅版画をすぐ間近まで持っていった。細かな埃と紙と革の匂いを芳《かぐわ》しく吸い込み、豪奢な銅版画で目を楽しませ、自分の語学の知識をいくつかの乱れたラテン語の文章で試してみたが、少しもたついたあとは苦もなくドイツ語に訳すことができた。大アタナシウスとの仮初《かりそめ》のつきあいは無駄ではなかった。それから解読しがたく理解もしがたい手書きの注釈に移った。年をへて褐色になったインクでページの欄外に書き込まれた注釈は本全体にわたっている。花婿《スポンスス》と花嫁《スポンサ》に関する章からかれに宛てた封書がひらひらしていた。そこには謎めいたアレクサンドリンの書いた短い言葉しかなかった。

敬愛するドクトルさま

あなたがお泊りになった何週間かの短いあいだを、わたくしの不手際と短気のために曇らせてしまったことに今もなお悲嘆にくれるまま、あなたにお願いします。わたしのわずかなコレクションのなかのもっとも貴重な本を、スコットランド滞在のささやかな記念として受け取っていただけませんか。どうぞ拒否しないでくださいませ。わたしを許してくださったと信じさせてください。欄外の書き込みはサン・ジェルマン伯爵御《おん》みずからのペンによるものだそうです。

あなたの従順な僕《しもべ》

アレクサンドリン・エルミオーネ・ド・E.

サン・ジェルマン伯か。ようやく少しなじみのある名が現われた。それは半生のあいだ会わなかった人に二度三度続けざまに会ったり、あるいはこれまで聞いたことのない名前が相前後して耳に入ってくる奇妙な偶然のひとつだった。たとえその後会わなくとも、人はそんな出会いに一段高い意味を与える。両親の住むフォイヒテンタールを最後に訪れたとき、ジーモンは朝食後にいつものように《オーバーヴェルツァー・クーリエ》を走り読みした。ページ数は少ないが信頼できるこの地方紙は、この号も《テレマック》という筆名の人物が詩の習作を載せていたが、これはジーモンがショッテンギムナジウム時代に級友だったツァドラツィル編集長におりおり送っていたものの一篇だった。そういう事情があるため、ジーモンは感謝の気持ちからこの新聞を毎号初めから終わりまで読み通していた。地方ニュース欄「都会と地方から」に宿駅に着いたきり謎の失踪をとげたサン・ジェルマン伯に関する短い記事があった。伯爵はある宿駅で馬車を降りてから姿を消した。荷物を保管した地方巡査は有益な情報を求めた。異国からの伯爵の来訪はオーバーヴェルツでは珍しかったので、ジーモンは父親にこの人を知っているかと聞いた。アウグスト・アイベルは頭を振って、森のなかのとても不思議な出会いを話してくれた。それは例によって茸《きのこ》を探していたときのことだ。伯爵は赤紫色の煙をあげてくすぶる木材の堆積の前で、こわばったように突っ立って、呪文めいた言葉をつぶやいていた。心ここにあらずという感じで伯爵はパパ・アイベルの丁重なあいさつに同じくらいの丁重さで答え、簡単な自己紹介のあと、父と同行さえした。

「あの人は茸の匂いがわかった」父の話は熱を帯びた。「とても信じられなかった。しかもほどなくわたしたちは――というより伯爵は、茸を一本見つけた――その茸は、結局同定できなかった。ボレトゥス・ゲルマニクスと命名するほかなかった」

サン・ジェルマン伯爵！　十八世紀の中ごろ、パリの社交界を愚弄したあの男、ラコツキ伯爵、あるいはモン・フェラン伯爵とも名乗り、のちにはヘッセン‐カッセル方伯の文書管理人として亡くなったといわれるあの男と同一人物だろうか。どのみち伯爵はその当時でさえ二千歳以上と自称していた。そういった事情にかなりくわしかったオーバーヴェルツの主任司祭は、ジーモンの仮説を頑として否認した。司祭が旅人について知っていたのは、貴族らしく金にこだわらず、この前の日曜に五ギルダーを献金袋に投げ入れたことだけだった。

そして今、マキリーの未亡人、あまりに突飛なあの人もサン・ジェルマンのことを書いてきた。ジーモンは興奮のあまりパイプの火が消えたのにも気づかなかった。

男爵がクロノメーターに目をやり、ふだん旅行中はベッドに入る時間になったことを認め、冷える夜風が厚いウールの上衣にも沁み通るようになると、ペピは畳んであった短いベッドを広げ、螺子《ねじ》で留めて安楽椅子と一体にして、三人の心地よい寝床になるようにした。乗組員は代わる代わる浴室に入り、歯を磨き、柵越しに暗い深淵に唾を飛ばした。男爵はもう一度操縦装置の調整具合を検《しら》べてから、ペピが寝床の上に広げてあった羽毛の詰まった寝袋に這い込んだ。ジーモンも横になった。ペピは石油ランプをひとつひとつ消していった。今は舷灯だけが船首で赤く燃えている。ペピはその隣にしゃがみこみ、使い古したロザリオを懐中から取り出した。これほど空高くにいたことはなく、すこし怖かったのだ。しかし星々は大きく見え、神は一段と近くにおわしますようだった。

夢も見ずに熟睡していたジーモンはペピに一時ころ起こされた。あくびをして暖かい寝袋の皮を剝ぎ、ペピに子羊の毛皮のマントを渡され、ベッドの足のほうに座った。この時刻に野外で過ごしたいかなる夜にもましてこの夜はかれを圧倒した。万有の中心で脆《もろ》いゴンドラが揺れているかに感じられた。いたるところに——眼下にさえも——星々は冷たく輝いている。あの光は漁師のボートで、遠い世界ではないと語るのは理性だけであった。そのあいだに何ダースかの赤い球体——他の気球のランプ、消えつつある太陽の小さなかたまり——があった。ジーモンは体を起こして後部甲板の前に立った。蛾に蝕まれた黒いベドウィンテントを通して、永遠の炎が白熱しまたたいている。だがこの比喩はあまりふさわしくない——とりわけ「またたき」が。——そしてかれの注意は影に向いた。夜とほとんど区別がつかない影が気球のふくらんだ縁《へり》に見えたように思った。

「グシュシュ」ジーモンはそうつぶやいて灰色の吐息の旗をたなびかせた。

その影が動いた。羽ばたきの音をさせて夜鳥《よどり》が一羽かすめ過ぎた。

「ヒエエエ……」鳥の別れのあいさつが遠くから聞こえた。

ジーモンはまた自分の椅子に腰をおろしてマントの襟を立てた、あごをくすぐったい毛皮に押しあて、大きなポケットに両手を埋めた。そして眠りこんだ。

目が覚めると前に男爵が立っていた。海から赤々と昇ったばかりの陽が男爵の鼻眼鏡にきらめいている。

「何も起きなくてよかった。君には従軍経験のないことはときどき丸わかりになる」男爵は若いころ、しぶしぶ龍騎兵隊少尉になって、ボスニア国境地帯の偵察に一年足らずあたったことがある。だが今の男爵の言葉は、先祖代々受けつがれてきた、元帥と三人の造兵廠長官、および不定数の大将と大佐が服すべき、軍国精神への固い確信から発せられたものであった。男爵はペピも揺さぶって起こし、髭剃り用の湯を沸かさせた。

気球船団は夜のうちにいくぶん拡散していたので、旗艦気球が注意信号を送った。あらゆる気球が舵を操るのがジーモンの望遠鏡から見てとれた。男爵も舵をとって方向を旗艦気球に向けた。ほどなくあらゆるモンゴルフィエ型の、シャルリエール型の、ヘリウムを詰めた梨型の気球が旗艦気球のまわりに集結し、葡萄の房のようになった。前方には朝靄《あさもや》を透かして大陸が浮かんでいる。海岸、ホテル、その煙突から渦巻く煙、シーズンオフの乏しい客を待ついくつかの籠椅子《かごいす》、そして広々とした黄灰色の浜。

気球は夜中と午前中にかなり進んでいた。今は風が凪《な》ぎ、制御装置だけが気球をごくゆっくりと動かしていた。はじめのうちは意気揚々と「進めマキリー」「わが心はハイランドに」を歌っていた連中にも、長旅のけだるい退屈が襲ってきた。いちど航空士のひとりが放物面鏡で近くの気球を軽く焦がしたとき、ささやかな騒ぎが起きた。ひとりが横静索《シュラウズ》をよじのぼり、茶色く焦げた部分に継ぎのゴムをあてた。ゴムの切れ端を口にくわえて接着剤のチューブをポケットに入れたチェック柄の小さな蟻が、慎重にゆっくりと、張りつめた気球の腹を這いのぼる様子を、望遠鏡や双眼鏡やオペラグラスが追った。危険な作戦行動が成功に終わり、男が最後の二メートルをゴンドラめがけて飛び降りると、全員がサーカスで手に汗握る空中ぶらんこを見たような喝采をした。

「なぜわたしを起こしてくれなかったのですか」不意に自分をとてもみじめに感じたジーモンがたずねた。

「思い出させてくれるな」男爵は不機嫌そうに言って、ツァイスの双眼鏡を黒い皺《しぼ》革のケースにしまった。「どのみちわたしはもう眠れなかったのだから」

それが起きたのは昼食の皿を洗っているときだった。最初は靄《もや》のたちこめた水平線の北西を流れる、見慣れない黄灰色の薄膜にすぎなかったものが、気球を中心とする光かがやく天球のなかを、濁った流体のように高く昇った。そのなかで太陽が、蛆がわいて色あせたチーズのかたまりのように漂っている。そしていきなり北西に狭く明るい門が開き、突風が空気のなだれのように、低気圧の通路にそって丸まって転がり、下から気球を翻弄した。気圧計はガラス管の栓を抜いたように下がった。灰色の薄膜は分裂して黒い薄片に凝固し、丸まって薄汚れた巨大な雲になり、その不定形の体から、尾が、脚が、そして鬣《たてがみ》のあるいくつもの頭が伸び、四方八方から押しよせる風の皺《しわ》枯《が》れた野次に激昂して、荒々しく変身をとげた。気球は怖気づきながらも、この混沌とした背景画の中をさらに進んでいった。いきなり空気は固いかたまりになり、見えない大砲によって不運な飛行士たちめがけて撃たれた。同時に閃光が轟音とともに地に伸びた。それが始まりだった。黒く醸《かも》されたものから次々に一斉投下がなされ、近くでぱちぱちと鮮やかな音をたて、周囲にとどろいた。嵐は怒って吠えたけり、雨をはらんだ拳を、人間の発明した笑うべき泡《あぶく》に叩きつけた。雲は喉を鳴らしてその内容物を吐きつけた。喘《あえ》ぐ地獄の夜がかれらを呑み込んだ。その喉のただなかに、狂気のような放電の檻に囲まれ、気球は吹き飛ばされた。

旗艦気球の乗組員はゴール・マキリーが嵐をものともしないのを知っていた。操縦桿が嵐の最初の襲来で音をたてて軸のまわりを旋回したとき、皆は恐怖と心細さのあまり、言わず語らずのうちに艦隊の提督とみなした男を見やった。旗艦気球からせかせかと指令が送られた。「防水服を着用せよ」「操縦桿を東南東に固定せよ」「動きやすいものはすべて係留せよ」「砂袋を点検せよ」。そのうち旗艦そのものが雲のなかに消えた。

男爵とジーモンとペピはゴンドラの床に伏せた。男爵は安楽椅子の前脚にしがみつき、ペピは歯を鳴らしながら椅子の下に這い込んだ。ジーモンは隙間の広いところの柵にしっかりつかまったが、それは賢明にして愚かな選択だった。なにしろ十分後にひどい吐き気が襲ってきたから。

かれは思った。「ゴンドラを汚さないでよかった」

水のしたたるトランプの札がどこかから湿った船板に音を立てて落ちた。ダイヤの八。ブリッジの勝負の不気味な名残りだった。嵐がこのまま一定の強さと向きで吹いてくれていたら、旅人たちの状況はそう絶望したものではなかったかもしれない。だが性悪《しょうわる》な風はゴンドラをぶらんこのようにあちこち揺らし、ぐるぐる回し、索具をもつれさせ、しまいにはザイルごとひっくり返りそうになるまで傾けた。舟底には意識を失いかけたジーモンが、食道までこみあげそうな胃を片手で押さえていた。

稲光りのぎらぎらと青い光のなかで、男爵がこちらに転がってきた。まずは鼻眼鏡だけがすべってきて、ジーモンの肘《ひじ》をすり抜けて柵をくぐった。そのまま双子の固形の涙として、鐘の音が響く見知らぬ町の上空で、ここでお別れとばかりに一瞬閃いた。男爵のもじゃもじゃの髭が手の甲に感じられた。誰かの膝が肋骨に食い込んで痛かった。

それからまた新たに、骨の髄まで響く爆音とともに、間近で閃光が下界に放たれ、三人は気が遠くなった。

意識が戻ると、ジーモンはまだ上に乗っている男爵の体を動かして、その姿勢を少しばかり正した。そうしながらも自分がまだ生きていることに半ば驚き、いまだ夢の中に――半身はねばついたキメイラの領域に、クラーケンのうごめく地中深くの泉に――いるようで、その深みからぼんやりとさして友好的でない天を見ていた。嵐は勝ち誇ってうなり、索具の弦で不協和音のソロを奏《かな》でた。雨がかれらの上に降りそそいだ。ペピは椅子の脚のあいだに挟みこまれて、小さく泣き声をあげていた。ジーモンはベルギーかフランスかの草原に分かち与えた朝食との別れを悲しもうとするように、回らぬ頭を柵に押しつけた。状況のただならぬ由々しさをようやく完全に意識できたのは、通り過ぎざまにゴンドラが樹々の梢《こずえ》をかすったときだ。やがてその少し下方に、掘り返された土くれが見えた。畔溝《あぜみぞ》に溜まった水が鈍い光を投げ返している。そしてまた梢が見えた。手でつかめるほど近く迫るのもある。おそらくここは森なのだろう。樹々の向こうの平地に陰鬱な城が見えた。聳《そび》えるその塔はゴンドラより高い。そこを通り過ぎると窓が音を立てて閉まるのが聞こえた。

地上にであれ、山腹にであれ、樹木か人家にであれ、疾駆する今の速度で投げ出されたら即死か全身骨折はまぬかれない。ジーモンはうめく男爵から身をふりほどき、苦労して這い進み——欄干に作りつけられた抽斗の中身は、ずぶ濡れになって散らばるかゴンドラの外に落ちてしまった——その抽斗を梯子代わりに、ゴンドラの外壁にぶらさがる砂袋までたどりついた。片手で身をしっかりと丸い開口部の中で支え——そこから転げ出たブリキの洗面器は今では男爵の脚のそばのポートワインの破片の中でうるさい音をたてている——もう一方の手を雨合羽の裂け目に入れてジャックナイフを探った。ようやく上衣のポケットの中に見つかった。すでにゴンドラは高い樅《もみ》の頭をこすり、軸のまわりを——軸と呼べるならの話だが——旋回している。ジーモンは砂袋を次々と切り離した。ずんぐりした灰色のソーセージが七本、どさどさとヴェザンジュの森に落ちた。ノロジカと二人の密猟者はあわてて見捨てられた炭焼き小屋に隠れ、時ならぬ嵐を避けた。恐ろしい梢が先ほどより深く沈んでいるのを見て、ジーモンは吐息をついた。次に膝で滑るようにガスボンベにいざり寄った。圧縮水素がゴムホースを通して気球に流れるかすかな音が、今は世にも妙なる音楽に聞こえた。今や気球はさらに上昇し雲の中に入った。雲はたいへん濃く、二メートルばかり下で横たわっている男爵さえろくに見えなくなった。ジーモンはおもむろにガスコックを閉め、注意してもとの場所に移動した。まだ完全には空になっていなかった抽斗のひとつからブランデーを入れた銀のフラスクを取り出し、中身を男爵の血の気の失せた唇のあいだに注いだ。男爵は咳きこみ、飲み、くしゃみをして、アルコールの沁みた髭をおいしそうに舐め、それから目をぱちりと開いた。ジーモンに助け起こされて、横静索《シュラウズ》にもたれて、半ば座った姿勢をとれるようになった。

「ありがとう、アイベル」男爵がささやいた。

次にジーモンはペピを椅子の脚から解放した。それから二人は協力して危険な作業にとりかかった。

索具を解きほぐし、ゴンドラをまた水平にしようというのだ。ジーモンは親指をはさまれ、ペピはもう少しで落ちるところだった。操縦桿は役立たずの真鍮の飾りのようにかれらの頭上に情けなくぶら下がり、飛行方向を示す鋼鉄の矢は目盛入りの円盤の上で厨房を指し、その扉の下からオレンジジャムとカンバーランドソースの混ざりあったものがあふれ出ている。

あまりの不安にジーモンは寒気を感じ、それは刺草《いらくさ》のように濡れた服ごしに体を刺した。あたりの雲は索具やゴンドラの金属部分に触れて凍り、銀の綿毛や氷の黴《かび》になり、壊れそうに華奢な針の花となったが、やがて嵐がことごとく南の方角にさらっていった。すでにあちこちで細い氷柱《つらら》ができかかっている。

ペピの助けを借りてジーモンは毛布と寝袋のあるところまで突き進んだ。二人はゴンドラの最底部、男爵の上に間に合わせのテントを作りあげ、まずまず乾いた羽毛を掻きわけて、中央でアルコールストーブの火をつけた。そしてあいかわらず不機嫌な四大（地水火風）におとなしく身を任せた。心地いいリゾートとはとてもいえなかったが、疲労と、さし迫った危機から逃れられた安堵と、ふんだんにあったウィスキー——ペピがストーブを探すついでに三本ボトルを見つけたのだ——のおかげでかれらはすぐに眠りにつけた。かれらの上で毛布はぐっしょりと濡れ、堅い氷の屋根と化した。

どれだけ長く眠り、飲み、眠りながら雲と嵐に追われていたかも曖昧になったころ、男爵が懐中時計を取り出した。それはまだ時を刻んでいたが、短針は折れ、チョッキのポケットのなかでガラスの破片の海を漂流していた。欄干の隙間はジーモンが毛布をかぶせて密閉していた。男爵はそちらに体を転がし、指で小さな穴をあけて外をのぞいた。少し離れたところに雪をかぶった山頂が見える。半ば霧に隠れ、半ば陽の光で目が痛くなるほど輝いている。男爵は急いでジーモンとペピを起こした。かれらは寝袋を脱ぎ、凍ってぎしぎしいう屋根を曲げ戻した。

気球は雄大な連山の斜面の上空を漂流していた。背後に二つの険しい岩の塔をへだてる鞍部が伸び、風向きから判断すればそこを通り抜けられそうだ。そのすぐ下に灰色の崖錐《テーラス》が広がり、さらに先には緑の丘が森林を丸く盛りあげ、細い水路がうねり流れ、窪地にある白い小さな市松模様の町を囲んでいる。スイスか、イタリアか——それともオーストリアか。若いころはアルピニストで父親と多くの山に昇った男爵も、この眺めは見たこともなかったし、嵐にもて遊ばれてからは、いかなる緯度と経度にいるかもまったく不明になっていたので、アオスタ（イタリア西北部）あたりだろうかと推測するほかなかった。男爵は弁索を操作して気球の弁を開いた。ガスが音をたてて噴き出し、はりきった気球がしぼみだした。地表が近づくにつれ、毛布は柔らかくなり、服からも湯気がわいてきた。

「あの丘のふもとに降りられるだろう。あの小さな牧場はわれわれを招いているみたいじゃないか」

「牧場！」ジーモンが叫んだ。「まったく牧場ほど美しいものはありません」

男爵は讃辞を惜しまなかった。

「君は肝心なときによく寝ているが、それにももう慣れた。たいした理由がないのにずっと起きているなど、本当をいうと奴隷の徳で、せいぜい退屈な主人に取り入るときしか役にたたない。君は男らしさ、思慮深さ、まさに貴人にふさわしい性質を見せてくれた。わたしが手も足も出なかったときに助けになってくれたことはけっして忘れない。わたしに息子がいたとしても、これ以上望めまい」

つつましくジーモンは賞讃を否定し、少なくとも自分の命を救うのと同じくらいは主人と黒人の相棒の命を救うのに気をくばりましたと答えた。

「だからといって君の誉《ほま》れが減るものではない。何かの機会にふさわしい形で君に感謝できればいいんだが」

気球がとうとう牧場に達し、ゴンドラが花咲くヒースのクッションに柔らかく着地すると、ペピはうれし涙を流した。弁からはまだ惰性でガスが音をたてて漏れ、気球は力を失ってぶらぶら揺れ、絹の擦れる音をさせて、榛《はしばみ》の藪の上にかぶさった。脱ぎ捨てられたカーニヴァルの衣装のような今の気球には、リエージュ、ランス、パリ、ポー、アンドラの気象局でこの十年で被害最大と記録された嵐に耐えた、色鮮やかでつるつるした球体の名残《なごり》はほとんどなかった。安堵した飛行士たちはお互いの腕の中に倒れた。

「地面にキスしちゃどうだ、ペピ」男爵が言った。「あの丘の向こうに町があるかもしれない」

パンティコーサはほぼグリニッジ子午線上、およそ北緯四二度七五分に位置し、ピレネーの南斜面にあり、ローマがイベリア半島を占領して以来、湯治場として世代をこえて愛されてきた。もちろん温泉は絶えず滾々《こんこん》と湧き続けるが、どの湯治場にも良い時代と悪い時代があり、透明度と水質への好みもいつも同じではない。汚物との関係も湯治場の運命を間接的に決定する。なにしろ体を洗わない病人は、湯治客や鉱泉飲用療法をする者のことをあまり気にかけはしないから。そしてパンティコーサにも近年、全ヨーロッパに共通することが起こった。気ままな放浪への欲求にかられた半世紀が終わり、反動として隠居の時代がはじまったと思うや、それは伝染病の速さで広まり、季節が移りかわるにつれ、一時はもっとも賑《にぎ》わった避暑地やウィンタースポーツの名所も寂《さび》れていった。満員の車を連ねた陽気なキャラヴァンは今いずこ、鉄道員の飯の種になった色とりどりの騒々しい連中は今いずこ。マンジュー髭（小型の八の字髭）を蛾に食われた旅行代理店支配人は教会の扉の前にうずくまって祈り、大勢の給仕や門番やガイドや女給は予期せぬ客の消失で解雇され、散り散りになってロマのように大陸をさまよった。希望も住む家もない不幸な者たちを前に役人は頭をかかえた。公共福祉のために昔ながらの業者――鍋や傘直し、行商人、鋏研ぎ――には費用をかけて転職用の再教育を施したが、労働力の余剰は需要をはるかに上回った。文化的領域における試みはより大きな成功をもたらした。移動劇団が編成され、ボヘミアの楽師と手回しオルガン師に、楽器と尾長猿《おながざる》調達のための貸付がなされ、新たな開花にはいたらなかったものの、ともかくは今後を期待できる道化集団と、ポルカやモリタートの作詞家を芽生えさせられた。だが事態は予断を許さなかった。観光業に寄生していた連中は賤民《パーリア》になり、この排斥されたカーストは他人の所有権を侵害しかねない手に負えぬ不満分子の集団でもあった。他の住民は家を空けず、庭園の世話をしたり垣根越しに隣人とお喋りに興じたりしていた。イギリス人だけはあいも変わらず穏やかながら多少の移動癖を現わしたものの、定住者の不審なまなざしに対抗できるよう団結して、より大きな集団になった。北海や大西洋岸にあるいくつかの名高い海水浴場や、スイスでもっとも知られた保養地が、息切れしつつもなんとか延命ができたのはかれらのおかげである。いたるところで目に映るのは廃墟と化した豪華ホテル、錆びた観光バス、空豆の繁茂する腰掛けリフトやロープウェイ、あるいは支柱がゆっくり水に沈んでいく水浴施設だ。鉄道職員宿舎の前にたむろしてタロックや球遊びをする連中もいる。かれらは呑気《のんき》である。やはり余計者に違いはないが、身分保証のある公務員であるがゆえ、他の者の悲惨な運命を免れているからだ。絵葉書や土産物を売る店のあるじは、引退して田舎でつつましい晩年を送るか、あるいはペットの鳥や野菜やボンボンを売る。かくのごときが大陸のいずこでも見られる破局《カタストロフ》であった。

だが旅行者が消滅したわけではなさそうだ。何かの動機あるいは必要はつねに生じ、それが人々を故郷の外に連れ出す。商品を運ぶ商人《あきんど》、大学に入る学生、行事に加わる親戚、土地を贈られた相続人、巡礼地や名医を訪ねる病気持ち、狐狩りゲームの参加者、親方を換える徒弟職人、あるいは風景や芸術やローマなど、何らかの意味での名所を訪ね歩く奇特な者——。だがそれらの者にしても、購買力と購買意欲に満ちた物見遊山の集団——かつては何らかの名所ならどこにでもあふれ、旅のための旅をしていたあれらの連中とは比ぶべくもない。前の幾世紀かの土地隷属民《グレーバエ・アドスクリプティ》を陶酔させた移動の快楽は色あせたものとなった。娯楽のためだけに旅するものは、自堕落あるいは頭が変とみなされるようになった。

地図によってはバルネアリオ・デ・パンティコーサとも記されるパンティコーサは、観光客の壊滅期にもまずまず無傷で生きのびた。パンティコーサやその近辺から湧き出る療養鉱泉や温泉は、場所が辺鄙《へんぴ》なため、旅行客の潮の満ち引きも単にかすめ過ぎるにすぎなかったからだ。早まって建てられたフェニーチェ（ヴェネツィアの歌劇場）様式の華やかな劇場は、今もときたま、この隔絶した峡谷に旅芸人の一座が迷い込んだおりには、ありふれた劇を現地の住民に安価で見せるし、豪奢なカフェ《歌う魚》の常連の老紳士たちが、会話の代わりに蠅を弾ませながら読むのは、先週の地方新聞、先月のマドリッドの新聞の何日か分、昨年の《フィガロ》、そしてぼろぼろになった半ダースほどの年代物の《パンチ》だ。住民は倹約して生き延びてきた。

むろんパンティコーサは、突然の定住ブームによって経済的損失——その克服への試みは比較的うまくいったが——をこうむったばかりでない。数からいえばわずかとはいえ、けして無視できないくらいに社会構造を豊かにした。というのも当時療養のためにパンティコーサに滞在していた少数の家族が、この地であの不可解な旅行嫌悪症におそわれたからだ。はるばるスウェーデンやドイツやオランダまで帰る気がしなくなったかれらは、十分な資産にものをいわせて、債権者に責めたられて気落ちしたホテルの所有者から建物や土地を買いとり、パンティコーサの新興富裕層を形成し、土着の貴族連《パトリツィアート》と嫉妬交じりに張り合うようになった。より思慮深い中産層はここにいわば正義の均一化を見た。むかしの貴族の城や領地は一時ホテルに化したが、今度はホテルが城や領地に変わり、かなりの建物がもとの由緒ある用途にふたたび使われるようになったからだ。

パンティコーサの司祭にして教区の主席司祭でもあるドン・フェルナンド・レアルが、みずからの静かな教区に観光客の洪水が積もらせたこの優雅な沈殿物のなかに見たのは、おもに紛糾だった。この純真な魂の牧人がまずまず親しめたのは、バイエルンのルンプラー一家だけだった。ポーランド人のポディヴィエルスキ家は自前の住み込み聴罪司祭を連れてきて、以前のグランドホテルが固有の司教区であるかのようにふるまった。アントワープのブラーレンベルゲ家とスウェーデンのオングストレーム家は邪《よこしま》な自由思想家だった。マンハイムのグレフケ家、ボンのパッケ家、そしてそれ以外の連中はもっとも性質《たち》の悪い不可知論者だ。若くしてウルヘル司教の秘書の地位に就いたドン・フェルナンド・レアルは世間知がなくもなかったが、いつ帰るとも知れない湯治客の一党にはほとほと手を焼いていた。

当然ながらパンティコーサに来たものは、これまでよりひんぱんに湯に浸かる。入浴が健康に良いことに誰も異議はとなえない。だが集中して水と触れ合うことが、渇きの癒しや衛生上の必要を超越する必ずしも明確ではない形而上的意味を持つことも、やはり否定はできない。月と同じく、水にもヌミノーゼ（宗教的畏怖）性はある。土曜の夜、温水パイプから出るなみなみとした微温湯《ぬるま》に、のんびりと庇護されている気分で十五分浸るだけがその宗教行為のすべてである人にとってさえ、水のヌミノーゼ性は明白である。その程度の些細な行為でも身体の昂揚につながり、そのいわくいいがたい明るい気分は精神にも伝わる。治癒力のあるミネラルや肌をくすぐる小さな泡と湯が混じり、入浴者の目の前で地中から湧きでる湯がニンフの彫像が置かれた砂利の上でたわむれるとき、その気分は想像もつかないまでに高まる――これはパンティコーサのいたるところで認められることで、地元の住民さえも木蔦の垂れる温泉洞窟で、好んでみずからの健康維持につとめる。しかしこれらすべては、あらゆる宗教がその背後にひきずり、広くはあるが浅い跡を残すあのとらえどころのない尻尾――すなわちさまざまな奇妙な迷信とは何の関係もない。黒猫や煙突掃除人や朝の蜘蛛や蹄鉄に出くわしても一笑にふす人さえ、水は沈思や内省に誘う。水はたいていの場合、人を善なるもの、高貴なるものに導く。とはいえパンティコーサ周辺のかなりの温泉に硫黄臭があることは無視できない。もしかすると悪魔が一役買っていて、自分の尻に接吻する気のあるものに偽りの健康で報いているのではあるまいか。たとえ現世の君主（悪魔のこと）が近ごろはそのような露骨な敬意の表明から距離を置いているとしても、怪しげな噂が広まっているのは事実だった。善良な聖職者が信頼しているあの人やこの人が、夜になると遠くの浴場や洞窟に集まり、一糸もまとわぬ見苦しい裸を満喫しているというのだ。その主導者はそれでなくてもいかがわしいブラーレンベルゲの双子姉妹と、コフラー・デ・ラップという得体のしれないコスモポリタンの独身男だった。かくのごとき水の二律背反性《アンビヴァレンス》の絶好の例は、教養あるドン・フェルナンドの見るところ、ショワズール‐ステンヴィル公爵のシャントルー城だった。そこには一度、アルブケルケ侯爵夫人の聴罪司祭として週末に滞在したことがあった。シャントルー城では西翼の端に浴場が、東翼の端の礼拝堂に対抗するように置かれていた。午前に公爵は礼拝堂で聖水を注がれ、夕方にはブリオンヌ伯爵夫人とともに浴場にひきこもる。だが侯爵夫人が告解場で打ち明けたような硫黄の臭いはまったくせず、菫《すみれ》の香水の匂いさえただよっていたという。

ブラーレンベルゲ家のような者の本質はたやすく理解できる。幼稚な威張《いば》り屋で、手を振って追い払えばいい――グレフケ家やパッケ家にしてもしかり。だがパンティコーサ社会《ソサエティ》には、このぞっとしない観光ブームの落とし子ではない奇妙な増員もあった。急行郵便馬車がマダム・サロメ・サンプロッティを通称ダブロン屋敷の玄関に、九つの行李《こうり》、十四のトランク、無数の紐で縛られ鍵のかかった小箱といっしょに降ろしたのはわずか三年前の夏だ。その来訪はかなり前から伝えられていたものの、その突然の出現に住民は白い象を見たように驚いた。実際マダムと象とはいくつか共通点があった。マダムはおよそ六十の大柄の女で、威厳ある豊満な体を好んで波うつ駝鳥のボアで飾り、タフタ地の黒衣に身を包み、頭を飾る帽子は司教の食卓に載るセンターピースや華美な深皿を思わせた。マダム・サンプロッティはその足で公証人アンリケスを訪ね、身分証明書を見せて、バレルメス・イ・ベロサ家最後の公爵から遺贈されたダブロン屋敷の鍵を受けとった。狂気の公爵夫人カヘタナの時代からずっと空き家だったパンティコーサ最古の美しい館に、かくしてまた人が住むようになった。サロメ・サンプロッティは己《おのれ》の過去については黙し、うかがいしれぬ神秘のアウラをまとって日々を送っていた。だがドン・フェルナンドは、乾燥した暖かい夜には、前の助任司祭パレンサの緑色になった顔を今も夢に見る。パレンサがマダム・サンプロッティの跪《ひざまず》く告解場からよろめき出てきたときの顔だ。かれが打ち明けるには、その晩靴屋ロブレの娘と駆け落ちするつもりだったという。今はそのパレンサも最年少のウルヘル司教座教会参事会会員という現実離れした地位を得ている。そしてドン・フェルナンドを訪ねる折には、かならずマダム・サンプロッティのもとにも立ち寄るのだった。

ドン・フェルナンド・レアルは湯治場の小道をのんびりと歩いていた。道は丘の中腹をぐるりと巡り、反対側にパンティコーサがへばりついている。ふたたび聖務日課にとりかかろうとしたそのとき、三人の男がカルスト台地の斜面を登って近づいてくるのが見えた。司祭は人差し指を開いたページにはさみ、驚きの目で一行を見た。かれらは明らかによそ者だった。

「おはようございます《ボンジョルノ》、司祭さま」最年長の者が声をかけてきた。イギリス風の髭を生やした長身の男だ。「ここはどこなのか、ご教示願えませんか」

ドン・フェルナンドは恍惚となった。目の前にいるのは、今の世の東方の三賢者ではあるまいか。三人のうち白人は二人だけで、三人目は歯とくるくる動く目のほかは髭用チックのように黒いから——。めいめいが旅行鞄を持ち、黒人はそのうえリュックサックを背負っている。だから旅の途中なのだろう。三賢者のリーダーにイタリア語で話しかけられたことはよくわかった。だが答えにはラテン語を用いた。

「あなたがたの歩む先にはパンティコーサがあります」

「パンティコーサですって」

「バルネアリオ・デ・パンティコーサです。この丘の裏——ピレネーの南の斜面に」

司祭は人差し指をはさんだままの聖務日課書で、かれらが来た方角にある高い山を指した。

「するとスペインか」

三人の男はうろたえたように顔を見合わせた。

最初の男が今度はきれいなスペイン語で司祭に話しかけた。

「わたしはエリアス・クロイツ－クヴェルハイムと申します。オーストリアのウィーンから来ました」と自己紹介してから「司祭さま、あなたはわれわれがどこの国にいるかさえ知らないのを、さぞ不思議に思っておられましょう。でも天がそう望まれたのです。われわれはスコットランドからオーストリアに向かう途中でした――カワウソを狩りに――あの地ではまさに厄介者ですから。しかしフランドルの上空で恐ろしい嵐に見舞われてしまいました。どうしてここまで吹き飛ばされたのか、わたしにもわかりません。われわれの気球はぼろぼろになって向こうの榛《はしばみ》の大藪の陰にあります」

いまだ東方の三賢者という気高い想像に心を動かされていたドン・フェルナンド・レアルはたいそう親切であった。司祭は紳士たちを見舞った災難へ心からの同情を表わし、かれらを近くの農家に案内し、そこの主人に、牛に車をつないで、ペピ――「ムーア人のお方《エル・セニョール・モロ》」――と共に残りの荷物を気球から運んでくるように言った。

「われわれの狩猟用具は、この男に預けておいてください――えへん」男爵が補足し、ペピに意味ありげな目くばせをした。

「ではそれ以外のものはこの黒いお方といっしょに《蛙》に運んでくれ。そしてわたしは萵苣《ちしゃ》を一籠もらおう」司祭が農夫に命じた。

「蛙ですって」男爵がたずねた。

「《ランプを持つ蛙》亭はパンティコーサで今も営業しているただ一つの宿屋なんです」ドン・フェルナンドが説明した。「どうぞこちらに。ご案内しましょう」

《ランプを持つ蛙》亭はパンティコーサの中央広場にある大きくて不格好な建物だった。その上階は広場の中央にあるロラン（中世フランスの伝説的騎士。スペイン遠征の帰途に横死）像のほうに重たげに傾いている。ブロンズ像の緑青を吹いたオリファント（戦いの角笛）は、二体のムーア人の石像の一方が掲げる水盤に唾を吐いている。《蛙》亭の一メートルほども厚い塀の背後から古いワイン樽の酸い匂いがしている。司祭があるじに、この三人のお方は正真正銘の客人で、オーストリアの男爵とその付き人だと知らせると、あるじは喜びの汗を流した。

「お客さんがまたいらした！　またいらした！」そうつかえながら言い、客から旅行鞄を受けとると、先に立って酒場に案内した。そこではおかみさんがおびただしい木喰虫が音をたてる大時計の隣に座って、静かに編み物をしていた。

「イネス、お客さんが戻ってきたよ。ずっとそう言ってきたのに、お前は信じなかったな。ほら、一番乗りの方々だ」

「えへん……」男爵が咳ばらいをした。

「幸せな幻想にひたらせておいておあげなさい」司祭がそう耳打ちして別れを告げた。

「部屋はいくつ空いているかい」男爵が声をあげて言った、

「今は客は一人もおりません」

「それは結構。三部屋たのもう。できれば隣り合わせで。ひとつは多少小さくてもいい。二、三日泊まろうと思う」

「たった二、三日ですか」あるじの笑みがこわばった。「そんなに早くお発ちになるんで？」

「またいつか来ることもあるだろう」男爵がなだめた。「部屋を整えて時刻表を持ってきてくれ」

　あるじは息子と、それから厨房の扉のそばであくびをしていた老従業員を上の階に走らせた。時刻表は用意できなかった。というのも、かつてパンティコーサと外界を結んでいた鉄道はすでに廃線になり、その後は駅馬車が蒸気機関車に代わって必要に応じて仕立てられるだけだったからだ。

「それなら駅馬車を頼もう」不承不承男爵が言った。「バルセロナかマドリッドに通じる最も近い鉄道駅に、最短の道を通って行きたいと御者に伝えてくれたまえ」

「それもだめなんです」あるじが一声うめき、涙を隠そうとナプキンで鼻をかんだ。

「男爵さま、それも」夫に代わっておかみが口を出した。とうの立った恰幅のいい女性である。「申し訳ありませんができない相談です。駅馬車はめったにここを通りませんから。用があってここで降りる人なんていませんからね。郵便と新聞だけは、定期購読者をあまり長く待たせないようにときどき来ます。最後に来たのは四日前でしたかしら。来週の終わりまではもう来ないと思います」

「何ということだ」男爵は叫び、ヨブの敬虔さをもって天井を見上げた。「他にここを出る手段はないのかね」

「せっかくのお客さんなのに」あるじが涙ながらにこぼした。

「ときどき運送屋がここらの店に商品を持ってきます――あの人たちなら話を聞いてくれるでしょう。かなりお急ぎでしたら、馬か驢馬《ろば》を借りるのがいいかもしれません」

男爵は田舎風の椅子に座り、暗い表情で、賓客用テーブルの白く磨かれた表面を指で叩いた。騎兵隊少尉だった過去が苦々しく思い出された。今にいたるまで驢馬とはつきあいがないし、馬にしてもあのときに比べて好きになったわけではない。自分がジョッキー・クラブの会員だという事実にしても、ウィーンのゾフィーエンザールでの狩人舞踏会《イエーガーバル》で動物愛護協会の会員を見かけたということよりさらに何も意味していない。ジーモンは一度お祭りのときに、二人の従姉妹を喜ばせようと思い切って馬に乗ってみたことがあった。そして男爵がこの移動手段を、車輪のある乗り物の見込みがまったくなくなって、これ以上出発を待てないというときまで保留してくれたことに、心の底から感謝した。食事はペピが部屋で給仕できるよう準備されることになった。

部屋は広くて黴の臭いがした。ペピとともに出現したウィンナシュニッツェルへの涙ぐましい努力の成果には革の歯ごたえがあった。あたかも善良な宿の人たちが、最後の偉大なシーズンの最後の標準モデルを町の博物館から持ってきたもののようだった。まさに旅行業者が今も定額で出す、型どおりの真正の観光客用シュニッツェルであり、地元のウィーンっ子さえうっかりすると一度は目にしてしまうものだ。この尊重すべき伝統を、パンティコーサ唯一のホテルが、観光客不在の苦難の時期を乗り越えてみごとに保持しているのにジーモンは驚嘆した。だがホールに掲げられた蝿の糞がついた資格証書や、玄関門のわきにあるとうに消滅した旅行業者組合のいくつものエナメルのメダルを見て、広く旅をした男爵は、ここで仕事をしているのはエキスパートと知り、それなりの心構えをした。

ペピは荷物を裏庭に降ろすよう農夫に言った。あるじの息子と召使がそれを部屋に運ぶ手助けをした。

二階の廊下でかれらは人目を引く男に出くわした。金モールの軍服を着た輝くばかりの美男《アポロ》が、羽根飾りを揺らし、拍車を鳴らし、ずらり並んだ客室の扉の前を閲兵するように歩いている。

「ああもしもし、黒いお方《ムッシュー・ル・ネグル》」男は念入りに磨いたサーベルの鍔《つば》を高く掲げ、ペピに駆け寄った。「あなたがオーストリアからいらした男爵ですか」

「いいえ」ペピが慇懃に言った。こんなものものしい盛装はサーカス出身のかれには珍しくなく、さしたる感銘も受けなかった。「わたしはエチオピアの皇帝です。男爵なら三番の部屋です」

「わたしは市内警備隊長アヌンシオ・ゴメス。お見知りおきを」男はがみがみした声で不機嫌そうに、だがどことなく曖昧に言った。「なるほど、三番か」

ゴメス隊長は町長の代理として男爵に告げた――パンティコーサでもクロイツ‐クヴェルハイム殿のご令名は聞きおよんでおります。かくも高貴な客人を恵んでくれた偶然に感謝いたします。

「エチオピアの皇帝までが《蛙》亭に逗留していると町長に申せばいっそう喜ぶことでしょう」隊長はそう言いそえた。

「皇帝……」

「荷物を運びあげていた方ですよ」

「ああ、ペピですか」腑《ふ》に落ちた男爵は表情をやわらげた。「あの男は自分がエチオピアの帝位請求権を持つと真面目に信じているのです。曾祖父が偉大なるメネリク（エチオピアの礎を築いた皇帝。在位一八八九―一九一三）の長子なのだそうです。あなたに謝罪するよう言っておきましょう」

「それにはおよびません、男爵、ええまったく」

両人がふたたび廊下で行き会ったとき、ペピは携帯用アクアリウムの重みにあえいでいた。胸の金モールの下で暖かな心臓の脈打つ隊長は敬礼をした。ペピは歯をむきだして笑いかけた。

「レモネードのジョッキを持ってきてくれ、皇帝」男爵が命じた。「そうしたらベッドに横たわってぐっすりと眠ろう」


シエスタは日没まで続いた。ジーモンは救い出された『アタランタ』のページをまだ繰っていた。かれの部屋は三つ続きの中央で、隣室への褐色の扉は左右とも、背後にいる男爵とムーア人の安らかな寝息でかすかに震えている。やがて『アタランタ』はジーモンの手から離れ、すり切れたベッドサイドマットの上に滑り落ちた。どしりという音は夢で何かに化していたが、目覚めたときはもう思い出せなかった。はっきりしているのは気球とは何の関係もないことだけだ。

蜘蛛の糸で濾《こ》したお茶のように、薄明が木の鎧戸《よろいど》から流れ込んでいる。ジーモンは重い羽根ぶとんを押しのけ、汗まみれのまま身を起こした。男爵はパンティコーサを見物しようと思った。かれは扉を叩いて、ジーモンを誘った。だがまずは床屋に行って、航空中に伸びた顎鬚《あごひげ》を剃らせなければ。

秘書と召使を連れた男爵が不時着した噂は、ひそひそ話が無音の太鼓となり、小さな町のことゆえ犬小屋の一軒一軒にいたるまで伝わったが、パンティコーサの住民は品位を保ち、騒ぎたてることもなかった。せいぜいセーラー服の子供が二、三人、《蛙》亭の入口すぐ近くで輪回し遊びをし、フライ用若魚（十五歳前後の少女のこと）が腕を組んでひとかたまりになり、くすくすヒステリックに笑い、散歩中の夫婦が三組、つつましい視線を投げたくらいのものだ。住民より外来者をよく見かけた、往時の湯治場としての立場から生じる義務を、パンティコーサの民はまだ心得ていた。二人の紳士の出現は、中産階級の私的な家庭生活を中央広場から隠すカーテンを、それとわからぬほど動かしたにすぎなかった。

軽やかに洗練されたパンティコーサ中心部はいわば書き割りであって、ほんのわずかな広がりしか持たない。広場はほんとうは点であり、それを平たく伸ばして上辺《うわべ》を舗装したものにすぎない。ときどき何か起きそうな感じがするから、ほかではゆるく散らばる家も、広場のまわりでは物見高そうに間隔を詰めている。だがロマネスク様式とゴシック様式が半々に混ざった無骨な教会の裏にまわると、さっそく牧場が静かに広がり、感じのいい別荘やゆったりした農場が小ぎれいな庭のなかに見える

――なにより小川がいくつもせせらいでいる。きれいに髭を剃り、オーデコロンの雲を漂わせて、男爵とジーモンは手入れのいきとどいた遊歩道を物見やぐら――丸太造りの小さなパゴダのほうに歩いていった。その展望台からピレネーの威容を夕陽に輝くヴィニュマール山の頂とともに楽しんだ。町の床屋はオーストリア人の噂を聞こうと押し寄せる顧客をさばくのに大童《おおわらわ》だった。

山おろしの涼しい風が吹きはじめ、家に灯りがともるようになるころ、ようやくエリアス・クロイツークヴェルハイムとその一行はカフェ《歌う魚》の真珠色にくすんだガラス窓の前までたどりついた。二人はビリヤードの卓とレセプションルームを約束している金文字の誘いに乗り、暗黙のうちに同意して、磨かれた真鍮のバーを押して広い両開きの扉を開けた。黒と灰が斑《まだら》になった大理石のテーブルにわずかな客が座り、心ここにないように、コーヒーや、あるいはここではより好まれるココアをかき混ぜ、クロワッサンをちぎり、新聞をがさつかせていた。これほどオーストリア的な眺めはまたとあるまい。

もちろん老給仕頭がテーブルの迷路を縫って二人の紳士のところまであたふたと駆けつけ、軽い夏用コートを脱がせ、フラシ天のクッションを敷いた仕切り席まで案内したが、それは客の少なさのゆえばかりではなかった。半円形の狭い長椅子はある種のプライベートな心地よさを約束していて、「予約済」の小さな札によって隔離されたその席は図らずも、舞台のように他の客の視線にさらされる位置にあった。そこは町長が土曜の晩に陣どって、名士たちとチェスを戦わせる席でもある。

「予約済みなのかい」男爵が札を指してたずねた。

「あなたさまにですとも。もちろんあなたさまにです」給仕頭がぺこぺこして言った。「この席は常に特別なお客さまのために空けておるのです」

「メランジェを二つ」

「メランジェ二つ――かしこまりました」

客たちは新聞を手から放し、口まで持ってきたカップを卓に置き、クロワッサンを忘れた。男爵とジーモンは関心の的になっていた。こちらを見つめていた老人をジーモンが見返すと、老人はすぐ目をそらし、きまり悪そうに鼻を鳴らして新聞に戻った。ところがほっそりとして、いくぶん老けこんで見える紳士は、男爵の目がずっと注がれているのに気づくと、近寄って自己紹介をした。

「コフラー・デ・ラップと申します」

「クロイツ－クヴェルハイムです。何か御用でしょうか」

「わたしは」――男がドイツ語を話したのでジーモンはとてもうれしかった。「わたしたち皆と、それから善き給仕頭を代表して、ぶしつけにあなたを眺めたことをおわびせねばなりません。哀れなパンティコーサはもうずいぶんのあいだ、不意の客人の到来が絶えています。二年前にイギリス人がひとり、観光客がふたたび襲来する前触れとして、きわめて温泉通で観光客らしいところを見せたのに――何週間もしないうちに山のなかに消えました。この町のなかには、まだその男を信じて、きっと事故にあったと断言する者もいます。だいたい本物のイギリス人なのかも最初から怪しいと思ってたんですけれどね」

「わたしは本物のオーストリア人ですよ。証拠を見せろなどとおっしゃらないよう願いたいものです」男爵が長弁舌をさえぎった。

「もちろん男爵、あなたのことは存じあげておりますとも」コフラー氏は椅子の位置を正してから座った。「ラドック・ヴァンツペルク公爵夫人がアグライア・ラドック嬢の十八歳の誕生日を祝うカクテルパーティーに、わたしも参加させていただいておりました」

「ああ」男爵の表情がやわらいだ。「あのアグライア嬢ですか、ボールベアリング工場の社長と結婚した」

コフラー・デ・ラップの喋りは面白かった。ここに腰を落ち着ける前は全ヨーロッパを自分の家にしていて、多かれ少なかれよく知っていると称する上流の人々の性格に関する逸話をいくつも披露できた。ウィーンも自分のチョッキのポケットのようによく知っていて、男爵も、このテニス焼けしたダンディと何かのパーティーの折に会ったような気がしてきた。実際にラドック老公爵邸でだったという可能性さえなくはない。

コフラー・デ・ラップはどういうわけか、男爵が犠牲になった政府の破局もすでに知っていて、ここで政党間の争いの殉教者として男爵に会わねばならぬとは遺憾と言い、知る者も少なかろう横のつながりをほのめかした。それからアイフェルハイム伯母の安否をたずね、その逝去に短く悔やみを述べ、次の選挙か帝位継承者の就任とともに何もかもよい方向に動くだろうと希望を表明した。

最後に話題はまたパンティコーサに戻った。この町は流行を追う自分の性《しょう》を満足させないとコフラー・デ・ラップはこぼした。とはいえすばらしい環境と温泉の治癒力がその欠点を埋め合わせるし、それなりの希望を持って、やがてこの祝福された地で百回目の誕生日を迎えられると思っている。誰だっていつかは落ち着きたくなるときが来るものだし、ここの社会はいつになっても変わりばえがしないが、ともかく最悪ではないと。

「この地の美しさはすでにわが目で確認しています」男爵も同意した。「そしてパンティコーサには大都市の雰囲気も欠けていません。このカフェがその証拠です。今は野党やカワウソがうようよしているオーストリアの店にここは似ています。逆説的な名前も、魚類学者のわたしをたいそう愉快にさせます——感動さえ覚えます」

「そこですよ、男爵」コフラー・デ・ラップはすかさずその話題に食いついた——かれはウィーン領事アカデミー（今のウィーン外交学院に相当する教育機関）で一年間を過ごしていた。就職のためではなく、そこに集う人たちが好きだったからという。おかげでどんなテーマを投げられても拙いながら応じる技を持っていた。

「住民が歌う魚の存在を固く信じていると請け合ったら、あなたはさぞ嬉しがることでしょうね」

男爵は笑みをうかべた。素朴な人たちのファンタジーと、かれらが魚や両棲類の世界と関わるとき見せる少しおじけづいた態度は、前から男爵を愉快がらせていた。

「迷信の前には神聖なものなどありません」男爵は言った。「大海蛇や伝説的なクラーケン、もろもろの海の怪物を思い浮かべてごらんなさい。ツィラータール（オーストリアのチロル地方にある峡谷）の酪農小屋で巨大なクジラの色刷り印刷を見たことがあります。真っ黒な怪物が中くらいの大きさの蒸気船を飲み込もうとしている絵でした。酪農家の女性は肝油さえどんなものか知りませんでした。だからこそ、このうえなく人を魅惑するメルヘンが生まれるのです。恥知らずで良心もない絵描きが嬉々として陸の上でそんな絵を描きます」

「わたしも歌う魚などは眉唾と思っていますが、それを自分の耳で聞いたと言い張る庭師がいるのです」コフラー・デ・ラップが歌うような口調で言い添えた。

「五年前に一連の実験を行ないましたが、その結果、ほとんどすべての魚は音を発する能力があることがわかりました。かれらは互いに会話をしますが、振動数が高すぎるか低すぎるかして、人間の耳には聞こえません。もっともオーストラリアやマライ諸島には蛙のような声を出す種がいます。魚も声が出せるのです。魚言語の解明はわたしの取り組むべきもっとも大きな課題のひとつです。そのときはイルカを——あなたも知るように魚ではありませんが——通訳に使えるでしょう。なにしろ高度な知性を持っていて、海のあらゆる方言を巧みに模倣できますからね。ネプチューンのものまね鳥と一度わたしは名づけました」うまい冗談を言ったあとのように男爵は笑って、コーヒーを一口すすった。「その歌う魚はどこにいるのです」

「テルプエロの洞窟、ここいらの山の中です。わたしの庭師は老人で、本物の原住民の一人なんですが、その男が子供のころ、堤防が水面下で決壊したかなんかの事故があって、そんな魚が外に流され、何日ものあいだ、フルートのような甘美な声で悲鳴をあげ、あげく事切れたそうです。体は円筒状で体長は一メートルくらいだったとか」

男爵はコーヒーカップを勢いよく大理石のテーブルに置いた。「なんと。ぜひあなたの庭師と会わなくては。シュリーマンがホメロスを信じなければ、トロイアでは今も羊が草を食《は》んでいたでしょう。研究を重ねていくにつれ、神の造《つく》ったものは極め尽くせないことを痛感するようになりました。コフラーさん、あなたの庭師と引き合わせてください。それから、その伝説の魚について何か知っている者は他にいますでしょうか」

「あなたと秘書の方が明日正午、わが家に来ていただけるなら、喜んでフランセスを紹介しますよ。他の人というなら、町長にお会いしたらいかがでしょう。鬘《かつら》をかぶったお役人なんですが、熱心にこの地の歴史を調べています。おそろしく退屈な講演をしますが、いくらかでも体面を重んじる人は聞きにいかねばなりません。でもこの魚の伝説については、きっとわたしより詳しいでしょう」

「ちょうどよかった。町長からは明日の晩に招待されています。ではご迷惑でなければ」——コフラー・デ・ラップはとんでもないというふうに万歳の身振りをした――「昼食をおよばれして、あなたの庭師を質問責めにしましょう」

「召使をあなたのところに遣りましょう。わが家へ行く道は少しややこしいですから」

「魚はテルプエロ洞窟にいるのですか」

「そういう話です。洞穴学者の作った地図ではテルプエロ洞窟の場所は白いままになっています。わたしは最近愉快な若い人たちの小さなサークルのために、丸々一週間続くはずの狐狩りゲームを企画しました。そのときこの名前にぶつかったのです」コフラーは牧神《パン》のようににんまりした。「パンティコーサとその近郊の案内書を元貯蓄銀行取締役のフローラルが書いていますが、そこにはあの洞窟がちゃんと記されてありました。入口はイルキダ村の近くにあるそうです――まさに庭師フランセスの出身地です。しかもある専門文献によれば、洞窟は互いに行き来のできる多くの地下広間からなる大規模な構造をしているようです。でもデータが全然ありません。狐狩りゲームには不向きです」

「面白い。たいへん面白い」男爵は予備の懐中時計を引きだした。荷物の中から無傷で見つかったものだ。「もう九時半か！　気球旅行の疲れがまだ残っているようです。では明日お会いしましょう、コフラーさん」

男爵は給仕頭に合図し、コフラー・デ・ラップに握手の手を伸ばした。

「では明日」

「ごきげんよう、コフラーさん」

「あなたもよい夕べを、ドクトル・アイ……」

「アイベル、ジーモン・アイベルです。コフラーさん」

ジーモンの眠りは湯のたぎるような音に行き当たった。そこから曖昧なメロディーをもつ叫びと獣の鳴き声が耳障りに高まり、まだ夜の静けさに執着する耳を尖った石のように傷つけた。さらには教会の鐘までが鼓膜を叩きだした。かれはしぶしぶベッドから出て、窓辺に針路を定め、鎧戸を押しあけた。その隙間から、日光が傾いた柱になって、洗濯機のセールスマンがドアの隙間に突きこむ靴先みたいに押し入った。敷石は白くまばゆかった。

市《いち》が広場で開かれていたのだ。ジーモンは歯を磨き、舌の先で詰め物が取れたらしいところを探り、それから顔の下半分と、耳までの首の部分に泡をぬり、するどい剃刀で、この地では望ましくないとされている髭をすっかり剃った。もうそのころには、いやいやながら別れを告げた羽毛とリネンと馬毛からなる夢の領土からもよほど遠ざかり、ペピが完璧な召使として機転をきかせ、ずんぐりしたポットにお湯を入れ、ウールの保温カバーをかぶせてすでに用意していたのを褒めてやるのも忘れなかった。

ぶかついたパジャマを不完全にまとった案山子《かかし》だったジーモンも、半時間もすると純白のシャツ、お洒落に結んだネクタイ、アイロンのきいた折り目、ぴかぴかの深ゴム靴姿の小ざっぱりしたドクトル・アイベルに早変わりし、男爵側のドアを叩いてみたが、返事は返ってこなかった。

旦那さまはお出かけになりました、とペピが告げた。前の日にきちんと別れを告げなかった司祭に改めて感謝するため訪問するのだという。そのあと両替所に行ってポンドをペセタに替え、続けて町の図書館で調べ物をするという。ドクトルとペピは昼まで何もすることがなくなった。

「つまりコフラーさまのお宅での昼食までです」ペピは補った。外はとても美しく、色が豊かで騒がしいので、多くの言葉を話しスペイン語もできる召使を誘って、ジーモンは市をぶらつくことにした。
しかしまずは二人で、誰もいないレストランでたっぷり時間をかけて朝食をとった。ペピの食欲は体の要求というよりも、そこに食べものがあるかどうかにかかってくるらしく、胃は底なしのようだった。かれには二度目の朝食になるのだが、それも一時間半前の初朝食と同じく堪能していた。男爵がすでに図書館長にテルプエロ洞窟全般、そしてとりわけ歌う魚のことを根掘り葉掘りたずねていたころ、秘書と召使は人込みのただ中にいた。

初秋の輝かしい朝、人で賑《にぎ》わい品も豊かな市場は、懐にいくばくかの金がある者には逸楽境だ。金を使わない人ほど、要るもののない人ほど、かえって可能性は果てなく広がる。財布に金をかぎつけると商人はいっそう押しつけがましくなり、ジーモンは逃げ出した。本物の逸楽境でさえこんな市場が好まれるかどうか、それは一考の余地がある。なにしろ誰もが知っているように、逸楽境は巨大なオートミールの壁に囲まれていて、中に入りたい者はそれを食べながら進まねばならないから。とはいえ、ジーモンもペピもオートミールに用はなかった。ジーモンは大学の学食でいやというほど食わされたし、ペピのほうはオートミールを食べれば黒人も肌が白くなると言い張る祖母にそれで育てられたからだ。市に参加するにはせいぜいトルコ蜂蜜の一口分か、紙袋一杯のピーナッツで十分だ。

はちきれそうな南瓜《かぼちゃ》、絹の艶《つや》をもつ玉葱《たまねぎ》、骨の白さの大蒜《にんにく》、鳥が鳴き虫が這い、赤紫の甜菜《てんさい》、萵苣《ちしゃ》、富籤《とみくじ》、星占い、革のような梨《なし》、毒々しい紫に色合いを変える無花果《いちじく》、甕《かめ》や壺、目の細かい格子籠にいる鵞鳥《がちょう》、鶏の白い生身、緑の空豆、豌豆《えんどう》、寸法も銘文も選《よ》りどり見どりの奉納画、林檎、胡桃《くるみ》、扁桃《アーモンド》、ロザリオ、玉子、チーズ、バターロール、絵葉書、絹布、靴下留め、匂いのきついソーセージ、虹鱒、蜂蜜、蠟燭、辛子《からし》と酒類。自然と人の尽力の結晶が、籠の中に、屋台の上に、パラソルや風に波うつ布屋根の下に集まり、その宝物のもっとも貴重なものを目の当たりにして、パンティコーサの住民は目がくらむようだった。目ばかりではない。香り、誘い、すべて手の届くところにあるものは、嗅ぎ、触れ、値切り、買い、場合によっては盗むことさえできた。

ジーモンとペピはけたたましい群衆に押されるまま、こちらでは重荷を負った主婦《おかみ》に道をゆずって後退《あとずさ》り、あちらでは従順に待つ牡羊の渦を巻く毛に触り、マルメロのマーマレードの大壺を手に家路を急ぐ司祭に帽子をとって礼をし、潰《つぶ》れたトマトを踏みつけ、屋台の下で飼い主の農夫や客の足を嗅ぐ眠たげな犬の放《ひ》る糞を避け、胸に抱えた葡萄の紙袋から果汁がシャツに流れる肥満漢《でぶっちょ》を肩でおしのけ、玉子売りの女と数分間議論し、かたわらトルコ蜂蜜と炒ったピーナッツの味見をした。二人はパンティコーサやその近くの住民そっくりにふるまったが、たいがいの者は、かれらが昨日、しかも気球で来たよそ者の中の二人であるのを知っていた。

果物や花を趣味よく盛った籠を塔のように頭にのせ、バランスをとって歩く女の南国的な優美さにジーモンがペピの注意をうながそうとしたとき、畝織《うねおり》の黒絹を装《よそお》ったその塔がくるりとこちらを向き、はっと動きを止めたと思ったら、堂々とした足どりでペピのほうに急ぎ向かってきた。

「あらまあジュゼッペ、あたしの黒んぼちゃん」塔の女が呼びかけた。

「マダム・サンプロッティ！」ペピは叫び、女の広げた腕に飛びこんだ。

女が頭にのせていた果物籠は、今はジーモンにもわかったが、実は帽子だった。白髪交じりの髪に縁どられた丸々とした白い顔がその下にあって、明るい眼がふたつ、平たい皿にのった牡蠣《かき》のように泳いでいる。畝織の絹に隠された身体もとてつもない怪物的なものを予感させたが、真に注目すべきは、見上げたジーモンより頭一つ分も高くにあったその顔だった。その大柄の面《おもて》には――とりわけ眉を見せずに果物籠帽子の編み模様になめらかに消えていく広く秀でた額には——独特の厳《いか》めしさがあり、尊大であり茫漠とした、女王にして巫女《みこ》にして予言者の顔だった。その満面が今は再会の嬉しさで夏の月のように穏やかに輝いている。その夏の月は、何故かわからぬながらも当たり前のように、初秋の午後のパンティコーサの市を動いてゆく。

「こちらはわたしの主人であるクロイツ‐クヴェルハイム男爵の秘書をしておられるドクトル・ジーモン」とジーモンはその婦人に紹介された。「そしてこちらはマダム・サンプロッティ、ヨーロッパ全体とアメリカ大陸の半分で有名なサロメ・サンプロッティさんです」

「あらまあお上手なこと」婦人は柔らかな声で受け流した。

「でもまさかピストレリーナのほうが優れているとは、あなただって言わないでしょう」

「ピストレリーナは若いだけで頭は空っぽ。でもあんただっておべんちゃらばかり」

「おべんちゃらを言うくらいなら舌を噛み切ったほうがましですよ。でも何だってパンティコーサへ」

「それはこっちのセリフ」

「何というか、気球で飛んでいるうちに……」

「……何が起こったかもわからないまま、いきなりパンティコーサにいたんでしょ。千里眼でなくてもそのくらいはわかる。パンティコーサじゅうがここまで吹かれてきた三人の殿方のことで持ちきりだからね。でもあんたがそのひとりだったなんて」

「来なければよかったと何度も思いました。いまいましいゴンドラから這い出てパンティコーサの地面を踏んだときは少なからずほっとしました。どうも飛ぶのは性《しょう》にあいませんね」

「そりゃ残念だ。あたしはいつもそう思うよ」マダムの言うことは冗談か本気かけしてわからない。その表情は光沢《つや》のない銀皿のように常に変わらず、そこに人はみずからの鏡像を鈍くおぼろに見るばかりである。「その件については、そちらの紳士と一度話してみたらいかが」

ペピは驚いてジーモンを見た。

「ところであなたはどうしてここに」少し言葉が途切れたあとペピが聞いた。

「簡単なことよ。ここの屋敷を相続したの」

話のあいだもマダムはジーモンから目を離さなかった。ひととき格子のような細かい皺の寄った額はまた滑《なめ》らかになった。ジーモンはつつましく目を下に向けていたが、マダムの穏やかな目で探られる感じはさほど不快ではなかった。練達の外科医のメスのように痛みも感じさせず、視線は着実に食い入り、秘められた核に触れる。ジーモン自身さえ、そのとき感じた反発によって、その存在にようやく気づいたほど、それは深く隠された核だった。無骨な農夫たちが手車を押しながら「へ、へ」と不機嫌そうな声を出して、二人のあいだを割って通りすぎた。

「ジュゼッペ、あたしのとこに来なさいよ」マダム・サンプロッティが手車で無理やり押し入る者の頭越しに呼びかけた。「あんたの男爵のお許しが出たら今晩にでも」

「どこへです」ペピが叫び返した。

「ダブロン屋敷よ——子供なら誰でも知ってるわ。よろしければドクトルもいっしょにいかが」

ペピが手を振った。薄汚れた羊の白波《しらなみ》がメエメエと鳴きながらかれとジーモンを教会の広い階段ぎわまで押し流した。二人は階段をのぼって、市場を見渡せるざらついた砂岩の欄干に腰をおろした。

「ほら、あそこを歩いてます」ペピが言った。「何て帽子でしょう」

「どういう人なんだい」ジーモンが聞いた。

「あの人はひところ、わたしが男爵に仕える前にいた旅芸人一座といっしょだったんです。場所代を少し親方に払って、自分のワゴンを一座の隣に据えてました。わたしたちの猛獣を観て、化け物巡りコースターやオートレースやメリーゴーランドを楽しむ人たちは、あの人の日々のお客さんにもなるんです。一方でご立派な方々とも知り合いでしたね。われわれと顔を合わせたあと、深紅のテントをどこにも建てずに、教授に降霊会に連れていかれることもちょくちょくありました。あるいは大地主や駐留部隊指揮官に馬車で城館に連れて行かれ、一座が発つ日まで滞在していたこともあります。ともかくそんじょそこらの市《いち》で見かける占い師じゃありません。一度わたしも将来を占ってもらいました。石の皿に水を満たして、そこに油を三滴垂らすんです。そして油がちらちら広がってできる縞模《しま》様に目を凝らします。でも見えたものを教えてはくれませんでした。そして、今見えたものには何の手立てもない。あたしの役目は、人が不意打ちをくらわないように、心構えをさせることだけだって言うんです。なんでもあの人は正真正銘のお姫《プリンセス》さまだとか」

「あの人が僕をおかしな目で見たのに気づいたかい」

「あなたに何か変わった特徴があったのかもしれません」

「お前が行くときは僕もついて行こう」

ジーモンは懐中時計を出した。すでに十一時半に近かった。

「そろそろ戻らないと。男爵を招いた紳士のお出迎えが来るころだ。それまでに服を着替えておかなければ」

二人が着いたあと、男爵も帰ってきた。酒場に掛けられた、ランタンが灯る上に蛙が這いつくばり緑の狩猟服を着た男を見下ろしている素朴な絵の下に座っていたジーモンとペピは、男爵が長い影を引いて玄関ホールを急ぐのが見えた。二人は男爵の後について、何か指示はないかと聞いたが、男爵は思いにふける様子でメモ帖をめくり、口笛でマルセイエーズを低く吹くばかりだった。


コフラー・デ・ラップの侘《わ》び住まいはパンティコーサの南端、小さな町が瀟洒な別荘《ヴィラ》のあいだに溶け入り、柔らかな草地と低木の森に移っていくところにあった。屋敷は小さくはあったが、バルコニーとイオニア式の柱と、深緑の鎧戸つきの背の高い窓がある、とても趣味のよいものだった。白くまばゆい砂利を踏んであるじが客たちを迎え、男爵に大仰なあいさつをした。

「わが家のコックがどんなに興奮しているか、あなたには想像もつかないでしょう。ウィーンの生まれでメラニー・クラウトハペルといいますが、前は向こうのホテル・ベルビュー、今はルンプラー一家が住んでいるところで働いていました。可哀そうに十年前からターフェルシュピッツ（牛肉を煮こんだオーストリア料理）を煮ていないのです。コーヒーは庭で飲みましょう。そこで庭師に質問もできますから。あのモグラモチを家の中に入れるのはどうも気が進みませんからね」

「モグラモチですと」男爵は声をあげてステッキを持ちあげた。コフラー・デ・ラップは仰天して後ずさった。

「モグラモチとは何たること」男爵はわめき、頭の上でステッキを振りまわした。

「わが庭師フランセスは」コフラー・デ・ラップはつかえながら、薔薇の繁みに立てこもった。「歌う魚のことを少し知っているフランセスは、本物のモグラではありません。ただのメタファーですよ！」

「あああ」男爵は歯ぎしりしてゆっくりとステッキを下ろした。「あああ。すべては学問のためだ——すべては……たとえメタファーのモモモモ」

「どうしました、男爵」

「いやなに」男爵はわれに返り、軽く手をふって今の騒ぎをなかったことにした。「ちょっとしたアレルギーにすぎません。では食堂にまいりましょうか」


コフラー・デ・ラップは客を正方形の気のきいた会食用小部屋に誘《いざな》った。プルシアンブルーの壁紙と深紅のマホガニーの交響曲を、コフラー・デ・ラップ家では第一に指を折るべきナポレオン時代の韃靼髭《だつたんひげ》の大佐が、金の簡素な額縁の中から指揮している。マホガニーの丸テーブルはダマスク織の敷布とザクセンの陶器、そしてきれいに磨かれたグラスで晴れやかに飾られ、グラスには黄薔薇の花束が映っている。部屋のあるじは各人の場所を割り当てた——男爵を自分の右に、ジーモンを左に、そして自身は先祖の軍人たちの下に。それから銀の鐘を鳴らし、かわいいメイドと薔薇色の頬に白い髯《ひげ》が渦巻く立派な風采の召使を呼んだ。

「蟹肉団子のブイヨンにグンポルツキルヒナー・ロートギプフラー（ワインの銘柄）です。あなたがたにくつろいでいただこうと思いまして」コフラー・デ・ラップが予告した。

「それからターフェルシュピッツにキップフラーポテトと萵苣《ちしや》のサラダ、ペテルスドルファー・ビスマルクワイン。締めは冷やしたマンデルコッホ（アーモンドの菓子）とトカイワインです。ようこそパンティコーサへ！」

「まったく」男爵も認めた。「これ以上ウィーン風にはしようたってできやしません。ウィーンの料理は少し胃にもたれると思ってましたが、ここ異国で、冷やしたマンデルコッホほどうるわしい故郷からの挨拶は考えられません――さらにコックの名までクラウトハペルというのですからね」

一同は活発にお喋りをしながら、クラウトハペルの愛国芸術の精華を堪能した。男爵は愛すべきホストに、皇室に、帝位継承者に乾杯した。コフラー・デ・ラップが乾杯の辞に続いてテルプエロ洞窟の歌う魚に話をもっていくと、ワインをすする男爵の面持《おもも》ちはひどく真剣になった。

「午前は町の図書館で、あなたのおっしゃった、パンティコーサの地理的状況とその近郊の特色に関する本を閲覧させてもらいました。館長と話もしました。とても学識のある方ですね」

「ドン・バシリオ・ノーラは以前サラマンカ大学でペルシア古文献学の教授でした」

「本人からもそう聞きました。でも関心の対象はペルシアにかぎりません。あの方によると、テルプエロ塊状岩の多くの地下洞に流れる水には珍しいミネラル成分の痕跡があって、それが乳香のような匂いの原因らしいのと――あともうひとつ変わった点として、まるで菫を溺死させたように、水がかすかな紫色を呈しているそうなんです。そんな詩的な生態環境のもとでは、ここ以外にどこにもない魚の存在もありえないとは思えません。本当に歌ったとしても何の不思議がありましょう」

「ペトリ・ハイル（よい釣りを）！」コフラー・デ・ラップが乾杯した。

質問責めであるじを退屈させたことを男爵は丁重にわび、ウィーン社交界の最新のゴシップへの飽くことない食欲を満足させようと誠実に努めた。単に時間の余裕がないため、ここ何十年ばかりかは、帝都にして首都における親類縁者の行状は、遠くから垣間見るばかりではあったが、一族が何世代も培《つちか》った上流や超上流家庭との血縁や友人の絆は、クロイツ－クヴェルハイム家の一人が名位《めいい》より学問に専心したくらいでは、もはや切り離せないほど緊密になっていた。男爵は親類から《好い奴エリアス》――妙な魚にかまけてあまり顔を見せない変人とみなされていたが、そんな人たちも内心ではかれを少々誇りにしていた。誰かが誕生したとか結婚したとか死亡したときは、義務感から男爵のもとにも知らせが届いたし、カクテルパーティーやレセプションへの招待も絶えることがなかった。これらを男爵は特別の帖面に記載しておき、短い祝辞や弔辞をひねり出すよう秘書に命じ、ときにはみずから先方におもむき、あらかじめ決めた三十分間だけ、手にキスをしたり握手をしたりもした。ともかく時勢には遅れないようにし、生まれついた型を崩さなかった。ゆえにそのときどきに入手した宝から、真珠や宝石の何粒かを、一心に耳を傾けるコフラー・デ・ラップに投げてやれたのだった。かつては自分も何台ものロールス・ロイスやイスパノのいわば五つ目の車輪となってそこで転がっていたお洒落な世界への憧れと、場所もあろうにパンティコーサで罹患した半世紀病すなわち隠居癖とに引き裂かれて、ブラーレンベルゲの双子嬢と常に甲斐甲斐しいメイドにもかかわらず、コフラーにとってこの自発的な亡命はかろうじて耐えられるものでしかなかった。

モカコーヒーを飲みに一同は庭に出た。木蔦《きづた》におおわれ鋳鉄が緑に塗られた、風通しのよい装飾的な四阿《あずまや》で、三脚の籐椅子に囲まれた足高《あしだか》の卓が客人を待ち、カップや砂糖壺や皿やビスケットに陽の光がたわむれていた。殿方たちは脚をのばし、かわいいメイドにコーヒーを注いでもらい、コフラー・デ・ラップが手渡したヒマラヤ杉材の小箱から葉巻を取った。男爵がやや焦《じ》れるように左靴の爪先を上に下に動かすのを、目ざといホストは見逃さなかった。

「アマンダや、フランセスがどこにいるか見ておいで」コフラー・デ・ラップはメイドに命じた。

しばらくして――葉巻の半ばはすでに灰になり、男爵の靴先は死にかけの魚の尾のごとく大儀そうにぶらぶらしていた――メイドがまた現われ、優雅に膝をかがめて一礼した。

「フランセスは蜜蜂のところにいます」

「ならさっさと呼んでこい！」

ようやく老フランセスが脚をひきずりながら四阿に入ってきた。白髪で顔に皺がめだち、みずからの身分の象徴として鋤《すき》を引きずり、くぐもった声でテーブルの面々に挨拶した。コフラー・デ・ラップは苦労して、高名な魚類学者であるこのお方がお前に聞きたいことがあると伝えた。

老フランセスは弛《たる》んで萎《しな》びた耳に片手をあて、主人の言うことがよく聞こえるようにした。それから無精ひげの垂れた上唇をあげ、歯のない口を見せ、慈愛に満ちた笑みをうかべた。

「そうとも旦那、あの魚は歌ったとも。ひどくきれいな声で。あげく死んでしまったがね」

「その魚はどこから来たんだね」

「山から――たくさんの水といっしょに。新しい泉が湧きでた。いきなり魚が出てきて、それから死んだ」

「どんな形をしていた？」

「すごい長さだったよ」フランセスは腕をひろげた。「でもあんまり太くはなかった。大きな蛇の尻尾の切れ端みたいだったが、鰭《ひれ》と頭があった。鱗《うろこ》はなかった。でも魚には違いない。蛙が鳴くときみたいに口を膨らませるんだが、蛙よりずっとでかくて、その部分の膚《はだ》はほとんど透き通ってた。すごくきれいに鳴く。でもあっという間に鳴きやんで死んじまった」

「それでお前はどうした」

「最初は触る気もしなかった。でも司祭さまがあの魚は新しい泉を毒するとおっしゃった。あの泉は牛がいつも水を飲む川に流れ込んでる。だもんでグスマン爺さんが棒で突《つつ》いて、そいつを水から追い出した。そのあとわしらが穴を掘ると、グスマン爺さんの棒がそいつを穴の中まで押しやった。それから穴を埋めた。だがそうする前はとてもきれいな声で鳴いていた。ナイチンゲールみたいだったが、それよりずっときれいだった。村じゅうの者はみんなして、昼も夜も、泉のまわりに集まって聞きほれてた」

「ちゃんと鰭《ひれ》はあったかい」

「あったともよ。たくさんはなかったが、至極《しごく》ちゃんとした鰭だった」

「鰓《えら》はどうだった」

フランセスは困った顔をした。男爵は庭師に鰓の何たるかをわからせようとした。

「ああ、あの水耳《みずみみ》……あったあった。ないわけがない」

「色は」

「白だね。ほんのすこし茶色っぽかったかもしれない」

「それでどんなふうに鳴くんだ」

フランセスはとまどって咳払いし、気どったポーズをとって、ビゼーの『カルメン』の「闘牛士の歌」を思わせないでもない皺《しわ》枯れた声を出した。

「ああ、もういい」男爵は笑った。「ありがとう、フランセス」

そして庭師の手に銀貨を一枚握らせた。庭師はなおも歌い続けながらよろよろと四阿を出ていった。

男爵は二本目の葉巻を感謝しつつ辞退した。ジーモンも高価なハバナを一本、ペピの土産にすでにポケットに入れていたので、礼儀正しく微笑んで首を振った。

コフラー・デ・ラップはかれらを庭門まで案内し、乗合馬車がすぐに来て、狩猟旅行を再開できますようにと、別れ際に心のこもった言葉をかけた。そして男爵に頼んだ。戻られましたらわたしのウィーンの知り合いによろしくお伝えください、かれらがスペインに来る折があれば、忘れずこちらにも来るようにと言っていただけますか。

「といってもスペインに来る人なんかいますかね？」

男爵は老フランセスの証言で頭がいっぱいだった。ジーモンと並んで歩きながらも何も言わなかった。一度だけジーモンは、あえてその思考をさえぎり、今日これから自分かペピに何か御用はありますかと聞いた。男爵は上の空で、晩はひとりで町長を訪ねるから、なんなりと好きなことをするがいいと答えた。かくてマダム・サンプロッティへの訪問を妨げるものは何もなくなった。

男爵が晩禱の鐘とともに《蛙》亭を後にしたので、用をいいつけられることがないのが確実となったジーモンとペピは、身支度にとりかかった。ジーモンはダークグレーの服を取り出し、背格好が同じくらいのペピには、ライトブルーの麻のスーツを貸してやった。いつもの仕着せでマダム・サンプロッティのところへは行きたくないだろうと思ってのことだったが、案の定ペピは大喜びした。

市場のまだ片づけられていない最後の屋台で大きな花束を買って、ついでに道をたずねた。正面の横丁を次の交叉点まで行き、そこで右に曲がり、すぐまた左に曲がると小さな広場に出る。そこの一番美しく大きな家がダブロン屋敷だという。

広場はたやすく見つかった。二人は急な坂になった小路をのぼり、足音を響かせてアーチ門をくぐると、旅行案内《ベデカー》にも載っていないうっとりするような四角形の広場に出た。山側には可愛らしい古ぼけた家が何軒か凭《もた》れ合うように建ち、谷側は庭園の高塀《たかべい》が広場を区切っている。長辺の一つに旅館

《白鴉荘》がゆったりと広がっていたが、今は宿をたたみ、貸し出されて穀物倉庫になっている。その向かいで張り出し窓や破風でごてごてと威容を誇るのがダブロン屋敷の正面玄関だ。重々しい格子門の脇で白く輝く真鍮の表札に「サロメ・サンプロッティ」とあるのを確かめてから、ジーモンとペピは呼び鈴の紐を引いた。門がはじけるように開いた。鈴懸《すずかけ》の大木が二本植わる静かな中庭を通り、かれらはさらに、欠伸のように口を開ける黒い入口に向かった。苔《こけ》むした石の砲丸を積んでできた小ぶりのピラミッドが右左《みぎひだり》にある。

「どうぞこちらに」背後から声がした。「そちらには庭しかありませんから」

細長《ほそなが》の扉がつくる明るい長方形が、若い女のシルエットを枠どっていた。光は暗い中庭に落ち、女の長く尖った影を、ペピに先を行かせるジーモンのほうに投げている。若い女は軽く悲鳴をあげた。

「どうかしましたか」ペピはさらに近づいた。

「あら、黒人の方だったのね」女は安堵したようにつぶやいた。「伯母が上で待っています。案内しましょう」

木造の軋む階段をのぼって二階にあがり、黒い扉やチェストのやたらにある薄暗い控室を通って、足の湾曲した作り付けの台に胴のふくらんだ中国の壺が二つ、居眠りしているように置かれた二つ目の控室も抜けると、擦《す》り切れた長絨毯の込み入ったギリシア風の雷門模様が、イギリスの有名な競走馬と背を丸めたその騎手たちの鋼版画のあいだを、遠くの扉に向かって伸びていた。

サロメ・サンプロッティは二人を石畳の広間で待っていた。壁は全面が窓になっている。広いテラスからは色の失せた空に遠く浮かぶ薔薇色の雲が眺められ、その下にパンティコーサの家々の破風とその背景の紫の影で切れ切れにされた山並みが見えた。帽子がなくともやはり大柄なマダム・サンプロッティが、赤茶と白の大理石のチェス盤の向こうから客人のほうに押し寄せ、ペピから花束を受けとると微笑みらしきものを浮かべ、ジーモンにキスの手を差し出し、景色の堪能できるゴブリン織の椅子を二人に勧めた。

「姪のテアノに会うのははじめてでしょ、ジュゼッペ」リキュールのグラスをのせた盆を華奢なサイドテーブルに置いた娘を指してサロメ・サンプロッティは言った。「この二人の紳士のうち、ドクトル・アイベルはウィーンからいらした方、ノヴァクさんはもと同僚だった人」

「同僚は大げさでしょう」ペピはつつましく否定した。「わたしは獣の世話係だったにすぎません」

「並の世話係じゃなかったね」サロメ・サンプロッティが訂正した。「獣の言葉や心までわかってたもの。だからこそ別れの挨拶もできた」

「何ですって」

「獣たちが人に寄せる盲目の献身を、あんたは鬱陶《うっとう》しがらなかった。獣たちが自分を忘れるだろうことも恐れなかった。忘れられることを恐れたら別れは難しくなるからね。ジュゼッペ、あんたはまだ、自分の世話した動物のことを考えているでしょ」

「ええ。でもわたしの可愛がっていた猿どもは死んでしまいました」

ジーモンはマダム・サンプロッティの姪をまじまじと観察していた。今は皆といっしょに座りながらも、何か考えているように緑の高脚《たかあし》グラスをもて遊んでいる。

「お嬢さん、どこかでお目にかかりませんでしたか」

「思い当たりませんわ」

「見覚えのある気はするのですが。どこでお会いしたかは思い出せません」

「ついこないだまでサーカスの切符売り場におりましたが」娘はごくそっけなく答えた。「お会いしたとは思えませんわ」

「会いましたとも。ウィーンで。二年前、たまたまそこで最後にサーカスを見たんです。残念ながら興行はたいそうな悲劇で中断されました。ライオンがプログラムに逆らって白い小さな雄犬を食ってしまったんです」

「あれは雄犬じゃなくて雌犬よ。名前はチキータ。ライオンの名はマニュエルだけど、子犬を食べではしなかった」

「そう、そのとおり、殺しただけでしたね。十一月の恐ろしく凍《こご》えた夜、男爵と知り合ったばかりのころです。切符を買ったついでに、あなたに焼き栗を差し出しました」

「ああ、やっと思い出した！　焼き栗をふるまってくれるお客さんなんてめったにないもの。あのときわたしはとても無愛想だったと思う。でもとても寒かったことは本当。想像できる？　伯母さん」娘はペピと話していたマダム・サンプロッティに割って入った。「ドクトルとはウィーンで知り合ったの」

「お馬鹿さんならそんな出会いを偶然と言うでしょうね。せいぜいその半分くらいしか驚くべきじゃないと考えもせずに」

「ええ」姪も同意した。「そしてあのときは、あなたは頭のいい俗物かそんなもんだって悪口言っちゃった。でもその判断は訂正する必要がありそうね」

「なぜですか」

「なぜって俗物なら、ウィーンからパンティコーサなんかに来やしないもの――しかもスコットランド経由でなんて、絶対に」

「もっとも来たいと思って来たわけではないんです。わたしは主人のお供をする秘書にすぎませんから」

「それでもよ。どんな人も自分にふさわしいものにぶちあたるもの」

テアノは腰をあげ、ガラス扉を抜けてテラスに出た。

「見て、月がのぼってる」

ジーモンも後に続き、真ん丸い赤い円が東のぼうぼう山の端にかかるのをテラスから眺めた。

「あのサーカス団はどうなりましたか」

「ばらばらになっちゃった——あの運命の連《つる》べ打ちには、もっと大きな一座でも太刀打ちできなかったでしょうね。まずチキータが惨たらしく死んで、チコは立ち直れなくなった。食事をいっさい受けつけずに、とうとうアウグスブルクでの興行で、最後まで踊りながら——衰弱して死んだの。それからわたしの後見人で団長のヴァーゲンシュロートとジャン・サンプールが同時にフェリーニ三兄弟の妹に惚れてしまった。あげくに決闘騒ぎになって、ジャン・サンプールは団長に撃たれて命を落としたの。団長はもともと蠅一匹殺せない人だったから立ち直れなかった。おまけにマニュエルがストライキを起こして、二度と舞台に出ないようになったから、とうとうヴィート公爵に売られて、動物園に閉じ込められたの。今は太っておとなしくなってるって話だけど。でもその前に、不運な決闘のおかげで、ヴァーゲンシュロート団長が自分たちの妹に惚れているのをようやく知った三兄弟が、団長を袋叩きにして、そのため辞めざるをえなかった。兄弟たちは自分たちだけで動物ショーを立ち上げて、中国人の軽業師も引き抜いたの。今から三か月前、残ったメンバーがシュトラスブルクで客演していたとき、将来を悲観した団長が、フォアグラを一缶買って猫いらずを混ぜ、それで自殺した。それで何もかも終わり。別れの手紙の中で団長が後継者に指定したのがわたしだったの。最初のうちはこのややこしい仕事に本気で取り組もうとも思ったんだけど、でもこの不安定な時代に女ひとりでサーカスを率いていくのは無理ってもの。それに恐ろしいほどの借金もあって、今も全部は返済してない」

広間の中央に灯された大シャンデリアの光の中で、テアノはジーモンの前に立っていた。さして大柄ではなく、骨ばっているといってもよかった。その齢《とし》をジーモンは二十七か八と踏んだ。以前見たとおりの大きな輝く目とはっきりした黒い眉をもち、柔らかな口の端から二すじのきつい皺が意志の強そうな鼻の両側まで達している。神経質に頭を一振りして、テアノは肩までの灰ブロンドの髪を後ろにやり、テラスの内側まで生えのびた野生の葡萄から葉を一枚ちぎり、柱の陰まで戻った。

「マダム・サンプロッティはあなたの伯母さんなんですか」

「父の義理の姉」

「なるほど」

「伯母はサルヴァルン家のプリンセスなの」テアノは声をひそめてつけくわえた。

大きなガラス戸の向こうでペピの隣に座ってリキュールをすすっている大女に、ジーモンは好奇の目を向けた。

「入りましょう」テアノが誘った。「もうすぐ食事の支度ができるから」

食卓は隣室で整えられていた。部屋は半ばは図書室、半ばはサロンになっている。オークの薪の大きな塊が燃える暖炉にサロメ・サンプロッティが背を向けて座り、二人の客と姪にもったいぶったしぐさでそれぞれの席を示した。スープ鍋を持った召使が入ってきて、主人に黙礼すると、巨大な銀のスプーンで香辛料入りの野菜スープをめいめいの皿に注いだ。

「あたしの召使は口がきけない」マダム・サンプロッティが言った。「コックも同じ。がやがやした場所に何年もいるうちに沈黙が好きになったもんでね。今でも聞きたいのは四大の声、それにかれらと会話するものが鳴ったり囁いたり擦《こす》ったりする音だけ。それは別としても、あたしには静けさが要るの。なにしろ年だから集中力が衰えてねえ。視線がお客の考えていることや運命を読まないで、単に通り抜けてしまうんだ。ちょうどいいときにこの家を相続できたもんだね。神さまの計らいでテアノも寡黙なたちでよかった。女たちの際限もないお喋りは軽蔑してるから、姪がそんなものでわたしを煩わさないでいてくれて助かるよ」

「わたしたちがあなたを煩わせなければいいのですが」

「いいえ全然。なんでも聞いてちょうだい」

「いったいどうして――」あっけにとられてジーモンはマダムを見た。「そのとおり、あなたのお仕事について聞きたかったのです。でもあなたの職業上の秘密に触れるつもりはありません」

「原因を知る者は結果も見える。あとはその二つ――原因と結果を一点に結びつければいいだけ。たとえば水晶球ならば、望遠鏡を逆さに見たように、小さいけど見通しのいい景色が過去と未来のすべてに開ける。自分を吹き飛ばした風をまだ身に宿す種子一粒、それを撒いた花――そこから育つ樹、樹を裂く雷《かみなり》、根を揺るがす嵐、幹を倒す斧。そういうものはみんな初めから種子の中に潜んでいるけど、種子はそれも知らずに、ひとつひとつを律儀にこなすしかない。かろうじて夢の中では、時間は前にも後ろにも何年でも飛び越えられる。眠りの中で人生の糸車はひとりでに巻かれ、時間は扇のようにその上で折り畳まれる。新しい日はすべてプリズムで、その中で生は色とりどりのスペクトルに分散する。あたしがお客さんに将来を予言するとき、お客さんの眠りの景色に足を踏み入れて、夢から夢へとさまよい歩く。若くて術《わざ》にも未熟だったころは、この見慣れない地帯で迷いがちで、たまたま出会ったイメージに助けられたおかげで、かろうじてわれに返れたこともたびたびあった。本物の原生林に入りこんだことも一度や二度じゃきかないしね」

無言の召使がパセリを花輪風に飾った虹鱒の皿を持ってきた。

「ねえドクトル」テアノが会話を引き継いだ。「なぜ気球で旅行したの。普通の人は鉄道を使うのに。どうしてよりによって気球なんかで」

「男爵に聞いてくださいよ、お嬢さん」ジーモンは肩をすくめた。

「わが子や、それにはちゃんとした訳があるんだよ」代わりにマダム・サンプロッティが答えた。「このお二方が仕えているクロイツ＝クヴェルハイム男爵は疑いなく立派な科学者だけれど、貴族でもあるのだからね」

「それが気球とどうつながるの」

「黙ってお聞き。『目的にかなう』とか『賢明な手段』とかは、貴族にはどうでもいいの。ああいう人は美に生きているからね。男爵がライフワークを守るために親族もろともウィーンをめざすなら、そこらの密輪団みたいにオリエント急行を使うわけないでしょ。そういうことはできない生まれなの」

「いったいどこから――」ジーモンは驚いた。

「しっ！」サロメ・サンプロッティは人差し指を唇にあててウィンクした。「職業上の秘密」

そして外科医の慎重さで虹鱒の骨を除いているペピの健康を祝して杯を干した。

「そしてジュゼッペ——今はペピ——との思い出に！」

「そしてマダム・サンプロッティ、なつかしい移動遊園地に！」

二人は田舎道の埃の匂い——夏の雨の降り始めの滴《しずく》で湿る匂いを嗅ぎ、派手な色で絵の描かれた重々しい馬車ががたつく音、「敬愛すべき観客の皆さん」の歓声を聞き、火喰い男が大きく開いた口に入れるたいまつの炎や、綱渡りがタイトロープや空中ぶらんこで見せる妙技を、ふたたび目の当たりにした。サロメ・サンプロッティは昔にかえって、くつくつ笑う田舎娘の赤く擦れた手のひらを見つめ、面紗《ヴェール》で顔を隠した貴婦人や、シルクハットの縁《へり》を落ちつかなげにまさぐる紳士を前にして、皿に湛《たた》えられて震える水鏡《みずかがみ》を見て考えこんだ。ペピもふたたび老象モーセスのために芳しい干し草を飼葉桶に投げいれ、猿にナッツやバナナの餌をやり、夜はけばけばしい赤と金の制服でパレードをした。

「あの偉ぶったカルプルニウスが、白い子犬のかわりに猫の死体を帽子から出したの覚えてる？」

「あなただってマダム・ノエミのしつけた子豚を青く塗って、インディゴ病にかかってるって誑《たぶら》かしたじゃないですか」

ジーモンは次から次へと出てくる逸話や小咄をおおいに楽しんだ。ときどき控えめに横目でテアノを見た。娘は熱中を示す鋭い小さな叫びによって、やはり伯母と愉快な黒いジェントルマンの組合《ギルド》の一員の資格があることを仄めかしていた。

「あなたに想像できるかしら、ドクトル」テアノはあえぐように言った。「自由に、束縛なしに、今日はこちら、明日はあちら」

「努力してみましょう」

「無駄なことはおやめなさい。あなたには見当もつかないことだから。盗んだジャガイモを森の外れで灰の中で焼いたときの味さえ知らないでしょう。黒く焦げた皮の中は白くてほくほくしてとても熱くておいしいのよ、樹のあいだから寒風が吹いてくる晩ならなおさら」

「あいにくそれなら知っています。毎年両親に連れられて何週間かを田舎で過ごしました。いつも学校のはじまる前の何週間かです。父の茸集めのお付き合いでした。わたしは小さな友だちといっしょにジャガイモの山を盗んで炙《あぶ》ったんです」

ジーモンの夢想したジャガイモの山がちっぽけな塊に崩れるまでテアノは待った。召使が虹鱒の皿の脇に置いた八角のカットグラスのカラフェから、酸っぱい地ワインを自分で注ぎ、一気に飲み干した。

「ジュゼッペさん」テアノは誘った。「わたしたちのあのすてきな歌を歌いましょうよ、『紳士淑女の皆さまがた……』──さあ！」

「テアノや、あんた知っているでしょ、あたしが嫌いなのは騒音だって──あんたは歌と言い張るかもしれないけどね」サロメ・サンプロッティが姪にブレーキをかけた。「それに突拍子もないわざとらしさは閉口だよ。いま話題になっている人生を本当に楽しむためには、そういうものは乗り越えなきゃ──ジュゼッペやあたしのように。それなのにお前の話しぶりったら、大酒飲みが放蕩について話してるみたいだ。切符切り以上にはなれずに、猛獣使いやサーベル呑みのときどきの愛人に甘んじるような娘は、黙って大人たちの話を聞いときな。ドクトルがあんたと同じ数のジャガイモを盗んだというのも嘘じゃなかろう。でも少なくともわたしの知り合いのあいだでは、生きるのに必要なものには正直に金を払うのがルールだったよ」

テアノはむっとして皿へ退却し、魚の残りをフォークでつつきだした。伯母がモカを飲みに大きな窓のある部屋に移りましょうと言っても、テアノは手紙を書かなければと言って部屋を出て行った。

「聞き分けのない子なの」伯母がためいきをついた。「十七のときはモントルーの寄宿舎学校を、せっかく選んであげたのに脱走したしね。そのときはまだ、今になんとかなるわと思ってた。弟の子供なもんで、わたしの予感がどこまで偏見で、どこまでがそれよりましなものか、すぐには決めかねたこともあったし。あの子は芸術家気質で野心もあった。もうそれもなくなっちゃったけど……」マダム・サンプロッティは憂い顔でナプキンを折った。「《蛙》亭の住み具合はどう」

「親切な人たちですが、すこし行き届かないところもあります」ジーモンが答えた。「部屋は黴の臭いがひどいし、食事は悲惨です。どこを見ても観光の時代が去ったのが感じられます。あるじは一日中門扉の前で目を皿のようにして表をながめ、日が暮れると、鼠さえ逃げ出した空き部屋を、迷子の犬のようにうろつくんです。そしていまだに《蛙》亭を広場で最上級の旅館と信じてますが――それは一軒しかないからだということを忘れています」

「悲しいことだね」サロメ・サンプロッティは頷いた。「別にあそこの宿のあるじに含むところはないけどね。とうの昔に最後の閑古鳥が鳴いた他の宿屋ほどは悪くもない。なにしろ町じゅうの面倒を見てもらえない独り身の男が、みんなあそこで食事するからね。それに冬にはごく短いあいだ部屋を貸して、まあ仕方ないことをやってるって話さ」

「というと……」

「もちろんそう」マダム・サンプロッティは意味ありげに右の人差し指にはめたスカラベの指輪を回した。「この家にはあなたや男爵やジュゼッペに使ってもらえる空き部屋がたんとある。あなたたちの出発がいつになるかわからないほど先に延びたらの話だけど、クロイツ゠クヴェルハイム男爵もやはり不満なら、パンティコーサ滞在中ずっとここで過ごしたらと言ってあげて。この家の一角は、まだ観光客の行き来が絶えなかったころは、避暑客や療養客にいつも貸してたんだよ。正直に言うと、いろいろな理由から、少しでも副収入が入るなら、願ったりかなったり……」

「でも男爵はできるだけ早く発ちたいと思ってますよ」

「そうはいくもんですか」女予言者はにんまりと笑った。

モカを飲み終わり、ジーモンのパイプ煙草も尽きた。客たちは礼儀正しく別れのあいさつをした。召使が無言でジーモンとペピを門扉まで案内した。外の広場に出たところで、ジーモンはふりかえってダブロン屋敷に目をくれた。テアノがどこかで手紙を書いているはずなのに、どの窓にも灯りは見えず、月の光のなかで建物正面は暗灰色の溶岩のように全体が凝固していた。


《蛙》亭の軒下で二人は町長との晩餐から帰ってきた男爵に出くわした。

「部屋で二、三分ほど話さないか」男爵がジーモンを誘った。

部屋に入ると男爵はベッドの足のほうにマントを投げ、その服が自分ひとりで何をするつもりか見届けたいかのように、そのまま立っていた。

「いいかジーモン」かれは秘書のほうを見ずに口をきった。「この件についてことの最初から頭を巡らせてみた。もしわたしの親族がひどい空模様にも負けずウィーンにたどりついたなら、われわれが加勢に入ってもその頃にはすべて片がついているだろう。乗合馬車にしても、南フランスの嘆かわしい鉄道にしても、速さは知れたものだ。ただ心配なのは、わたしが姿を消してしまったあと、そもそも侵略の理由が残っているかだ。ファーガスは単純とはいえ誇り高い貴族だから、無防備な国への略奪行に手を貸しはするまい。マキリー一族は己の所業が後世の厳正な審判を受けざるをえないことは十分承知している。だから何日か待機したあとオーストリア当局に正式に謝罪し、事をなさずにスコットランドに帰ったとしても不思議ではない。だから、アイベル、明日二通電報を打ってくれ――一通はキリーキリクランクに、もう一通はグラウルヴィッツ夫人にだ。『ただいまパンティコーサ――特段の問題なし――エリアス・C-Q』と」

ジーモンは速記文字でノートにメモをした。

「どうせ旅の続行は何週間か遅れる」続けて男爵は言った。「この地でわたしが願うのは、ライフワークの核となるかもしれぬものを見つけることだ。そうとも、核だ！　町長は実際よく本を読んでいて、地方の歴史にもたいへん詳しかった。その人が歌う魚について今まで耳にさえしなかったことを話すものだから、ぜひ自分で、この一見伝説かお伽噺にしか思えないものの背後に何があるのか、確かめずにはいられない。町長がみずから見せてくれた古文書と、パンティコーサに関する著作の文献一覧にあった他のいくつかの資料は、いずれも等しく、テルプエロ洞窟に住む魚はメロディーのある甘い声を発し、疑いなくアリアを歌うと固く保証している。なかでも町長の所蔵する一七三三年の旅日記は、リンツから来たイグナーツ・イーゲルマイアー――後のイグナシオ・デ・イゲル・イ・マヨール――という者がピレネーを通過したときの見聞を書きとめている。このイグナーツによれば、野盗――もと兵士のこいつらがスペイン継承戦争後に山を物騒にしたんだが――その野盗から逃げているうち、擂鉢《すりばち》状の谷で道に迷って《テルペル-ヘレ》に入りこんだところ、地の底から『いと妙なるシャルマイ（木管楽器の一種）の歌』が響いたという。情けないことにこの男は一目散に逃げただけだった。

町長はヘロドトスとストラボンから、この魚に関係のあるかもしれない二か所も引用した」

「古代から尊ばれているセイレーンも何か関係があるのでしょうか」ジーモンが疑問を投げかけた。

「すばらしい、ジーモン、まさにそのとおりだ」冗談のつもりで言った言葉を本気にとられてジーモンはめんくらった。「その仮説はヘロドトスからのものではないけれど、大胆でとても魅力的だ。真水に住むセイレーンの亜種が、名高いオデュッセウスの追随者に根絶やしにされぬ前に、あんな洞窟に隠れたとしたらどうだろう。この予感が実証されれば――どんな科学者だって偉大な発見のかなりの部分は直観のおかげなんだが――テルプエロ洞窟でわたしを待っているのは、もっとも珍奇でもっとも貴重なポセイドンの従者だ。とはいえ、どうやって歌う魚を捕まえるかは別としても、ここにはまったく別の障害がある。テルプエロ洞窟あたりの地域は、ロンスヴォーの戦い（『ロランの歌』に歌われたフランク王国軍とバスク人の戦い）以来、軍事上立入禁止区域になっている。ムーアの援軍が当時そこにずっと潜伏していて、フランク王国軍はさんざん悩まされたからだ。第一次スペインブルボン朝（一七〇〇―一八〇八）の時代に定まった布令は、代々のマドリッド政府の過重業務のあおりをくって、今も有効なまま放置されているし、地方当局もそれを遵守している。その地方当局の最末端が不幸なことにわれらの町長なのだよ。町長はきっぱり言った。自分の釣魚許可証の交付権限は、パンティコーサ近辺の豊富な河や湖にはあるが、軍事上の立入禁止区域までにはおよばない。それには知事の同意が絶対にいる。知事だけが承認できる事項なのだと――。わたしは人畜無害の者だと口を酸っぱくして説いたが、何の役にもたたなかった。わたしは魚類学者にすぎず悪辣なスパイではないという言葉は信じてはくれたが、官僚主義はあくまで書類が行き渡ることにこだわる。そういうことで明日しかるべき申請書をしたためて推挙をもらわなくてはならない。親切な町長はその推挙を約束してくれた」

「ところで前からお聞きしたかったのですが、荷物は解《ほど》かずにしておきますか。どうやら滞在は長引きそうですね」

「まったくだ。この墓穴に予定より長く住まねばならない雲行きになった。あまりうれしくはないが、かといってどうしようもない」ここでジーモンは精神感応者《テレパス》マダム・サンプロッティとその気味悪いほど当たった予言を思い出した。ピュティア（デルフォイの巫女）と同じ屋根の下に住むとは、はねっかえりの姪テアノで目覚めた軽い好奇心をまったく考えにいれずとも格別のものだろう。かれはペピの方に――つまり磨く必要のある午前の靴を持ってかれが出ていきかけている部屋の扉に向けて――咳払いをした。ペピはともあれマダム・サンプロッティをよりよく知っているので、励ましのウィンクをジーモンに送った。

「男爵」ジーモンは始めた。「今日の夕方、ペピとわたしはある婦人に招待されていました。とても大きくて美しい家で、客間の何部屋かを貸し間にしています。その人の話によれば、その人はサルヴァルン家のプリンセスだそうです。もっとも本人はサンプロッティと名乗っていますが」

「おお」男爵は驚きの叫びをあげた。「サルヴァルン老は父の知り合いだった。エーゲ海のスキロス島の領主で、背丈はせいぜい一メートル二十センチしかなく、蟇蛙《ひきがえる》みたいな醜貌だった。ウィーンでは《蛙王》と呼ばれていた。賢明な王で、メルヘンを演じるのに熱心で、金と緑の緞子《どんす》を着て従者には巨人を選んだ。王が娶《めと》ったヘレナ・カルマノクラティスは、ヒュドリアでもっとも裕福な船主の娘で、お伽噺の王女のように美しかったが、趣味は平民にあった。何年か後にフィレンツェ生まれのパイ料理人と駆け落ちした。蛙王のサルヴァルンはガタゴト竹馬小僧《ルンペルシュティルツ》（グリム童話に出てくる意地悪なドワーフ）と化して、衣装をすべて胆礬《たんば》色《いろ》に染め、逃げた二人をヨーロッパ中追いかけ回した。奇天烈な世界だよ。それでその娘が部屋を貸すと言うんだね」

「ええ。ここで屋敷を相続したんです。でも自分たちだけで住むには広すぎるので、空き間の活用が家計の足しになればと思っているようです」

「それで君は、どこでその婦人と知り合いになったのかい」

「あなたがペピを見つけたサーカスに、その人も関係していたのです。マダム・サンプロッティはそこで占い師をやっていました。わたし自身は今晩初めて会いました」

男爵は鼻に皺を寄せた。だが次の日の朝、朝食後に、ジーモンにダブロン屋敷へ案内させた。

マダム・サンプロッティには会えなかったが、テアノが男爵に見せた三部屋は、清潔で広くて、多くはないが選り抜きの家具が備わり、遠くピレネーのすばらしい眺めが望めて五十ペセタで、おまけに中央の部屋から急な木梯子を上れば塔部屋に出られる。重い落とし戸が塔を屋敷の他の住人から遮断し、暖かな絨毯と丸窓つきの厚い壁で騒音から守られ、大机が仕事に、安楽椅子が瞑想に人を誘う。窓を開けても押し寄せるのは雨燕《あまつばめ》の叫びと、アクアリウムを透かしたような緑色の光とともに眼下を満たす大柳のざわめきだけだった。塔部屋は男爵を魅了した。ここでなら、神の助けがあれば、魚の言語を扱った一章は劇的な完結を見るだろう。熱対流によるマーブル模様のようなパンティコーサの景観に灯台然と聳えるこの部屋は、いわば風通しのいい洞窟だった。

次の日にさっそく引っ越しをした。ペピとマダム・サンプロッティの無言の召使がトランクと旅行用バスケットを運び、ジーモンは巨大な帆布製ケースと釣り用具を、男爵は水を満たしたガラス球に乳鱒《ミルヒフオレル》、すなわちトルッタ・フルウィアティリス・サラル・アウソニイの稀少な変種を泳がせて運んだ。この朝、木箱を金曜の魚市場から《蛙》亭に運んだ男爵は「吉兆だ」と叫んだ。歌う魚の存在をひそかに確信して以来、かれは運命の女神の衣の裾をつまんだと感じていた。なにしろこの女神は、ふだんは古典風に垂らしているクラミス（古代ギリシアの膝丈のケープ）をバロック風に一振りして、男爵をパンティコーサに吹き飛ばし、しかもそのすぐ近くに両棲類的な奇跡の生き物を、ネプチューンの一番の愛《いと》し子のために大事な秘密として蔵《しま》っておいたのだから。ウィーンとキリーキリクランク宛ての電報はモールス符号で送られたものの、その受け手は異世界に連れ去られ、厚いカーテンで遮断されているようだった。男爵は返信を彼岸からの使いのように待った。心待ちにしながらも向こうとこちらが繫《つな》がっているのか心もとなかったが、ともかくその消息はまったく不明だった。その日は《蛙》亭で夕食をとり、そのあと男爵はマダム・サンプロッティの屋敷にあいさつに行った。

ジーモンは自分の服を衣装戸棚に入れ、簞笥の抽斗に下着を、レディ・アレクサンドリンの本をナイトテーブルに置き、ほかのものは適当に掛けたり置いたり積んだりした。それが済むと軽いステッキを手に、先に司祭と会った道をたどり、自分たちの着陸の現場へおもむいた。近くまで行かないうちに何か作業がされているのがわかった。二人の警備隊軍曹の監督のもと、何人かの男がゴンドラを車に載せている。気球は皺寄った巨大な編笠茸《あみがさだけ》のようになって、すでに二輪カートの上に積んであった。

役人は片言ながらフランス語を操《あやつ》れた。かれはジーモンに、町長さまの命令でこの飛行用具を安全な場所に移すのだと説明した。ジーモンはゴンドラをちらと見て、物議をかもしかねないライフルと銃弾のケースをペピが手早く始末した後なのを確かめると、ほっとして首を振り、役人には荷造り用の紙に紛れ込んでいた《オーバーヴェルツァアー・クーリエ》だけをくれるよう頼んだ。それからこの珍しい輸送風景をまじまじと眺めていた二人の少年に、この遊歩道を歩き続ければパンティコーサまで行けるかどうか聞いた。

「パンティコーサ？　え？」と少年は言い、パントマイムめいた仕草でかれのステッキに注意をうながした。ジーモンは答えを待たなかった。ステッキのまっすぐ先にテアノ嬢がいたからだ。樹にもたれて親しげに手を振っている。

ジーモンは早足でそちらに歩み寄り、たいへん丁重に挨拶をした。かれが屈みこんだ手からは爽やかなヴァーベナの香水が香《かお》った。

「あらあら、新聞中毒」テアノはなれなれしく嘲って、ジーモンのスーツのポケットから《オーバーヴェルツァー・クーリエ》をひっぱり出した。「よろしいかしら」

「いいとも。君をオーバーヴェルツの最新情報から遠ざけておくなんて、そんなことするもんか」ジーモンはテアノのからかいの言葉に調子をあわせた。「ましてや君を慕う下僕が、ここにささやかな寄稿をしているんだから」

「あなたが？」テアノが驚いた顔をした。「あなた法律家じゃなかったの」

「その嘆かわしい事実を知る前から、僕にはもっとましな野心が何もないと君は決めつけてた」ジーモンは悲しげに認めた。

「なるほど、この紳士は詩をたしなむのか」

「なぜそんなに早くばれた」

「だってあなたの話しぶりったら、いつも気どってるじゃない」テアノは笑った。「それにこの詩のおしまいに、《Dr. S. E.》って書いてあるし」

夜曲

霧は醸《かも》された。死は柵を抜け
家に歩みより、煙突のなかに
跛者トビアス、すでに蛆の食《は》む
従姉妹の代父をさがす
歯を鳴らし、這い上がり、火を熾し
恍惚として、モロクの贄《にえ》にと
跛者をかりかりと褐色に炙る

「こわいくらいきれいね」テアノは褒めた。「新しさもあるわ。小文字で書いてある詩は好き」

「《アルペンランディッシャー・フェニックス》ではもっと小文字を多くしてある。あいにくそこには必ず偽名で載せなきゃならない。《フェニックス》は恐ろしくアヴァンギャルドな新聞なんで、前にいた宝くじ局でそんな羽目外しをやると何を言われるかわからない」

「かわいそうな人」テアノは憐み、新聞をまた畳んだ。「昨日の晩は無作法な振舞をしてしまって」

「伯母さんの教育方針は適切と思うかい」

「伯母は絶えずわたしの世話を焼くけど、わたしにはわかってる。切符売りの娘なんて偉大なサンプロッティ家の足元にも及ばないって。黒人の猿飼いとならお似合いかもしれない。それでもわたしの愛情生活について無神経にあてこすられるのはとっても嫌」

二台の車が遊歩道の最初のカーブを曲がると気球は見えなくなった。ロープの端が鼠の長い尻尾のように砂の中を引きずられるのを、ジーモンは額に手をかざして眺めた。

「いま僕らは神の自然のもとで二人きりだ。返事代わりにびんたを食わせたいならそれでもいい。君の相手は伯母さんが言っていた猛獣使いジャン・サンプールなのかい」

「両方やってあげる」テアノはそう答えてジーモンの左頬を軽く叩いた。「ええ、ジャン・サンプール。あの人はわたしを崇拝してたの」

「だが君はすげなくした。だから奴はイタリア人の綱渡り芸人の妹のとりこになった。愛しい人、それは君のせいだ」

「そうかもしれない」テアノは強い眉をしかめ、口の端を押して、将来できるだろう皺をつくった。大きな目が潤《うる》んできた。「そんなこと話しにきたんじゃないけど」

「奴は印象に残る男だった。もう一度打《ぶ》ってくれ。君のしっかりした手が好きだ」

テアノは大きな瞳を二連猟銃の筒先のようにかれに向けた。ジーモンは居心地悪さを感じ、それをごまかそうと咳払いした。

「君の放浪生活について聞きたい」ジーモンは言ってみた。「邪魔ものの伯母さんは今はいない。食べ物を出してくれる料理屋か農家へ連れていってくれ。悲しげな人に会うといつも空腹を感じるんだ」かれが右頬に受けた打撃は、疑いなく最初のものより強かった。

「そんなに食いしん坊でなければよかったのに！」

「《ランプを持つ蛙》の脚は細い」ジーモンは弁解して、折檻されたところを撫でた。「それにもうおやつの時間だ。僕は定期的な栄養補給を大切にしている。この動物的欲望に身を任せたい。君に軽蔑されるのも当然だけどね」テアノは黙って体の向きを変え、先に立って歩きだした。しかしサーカスがどんなふうに解散したのかとジーモンに聞かれると、話をはじめた。悲しい物語だった。誇り高い馬たちが今はストラスブールで牛乳配達をしている話、ウー・チーの後釜となった中国の軽業師がパリで魚の目の手術をした話、愉快なワゴンの一行が郊外の家庭菜園で立ち往生した話。テアノは辛辣な口調で楽しげに語り、ジーモンがそれをさえぎったのは、ときおりテアノの機転に感嘆し、ヴァーゲンシュロートの忘れ形見の運命を悼《いた》むときだけだった。

十五分足らずのうちに二人は遊歩道をはずれて狭い小道に入り込んだ。みっしりした藪のあいだをぬって、秋の最初の落ち葉がつくる浅瀬の波を渡り、靴を斜めに突っ張って急勾配の草地を下った。下の草地が終わるところは、硬い棘の藺草《いぐさ》が凝灰岩に焼肉の中のベーコンのように差し挟まれた谷底だったが、ぬかるんだ溝が二人をさえぎっていた。

光のちらちらする泥の水溜まりをジーモンは思い切って飛び越え、振り返って身を屈めると、テアノに手を差しだした。

「ありがとう。でも一人でできる」

テアノも跳んだ。だがぬかるんだ溝の斜面に足をすべらせ、ずぶっと音をたててふくらはぎが半分泥に沈んだ。ジーモンは無言でにやつきながら、早まって拒絶された手をまた伸ばした。

「ちょっと待って。靴がまだ刺さってる」

やがてテアノはジーモンの隣に立って、笑い声をあげた。スカートの縁《へり》くらいまで届く黒茶色の泥の靴下は、粘《ねば》つく滴《しずく》をむき出しの脚にしたたらせ、脚を不規則な縞模様で彩《いろど》っていた。

「これはこれは」ジーモンはそう思いながら、テアノが二つ目の靴を脱いで中身を空けられるようにその体を支えた。テアノはその手を振りはらうこともせず、靴を手に、繭草の繁みの狭間の、茶色に乾いた地面の上で、不審げに上下に裸足を揺らせていた。

「ひりつくかい」心配顔でジーモンがたずねた。

「だいじょうぶ。もうそんなに歩かないし」

そしてジーモンを引き連れて歩きだした。

「おんぶしようか」

「そう言うと思った！」

二人は義足のような足どりで、ところどころ繭草が盛り上がって延びる窪地を、埃っぽい田舎道に出るまで歩いた。泉から湧く澄んだ水が簡素な木の樋《とい》を伝って石の水槽に流れ込んでいる。

「味わってごらんなさい」テアノがうながした。「古代ローマの石棺に貢《みつ》がれたすばらしい炭酸泉よ。伯母もときどき召使に瓶をいくつも持たせて汲ませているの。これであなたのおやつ欲が鎮《しず》まればいいんだけど。だってこれからあなたを連れて廃墟まで上るつもりだから」

「どの廃墟」

「古代の瓦礫よ。毎日部屋の窓から見てるの」

ジーモンは木の樋から噴きこぼれる細い流れを片手で受け、屈みこんで、ひりひりする美味しい水を口にもっていった。テアノは水槽の縁に腰を投げ出して、泥が灰色にこびりついた足を浸し、乾いた砂を一つかみ取り、靴をこすってきれいにした。

「なんてひどい泥！」

「でもこれは瓶詰めの水のような味がする」ジーモンがほめた。「渇きも収まった」

「なら登れるわね」

テアノは顔をしかめて濡れた靴に足を入れた。摩《す》り減った石段が木苺《きいちご》の藪を縫《ぬ》って昇り、日を浴びた柔らかな草のつくる島をへて、しまいには首を折りそうに険しい山羊道《やぎみち》になった。日差しは暑かった。灌木はあまりに低すぎて、雲のない青空から斜面に照りつける日光をさえぎらない。ジーモンは上着を脱いだ。とうとうネクタイまで外し、ワイシャツの襟も開いた。

「すこし本気を出したあなたってすてき」好意をほのめかせてテアノが言った。

やがて温気《うんき》で揺らめく灰色の壁が目に入った。壁には裂け目が広く開いている。榛《はしばみ》の密な繁みを抜け、地を這う茎を踏み、刺草《いらくさ》に覆われた瓦礫や石の堆積につまづきながら二人は進んだ。「どうぞお先に」とジーモンは育ちのよいところを見せ、目の前に開けた緑したたる涼しげな場所にテアノを先に行かせた。テアノは品よく膝をかがめて一礼し、萵苣木《ちしゃのき》の森に先に入った。黒い地面には蝸牛《かたつむり》がやたらにいる。フェルトの柔らかさをもつ苔が樹々にへばりつき、足で踏まれた岩がずれ動くと鞋虫《わらじむし》や青白い虫のうごめきが見えた。二人は四角い窓穴を乗りこえて部屋に入り、かろうじて丸屋根の肋材だけが残る瓦礫に満ちた青天井の空間を横切った。そこには木も生えていて、姿の見えない小動物が雑草の下でかさこそと音をさせている。ときどきテアノが物問いたげに振りかえるが、ジーモンは相手にせずただ頷くだけだった。

気がつくと迫持《アーチ》つきの廻廊に囲まれた中庭に立っていた。緑に蝕まれた柱には、飾りがなくのっぺりとしているものもあれば、下に太い輪が嵌まってそこから螺旋状に捩《ねじ》れるものもあり、あるいは粒《つぶ》粒《つぶ》した飾りに覆われているものもあったが、それらの根元には、互いを呑み込む石の獣や、背を下にして体を曲げたり平たく腹這いに伸びている人間や悪魔が憩っていた。悪魔は飛び出た団栗眼《どんぐりまなこ》で中庭の中央にある陥没した泉を眺めている。そこから細流が一本、敷居の踏み均され凹んだ部分を抜けて舗石を走り、廻廊の一部を水に浸していた。

「なんという美しさだ」ジーモンは感極まった声を出した。

「ロマンチストね」テアノがからかった。花崗岩の悪霊《デーモン》たちも今はもう少しも気味悪くはない。

中庭はかなり広く、迫持より高い壁の残骸も日光をわずかにさえぎるにすぎない。泉のすぐ近くで大きな石板が背の高い刺草の中で、やや傾いて平たく横たわり、骨のように白いその面《おもて》には十字架の輪郭と、その周囲を囲う文字帯《もじおび》が擦り減りながらもまだ残っていた。ジーモンは人差し指で文字の痕跡をなぞったが、まったく意味をなさぬ言葉だった。テアノは温《ぬく》い石板の上で手足を伸ばし、ジーモンの上衣を丸めて頭の下に押しこみ、目を閉じた。ジーモンも解読をすぐあきらめて隣りに横たわった。太陽がまぶたを通して真っ赤に燃えていたが泉から来るそよ風は爽やかだった。

ジーモンはだらしなく手足を投げ出すついでに、石板に平らに置かれたテアノの手を撫《な》でてみた。手は動かなかった。指も痙攣ひとつせず、触ったことをテアノが感じたかもわからない。次にジーモンは銀の凸凹の腕輪をはめた細い手首に自分の手を静かに置いた。この腕輪はウー・チーから贈られたものだそうだ。そのときからテアノは中国人たちに心酔するようになった——袖の長い絹服を着た柔和な男たちに、すくなくともウィーン出身の秘書よりも——。ジーモンは待った。腕輪はかれの手の下で柔らかい肌の一部になったように熱く粘《ねば》ってきた。かれは想像してみた。この腕輪は肌の上に橋として掛かっている。自分が触れている部分から熱いものが流れる。自分は発電機で、蛙の腿のテアノは、心的な電流の刺激で身を痙攣させないためには全力を費やさねばならない。睫毛《まつげ》だけは動いているが日光のせいかもしれない。

　さらにジーモンは考えた。テアノはこれから後を僕にすべて委ねるだろうか。このじゃじゃ馬にそれはありそうにない。それともこの娘自身に踏ん切りがついてないのか。てっきり殴られると思ったのに手をひっこめさえしない。甲虫みたいに死んだふりをしている。狸寝入りなのを僕がちゃんと知っているのをちゃんと知っているくせに。すると死んだ甲虫のように扱われるのを望んでいるのか。ごっこ遊びをいっしょにしろというのか。死んだ甲虫を見た獣は二、三度突《つつ》いたり嗅いだりしたら立ち去るだろう。もちろん死骸を食べるものもいるが、そんなのは禿鷹、ハイエナ、ネクロフィリアだ。だいいち僕はまだ嗅いでない。

　ジーモンは手首を放し、身を起こして膝を立てた。自分の頭の影がテアノの動かない顔に落ちている。横たわって平たくなった胸の丸みが、柔らかなアーチをつくる腹が、静かに盛り上がっては沈んでいる。ジーモンはそろそろとテアノの上に、鼻息が聞こえ、羊皮紙めいた褐色の肌の体温を感じるくらいまで、おおいかぶさった。愛する目はどんなにささやかな偶発事も見逃さない。大胆にひろがる鼻の軟骨から化粧で入念に隠したこめかみの面皰《にきび》まで。事態の進行を速めようとジーモンは娘の頬に息を軽くふきかけた。まだ許される範囲だろうと思ったのだ。だが甲虫はおびえて目をぱちりと開けた。

「だめ、ジーモン、だめ！　やめてよ」娘はかれを押しやって座った。

　ジーモンはは気安くたずねた。「どうして？」

「好きじゃないの。それだけ」

「僕がやろうとしてることがかい」

テアノはかれをにらんで肩をすくめた。

「君は《ジーモン》と呼んでくれた。接近の仕方はまずかったけれど、その調子でいこうじゃないか。よかったらこれからは《さん》抜きで《テアノ》と呼ばせてくれないか」

ジーモンは石板の端まで体をずらし、ズボンの裾を整えた。

「勝手にしたら」気前よくテアノは許した。「でも変な意図がわたしにあるなんて勝手に思わないでね。そんなこと頭に浮かびさえしてないから」

「二度と息を吹きかけるなってことかい。今のところそんなに焦《あ》せってはいない」

「どういうこと?」

「あの歌う魚のおかげで、僕らの出発は延びて、いつともわからなくなった。男爵は釣魚許可証なしに洞窟に行けないし、必要な許可証はかなり特殊なもので、知事しか発行できない。お役所仕事ののんびり加減は先刻承知だ。さあ行こうか」

かれらはグロテスクな石像のある廻廊まで戻った。互いにしがみつく異形の二体の前でテアノは立ちどまり、何か考えるように罅《ひび》割れた石の尻を靴の先で突いた。

「可哀そうなお坊さんたちはきっと悪い夢をみたのね」

「君は見ないのかい」ジーモンがたずねた。

「当たり前じゃない。その手の下らないことを生活に持ち込むなんてごめんよ。こんなものはお坊さんのひねくれた頭からしか湧いてこない」

「そういうものかな」

テアノは振り返ってジーモンを咎《とが》めるまなざしで見た。「あなたはここじゃ、わたしを前から知っているただ一人の人。団長がわたしにマジェスティックっていうリピツァ種の大きな雄馬を任せようとしたことも、あなたは信じるかもしれない——お前なら乗りこなせるって言うのよ。あなたが口をきける女はわたしだけなんでしょうけど、それに乗じようとしても、わたしのほうにその気はないの。オランダ語の文法書を貸してあげる。ブラーレンベルゲの双子姉妹を釣れるように。いつも二人がかりで男をへとへとにさせるって噂よ」

「ああ釣ってみせるとも」そう言ったジーモンの頭に男爵が浮かんだ。

「男爵はあなたには過ぎた主人よ」ジーモンが何も言わないうちにテアノは断言した。こいつはかなり勘が鋭い、とかれは思った。早々と触れられたものの、おそらくはあまり面白からぬ話題にジーモンは乗らないことにした。誘うようなしぐさで、ジーモンはテアノに廻廊の壁にあいた穴を指した。穴は金緑色の口を開けて、木漏れ日と乱れた葉影とを廻廊に投げていた。テアノは黙って密生した接骨木《にわとこ》の古い森へと入っていった。


ようやく藪の尽きるところまで出ると、二人とも髪が乱れ掻き傷だらけになっていた。こんがらがった葉や茎との戦いに頭がいっぱいだったので、かれらの頭に落ちる黒い散形花序（放射状につく柄を持つ花）から落ちるベリーのかさかさいう音や枯れ枝の折れる音に混ざる、藪との戦いの伴奏に流れていた愛らしいメロディーを聞き逃すところだった。

「しっ！」とジーモンは言って、視界をさえぎる最後の枝をかきわけた。

「どうしたの」テアノはささやいて、かれの脇に体を寄せた。

爽《さわ》やかな小さな草地に、何歳ともわからない華奢な男が、白い緞子の古風なスーツ、白の長靴下、留め金つきの短靴という格好で、銀のフルートを吹いている。その真向かいに輝くほど美しい娘が二人、チュール（薄い網状の絹）の服を着て草にすわり、そばに蜂蜜色の大きなフィレンツェ帽子がオムレツのように平たく置かれ、色とりどりのリボンが丸まっている。この不思議な三人組の前に純白のダマスク織の布が広げられ、その上に濃い青のティーセットが並べられている。枝編み細工のバスケットから、ふわふわしたビスケットの卵黄色が鮮やかにのぞいている。

白い服の男は優美で複雑なトリルを奏でるとフルートを口から離し、ていねいに分解して息を吹きこんだ。美しい娘たちの古典的な鼻に皺が寄った。残念ながらこの手続きはフルートの保守になくてはならぬものだが、さほど食欲はそそるものではない。しかし管楽器から粘液がこれほど優雅に取り除かれるのをジーモンは見たことがなかった。かれをさらに讃嘆で満たしたのは、白い服の男が右の親指を顎にあてて、何かを一心に考え込んでいる様子だった。それからほっそりした顔に緊張の解けた笑みが浮かび、跳ねるような足どりで、テアノとジーモンがこの尋常ならざる場面を観察していた藪に向かった。何がその中に隠れているか、一点の疑いも持たぬように、髪粉をふった鬘《かつら》がずれないように身を屈めて葉のあいだに入り込んだ。

「ようこそ従兄弟《いとこ》どの」男は言ってジーモンに手を差しだした。

ジーモンは接骨木からなんとか抜け出して、枯葉や枝切れを身から振りはらった。続いて這い出たテアノは、魅力ある同性の者たちを物珍しそうに眺めている。

「失礼ですがお間違えのようです」ジーモンは礼儀正しく訂正した。「わたしはこの土地のものではありませんし、あなたとどこか他の場所でお会いした覚えもありませんから」

「存じておりますとも、親愛なる従兄弟どの」白い男は笑みを絶やさず認めた。ようやくそのとき、この見知らぬ男が完璧なドイツ語を話しているのに気がついた。「残念ながら今ここでわたしたちの親族関係の特殊性——形式的に申すなら精神的類縁と呼ぶべきものですが——を正確には説明できません」娘たちがうっとりするような笑い声をあげた。「かわいい従姉妹たちもあなたはまだご存知ないでしょう。テレサ、フィオナ、こっちにお出で」

「わたしはドクトル・ジーモン・アイベル、ウィーンから来ました」ジーモンは気弱になお抵抗した。

「すてきな人じゃないか」白い男は連れの二人にたずねた。

これほど惹きつけられる女性はめったに見たことがない——遠目からでも、母親のモード雑誌の中にも。かくてジーモンはこの不思議なゲームにみずからも参加し、従姉妹たちの手に丁重にキスをした。

「これであなたも従兄弟なのですから、わたしたちの頬にもキスなさって」フィオナはそう言って、深緑色の目を輝かせて、手入れのいきとどいた頭を誘うように逸らせた。ジーモンは敬虔に香《かぐわ》しい天鵞絨のような頬に唇を押しつけ、その喜ばしい儀式を二人目の従姉妹にも行なった。

「ジーモン兄さんはわたしたちのお家《うち》にもうすぐ来てくださるわね」テレサがフルート吹きにたずねた。

「楽しみにして待っておいで」

フルート奏者は嫉妬したふりをしてジーモンにいたずらっぽくウィンクをした。「ほら、あなたたちのせいでこの哀れな男はすっかり混乱してしまいました。よりによって今日、あなたがここらを這い回って、われわれの音楽茶会に飛び込み参加するなどと、誰が予想できたでしょう。フルートはいかがでしたか」

「わたしは音楽通とはいえません」ジーモンはとまどって言った。「でもとても美しいと思いました。それはそうと、わたしには何がなんだか。よろしければどうか……」

白い男は響きのいい笑い声をあげた。「そうでしょうとも、従兄弟どの！　でも残念ながらわたしたち三人にはその資格がありません。なにしろこんな風にざっくばらんにあいさつしたことさえ、やりすぎかと思われますから。ともあれあなたは、まず初めにわたしたちに会いました」かれは問いかけるように目を上に向けた。「この隠れんぼにどんな意味があるんでしょうね。残念なことにあなたをお茶に招待することはあきらめねばなりません。ほんとうに心から残念に思っていると信じてください。先ほど『残念なことに』と言ったように！　あるはっきりした理由から、ここでお別れすべきだと思っています。もしあなたがお連れの人といっしょにこの草地にとどまるつもりでしたら、むろんわたしたちは喜んでお茶の道具を片づけて、楽器の練習もどこかよそでやりましょう」

「いえ、それにはおよびません。ここへは通りすがりにたまたま来ただけで、あなたがたがいらっしゃらなくとも、長居はするつもりはなかったんです」

「まあ、なんて偶然」フィオナが溜息をついた。ジーモンは差し出された娘たちの頰をふたたび享受し、白服の男とも握手した。それから塀の残骸に馬乗りになり、片手でテアノを持ち上げてから、二人して白服の男に手を振った。かれはすでにフルートを唇にあてていた。

ありそうもないことへのもっとも安易な態度は、「ありそうもない」と考えて拒否することだ。だが人は詭弁を――相当に苦しまぎれのものさえ――奇跡よりはたやすく信じこむ。何らかのものについて「にわかには呑み込みがたい」と言うのは正しくない。真の困難は消化する段になってようやく現われる。毒物摂取の徴候である便秘がそれを証明している。したがって奇妙なものに出会った者は、もしそれが何らかの当て推量を許容するなら、あれこれ考え、因果関係がわからない不安を一時的にでも解消させるような、一番もっともらしい解答を採用する——良識はそれを要求する。白服のフルート吹きの場合も同じで、ジーモンに不審が残ることはなかった。というのはかれの耳にまだその響きが残っている短い会話によるかぎり、あの男は自分について特別なことは何も主張しなかったし、親類関係はメタファーとさえ言った。「フィオナ」という響きのいい名を呼ぶと答える従姉妹がジーモンにいないことは間違いない。従妹のレゼルル・アイアーヴェックはぽってりした女子高生で、驚くほど美しい先ほどのテレサとの共通点はありふれた守護聖女だけだ（テレサもレゼルルも聖テレジアにちなんだ名）。そこでジーモンは、先ほどの異常なできごとはたんに煙に巻かれた《ミスティフィケーション》のだと思うことで片をつけた。愛すべき白服の男の気晴らしに、さらに愛らしい娘二人が力添えしたのだ。だがいまだに謎なのは、どうして接骨木の藪の隙間ない葉を透かして白服の男に自分が見えたかだ。面白いことに、そこだけは別に何の不思議もなく、今の一件にかかわる諸要因のなかではもっとも単純なものだった。だがジーモンは自分が藪の中でたてた音まで考えがいたらなかった。その頭には自称従姉妹の桃のような頬しかなかった。

　テアノはふくれていた。「従兄弟の人を紹介してくれてもよかったのに」

「でも全然知らない人たちなんだ」

「変わった親類ね」テアノは疑わしげに言い、まだ機嫌が悪かったが、すぐ親しげにジーモンの手をとった。森が終わり地面が平坦になったところで二人は早足になった。

　近くの畑で農婦が乾いた土を掻きならしていた。テアノは上の方の廃墟に住んでいるのは誰かと聞いた。農婦は理解できないらしくぽかんとこちらを見ているだけだった。まだ上出来とはいいかねるスペイン語でテアノは質問をくりかえした。上には、と農婦は答えた。誰も住んどらんよ。何百年も前にあの修道院を建てた司祭さまがたは、とても信心深かったんで、雲さえ大回りしてあの峰を避けたもんだ。ロマさえあそこはわざわざ登ろうとはせんかった。何年か前、博物館から来たという者《もん》が塀を測って写真をぱちぱち撮った──いっしょに従いていったあたしの亭主の写真さえ撮ったよ。

「上には誰も住んでないんですって」テアノが通訳した。「幽霊さえもよ。司祭さまはとても信心深かったから、幽霊もあそこまでは登れなかったんだって」

「でも善良な霊だったとしたら」

「霊にキスする人なんていないわ。たとえ頬でも」

サキュバスとインキュバスについてキルヒャーが書いていたことを、ジーモンはあえて口に出さなかった。そういうことは婦人の前で口に出してはいけない。サキュバスらはけして善良な霊ではないし。


二人がダブロン屋敷に戻ると、男爵が暗く沈んだ顔で中庭の石のベンチに座っていた。テアノはジーモンに頷き、家の中に消えた。

「ジーモン、電報が来た」墓からのような声で男爵は打ち明けた。

「キリーキリクランクからの返信ですか」

「何もかもだめになった」男爵はうめいた。「読んでみたまえ」

ジーモンはくしゃくしゃになった紙を渡された。電報らしい簡潔な文章でこうあった。「案の定失敗。命あるのが幸い。ファーガス・マキリー」

「そう、これきりだ。憐れなわがコレクション！」

ジーモンは頭を振り、舌を鳴らして同情の意を表わした。

「ライフワークがカワウソの餌食に！」

男爵はまっすぐ立ちあがり、絶望のしぐさでベンチに立てかけてあった庭ぼうきの柄にしがみついた。ジーモンは何と言っていいかわからなかった。いわば再度の、今おそらく決定的となった喪失が男爵に与えた言語を絶する苦痛には、どんな言葉も軽薄あるいは無意味に思えた。

「歌う魚に関して何か新しいことはありましたか」やがてジーモンは聞いてみた。

「とんでもない」男爵は不機嫌に言った。「町長は部下をよこして、請願書に貼る印紙が足りないと言ってきた。印紙を売っている煙草屋はもう閉まっていた。明日の朝になったらあの馬鹿げた紙を手に入れて、町役場に行って、足りない分を貼ってくれ、三ペセタ——王の肖像の青いやつだ」

男爵は悲しそうに微笑んでジーモンに頷き、庭ぼうきに這いのぼって来た虫をひねりつぶした。罪もないスペインの虫はオーストリアのカワウソ愛好家に代わって罰を受けた。今自分ができることは何もないとジーモンは知った。そこでそそくさと自分の部屋に戻った。

仕事場の窓から、サロメ・サンプロッティは表情の失せた顔で男爵を見ていた。重々しい深紅と緑の帷《とばり》が垂れて薄暗いその部屋の中央、海の砂を満たした銅鍋の中に、切子細工の水晶球が置かれていた。男爵はふたたびベンチに腰をおろし、手のひらで顔を隠した。ゆっくりと刻まれる時が何分か過ぎると、また立ちあがって疲れた足を探るように動かし、小さな扉のほうに歩いていった。それを開けると塔部屋に通じる螺旋階段がある。マダム・サンプロッティは満足して鼻を鳴らしカーテンを閉めた。

塔部屋の窓はすべて開いている。北の地平線を背にして、鋸《のこぎり》状の青い山脈が敵意ありげにイベリアをヨーロッパから隔てる景色は、天地創造三日目の神の機嫌を想像させる。この峡谷のどこかに、岩に黒紫に刻まれたテルプエロ洞窟の入口がある。カーバイドランプが要るな、と男爵は思った。ホロファックス・アルマトゥス・クロイツ＝クヴェルハイム、誇るべきあの唯一無二のコレクション、アルコールに浸されたその体はすでに果てのないカワウソどもの饗宴で食いちぎられ貪《むさぼ》られているだろう。だが歌う魚はその代わりになるまいか。あそこに見える山とさらに多くの山の彼方で、学識と労力と金銭をすべて捧げ蒐《あつ》めた、湖と河と七つの大海のあらゆる驚異を、それは埋め合わせはしまいか。

男爵はさらに考えた。自分の運命は、博物館やコレクションの生《き》の素材だけを後世に残し、みずからは静かに埃の積もる図書館の項目や学術年鑑の中で、魚類分野のリンネ、ビュフォン、ブレームとして、緑青をふいた輝きだけを見せるように定まっているのかもしれない。

歌う魚！　もしそれが本当なら――男爵はその存在をほぼ確信していた――何を失おうと、誰に辱《はずかし》められようと、水界の人知れぬ君主にして海神《ネプチユーン》の代官たるこのわたしが、悪意に満ちた心の狭い現代社会から搾《しぼ》られざるをえない税金としてはけして重くない。クロイツ＝クヴェルハイムのコレクションの没落は、賤民どもにははねかえる。それは奴ら自身の没落であり、カワウソども全員を待ち受ける最後の審判の序曲だ。

挫折した冒険ではマキリー家に申し訳ないことをした。カール・アントン伯父のガラスケースには肖像とともにメダイヨンも蒐集されていて、無敵艦隊《アルマダ》の敗北記念銀貨が深紅の天鵞絨の上に置かれている。《エホヴァ風ヲ起コサバ彼ラ散レリ《イエホワ・フラーウイト・エト・デイシパーテイ・スント》》。神に不測の事態の責任をなすりつけるとは、何と心やすらぐ冒瀆だろう。別のメダルには「神よイングランドを罰したまえ」とあり、その表にはドイツ皇帝ヴィルヘルムが、口髭をオーストリア皇帝フランツ・ヨーゼフに向けて逆立て、フランツ・ヨーゼフは頬髯の左側を無髯のまるい顎にだらしなく垂らしている。馬鹿げている！　魚が好きだからとてカワウソを悪者にはできない。単に好みが違うだけだ。片手に魚、別の手にカワウソ——そして造物主は面白がっている。マキリー家には気の毒をした。だが何を目的に戦うかは人により異なる。マキリー家は金と権力。エリアス・クロイツ－クヴェルハイムは魚。パートナーの選択が誤っていた。エホヴァはカワウソの側でトランペットを吹いた。

「異教徒め！」男爵は叫んで床を力任せに踏み鳴らした。塔部屋がどよめいた。ガラスをがたつかせて勢いよく窓を閉めると、落とし戸を開けて召使を呼んだ。ペピはすでに階段の下のほうで待機していた。

「ドクトルを呼んでこい」静かに男爵は言った。

ジーモンは自室で食事をすませ、夕焼けの赤い光を浴びてコーゼガルテンの詩集をひるがえしていた。

　好んでわたしは闇を歩く
　狭い沼地の麦畑にそって
　蛍《ほたる》の閃きをひそかにうかがい

そして静かな林と天鵞絨の絨毯を敷いた丘を見やった。刈り取られた芳しい牧草が広げて干されている。パンティコーサの煙突から煙が急角度で渦巻き、それは夕べのうつろう光のなかで、家並《やなみ》が蒸気を吐き夜の長旅に発つ支度をしているように見えた。だがその下で煮られているのは晩飯にすぎない。

ジーモンは窓から身を乗りだし、鶉の歌に耳をそばだてた。緑と色とりどりのテラスの帯のなかでより低い町に落ちこんでいく庭で、こおろぎが二匹鳴いている。扉のひとつがきしんだ。細い羽毛の生えた鞭のように撓《しな》るしだれ柳のあいまから、萵苣《ちしゃ》をくり抜いて朝食の二十日大根《はつかだいこん》を用意するよう命ずるテアノの声が聞こえる。やがて無言の召使が如雨露《じょうろ》を二つ持って柳の下に現われ、ブリキの雨樋から水をためる大樽にのろのろと歩みよった。テアノがいきなり人丈《ひとたけ》くらいのダリアの壁の前に立ち、燃える花束を切った。ジーモンはコーゼガルテンの詩集を机に置き、窓の下枠に腰をかけた。

夕べの乳色の光のなかでテアノは美しいといってよかった。むろんダリアのけばけばしさはなく、少しばかりリラ色をおびた犬サフランのつつましさを思わせる。魅惑的な従姉妹とは比べようもないのに、ふだんは選《え》り好みのうるさいウィーンっ子のドクトルにも、たいそう好ましいものに見えて、頭から飛び込んでテアノをダリアの花畑に引きずりこみたくなった。部屋が二階にあり、崇拝の対象が黄昏のヴェールの向こうにあり、目を細めてようやく垣間見られるとき、人は好んでそのようなことを考える。テアノが振り向き、上を向いて花束ごと手をふった。花束は鉄道員の信号灯のように赤く輝いた。鶉に代わって、教会塔の時計が鳴った。そのときペピが扉を叩き、ジーモンを男爵のもとに連れていった。

男爵はまだ深い憂鬱のなかにあった。かれはペピに冷たい夜食を給仕させた。そして盛り合わせの料理とシナノキ花の茶をあいだにしてジーモンとオーストリア政府への嘆願書について話し合った。すくなくともごく個人的なものだけは引き渡させるか、こちらの自由にできないだろうか。各種の記念品、特に美術的価値がない家族の肖像画、ヒーツィンク墓所にある一族の地下納骨堂（「これをきちんと申し立てなかったら、悪党どもは父上や母上の金歯まで奪いかねない」）、そして自分以外の誰にも価値のない原稿類。

「でも男爵、何だって降参するんですか。法律家として断言しますが、あなたに降りかかったことにはすべて法律上の根拠がありません。天が許すはずもない非道です。法廷に出ましょう。審理を請求しましょう。正義は勝たねばなりません。僕は今まで沈黙を義務とこころえて、あなたと共に耐えてきました。でも月百グルデンで僕の口をふさぐことはできません。気球旅行はまったくの愚行でした。あんなシルダ（阿呆しかいないとされる町）の民がやるようなことが失敗したからとて、なぜ急に弱気になるんですか。あなたが火打ち石銃を畑に投げ込む（意気阻喪するの意）というなら、僕は何も言いません。火打ち石銃にならふさわしい行ないですから——でも文明国には別のやり方も……」

かれの話は熱をおび、声は息を切らすほど叫びに近くなった。

「フォークを振り回さないでくれないか、ジーモン」男爵が静かに言った。「無作法だ」

ジーモンは気を取りなおし、フォークを皿のわきに置いた。

「いいかジーモン」男爵は続けた。「わたしは老人ではないが、人生に新しい基盤を置くには遅すぎる。法律や法廷のことはもう言わないでくれ、憐れな法律家君！　明日の法律を作るのは民衆だ——

そして明日の民衆はカワウソだ。どこか煩わされずに仕事ができる場所が要る。カワウソには殺伐としすぎて退屈すぎるところに引きこもるのを許してもらえるかもしれない。オーストリアのどこかで。こんなときの望みとしてはグロテスクすぎて響くかもしれない。だがわたしは愛国者だ。わが一族は十八世紀のはじめからオーストリアに定住しているし、わたしが少年時代と大部分の壮年期を過ごしたところでもある。最初の成功はウィーンでもたらされた。わたしは故郷の欠片《かけら》をもらいうけるつもりだ。敵は優勢だ、講和を結ばねば」

「すべてのカワウソの天敵であるあなたがですか」

「シルダの民のような愚行はしない」男爵は疲れた顔で補足した。「言葉の選択に気をつけたまえ、法律家君」

男爵はふさふさした葡萄から二、三粒を念入りにつまんだ。ジーモンの目を一瞬テアノの姿がかすめた。元切符売り娘のやや酸味のある魅力と葡萄には言い知れぬ関係があるようだった。これは誰かにある種の関心を抱いたら最後、いたるところで起こる連想である。しかし晩餐は葬儀のように厳《おごそ》かで、この浮かれたアレゴリーとは相性がよくなかった。黙々と男爵は葉巻を、ジーモンはパイプを吹かした。それから男爵は秘書にお休みを言い、釣魚許可請願用印紙の件を念押しし、ペピにメリッサ茶を命じた。

「政府あての手紙は書きませんよ」戸口でジーモンは再度言った。

「なら翌月の給与から五グルデン引いてやる。そして自分で書こう――あるいは書かないか」

ジーモンが部屋に戻ったとき、机上のコーゼガルテンの詩集のとなりにマイアーの『アタランタ』

が置かれていた。敵意を持つ兄妹が錬金術師に対にされる章が開いてある。窓から入る風がページをさらにひるがえしたが、この本は先ほどはここでなく、ナイトテーブルの上にあったのをジーモンははっきり覚えていた。そこでペピのところに行って、アレクサンドリン未亡人の贈り物をいじったか、それとも誰かが部屋に入ったかと聞いた。

「いいえドクトル、わたしではありません」とペピは言った。その無邪気な顔はあらゆる疑いを消すものだった。「ベッドを整えたとき、ちらと覗きこみました。わたしがもっとラテン語を知っていたら、見せてくださいと頼んだでしょう。でも本当にわたしではありません。通りかかった人もいません」そう言うと平手で額を叩いた。「そうそう! 誰も見かけませんでしたが、外の廊下で靴を磨いていると、あなたの部屋から物音がしました——人が歩いているような音でした。あなたが男爵のところにいるとは思わなかったもので」

「するとまだ中にいるのかな」

ジーモンの部屋がすばやく捜索された。衣装戸棚を開け、ベッドの下を覗き、カーテンや暖炉の裏を照らした。箪笥から驚いた鼠が一匹飛び出した。箪笥の上の壁の広い金縁のなかからバレルメス・イ・ベロサ第六代公爵の第三子が、首をひねり、肩をすくめあって別れる二人の男を見おろしていた。

はるか昔の九月の夜、ゼバスティアン叔父に手をひかれ、南瓜をくりぬいて顰《しか》め顔の悪魔を刻み、内部から蠟燭で照らしたものを持って、くぐもった声でフウフウと叫んでヴァイカースドルフの街路を歩いたときから、ジーモンは幽霊や地霊や水精など、いわゆる「出る」もの一般へ迷信的偏愛をはぐくんできた。ちびジーモンがいい年になっても子供っぽいメルヘンの至福のなかにいるので、善良な叔父は小さな甥をカボチャ提灯とのつきあいを通じて癒そうとしたのだった。しかし叔父の教育学的実験は逆効果をもたらすばかりだった。ゼバスティアン叔父が埃茸《ほこりたけ》のように飛散させる乾いたジョークは、確かにあらゆる超自然的なくだらぬ物の温床としては、考えうるかぎり最悪のものだったが、甥のまだなかなか乾かない耳の後ろ、森の妖怪やヴェネツィア人やあのモーモーと呼ばれる下オーストリア特有の変種が巣食っているところで、これら彼岸の住人はギムナジウム時代に変身して、抽象的ではあるがさらに恐ろしい黒い小人や夜の女、すなわちラミアやレムールやエンプーサとなった。ゼバスティアン叔父はついぞ理解しなかったが、甥の信じていたのは、そのような存在の現実性ではなく存在可能性だった――法律家の卵にとって両者はけして同じではない。ともかくそれはよろしからぬことだった。ゾンネンフェルス小路の両親の家の子供部屋に、のちにはシュヴァインバルト未亡人の下宿に、陰謀や策謀がまったく見られないのをジーモンはしばしば嘆いた。テディベアを使った子供っぽい降魔の試みは、故シュヴァインバルトのダゲレオタイプの定着と同じく成功しなかった。ジーモン坊やに水精は、大人のジーモンに亡霊は現われなかった。

かれは気が昂ぶりそわそわした。スペインの幽霊は一味《ひとあじ》違って、もっと人懐こいのではあるまいか。ペピが出て行ったあと、かれは十回余りも肩越しに振り返ってひどく怯えているふりをした。というのは幽霊はたいてい繊細ではにかみ屋なので、怖がりにだけ特に姿を現わすからだ。もしかすると亡くなった公爵だろうか。死んだ公爵には何と呼びかければいいだろう。超自然閣下か。心地よい恐怖とともにジーモンは毛布にもぐりこみ、蠟燭を吹き消した。部屋の空気は超自然的な気を帯びているようだ。いつもの右向きの姿勢で寝入る気にはなれない。そうすれば謎の訪問者の再臨を両耳でうかがう機会を逃してしまうから。かれはまばたきし、公爵の第三子の方を慎重に見やった。もしかするとマダム・サンプロッティの無言の召使は、言語に絶する犯罪のために舌を抜かれていて、今は鋭く尖ったナイフを手に客人の部屋で強盗殺人稼業に勤しんでいるのかもしれない。背に鳥肌が立ったが、ここで毛布にもっとしっかりくるまれば、自分が眠っていないことを不気味な者に感づかれてしまう。かれは教会塔の時計がまず四度、そしてとうとう十二度打つのを聞いた。いよいよ幽霊が出る。幽霊の刻とは、十二から零への、すなわち人界の時間の外にあって打たれることのない十三への不可解な移行が理解できない素朴な民の妄想にすぎない。それはよく承知していたが、窓の隅からその正体を露見させるような、ぱきんという音が聞こえると、急いで、そして期待に満ちて身を起こした。すばやくマッチを擦ったが、部屋には誰もいなかった。手にした小さな炎の芽による灯りに目が慣れても、何も見えなかった。ふたたび隅でぱきんという音がして、カーテンが意味ありげに波打った。ジーモンは指が焦げそうになるまでマッチを高くかかげていた。それからまた横になって耳を澄ませた。やがて一時の鐘が鳴った。

日が週を過ぎ、そして月を過ぎて、蝸牛の歩みを歩むうちに、正規の捺印を受けた男爵のテルプエロ洞窟域釣魚許可申請書もまた這い進んでいった。オーストリアの著名な魚類学者のたっての願いを心から斡旋する旨の公的意見書を添えた請願書を町長は州知事に送付した。これを見た知事は、この申請の担当部署が役所内分掌規程上どこなのかが、容易ならぬ問題であるのがわかった。記録の残るかぎり、軍事上の立入禁止区域に釣魚許可を求めた者など皆無であった。一件書類はまず猟獣釣魚部門地方主任の机に置かれた。この者は猜疑と公僕のしかるべき従順とが相半ばする態度で書類を受けとった。月桂冠を戴く君主の横顔を十四枚の印紙に十四回見るや、猜疑の裏付けを得た気がして、さしあたり洞窟内釣魚担当《アド・レフエレンドゥム》と思われる部下の一人に下げ渡した。これは相当な期間、未処理書類ファイルに置かれていた。というのも厳密な日付順の処理にこだわる担当者は、ちょうど休暇から戻ったばかりで、まずは七月中の郵便物から片づけだしたからだ。もし男爵が調査の重要性を強調して再申請をしなければ、そして親切なパンティコーサの町長が「至急」という付箋を申請に挟んでいなければ、いつ処分されるかしれなかったことだろう。なにしろこの担当者の目下の「七月」は前々年の七月なのだから。多少あちこち回されたあと、申請は補足資料もろとも関税及び国境担当部門に引き渡された。というのも件《くだん》の洞窟の入口は地図上ではスペイン王国とフランス共和国の境の中立地帯に認められたからだ。その地の税務係官は決定判断用紙の端に「当方管轄外」と注記するだけで事足れりとし、書類を陸軍分遣隊に回送した。その洞窟は軍事上の立入禁止区域からしか入れなかったからである。騎兵隊司令官コンデ・センドロン・イ・クラベルは、今や相当に汚れ印章と署名まみれになった一件書類を、猟獣釣魚部門に返送し、その際口頭でこう付け加えた。釣りのことなぞ知ったことか、むしろ密猟者どもが極上の鹿を俺の目の前で射るのを止《よ》すようにしろ。司令官がかような無遠慮な対応ができたというのも、猟獣釣魚部門の臨時部門長であった行政顧問トルペドはかれの友人であったからだった。

もし男爵の請願がかくのごとく幾度となく輪を描いて巡ったと諸君が思われるなら、それはスペインの行政機構への侮辱にほかならない。行政顧問トルペドは知事ランゲラ侯爵を毎日訪れ、チェスを一手だけ指す。すでに七か月におよぶこの両人の勝負のあいまに、トルペドは原則は原則ですからなとか何とかつぶやいて、書類を知事の象牙張りの机に置いた。古参の行政法務官であった侯爵はタイプ部門に命じて複本を四部作らせ、一通は内務省（何事であれ無害だから）、一通は外務省（男爵は外国人だから）、一通は防衛省（すでに十二分に有名になったあの洞窟が防衛上立入禁止区域になったから）、一通は農林水産省（漁猟方面にも決定すべき事項があるから）にそれぞれあてて、速達でマドリッドに送った。

公使館一等参事官ボニーラ・イ・フィッツモリスが外務省あて複本を読んだのは、奇しくもオーストリア大使館のレセプションに招待を受けた日であった。ブフテルン（オーストリアの菓子）とヴァハウ（ドナウ河沿いの渓谷）の杏子《あんず》リキュールのあいだに、参事官はアロイス・ピヒルグルーバー大使に、クロイツ‐クヴェルハイム男爵なる者をご存知かと問うた。ピヒルグルーバー大使は良き外交官としてひそかに野党との関係もはぐくんでいたので、情報通なところをひけらかした。外交官特有の控えめな笑みをたたえ、悪意の喜びと同情を秤《はかり》にかけながら、男爵の資産が没収されたこと、政府転覆活動の廉《かど》で逮捕状の出ていることを大使は参事官に語った。

「すると不埒《ふらち》な外国人なんですな」ボニーラ・イ・フィッツモリス参事官は総括した。

「とんでもありません。ご立派な学者先生ですよ」ピヒルグルーバー大使は訂正した。

関連省庁の承認のもとで内務省から州知事にあてられた指示書は、以下のように記されていた。すなわち、古来からの友好国オーストリアとの関係の保持、およびそこから生ずる義務をあらためて指摘するまでもなく、友好国より政治的に忌避される臣民には極力協力すべきにあらず――悪評高い軍事的家系の親族への釣魚許可は、たとえ漁業もしくは関税の観点より見て問題なき場合においても望ましからず。

省庁間の立場を慮《おもんぱか》った上での州知事の処置がパンティコーサの町長を経由して受取証明と引き換えに男爵に届けられたのは二月十六日のことであった。

同時に知事への申請――つまり却下決定の通知が送達される六か月近く前、上へ下へあちこちたらい回しされる冬が来るまでまだ何週間かあったとき――町長はパンティコーサ近辺のあらゆる公共の水面に適用される釣魚許可証を男爵に交付した。これがあれば天水桶と装飾用の池以外ならどこで何を釣っても事実上許される。これが焦《じ》れる学者のさしあたりの慰めになればいいがと町長は思った。そのときすでに悪い予感はしていたが、申請が望ましく処置されることを願ってもいた。というのも今回計画された釣魚遠征の結果は、大部の著作『パンティコーサ一千年史』に特に精彩ある一章を加えるはずだからだ。ともあれ部下に命じて男爵に暫定的な釣魚許可証を交付させ、「ペトリ・ハイル」を祈った。その部下も聖者（もと漁師の聖ペテロのこと）の熱心な弟子であったため、よく釣れる池や小川を異国の紳士に指摘するという仕事を割り当てられた。男爵も喜んでこの気晴らしに身を委ねた――もっとも男爵にとってこの釣りが――低次元《ミノリス・グラデュス》とはいえ――学問的フィールドワークではなく気晴らしと言えるならばの話ならであるが。男爵は釣り竿、掬《すく》い網、運搬樽と武器庫の中身を出した。旅のあいだずっと視界から離さなかったものだ。おかげで近所の尼僧院は模造蠅《フライ》への造詣が深く気前のいい顧客を得た。それからは毎日のように、男爵が役人を供に連れて、もしくは一人で、釣り竿のケースを持ち、腰近くまであるゴムの高長靴《たかながぐつ》をはき、葉巻の煙の旗を後ろになびかせ、秋の朝靄をぬけて、足音重くどこかの岸に向かう姿が見かけられるようになった。サンプロッティ家は珍味の魚を存分に味わった。収穫の少なからぬ部分は部下の手をへて町長の食卓にも届けられ、そのためにパンティコーサの公共福利への男爵の貢献はいやでも話題になった。ペピはペピで、ある古書店で――この店は中央広場にある肉屋の隣の半地下室を占め、町のある種の文学肺臓として、文学趣味のある住民の死亡のリズムにあわせ、その蔵書を吸入してはそのたびまた少々古びた本を排出していたが――そこでかれは『巧みな魚調理人《ラ・ボワソニエール・アビル》』、デュグルフォー夫人の著した魚料理のレシピの有名なアンソロジーを見つけた。この本からの刺激とあり余る素材とをもとにふんだんに行なわれた何回かの実験のあげく、ペピは虹鱒の主題につねに新しい変奏をもたらす名人となった。

こんな静かな幾週を送るにつれ、男爵は朗らかなくつろいだ気分になっていった。頭のなかの歌う魚はすでにほぼ実体にまで濃くなり、聖ツェツィーリアの日に雄の乳鱒をつかまえ、市場に出ていた雌と番《つが》わせるのに成功したとき、男爵はパンティコーサと折り合った。庭園の常に流れる泉水の管の下に据えた水槽の前に何時間も立って、その身を乳鱒の新婚生活に捧げた。ジーモンの尽力も功を奏し、男爵が口座をもつバーゼルの銀行と電信がつながった。旅の財布はふたたび膨らみ、しかも鄙《ひな》びた療養地の生活費は低廉だった。

ジーモンとペピは首尾よくサロメ・サンプロッティの客間から間に合わせの雰囲気を拭うことに成功した。ある日二人は古道具屋から手に入れた簡素な額入りの魚類彩色銅版画のシリーズと、大きなヒトデのまわりを赤と青のイワシの群れが絡みあって巡る小ぶりの絨毯で男爵を驚かせた。

釣りの午後のあと、二人の前を通り過ぎて塔部屋に昇るとき、男爵はなぜ二人がそんなに可笑しげに突っ立っているんだと口に出かかった。色彩が氾濫する不意打ちの眺めにヴェールをかけた感動の涙がろくに乾かぬうちに、下の中央広間から奇妙な磨いたり軋んだりする音が聞こえた。身を屈めて開けたままだった落とし戸からのぞくと、螺旋階段の踏み板のあいだから見えたのは、ジーモンとテアノが華やかに銀器とクリスタルを載せたテーブルを隣室から運んでくる姿だった。廊下側の扉も外から開けられ、敷居にペピが現われた。胸の前に酢入りの湯で煮込んだ六ポンドの魳《かます》の大皿を捧げ持っている。その後ろのマダム・サンプロッティが持つ巨大なトルテのチョコレートの衣の上には、頭で立つマルチパンの海豚《いるか》が三匹、ピラミッドを形作っている。男爵の好物の玉葱を詰めたロールモップス（酢漬け鰊の切り身を巻いたもの）でいっぱいのガラス器。

「何ごとだね」訳がわからず男爵がたずねた。

「お忘れですか。今日は男爵のお誕生日です」ペピが顔を輝かせて宣言した。

それはまさに家庭祝祭であった。オードブルとして皿のあいだのあちこちにあり、たくさんの食欲をそそるちょっとしたものに目もくれず、真っ先にロールモップスを味わった。魳にはペピが新しい、とりわけおいしいソースを発明した。それは部分的に鰯《いわし》からなるものだった。珍しい香辛料を使っているとジーモンは思ったが、ペピは謎めいた笑いを浮かべただけだった。千里眼のマダム・サンプロッティの口の端さえ愉快そうにひきつった。マダムのトルテは外面だけが魚が関係していて、中はむしろナッツと玉子だった。それに続く満足の沈黙は、物言わぬ召使が重い陶器鍋で持ってきた、盛んに湯気のたつホットワインによって破られた。

テーブルの下でジーモンとテアノの膝が触れた。房の垂れたテーブルクロスで隠された接触がわざとかどうかは、二人とも何ともいえなかった。ジーモンは膝をじっと動かさずにおいて、礼儀正しくマダム・サンプロッティとお喋りし、リューマチとその厄介な痛みを和らげる唯一の熱硫黄泉への、苦労した旅立ちの話に耳を傾け、テアノはその注意力のすべてを傾けて、つまようじで丁子をホットワインから釣りあげようとしていた。やがてジーモンはふくらはぎの筋肉を軽く引き締めてテアノの脚に押しつけた。するとわざととしか思えない無遠慮さで、テアノはそれとわかるほど押し返し、それから脚を引っこめた。

ペピもこのめでたい日を祝して同じテーブルにつくことが許された。かれはほとんど無尽蔵なカーニヴァルのジョークからの選り抜きのもので一座をにぎわせ、手品をいくつか披露し、これにはテアノさえ驚いたが、マダム・サンプロッティからは優しい笑みをひきだせただけだった。男爵はアルプスの民謡をメロディアスなバリトンで歌った――誰がこの生真面目な男からかくの如き眠れる才能を期待したろうか。ジーモンは暗記しているコーゼガルテンのコミック・ポエムから二篇朗誦した。マダム・サンプロッティはホットワインの盃を次から次へと干し、とうとうその穏やかな目が薔薇色の光をおびてきた。テアノはおとなしくしていた。

宴が終わり、涼しいシーツのあいだに身を横たえ、温かなホットワインがジーモンの体を脈打ち流れ、デザートにマダム・サンプロッティが沸かした強いコーヒーに目が冴えわたると、テアノの膝が蘇ってきた。あのすばやい押し返しは　他のすべてがそれを巡って揺れる蝶番ともいえた。あの膝押しが夕べを分かち、最初の滋味ある半分は、贈り物と祝いの言葉とおいしい食事、残りの半分は、にぎやかな騒ぎの中でかれにしか聞こえない体内深く流れる謎めいた血のとどろきで、その熱さはホットワインにもたとえられた。ジーモンは煙草に火をつけ、煙が渦をまいて蠟燭の炎を巡り、昇って散り散りになり、闇に消えるのを目で追った。思いに沈み自分の脚のテアノの脚で押されたところを指先でさすった。脚を引いてからのテアノはこれ見よがしに自分を無視し、横目で見るたび視線ははねつけられた。一度だけうまく視線を引きつけられたが、よそ者でも見るように見つめられて、すぐさま目をそらせてしまった。修道院があった山へ遠足してからのテアノは、「芸術家とは」とか「高次の道徳とは」とか弁じたてるとき以外は、たいていそんなふるまいをした。謎の女を演じているのかもしれないが、それを解いてやろうという野心はジーモンにはない。謎を解こうとしないかぎり、スフィンクスは比較的無害なものである。

かれは蠟燭を吹き消し、毛布を肩の上までかけ、横向きにころがった。外は真っ暗な新月の夜で、雨が窓をたたき、ベッドに行くついでに焼《く》べた薪がストーブではじけている。外が寒く雨降りのとき、上機嫌のストーブは、力強い悪魔祓い師の働きをして、本物の幽霊がいたとしても無暖房の部屋に追いやってくれて、幽霊は聞く人もいないのにかたかた音を鳴らすだけだ。それでも今回は箪笥のほうから何かがきしる音、木材が木材をひっかく音がはっきり聞こえた。箪笥はジーモンの視界のうちにあった。ストーブの焚口《たきぐち》の隙間から漏れる光が、箪笥の光沢に赤く映っている。きしる音がまた聞こえた。光は抽斗の真鍮の取っ手のまわりで踊り、うつろな鍵穴のなかに沈む。そのときジーモンは見た。箪笥の上方、第六代公爵第三子の額縁の右角、金箔におせっかいな赤光の飛沫が巣食っているところが、以前ほどきっちりと壁に貼りついてない。ジーモンの背を寒気が走った。ごくゆっくりと角が前に押されている。そこにまだあるはずの第三子は今は裏しか見えない。あるいはむしろ、暗やみにさらに黒い楔《くさび》が割り込んできたために今は見えなくなった。ジーモンは押さえられた発条《ばね》のように横たわり、どちらの端が解放され、どちらに弾けようかと待つ構えで、毛布の下で足の爪先をベッドの木の柵に押しつけていた。やがて黒のなかに何か白っぽいものが動いて見えたように思った。いよいよその時が来たらしい。なにしろ肖像画はすでに半分開いた扉のように壁から離れているから。白いものは影の縁まで忍び出て、あいまいな光のもとで慎重に身を伸ばした。裸足だ！

ジーモンはおそるおそる手探りで箪笥に近づいた。それから明るい色の織物の縁がくるぶしの上に落ち、別の足が姿を見せた。

家具がテアノの重みできしんだ。襞《ひだ》が流れ落ちる柔らかく透きとおったナイトガウン姿で、ジーモンが服を脱いだときポケットから出して置いたもののあいだに立っていた。用心深く端まで前に進み、膝の上までむき出しの脚が、そこに敷いてあったセントバーナードの薄毛の毛皮に置かれた。かすかな音をたててナイトガウンとテアノ本体が続いた。今は簞笥の前で何かを待つようにじっと立っている。ジーモンはベッドの足元のついたての影の中にいたが、瞼のあいだから覗く気もろくに起きなかった。やがてそれは隣に来た。見えたのは白いシフォンの一部と片手だけだったが、ジーモンはその手をしっかりつかんだ。

「君が幽霊だったのか」かれはぶっきらぼうに言った。

テアノははじかれるように後ずさったが、ジーモンは手を放さなかった。おかげでベッドから落ちそうになった。そこでもう一方の手でテアノの腕をつかみ、こちらに近寄らせた。

「放してったら――放してよ」ペピが隣の部屋にいるのを知っているテアノは、起こさないようにごく小さな声で――猫が怒るように言った。

「放すもんか、愛しい人《カリッシマ》」ジーモンも同じくらい小さな声で笑い、一息にベッドから飛び降りて、万力のような力で両腕をその体に回した。

「どうして放してくれないの」テアノはシュッと言って拳で打ちかかった。ジーモンはあえて攻撃に身をさらすかのように体を後ろにそらせ、日ごろから自慢の健康な歯をむき出してテアノをにらみつけた。それからまた体を抱き寄せ、二人いっしょにくるくる回り、憤って自分を殴り続ける相手をベッドに突きたおし、肩を押さえつけた。

「しかたないわ」テアノは疲れはててささやいた。「あなたのほうが強いんだもの」

テアノの身体はかれの下で力を失い、その半分は折り返された毛布に隣り合い、半分はすべってずれ、まわりで盛りあがった羽根ぶとんのなかにあった。ジーモンはその体を放して立ちあがり、そして言った。

「しかたなくはない。ともかく足を引っ込めてくれ」

そして拒否するように頭を振り、となりに横たわった。テアノは脚をあげて下から毛布を引っぱり出し、その一端をジーモンに手渡した。

「きちんとかぶったら」ジーモンは助言して、ベッドの縁からはみ出た羽根ぶとんの端をつかんだ。

何分かのあいだ二人は黙ったままじっとしていた。

「どうしてあたしが幽霊だって言うの」最初に口をきったのはテアノだった。

「前もあの道からここに来ただろ」

テアノは頷いた。

「ペピが物音を聞いたんだ。奴は僕が中にいると思ったんだけど、僕はそのとき男爵の部屋にいた。僕たちは隅々まで調べて、ベッドの下や箱の中まで見たあげく、幽霊のしわざじゃないかと言いあった。もちろん絵の裏までは考えがおよばなかった。あの老貴族の幽霊かもしれないとまでは思ったんだけど。まあ似たようなものだったな」

「あなたの古ぼけた本も見させてもらったわ」

「知ってた」

ジーモンは手を伸ばしてこわばった体ににじり寄った。テアノは胸のほうに顎を下げ、乱れた髪を相手の顔に押しつけた、というよりもジーモンのほうが顔を乱れた髪に押しつけた。テアノの片手がそっと肩に回され、髪が持ちあがり、熱い息を吐く鼻がかれの鼻をかすり、半ば開いた口がかれの唇に置かれた。

それから行なわれた、あるいは行なわれようとしたことは、二人と同年齢の標準的な男女に期待されることより、さして馬鹿げても賢明でも不器用でも、他のいかなるものでもなかった。ジーモンとテアノは燃える二重星と化し、並んで短く飛んだあと、互いの中に我を忘れて熱狂し、だんだん音が大きくなる鐘のように揺れ、最後に爆裂した。それは紙一重で隔てられてまどろんでいた形のない混沌への暴力的な突破であった。一瞬そこには上も下もなく、蝸牛の殻の中を、ひどく狭く天井も低く息もできないゴール——頂点の上ではなく頂点の中——まで競走するような目まいのあげく、殻を突きやぶり、部屋の四方の壁はふたたびだんだん遠ざかっていった。汗まみれになった二人は、あいかわらずぴったり寄り添っていたが、すでに一体ではなく、疲れはて、だがすばらしいことを成しとげたような満足感に浸っていた。

「どうして君は」ジーモンは伸びをして関節を鳴らせた。「この何週間か僕を避けてたんだい」

「だってあなた、何もしようとしなかったじゃない。あなたがもっと積極的だったら、こんなことまでやらなかったけど」テアノは身を起こしてナイトガウンを探した。「あなたが積極的になるべきだったのよ。あたしなんか、あなたが好きかどうかさえわからなかったもの。好きこのんで壁を抜けたわけじゃない」

ジーモンはふたたびテアノを引き寄せて、額から髪の毛をはがした。「後悔してるかい」

「そんなことない。どのくらいあなたの隣にいられるかしら」

「ペピは正確に八時に髭剃り用の湯を持ってくる。もっともその前に起きて君をおっぽりだせるかどうかは約束できない。目覚まし時計は持ってないんだ——ペピの方がずっと優しく起こしてくれる」

「心配しないで。いつも七時ごろにひとりでに目が覚めるから」

実際夜明けころ、教会塔の時計が七時を打つ少し前に、テアノはベッドから忍び出て、ジーモンの鼻先に「ぶるぶる、なんて冷たいの」とキスをして、秘密の壁穴に入り、そのあと第六代公爵の第三子でまた蓋をした。

ジーモンは目をしばたたかせてそれを見送った。ふたたび広々とした毛布の下で、かれは針鼠のように体を丸くした。物分かりよさげなまなざしで第三子がそれを見つめていた。


テアノのような娘を相手にする男は、なるべく驚きすぎないようにする。だからといってジーモンが唖然としなかったわけではない。個人秘書の人生はしばしば波乱に富むが、夜分に肖像画の裏から出てくる切符売りの娘などは例外といえよう。ジーモンは十分立ち直っていなかったものの、もちろんこれをうまい按配と思った。炙った鳩が口に飛び込んでも（「棚からぼた餅」の意）、その可哀そうな鳥をいったん食べてしまえば、人はいぶかるのをやめる。奇跡の椀飯振舞が喝采の持続で報われることはめったにない。これは恥ずべき忘恩で、その正当な罰は退屈な因果律であろう。小鳩は消化され、それをふるまわれた者は次の鳩を見張りながら待つ。何がそれをそこらの屋台で炙られる鳩以上に高めているかも考えずに。

神ならぬ人間も、予想外の贈り物というささやかな奇跡を起こせる。「ああ！」という感嘆の声は最高の感謝だ。テアノのような娘が自分のベッドに入ってきても、賢明な恋人は内心どれほど驚こうと平静を保ち、あたかも毎晩同じようなことが起こっているようにふるまう。テアノが羽根ぶとんと恋人の温《ぬく》みから朝の冷えきったストーブのある部屋の寒さに身をさらした時点で、ロマンスの続行はすでに確定していた。ジーモンはそこまでは考えていなかった。テアノの頭でくぼんだ枕の凹みに自分の頭を埋めて、自分がいかに幸せなのかを知り、そう考えること自体が幸せだった。

ペピが髭剃り用の湯が入った甕を洗面台に置いてストーブの火を熾し、そっと扉を閉めて出ていくと、さっそくジーモンは肖像画を調べにかかった。額縁に発条《ばね》か隠しボルトが嵌めこまれているのではないかと思い、その角が漆喰《しっくい》の壁に触れているところを入念に手で探った。何も見つからなかったが、額縁の下部を両手でつかんで引くと蝶番のきしる音がして、キャンバスがたわみ、肖像画が窓のように開けられた。中に見えたのは壁からなる一種の箱で、薄暗く、奥行きはあまり深くなく、正面の壁に光の点がいくつかちらついている。箪笥に飛び乗って中に首を入れてみた。どうやら向こう側でも絵が秘密の通路を隠しているらしい。ともかく第三子の裏と同じく無漂白の粗い布地が見え、額縁もあった。そこをいったんは押してみたが、またあわてて這い戻った。足を引きずって通りすぎる音がしたからだ。

翌晩もジーモンは待った。だが期待は空しかった。手際よくナッツとマルメロビスケットの皿を用意して、薪をいっぱいに詰めたストーブをぱちぱちはじかせ、閂《かんぬき》をさしておいていたのに、テアノは来てくれない。

今では少し慣れた驚きは、ふたたび小さな奇跡になった。ジーモンはおそらくあの鳩食いもそうしたようにいらつき、あげく眠りについた。

翌朝テアノはすでに目の前に、ベッドの中にいて、眠ったふりをしていた。もっとも起こすのは少し手間取ったけれど。

抜け道のもう一方の端にも絵が――鉤ではなく蝶番で――かかっているそうだ。そこを出ると廊下で、その廊下沿いにテアノの部屋がある。テアノに誘われて今度は自分から訪問したとき、ジーモンはそれを知った。

第六代公爵第三子と対をなすのは豪勢なデコルテの衣装をまとった貴婦人だった。この人は第三子の愛人だ、とジーモンは主張し、それはみごとに的中していた。後にサロメ・サンプロッティがそれを肯《うべな》ったのだ。マダムは何度となく職業的野心をこの貴婦人に向けて、フランス出身であることをとうから見抜いていた。この通路を作らせた機転《エスプリ》とバロック的気まぐれはそこから説明がつく。愚鈍な第三子の頭からは生まれようはずもない。

テアノの部屋もやはり東南に大きな窓が東向きに開いていた。ジーモンのところよりずっと広かったが、チェストや書棚や簞笥や籐椅子が部屋中に散らばり、中央にあるマットレスのへこんだ巨大な鉄のベッドへの通路をふさいでいた。ベッド以外のすべては、服の一部やけばけばしい表紙のペーパーバックなど、あらゆる種類のがらくたにおおわれていた。ジーモンの身が震えた。外の気温ははじめて氷点下を記録したというのに暖房が入っていなかったからだ。テアノはぼろぼろの毛皮のコートを着て優雅な机の前に座っていた。そしてジーモンにグラス一杯のブランデーを注いだ。それはジーモンの喉をひどく焼いたが、とても快適に胃におさまった。だが部屋の魅惑的な中心に到達しフリースのようなウールのブランケットの層――その上にテアノは毛皮のコートまで広げた――の下にもぐるまでは、ほんとうのくつろぎは感じなかった。

ジーモンは腹ばいになって、屏風の陰の小さな洗面台の水音を聞きながら、低い石油ランプの光で安楽椅子に積みかさなった本のタイトルを読んだ。

まずまずだな、と思った。変化に富んだ有名作家たちの普及版。

「全部サーカスにいたとき買ったものかい」

「ベッドだけよ」バスタオルを古代風に体に巻きつけて、テアノが折りたたみ式の屏風から出てきた。

「いや本のことだよ。君はとても美しい！」

「ありがとう、ジーモン」バスタオルを手近の椅子に投げてかれの隣に這い込んだ。「本は持って来たものよ。助かったわ。こっちには気のきいたものなんかないもの。よかったら持っていってもいいわよ」

「現代文学か！」ジーモンは頭をふった。「僕にはちょっとあからさまにすぎる」

「あなただってずいぶんあからさまじゃない」テアノは猫がのどを鳴らすような声を出してジーモンの鼻をつまんだ。

「伯母さんに知られていると思うかい」

テアノは鼻を放して腹這いに転がった。

「そこなのよ」と少し間をおいて言った。

「何だって」

「あなたの部屋に行く勇気が出なかったのも、そのせいなの。千里眼の伯母の眼のもとで生きていくのはそんな易しいものじゃない」

ほぼ毎夜の二人の行為を知っているのかどうか、サロメ・サンプロッティの素振りからは何とも判じられなかった。毎週水曜になるとマダムは紳士たちをお茶に誘い、とりわけジーモンに向かっては、マダムのあいまいな性格にふさわしい愛嬌をやたらにふりまく。そのささやかな図書室で、金箔をふんだんに使った革装の分厚く面白そうな本を一列見つけたジーモンがその閲覧を乞うたところ、マダムは快く許してくれた。埃のついたフォリオ判の最初の一冊、作者不詳の十七世紀の本『黄金の鏡《スペクルム・アウリ》』を見ると、キリーキリクランクでも同じことを経験したジーモンは不思議に思った。

「この本をお借りできますか」

しかしサロメ・サンプロッティは豊満なアレクサンドリン未亡人に輪をかけた、まさに強者《つわもの》だった。横幅は二倍、背はゆうに頭一つ高く、魅力にしてもその発散がすこし濃厚すぎる未亡人を上回るこの老女は、不承知を匂わすように鼻を鳴らした。

「この本をお借りできますか」ジーモンはくりかえした。

「だめ。この本はおかしな挿絵を眺めたり、小難しい格言を暗記する人のためのものじゃないの。もとのところに戻しておくれ。あの女《ひと》は判断を誤ったね」

「どの人ですか」

「今あなたが思い浮かべた、おなじみの人よ。むしろお祈りをなさい」

ジーモンはあっけにとられてマダムを見た。「誰に祈れと」

「好きになさい。神さまから聖人さままで。さしあたり聖人さまによく祈っとくんだね。そんなに忙しくない聖人さまをひとり選んで」

「でもなぜ祈れっていうんです」

マダムは本をジーモンの手から取りあげ、表紙を強く叩《はた》いて埃を散らせ、眉をしかめて本棚に押しこんだ。

「まだ何も感じないかい」

「ええ。僕は病んでるんですか」

「いくぶんかはね。その病《やまい》は死も超える。思慮に富む聖者さまを誰か見つけて、加護をお求め。今に必要になろうから。あなたは馬鹿じゃない。でも少しばかりの賢さや育ちのよさじゃ、あなたの前に立つものにはぜんぜんかなわない。わたしの姪と何をしたんだい」

「ご存知でしたか」

「もちろんさ。今聞いたのはただ事をこれからどう進めるか知りたいからさ」

「僕はテアノを愛してます」

「残念だけどそれは違う。怖い目で見ないでおくれ。年季の入った高名な占い師の言葉は信じるもんだよ。あなたがこれから愛するのは、今はまだ顔さえ見ていない娘だ。この決まり文句はロマの女のレパートリーに入っていて、あなたの年ごろのお客にほぼ当てはまる。でもあなたは幸せにもなる。少なくともあたしはそう願ってる。なにしろ間に別のものが立ちはだかっているから。だめ！　だめ！　もう聞かないで！　今はまだ知らない人と幸せになれるとお信じ。それが待ちきれないもんだから、今は姪を巻き添えにしてる。その焦りを手なずけることもできるだろうよ。あの哀れで痩せっぽちの、自分じゃ賢いと思っている鵞鳥は、あなたを待ちもうけてるわけじゃない。あの子だって本当はあなたを愛しちゃいない。でもこれは許されるべき過ちだよ。あまりにも熱をあげすぎて不運にも厄介を招いただけだからね。あの子も年ごろだから手近な男の腕に倒れ込んだだけだ。あの子のためにもよかった。あなたと男爵を《蛙》亭からダブロン屋敷に誘ったときから、それはもうわかってた——行くとこまで行ってもわたしが目をつぶるのもわかってた。あの子にも美しい思い出の一つか二つは必要だから。なにしろあの子が最後に愛するものは、あの子をさほど優しく扱わないだろうから。あたしは自分では誰も愛さなかったけどね」ここでサンプロッティは思いに沈むように服の黒いタフタ地をなでた。「でもその手のことは理屈ではよくわかってる。生業《なりわい》のおかげでね。あなたたちにあれこれ指図しようとは思わない。ただね、愛情が消えたあともあの子にあんまり辛く当たらないでちょうだい」

「約束しましょう。でもその約束を履行する機会が来るかは疑わしいと思います。僕は他の女は望みません」

「あなたは今お腹がいっぱいで、普通の食欲がある。あなたは満足している。でも幸福じゃない。幸福はいくら味わってももうたくさんってことはないから。幸福は聖人の精進料理《ファステンシュパイゼ》（四旬節に食べていい食物）なの」マダムは書架のガラス扉を閉めて鍵を抜いた。「言いたいことを思う存分言わせてくれてありがとうよ。わかってほしいのだけど、あなたが好きなの。テアノより好きかもしれない」

ジーモンは黙って頭を下げた。

「殿方たちは今日は泳ぎにいくのかい」

「ええおそらく」

数週間ほど前から、男爵とジーモンとペピは毎木曜日に《熱い泉》を訪れる。ここは一時は活気のあったパンティコーサ観光協会が円形浴槽に導いた温泉で、イオニアの円形寺院風の屋根がかかっている。この寺院には小さめの円形の建物がいくつか併設され、男女の更衣室やマッサージルームや手洗所になっている。施設全体は不細工な擬古典主義風の茸の群生のかたちをしていて、冬には天窓から湯気の胞子がたなびく。教会裏の牧場への道をたどり、前方の窪地に奇妙な群生のあるのを目にするたびに、ジーモンはフォイヒテンタールとそこに住むパパ・アイベルを思い出すともなしに思い出した。パパならこんな建物を見たら感激することだろう。この前の両親への手紙には、《熱い泉》の小さなスケッチを同封した。まだ秋だったころ、いわゆる「女性の日」に、墓地の塀近くの枯葉のあいだにしゃがみ込んで描いたもので、そのあいだテアノは、衛生健康センターで週ごとの入浴をしていた。

　男爵が《熱い泉》まで遠出をするのは、テルプエロ洞窟探検にそなえて水泳と潜水の腕を磨いておくためでもあった。ペピももちろんいつも男爵につき従い、最初はその黒い肌は、とくに男好きなブラーレンベルゲの双子姉妹を前にしたとき、少々の騒ぎを起こしはしたが、それもすぐ下火になった。見てくれこそエキゾティックであるが、たとえ水泳パンツ一枚であろうと無害なのは誰の目にも明らかになったからだ。そしてたちまち大勢の子供たちと仲良くなり、それによって親たちの共感も得た。ペピがいれば、わが子が知らないうちに水に落ちて溺れていないかと始終はらはらせずともすむ。浅いプールで子供たちとふざけ合っていないときは、かれらに潜水や水泳用器具を披露したりした。シュノーケル、豚の膀胱（浮袋に使う）、耐水性燐光、足びれ、体に密着するゴムの服、その胸ポケットにさされた水中でも書けるペン（もっともそれに応じた紙は今のところない）、水圧防止の蠟の耳栓。それらを使って男爵とジーモンとペピは訓練をしていた。だが銛《もり》だけは森の中の湖で試験がなされた。そこなら人気《ひとけ》がなく安心で、代わりに大きくて動作の鈍い鯉がいて、絶好の的になってくれた。

　テアノもジーモンとの関係が親密さを増すにつれて、ときどき三人についていった。その水着姿をジーモンが好んだためだが、たいていは脚を体に引き寄せ、ふくれ面をしてプールの縁にぼんやり腰かけて、水の中で楽しそうに騒ぐ人たちを眺めていた。どうやら「家族の日」――なぜか「男性の日」はない――の《熱い泉》は、テアノには身の毛もよだつものであるらしい。

もちろん月の光の下で、服の添え物なしで、《悪魔の料理鍋》で水浴びをするほうが気持ちもいいし、趣《おもむき》もある。その丸い湖は四方をけわしい斜面に囲まれていて、町長の著作の第二巻によれば、隕石の落下でできたものだという。そこもやはり一年を通じて快適な温《ぬく》みがあるが、水浴の前後に火鉢で体を温められる小屋はひとつもなかった。

夏は月桂樹のしげみや、何年も前にある隠者がつくった人工の洞窟の中で日々を、というより夜々をすごす評判のよくない〈プライベート水浴クラブ〉の有力会員ルキウス・コフラー・デ・ラップは、かなり前からサロメ・サンプロッティの姪に入会の誘いをかけていた。

テアノはコフラーの狙いを見過たず、そのほのめかしをわざと曲解したり、あまりにあからさまなときは思い切ってしっぺ返しをし、好色なコスモポリタンの機先を制し気勢をそいだ。ジーモンはこの小競り合いを面白がり、同時に、自分がいても遠慮のかけらもないコフラーに少し腹をたてた。あのいけすかない奴は、この猟区で誰が狩猟主なのか知るべきだ。だがジーモンは、コフラーが弱気な誘惑者に属するやからなのを見落としていた。このたぐいはいつも他人が切り拓いた突破口から侵入しようとする。事実コフラーはこう思い込んでいた。人をよせつけないあのテアノも、男との親密な交際の心地好さを知って、すこしは近寄りやすくなっただろう――。だがそのときコフラーは、自分と性を同じくする他の仲間と同じ過ちにおちいった。というのは、男たちの望みを充足させずにおく原因が、いわゆる乙女の内気であることはめったにない。いっぽう自然なつつましさは、もしそれが存在するなら、コフラーのような輩が確信をもって嗅ぎつけた関係によって、当初はさらにつつましくなる。どんな規則であれ例外があったほうが従いやすいのと同じだ――そこから「一度だけ」は「またとない」に等しいという認識が生まれる。今のコフラーの一件にしても、どこにでもあるありふれた一例にすぎない。とりわけコフラーの場合、テアノについてとても重要な点で思い違いをしていた。テアノは自分の原理原則を忘れたのではない。ただそれを自然の要求に――関係ではなく状況に応じて――適合させたにすぎない――なにしろ原則はただ一つしかないものだから。原則は個人の良心を形づくるが、それこそがコフラーのような者に理解できないことだった。というのも原則はかれがけして持たない唯一の贅沢であるからで、コフラーのような者にあるのは気まぐれだけだからだ。

ジーモンが腹を立てたことには、コスモポリタンの独身者たちはクラブの大方の会員と同じく、寒い季節には《熱い泉》の常連になる。ジーモンがテアノを連れてプール際《ぎわ》まで行くと、敗北した恋敵の頭が、髪を精妙にカールさせて水の中で動いている。クラブの会員はプールの一角に陣取り、首まで水につかって鉄の椅子に座り、ブリキのカードでブリッジをしている。ジーモンはすぐさまプールに飛び込んだ。崇拝する女性を早くも目にとめたコフラーが、ラバー（ブリッジの三番勝負）の終わりを待ちかねているのを知っていたからだ。

濡れ輝いて自分の前に立ち、滴の垂れる手を自分の肩に置くジーモンが、テアノはことさら好きだった。そのたびに身を走る心地いい戦慄こそが愛だと思った。

「ねえコフラーさん」足元の水中で尾をふるコスモポリタンにテアノは話しかけた。「わたしの加入するスイミングクラブはもっとプライベートであってほしいの」

コフラーは苦笑いをしたが、それでも礼儀正しく、まごうかたなく「ずっとプライベートな」クラブの会員に抜擢された羨むべきジーモンにあいさつした。コフラー・デ・ラップは他人の楽しみを邪魔する男ではなかった。結局は他人にくれてやった楽しみのおすそ分けにあずかりたかっただけだった。

「あなたのクラブのメンバーは何人の予定ですか」

「一人よ。おわかりかしら」

だんだんコフラー・デ・ラップが目ざわりになり、いつかはこのむかつく発情野郎に手荒な言葉で出過ぎたふるまいを窘《たしな》めるざるえないとジーモンが感じるころになると、テアノは木曜の午後には家にいるようになった。いっしょに泳ぎに行きたいときは、ジーモンは男爵の塔部屋に昇ってコフラーのヴィラを眺める。桃色の旗がひるがえっていれば主《あるじ》は在宅で、《熱い泉》の空気が汚《けが》れていないことを意味する。

この年の大晦日、テアノとジーモンがそんな遠足から帰り、中央広場裏のけわしい小路を毛皮のブーツで踏みしめながら登っていると、毛皮ですっぽり身を包んだ娘がジーモンにぶつかった。近くの街灯の乏しい光でかろうじて見分けられたのは、ウールの暖かそうな帽子と霜が逆立つコートの襟のあいだから、甲冑の兜の隙間から見るようにこちらをうかがう顔つきだけだった。テレサだったかフィオナだったか、廃墟の修道院で会った自称従姉妹の一人だ。

「待って、お兄さん」娘は笑って、ついでのようにテアノにおざなりに頭を下げた。「ぶつかったのを謝ってくれるなら、すぐいいものをあげる」

「心の底から謝ります、美しい従姉妹さん」口ごもりながらジーモンは言い、着ぶくれしてこわばった体を折り曲げてぎごちなく敬意を表した。「旧年最後の日にあなたの腕の中に駆けこめたとは、何という幸運でしょう」

「新しい年にだって、愛しい人」従姉妹は言った。「でも急がなくちゃ」マフをさぐってくしゃくしゃになった封筒を出すと、ジーモンのミトンに押しつけた。「それじゃね、ジーモン！」

「待ってください！」ジーモンは叫んでその前に立ちふさがった。「どこに住んでるかくらい教えてくれてもいいでしょう」

「残念だけどそれはだめ。パンティコーサにもめったに来ないし。あなたの症状はどう？」

返事も待たずに従姉妹は頬をキスのために差しだした。ジーモンが応じないでいると、毛皮で温まった薔薇色の人差し指でその鼻に軽く触れて、下の墓地に通じる刑吏人階段のほうに道を曲がった。

「気をつけてください！」背後からジーモンが叫んだ。「そこらじゅう氷が張ってますよ！」渦巻く雪が、柔らかな吸い取り紙のように従姉妹の姿を呑みこんだ。

「行きましょうよ」テアノがかれのマントの裾を引いた。

「いや、ほら！　また誰か来た」ジーモンの指す方を見ると、ぼんやりした人影が階段を上ってくる。

「こんばんは、ドクトル。ひどい冬ですね！　こんばんわ、テアノさん――このマスカレードであやうくあなたとはわからないところでした」

主席司祭の頬は赤い林檎のように輝いていた。

「ああ、あなたでしたか、司祭さま」ジーモンがあいさつした。他ならぬ司祭にスペイン語の上達を見せつけられてうれしかった。「そこで若い婦人と出会いませんでしたか」

「いいえ。でも司祭が若い女性を見逃すのはありがちです。もっとも今は別の女性が頭の中を巡っていますがね。わたしのソプラノ歌手です。かわいそうに風邪をひいてしまって、咳がひどくて――明日の新年ミサのソロ歌手だというのに……テアノさん、あなたは歌えますか」

「あたしが歌っても、聞きばえのするものにはなりませんわ」

「それは残念。得意なものは人それぞれですからね。結局セニョーラ・ルンプラーにやってもらうしかありませんな。ではよいお年を！」

主席司祭は雪をかきわけて司祭館に向かって去っていった。ジーモンは街灯の光で従妹にわたされた手紙をながめた。「ドクトル・ジーモン・アイベル様」と、突っ立った文字で書かれている。「アイ」の上で雪が溶け、ジーモンの親指めがけて薄い青が流れた。

「まあいいや」ジーモンは手紙をポケットに入れた。その腕の下にテアノが自分の腕をすべらせた。

「何て書いてあるの」

「わかるもんか、読まないうちから」

「ぶるぶる熊さん」珍しい気まぐれをおこして自分から雪で湿ったキスを唇に押しつけてきた。

「中身はきっとあとで教えてあげるよ」ジーモンは約束した。

「あなたの症状って、何のことだったのかしら」さらにテアノは聞いてきた。

「何でもない」ジーモンはいらだった。「問題はどこからあの女がそれを知ったかだ」

「何を？」

「なに、偏頭痛みたいなもんだ」ジーモンは口を閉じた。誰にもこの症状は漏らしていない。だが毎晩のようにそれは起きた。いきなり体重がなくなったような妙な感じがする。気をつけていないと、自分の体から抜け出しそうな気がする。家庭医学の本にそれはエピレプシーの初期症状と書いてあった。そのときは恐怖で真っ青になって、ある精神科医のところに駆け込んだ。医者は簡単に診察し寛大にほほえんだ。症状はそれからもたびたび出たが、口から泡も吹かず、絨毯を嚙んだり床を転げ回りたくもならなかったので、はじめに感じた恐怖は消えたものの、いまだに誰にも気取られないよう用心していた。

「偏頭痛は嫌なものね」テアノも相づちを打った。「あの馬鹿女ったら」

ダブロン屋敷の自室でジーモンは手紙を開けてみた。ノートからちぎったような白い紙に蜿《うね》くる字で、「ラ・イロンデル、エクス・アン・プロヴァンス（フランスの町。中世南仏文化の中心地）、一八三二年七月二十七日、ちょうど真夜中」と走り書きしてある。

あのチャーミングな謎の女が自分をからかっていることだけはわかるが、これはどういうことだろう。頭をひねってみてもわからない。大晦日のジョークなのかもしれない。だがよりによって自分がなぜそれに与《あず》かったのか。それは神のみぞ知るだ。これは大晦日の狐狩りゲームで、自称従姉妹が間抜けな外国人をあの廃墟でからかったついでに、手紙までよこしたに違いない。未経験の――したがって事情に通じないものを――好んで標的にするそんな狐狩りゲームが、何年か前から流行している。何か月ものあいだ参加者がヨーロッパ中を狩り歩く大規模な催しも珍しいものではなく、たとえば王室が二つ関わるときなど、新聞が熱心に追うこともある。高度に発達した観光産業は、血沸き肉躍る冒険はあらかじめ無くしてあって、旅行の楽しみをすっかり骨抜きにしてしまった。それが明らかになったとき、どこかの天才的な元旅行家が狐狩りゲームを発見した、というか再発明した。おまけにこれには遊戯の範囲を好みのままに定められるという利点があった。それが州あるいは国全体にさえ広がると、好んで宝探し《トレジャー・ハント》と呼ばれるようになったが、しょせんは同じものである。参加者がゴールに到達するためには、あちこちの場所であれこれの課題を解決せねばならない。ゴールで全員がふたたび集まり賞品が配分される。この手紙を受けとったことで、ジーモンは従姉妹に、新年豚（豚の顔をしたクッキー）かマルチパンでできたベニテングダケを追う狐狩りゲームの中で、次の課題を示す手がかりを与えたのかもしれない。ばかげた手紙もそれをほのめかしている。封筒に突っ込まれていたのは、見たところありあわせの紙だ。だがジーモンの症状が口にされたことは謎として残る。そこはまったくつじつまがあわない。

「で、一八三二年の七月二十七日って何なの」

「わからない」

ともかくテアノは狐狩りゲーム説を信じなかった。手紙を読んだあと、光にかざして匂いをかいだ。

「この匂いは」テアノは蔑《さげす》んだように言った。「香水ね……」

ジーモンも妙な匂いが紙片に残っていることを認めた。正体を探ろうと目を閉じて吸い込んだ。蜂蜜、乳香、オー・デ・コロン——常にないミクスチュアだ。

「月桂樹みたいだ。揉まれた月桂樹の葉……もみくちゃになった月桂——」

テアノは真っ青になってふらつくかれを見た。ジーモンは紙片をまだ鼻にあてたまま、何かつぶやき、酔っ払いのようなよろめく足どりで窓辺に向かった。転んだところをテアノがつかまえ、冬はストーブの近くに置いてある安楽椅子に引きずっていった。

「ジーモン、どうしたの、ジーモン」

ジーモンは深い溜息をついて額をなでた。

「それがさっき言ってた症状なの」

ジーモンは気弱なまなざしでテアノを見た。まるでそこにいることにはじめて気づいたようだった。

「紙片はどこにいった」

「そこの床の上よ。こんなものストーブに――」テアノは紙を拾って丸めた。

「やめろ！」ジーモンは飛びあがってその手から紙片を奪いとった。その小さな紙団子をていねいに広げて、書き物机の斜めになった表面で平らに伸ばし、それから用心深く折りたたみ、財布の紙幣ポケットに入れた。ジーモンの気が変になったと思ったテアノは、小型の読書台の後ろの窓の窪みに身を隠してそれを見ていた。だが今はまったく正常に戻っている。

「きっと紙の変な臭いで気分が悪くなったのね。サロメ伯母さんに嗅いでもらったらどう。そしたらきっとその悪臭が何か教えてくれるから」

「もし返すと約束してくれるなら、君にわたすよ」

テアノは約束し、指の先で手紙を受けとった。紙はごわごわしていて黄ばみ、文字は古びて褐色になっている。純白の封筒に書かれた文字は、反対にあざやかな藤紫色にかがやき、封筒そのものも近くの文房具屋で買ってきたばかりのように真新しかった。テアノは鼻に近づけすぎないように気をつけた。できるだけ早く厄介払いしたかった。

真夜中少し過ぎ、ジーモンは目が覚めた。右手で隣を探り、そういえば今日は一人きりで寝たのだと思った。空しさと気軽さの入り混じる快適でなくもない感覚が満ちてくる。肋骨のあいだを風がかすめ過ぎ、皮膚が朽ちた樹皮みたいに剝がれ落ちる気がする。脳の楔《くさび》がゆるんだように額の壁にぶつかり、鼻の付け根の内部から空豆大の角が押しつけられているようだ。外からの圧迫がそんな感覚を呼び起こすのかもしれない。半分開いた窓から吹き込む夜風が、澄んだ水のように肺に流れこみ、指が見えない手に取りつけられ、その触覚が扇のように広がって、家具や、カーテンや、鏡の冷たい面《おもて》や、白い壁を走り、通路を隠した絵画のキャンバスを叩き、額縁の渦巻模様とからみあう。それらもろとも、部屋全体が細かな根で編みこまれた。腹は万力を使ったように背骨にねじ止めされ、骨盤は開いたまま逆さになった雨傘のようにマットレスの上に置かれ、足指ははるか彼方の他人のもののように感じられ、それは脚とともにベッドや部屋を通り抜けて外の世界まで伸び、二本の細い透明な腸詰になって、月をめがけて昇っていくようだった。おまけに心臓は中華料理店の銅鑼《どら》のようにとどろき、口に安物の缶詰食品の金臭《かな》い味がひろがった。インフルエンザだろうか。いやそんなもんじゃない。ジーモンは淡く透き通った別の肉体を身中に感じた。包帯を巻かれ鮮やかに彩色されて木棺に収められたミイラが体の中に潜んでいるようだ。だがすぐに自分自身がその別の体なのに気がついた。体はそれとわからぬほど縮み、そのおかげでできたミイラの棺との隙間で体は揺れ動き、外殻をこすり、その孔を通して夜がにじみ入ってきた。いっぽう二番目の本物の体は蛍を千匹詰められたように燐光を放った。「なるほど」と今はすっかり落ち着いたジーモンは考えた。また例の症状が出たな。感覚と意識の手綱を短く持ち、夢を駆ける黒い馬を両腿でしっかりしめつけ、振り落とされてどこか知らないところに置き去りにされぬようにしなければ。ただ気になるのは、それが従姉妹と称するあの美しい獣の馬鹿げた言葉のせいかどうかだ。あの女が今ここにいたらどうしてくれよう。まずはしたたかにお仕置きだ。きっと可愛い尻をしてるだろう。だが最終的につきとめたいのは、この症状が何のせいかだ。マキリーの未亡人が僕にいらだったのはこのためだったのか――それからあの夜、道に立ちふさがった影絵師。ふん、変な奴が次々わいてくる。

そのときいきなりテアノが第三子を押し開けて、ちらつく蠟燭を手に、幽霊を追い払ってくれた。朝晩の遠征で風邪をひくといけないと心配した伯母からクリスマスプレゼントにもらった毛皮の裏がついたナイトガウンを着て、ベッドの足のほうの柵をのりこえて、ジーモンの広げた腕に沈みこんだ。触手でも繊毛でもない正真正銘の人間の腕がテアノの暖かい体を抱きしめた。

「眠れなかったの」テアノはささやき声で言った。「伯母さんはあの手紙を見てかんかんに怒った。そして言うには、なんて底抜けの厚かましさでしょう、こんなこれ見よがしなふるまいははじめてよ。どうやら伯母はあの人たちを知ってるみたいだけど、口にしたくはないらしくて、こうあなたに伝えてもらいたいって言ってたわ。まかり間違っても伯母さんにそのことを聞く気をおこさないようにって。そしてあなたは……」

テアノは伯母の冗談を思い出してくすくす笑った。

「何と？」

「……形而上の疑似《パラ》‐伯爵《グラーフ》なんだって」テアノのかれの耳をつねった。「わたしのパラ‐グラーフ！」

「フォ、フォ、写真《フォト》‐伯爵《グラーフ》」顔をしかめてジーモンが言った。「独創的でもなんでもない。二〇年からある駄洒落だ。手紙を返してくれないか」

「ガウンのポケットの中よ」テアノは起き上がって手紙を引っぱり出した。

「蠟燭を消しましょうか」

「おや、この手紙臭うぞ」

「大蒜《にんにく》よ。伯母さんが擦りこんだの」

「いわんこっちゃない、うかつに渡したりしたから」ジーモンはため息をついた。

「蠟燭を消してくれ」

朝食の席で男爵は無言で蠅叩きの形に折りたたまれた新聞をジーモンの前に音を立てて置いた。先週日曜の《クーリエ・デ・ピレネー》だった。

ジーモンが訳もわからず新聞をひねくりまわしていると、とうとう男爵が不機嫌な声をだした。

「君が良い大晦日を過ごしたのならいいが」

「ええ、ベッドで」嘘ではないにせよ疚《やま》しい気持ちでかれは答えた。「わたしからも明けましておめでとうございますと言わせてください」

「それはどうも」男爵は短く応じた。「そもそも君は新聞を読むのかね。わたしの知っている法律家は誰でも新聞を読んでいるが」

ジーモンは新聞をひろげた。

「そこだ。さっそく一面に載っている。読んでくれ――何度聞いても腹がたつ」

「(本紙特報) オーストリアでスコットランド敗北。ウィーン。オーストリア首府駐在員の伝えるところによれば、本年秋にスコットランドの気球が二体、いわゆるレオポルト山の斜面に漂着した。乗組員は当初カルパチアに熊狩りに向かうところと申し立てた」

ジーモンは男爵に目を走らせた。男爵は辛辣な笑みを浮かべて塩を玉子に振っている。

「しかるに携行していた各種書類より、これらスコットランド人は悪名高いマキリー家の者であり、目下国家反逆罪の嫌疑を受け国外逃亡中のエリアス・クロイツ－クヴェルハイム男爵の一味であることが判明した。いかなる意図をもって大量の武器を所持していたのかは、悪臭弾で熊狩りは困難である旨を審理中に検事が指摘してさえも黙秘を続けているゆえ、いまだ不明である。かれらは執行猶予付きで五年間の足踏み車の厳罰に処せられ、ただちに国外に追放された。見出された気球および軍需品は押収され帝国飛行船保管庫ないし民間軍需品倉庫および兵器庫に引き渡された。マキリー家首長はオーストリア皇帝に向け、オーストリア領空侵犯を正式に謝罪した」

ジーモンは新聞を降ろし、ふたたび男爵を見やった。

「ふん。それならストーブで燃やしてしまえ」男爵が命じた。「足踏み車を踏むマキリー！　百年の栄光を登りつめたあげくに待っていた頂上がこの悪趣味か。マキリー家のものが踏み車に、カワウソが閨房《ブドワール》に――。マキリーなら銃殺されるか、首縛りになるか、ギロチンにかかるか、もっといいのは首を斬られることだ。何人かは焼かれたり毒を盛られたりした。だがともかく何らかの手段で命を絶たれた。車踏みなんて、ありきたりの破産者みたいな刑には処せられなかった。書いてくれ――いや、自分で従兄弟ファーガスを慰める手紙を書こう。キリーキリクランク住民の荒れ狂う気持ちを――かれらはきっと荒れ狂っているだろう――なだめられるような魔法の言葉が見つかるかもしれない。ペンと紙を持ってこい。そしてインクもたっぷりと！」

ラ・イロンデル、エクス・アン・プロヴァンス――ジーモンはあの馬鹿げた紙片を何度となく思い浮かべた。詩聖ゲーテが没した年、一八三二年にそこで何かが起こったとするなら、それは何だろう。あのかなり個性的な女使者が、過去の深みから掬《すく》いあげて自分に伝えようと思ったほど重要なもののはずだ。一八三二年には皇室公証人モーリッツ・アイベルはおよそ四十五歳で、晩婚の虚弱な果実である息子アウレリアンは学齢にさえ達していなかった。のちにアウレリアン自身は相続《あいつづ》いた三度の結婚によって豊かな子宝にめぐまれたが、一八三二年当時にはアイベルの姓を有する者は――本来親戚筋ではないハインブルクの小売商とテューリンの靴下編み職人を数に入れなければ――アウレリアンとその父モーリッツしかいなかった。しかるに公証人も、その未成年の息子も、プロヴァンスにはおそらく何の関わりもない。ブトヴァイスの裕福なビール醸造家やパッサウの金細工師などの姻戚関係にしても、そろってオーストリア皇帝の忠実なる臣下ではあるが、今思い浮かぶかぎり、やはり関係なさそうだ。大蒜《にんにく》の臭いを消そうと窓枠に画鋲《がびょう》で留めた紙片は、どうひねくり回しても自分の先祖とはつながらない。狐狩りゲームの仮説はますます堅固になった。これほど頭をひねらせる謎めかしはおそらく狐狩りゲームマニアのファンタジーからしか生まれようがない。「ラ・イロンデル」はフランス語の「燕《つばめ》」だ。この言葉から浮かぶのは柱の細い白いヴィラ。それが地中海のオリーヴの森の中に建つ。「ちょうど真夜中《ミニュイ・プレシ》」――満月の光にヴィラは青ざめ、オリーヴの影は墨汁のように枯草にそそがれ、醜く凝固する幹は銀に、硬く尖った葉はブロンズに彩《いろど》られる。どこかでおそらく山羊の水飲み槽に使われるローマの石棺。ラヴェンダーの草原。バルコニーにいたる絹の梯子と魅力的な従姉妹、隣室でいびきをかく女家庭教師の服を着て、足を梯子の最上段に置いている。田舎風の四輪馬車《カレッシュ》に鼻息の荒い馬、こおろぎの声、そしてジーモンは黒いドミノ（仮装舞踏会用のコート）の姿で顔に覆面、帯にピストル。

　心地いいこの夢はテアノのためにもなった。ジーモンは優しくなり情熱も増した。たとえそれがマダム・サンプロッティの憂鬱な予言程度のものであっても喜んでいいはずだった。だがこの熱情は、ジーモンの心が別の女、すなわち大晦日の午後に出会って以来、地に呑まれたようにふたたび消えた怪しいあのオダリスク（ハーレムの女奴隷）に傾いている証拠ではないかという気もした。ジーモンはまことの恋人ではないかも、という微かなおそれと、さらに微かな嫉妬が秤の上で釣り合い、テアノの小さな舌はじっと動かず、かれのあいかわらず執拗な、文字どおり息を奪うキスを受け入れるのだった。

ジーモンはサロメ・サンプロッティと交わした話をしばしば思い返した。その言葉は炎を打つ濡れた布切れのようだった。炎は初め明るく燃えはじけ、威勢よくしゅうしゅう音をたてるが、そのうち小さく縮む。やがて布切れは黒ずんで役立たずになる。伯母が自分の耳に滴《したた》らせた毒は、炎が消えたときには忘れているだろう。ジーモンはそれが予感できた。

町長は御《おん》みずから、テルプエロ洞窟の釣魚許可申請が州知事に却下された旨を男爵に知らせに出かけた。ジーモンの案内で男爵の部屋に入ったとき、町長は謹厳な役人面《づら》をとりつくろい、よく磨かれた眼鏡を二つ重ねてかけていた。

「わたしも気質の上では保守的な人間で、したがって当然あなたの仲間です——わたしの職務が許すかぎり」ジーモンが扉を閉めてかれら二人きりにするとそんな声が聞こえた。

ほどなく扉がまた開く音が聞こえた。町長は職務を敢行し、別れの辞を述べた。

「いやしくも町長たる者にむかってあなたが投げかけた侮辱は、無理もない激情のおかげとはいえ、一個の人間としては耐えがたいものがあります。しかし忍ぶつもりでおります。どうか悪くとってくださいませんように。それではごきげんよう。男爵」

町長のたてる足音のひびきが階段から消えぬうちに、顔を赤らめた男爵が見るからに憤った様子でジーモンの部屋に飛び込んできた。

「あの豚ども、失敬千万にも申請を却下した！　あっさり断ってきた。意味もなく立入禁止の区域に、学問のためだというのに入らせない。だがわたしはみずからの行動に責任をとり、準備を始める。今から」男爵はチョッキのポケットから時計を引き出した。「十五時三十七分、水曜日。一週間後のこの時間、わたしはテルプエロ洞窟の中にいる。お歴々の気に召そうが召すまいが」

「何をしようというのです、男爵」

「今にわかる。とりあえずテルプエロ洞窟の底まで行って魚を見つける。今問題なのはより高いものだ。昔の解剖学者が死体盗人でなかったら、君の腹の盲腸さえまだ発見されてなかろう。しかも追放されて故郷を失ったわたしに、ささやかな密漁がいったい何だというのだ。心配するなドクトル。安心して俗物道徳という馬に乗っているがいい。君はパンティコーサでわたしの代理人になって、わたしの行方《ゆくえ》を聞く者には誰にであれ近所で釣りをしていると言ってくれ。これは嘘ではない。わたしはここらから遠くには行っていない。たんに手が届かないところにいるだけだ。君の良心もこれで休まろう。ペピはどこに行った」

続く何日かはあげて秘《ひそ》かな準備に費やされた。千里眼の老マダムにはとうに事情がわかっていて、歌う魚について何か予言してくれるかもしれませんとジーモンが訴えても――男爵はサロメ・サンプロッティにさえこの謀《はか》りごとを漏らさなかった。すべてを滅ぼすような視線を秘書に向けたのみで、引き続き近い将来に処理すべき通信を口述した。それをジーモンは男爵の不在時に清書して発送する。堅固とはいえないものの、これがアリバイの足しになることを男爵は期待した。

「われわれの失踪をどうやってマダム・サンプロッティやその関係者から隠すかは君にまかせる。あの人ならわたしを悪くとるまいし、わたしの立場もわかってくれよう。だが学術探検をテレパシーとかいう手品の材料にはしてほしくない。君もとうに気づいているだろうが、わたしはあの水母《くらげ》みたいな詮索の目を避けている——それにはわたしなりの理由がある。わたしの心をひっかき回して探ったなどとは、どんな詐欺師にも言わせたくない。他にどうしようもないときは、あの女にはわたしのことを全部あるがままに言ってもいい。あのゴシップ狂のコフラー・デ・ラップやその同類には、毒にも薬にもならぬことを言っておけばいい」

「魚のように黙っていましょう」

「魚は歌う。墓のように黙っておきたまえ」

次の水曜日、夜の白む前に、男爵とペピはリュックサックを背負い、釣り竿と銛《もり》を潜《ひそ》ませた筒を身につけ、勝手口から忍び出た。中庭でマダム・サンプロッティが待ちかまえていた。杖で身を支え、深緑の僧侶風の衣をまとった姿は尼さんのようだった。

「おはようございます、マダム・サンプロッティ」男爵は不承不承あいさつをした。

マダムはぞんざいに手を振って応じた。

「思いとどまるよう諫《いさ》めても無駄みたいね」

「わたしの決意は固いのです。どこからそれを……」

「男爵さん、わたしは千里眼の持ち主。まだ信じてくださらないの。せめてペピをここに残して、ドクトル・アイベルを連れていったらどう?」

「とんでもない」ペピが口をはさんだ。「わたしは男爵の召使です。命さえあればどこなりとも行きます」

「命がなければ?」マダムが静かに聞いた。

「わたしの命令だ」無愛想に男爵が言った。

「ならばよい旅を！　ペトリ・ハイル！」

「ペトリ・ダンク！　マダム・サンプロッティ」


二人は格子門を抜けて黒く濡れた広場に出た。そして労働者のような荷をもち、歩幅を合わせて、一本しかない街灯の照り返しで光る石畳を歩いた。ジーモンは窓から見送り、手を振ったが、かれらは振り返らなかった。サロメ・サンプロッティは中庭の中央で、二人が暗がりに消えるまで立っていた。それから壁龕《へきがん》に飾られた小さな聖画像の前に歩み寄り、ひとつ頷くと庭園に向かった。ジーモンは寒気がしてきた。パジャマに羽織《はお》ったドレッシング・ガウンの紐を締めて、またベッドに向かい、枕をベッドの端にやって姿勢を正し、パイプに少量ずつゆっくり煙草を詰めた。ノックもせずにテアノが扉から入ってきた。

「全部見てた」

「そうか」

「いっしょに行かないの」

「僕はここにいて、男爵やペピが遠くに行っていないふりをしなきゃならない。君も口を閉ざしといてくれ。今日はばかに早起きじゃないか」

「あなたのところに来たかったの。でも伯母さんが階段で音をたてていたから。廊下の窓から下の中庭をのぞいたら、伯母さんが男爵とペピと話してた。あの人たち、どこに行くつもりなの」

「男爵はあの洞窟で歌う魚をつかまえるつもりなんだ」ジーモンはそう説明して体を横に少しすべら

せた。「せっかくここに来たのに、寒いところで突っ立ってることはないだろう」

テアノはかれのそばに座って、毛布の端を体にかけた。

「なんだかご機嫌斜めね」

「許してくれ。別れが堪《こた》えている。ウィーンを出て以来これほど長く男爵と離れたことはなかった。もちろん近ごろの魚釣りは勘定に入れない。でも今度男爵が入る洞窟には、どんな危険が待ち構えているか神のみぞ知るだ」

「ドラゴンとか」

「くだらない冗談はよせ。洞窟では何が起きるかわからない。しかもよりによってテルプエロ洞窟！　あの洞窟に入った人には、今まで一人も会っていない――いやな予感がしてならない。ばかげた迷信かもしれないが。ともかくもっと早く男爵に注意してもよかったんだが、できなかった」

テアノはむっつりとナイトガウンのボタンをもてあそんでいる。

「君に当たるつもりはなかった。曲馬団のプリンセス！」


そのころ男爵とペピは、パンティコーサと山脈のあいだにある、巨大な三段の丸アイスクリームの前に残った大きなクラッペン（揚げパンの一種）みたいな形の丘をさまよっていた。経験を積んだハイカーの着実な足どりで、ざらついた雪がまだらに残る崖に沿って蜿《うね》くる石の多い道を歩み、せせらぐ小川に渡された朽ちた板の橋をいくつも渡り、眠そうな農夫が牧場に追いたてる牛の群れに出くわし、そして二時間の行軍の後、コフラーの庭師が生まれたイルキダ村に着いた。教会塔から鐘の音がわびしく聞こえる。司祭が僧衣をひるがえして二人のわきを走り、通り過ぎざまに新顔に驚きのまなざしを向け、すばやく祝福の言葉をおくった。霧はすでに晴れ、二人は痩せた土地を通りぬけて暗い森に入った。灰色の菌糸が絡みついた幹のあいまに、苔むした大きな岩塊があちこち転がっている。

道は狭まり、樅《もみ》の柔らかな針葉が敷きつめられた小径になった。二人はとどろく河を、嵐か水流で倒された樹々を伝って渡った。泥のこびりついたその根のかたまりは、咲き乱れている汚れた巨大な花のようにも見え、それにつかまれば幹の上に飛び移れそうな見せかけだけの確かな手がかりを提供している。少しすると樹はまばらになり、ごろごろした岩が目だってきて、錆びた有刺鉄線のように縺《もつ》れる葉が落ち棘だらけになった木苺《きいちご》の藪のあいだの、猟師や羊飼いが踏み均した跡をたどると、明るく開けた場所に出た。すでに昇った太陽の光が梢《こずえ》や崖錐《がいすい》を斜めに冷ややかに照らす裾地を、男爵とペピは進んだ。太陽が禿げた山肌を赧《あか》らめ、輝く雪原や緑にかぶる氷に矢のような光を差し、うす青い天をゆらめいて昇り、雲の帯をいくつか呑みこみ、二人の旅行者の影は竹馬のように細く長く斜面に落ちた。

昼の休憩は曲がりくねる松の木の下でとった。ペピが糧食袋からサンドイッチと鶏肉と赤ワインを取りだした。そして下の川辺から大きな萵苣《ちしゃ》の葉を摘んできて、その上にささやかな食物をおいしそうに盛りつけた。男爵はリュックサックから銀の小杯を出して半ばまでワインを注がせ、冷たい山水と混ぜた。お忍びの出発のあわただしさも、ここまで来るとなくなった。二人は下に広がる盛り上がった大地をふりかえった。細々とのびる小道、傍らに二軒の農家が淋しくすがりつく埃色の帯のどこかにパンティコーサがあって、ジーモンはいまごろ、テアノと無言の庭師が庭を掘り返すのを手伝っているか、それとも《歌う魚》でモカを飲む前に中央広場でコフラー・デ・ラップや町長と語らっているだろうか。男爵とペピはデザートにアルミニウム缶からレーズンをつまんだ。それから男爵はオリンピカを吹かした。これはオーストリア専売公社では極上の製品のひとつで、その何箱かはオーストリアからスコットランドに、スコットランドからスペインへ男爵のお供をしてきた。ペピはレバント（地中海東部沿岸地域）の港湾労働者の機敏さでシガレットを巻いた。

「地図に間違いなければ」男爵はマニキュアを塗った右手の人差し指の爪でピレネー山脈中央部の旅行者用地図を軽く叩いた。「あとせいぜい四キロ歩くと着くはずだ。ここにあるこれは《渓谷》の印だ。だからペピ、われわれの前には峡谷があるはずだ。あたりを見回すと実際に谷が狭まっている。この小さな黒い半円は《洞窟》を意味する。入口があまりややこしくなければいいが。着いたころにはくたくたに疲れているだろうから、洞窟の前にキャンプを張ろう。それじゃ行こうか」

　男爵は吸い殻に大きく弧を描かせて泡立つ小川に投げいれた。荷物をふたたび背負い、短い休息のあいだにペピが榛《はしばみ》の枝を伐って作った間に合わせの登山杖を握り、大きくゆるやかに揺れる振り子の調子でさらに昇った。

　人々がシエスタから覚め、ハンモックを揺らしてレモネードのグラスに手をのばすころ、二人は峡壁を前にしていた。垂直に切り立つ崖の合間《あいま》から水流が白い泡とともにほとばしり、行く手を阻《はば》む岩角にぶつかって荒々しく跳ね、底に小石の砕片が沈む岩壺で緑色に泡立ち、渦巻きあふれて、苔むす岩の斜面で幅広の帯となり、峡谷の終わる隘路《あいろ》で堰《せ》き止められていた。峡壁の一方には通路の名《なご》残り――細い梁《はり》と錆びた金具で岩に固定された朽ちた丸太――が掛かっている。頼り甲斐《がい》がさしてなさそうなこの道に、石灰がこびりついた灰色の粗いザイルが手で握れる高さに併行して走り、恐ろしい山の世界に入っていこうとする命知らずの登山家のための不安定に揺れる支えとなっている。剃刀刃《かみそりば》の密輪が盛んだったころ、ここはもっとも好まれた山越えの抜け道だったが、この悪行の抑止を目的とした布令で、スペイン王国の下層民にふさふさした髭が奨励されて以来、この道を利用するのは主に薬草採りだけになってしまった。二年前、パンティコーサの外国人登録簿に「ハル出身セニョール・フィネアス・バンブロディ」と記された熱心なイギリス人の登山家が、この恐ろしい峡谷に挑んでそのまま消息を絶ったという。

この障害を前にして勇敢な碩学もさすがに一瞬怯《ひる》んだと思うほど男爵の意志を過小評価する者は、熱心な魚類学者の中にはいるまい。確かに男爵は立ち止まり、吠えたける峡谷をしばらく凝然と見ていた――だがそれは、身に迫る危険を正確に見積もるためだった。そして身分をわきまえた召使の魂を少しでも知る者なら、灰色の顔をして男爵の隣りで岩にもたれるペピが、口を開けたカオスに率先して飛び込めるよう、男爵の合図を待ち構えていることを疑わないだろう。熟練したロッククライマーの判断と技倆で男爵が岩壁に取りつくと、ペピもすぐ後を追った。

凍りつく風が二人を打った。厄介なことに五十メートルほど進んだところで、湿ってつるつる滑る板張りの歩き道が途切れ、そこから先の次の安全な場所までの頼りは、ちぎれそうな支え綱だけになった。無言で男爵はリュックサックからザイルを取り出し、その両端をそれぞれ自分とペピの腰に巻きつけた。そして召使に、しっかり身を係留して今たどり着いた岩棚で待っているよう言いつけた。それから岩を一つ一つ握りしめ、靴底をでこぼこした岩壁に押しあて、深淵の上をゆっくりと進んだ。ふたたび確かな足場を見つけ、ザイルを鉄のハーケンにしっかり結びつけてからペピに来させた。渦が荒々しくまわりを巡るなか、説教壇のように突き出た場所で、二人は短い休息をとった。細い坂道はここで完全に途切れるが、たいそう危険なその切れ端はまだ続いている。すなわち河岸近くに激しい水威にもぎ離され押し流された鈍い岩塊があちこち流れから頭を出していて、互いの距離は一番離れていても跳べば移れそうなくらいだった。やがて二人は峡谷の端まで達した。滝の向こうに出れば今よりましな広い谷に出られそうだが、滝そのものが少しばかり難関だった。ペピはみずからの黒い家系にちらほら現われるカウボーイやインディアンの技を使い、ザイルを投げ縄代わりに使い、みごとにその輪を頭上に突き出た岩鼻にひっかけた。おかげでさほどの苦労もなく二人は上まで昇ることができた。

今かれらが底まで降りた擂鉢型の盆地はほぼ円形で、巨大な爆弾の落ちた跡のようだった。まわりの山や氷河から流れ落ちる水が集まって小さな湖をつくっている。水辺に痩せた樅が天火に焦がされたように骨格をさらしていた。その何本かは水に浸かり、腐って禿げた木切れが暗い鏡から突きでている。

「ついに来た」男爵はほっと息をついた。

そしてツァイスの双眼鏡を目にあてて「ところで洞窟はどこだ」と盆地の岩壁をあちこち探った。

「男爵、あそこから煙が」ペピが興奮の叫び声をあげて水辺の一点を指した。そのあたりの水面に白いヴェールがかかっている。

「煙じゃない、湯気だ。うまいぞ。テルプエロ洞窟の中で温泉が湧きでていて、湯の流れが冷たい湖に……ほら見ろ、ペピ!」

湯気の湧くところから遠くない岩壁のふもとに巨大な耳の穴が開いていた。耳たぶの上を細い水流が伝い川原石の中に消えている。

「あれに違いない。地図ともぴったり一致する。耳みたいな形をしてないか。もう一息だ」

予定より二時間遅れて岩の大きな耳介《じかい》の中の縁に登った。外の谷はすでに暗い影に満ちていた。日が暮れたのだ。男爵は何ともいえない香りを放つ温かい水流を、暗い穴まで入って調べた。懐中電灯で中を照らしたが、奥は見えなかった。山のどこまでも続く夜はさえぎるものもなく細い光を飲みこんだ。ペピがよく知られた旅行者の掛け声を中に向けてわめいても、こだまさえ返ってこない。地下への遠征は翌日にもちこされた。耳介の中の岩襞《いわひだ》のあいだに二人はテントを張った。ペピは石の中から枯れ枝を拾い集めて、心地よい焚火をおこし、折りたたみ式の三脚をその上にのせた。仕切りで二つに分かれた鍋――これはジーモンのアイデアで男爵がパンティコーサの板金細工職人に作らせたもので――ローズヒップティーを淹れながらソーセージの調理ができる。そのとき使ったテルプエロ洞窟から流れる水は、微かに匂うものの不快ではない香味を添えた。

　男爵は暖かい毛布の上で手足を伸ばし、爆ぜる炎のもとで日記をつけた。ときどき葉巻の火ごしに洞窟の入口を見やった。微かな歌声でも聞けはしないだろうか。枯れ木のたてる音にまじって大きな耳を満たして漂い漏れるのは、銀のように澄んだ響きだった。

「ペピ」男爵は声を抑えて、煮え湯からちょうどソーセージを釣りあげようとしていた召使を呼んだ。

「こっちに来てくれ。そして息を殺していろ」

　ペピは陶器のように白い目を回し、右の耳道を指でほじった。それから気持ちよく堪能できるように、特別な客だけに催された演奏会のときのように、姿勢を正し、玄人風に唇を尖《とが》らせ、膝を無音のドラムとして叩き、拍子に合わせて靴先を上下させた。

「なるほど《パルブル》」ペピは感心した。「これを歌ってるのが魚なら脱帽ものです。ラブウウ……テュテュ、タタティ――ブン。ヴェルディ裸足《はだし》ですね。でも魚にこんなメロディーが出せるとは思えません。中に誰かが入り込んで楽器を鳴らしてるんじゃありませんか。賭けるとするとオーボエですね」

「なぜチューバかツィターじゃいけないんだ。中に人がいて演奏しているなんて馬鹿げた空想だ。むしろわたしは心配なんだが、あれはたまたま起こった、洞窟を掠《かす》る風による、ちょっとメロディーみたいに聞こえる振動にすぎないんじゃないか」

「ええ男爵。広い空間にみごとな石筍《せきじゅん》が立ち並んでいて、そのパイプを風が演奏するなら、おあつらえの石筍オルガンになります。サーカス団にいたころポストイナ（スロヴェニアの町。鍾乳洞で有名）に行ったことがあります。そこにも似た場所があって、洞窟は『ブルックナー・ホール』と呼ばれていました。特別記念公演の夕べに、一座はセルビア王とその賓客のロシア皇帝のために公演しました。団長は五人の高名な火吹き男を、この一度だけの興行に照明係として雇い、石筍オルガンの背後にブラスバンドが並んで『タンホイザー』のメロディーを演奏したんです」

「ペピ、お前の話は今日は全然面白くない」男爵がさえぎった。「今は歌う魚を探しているのだから、石筍オルガンやエオリアンハープはまたにしてくれ。サーカスの話にも興味はまったくない」

「わかりました、男爵」

「音がやんだな」

焚火も燃え尽きて熾《おき》になった。ソーセージは煮詰まって破裂した。お茶は褐色の汁になった。だが人里を遠く離れた場所で男爵はうるさいことは言わなかった。カロリーを摂《と》ろうとふんだんに砂糖を入れ、ソーセージの裂傷には厚塗りのマスタードで絆創膏をあてがった。ソーセージの名人といえどもこれほど見事にはできまい。健康にいい粗挽き麦粉パンとレーズンの残りで簡素な晩餐はしめくくられた。

今より幸福だったころから、男爵はペピを供にして、何度となく無人の荒れ地に探検旅行を企てた。

そんなときはいつも装備とポーターにかなりの費用をかけた。ここテルプエロ洞窟を前にして、荒々しい山の孤独の中でひとつになり、協力して危険に立ち向かってようやく、主人と召使のあいだにおのずから存在する懸隔《けんかく》に、兄弟愛の橋がかけ渡された。黒人と白人、元猛獣飼育係と現男爵は肩を寄せあって洞窟の音に耳をすませた。かれらが探求する奇妙な生き物は本当に音を出した。男爵はついでのように機械的にソーセージを噛んでいた。山が沈黙し、かれらが疲れでうなだれると、男爵は暖かい毛布を、たちまち安らかないびきをかきだしたペピにかけてやった。

朝日の赤い金色の中でペピが用意した朝の強いコーヒーと、熱い石の上でトーストにした白パンのスライスを、かれらはオレンジジャムと旺盛な食欲とともに食べた。それから様子見のための最初の探検には不要な荷物を一まとめにして、宿営地に積み重ねた。ゴムの高長靴をズボンの上からはき、カーバイドランプをベルトに取りつけ、端にピッケルが揺れる巻きザイルを肩に通した。男爵はマグネシウムランプを入れた防水サックを、ペピは撮影装置を運んだ。

道はゆるやかな上りで、よい香りのする細流がきらめき蛇行して地を流れ、かれらを山の内奥に導いた。この通路は、間近の肉づきのいい丸瘤《まるこぶ》や、向こうのズック地のような襞のある石から男爵にはわかったが、浸蝕から典型的に生ずる現象だった。そこここで二人は背を屈《かが》めねばならなかったものの、何分か後には細い洞穴は広がって玉子形の空間になった。カーバイドランプであちこちを照らすと、そこはなめらかな水面と、やたらに穴のある——古代の巨人酪農家がつくったスイスチーズが石化したような穴のある——岩壁からなっていた。男爵はピッケルの柄で水中をつつき、水底《みなそこ》の細かな砂を掻きまわした。沼は膝ほどの深さで、危険もなさそうだ。男爵はすぐ決意してゴム高長靴で中に入った。玉子形に窪む水底をその中心まで歩くと、マッチでマグネシウムランプに点火して、穴だらけの楕円の空間に青くまばゆい光を氾濫させた。

「洞穴をひとつふたつ調べてみなくては」ゴム高長靴で水を跳ね返して後に続いたペピにランプを渡して、男爵が言った。「どれにしよう。向こうの上から水が滴っている。だからあそこに水源があるはずだ。この貧弱な水たまりには魚がいない――歌わない魚さえいないのは明らかだ」

水辺に群がるぶよぶよした洞《ほら》イモリを男爵は蔑みの目で見やった。

「男爵」ペピがあえぎ声を出した。「足元に骸骨があります」

「馬鹿な」ペピが怖ろしそうに見つめているところを男爵は掘り起こした。「ペピ！　万歳だ！　ペトリ・ハイル！　魚の骨だ。怖がらなくてもいい。こんなものはウィーンでも毎週のように散らばっている。だが何という魚だ。たいしたもんだ」男爵はモノクルをはめて、口髭の先が水に浸かるまで身をかがめた。「こんな魚は知らない。見たこともない。何ということだ」格子状の頑丈な骨で密に包まれた背骨が砂に半ば埋もれていた。それを男爵はピッケルの先でつついた。「まったく非凡な体構成だ。どうやら柄鰭《へいき》目（エイ・アンコウの類）らしいが――こんなものには全然覚えがない」

「とても小さな人魚の骨のようです」ペピが脱線を言い訳した。「ここはセイレーンたちが隠居するところではないでしょうか」

「あるいはむかし人魚と考えられていたもののだ」男爵が補った。「ドクトル・アイベルが何か月か前にすでにわたしに示唆した――それともあれはお喋りのコフラーだったか。ペピ、お前はいつの間にホメロスを読んだ。たいしたもんだ」

「ドイツ語で読んだにすぎません」召使が謙遜した。「サンプロッティさんが本を貸してくれました」

「そのことはまた後でくわしく話そう。マダム・サンプロッティのことも。セイレーンの話はそこまでだ」

穴の内部はほぼ円形をした岩の筒で、四つん這いになればなんとか入れるほどの広さだった。防水袋や巻いたロープやピッケルを後ろに引きずってかれらは進んだ。男爵はカーバイドランプの持ち手を口にくわえて這い進み、歯を食いしばって後から匍匐《ほふく》前進するペピを励ますように、ときおり何事かつぶやいた。二人の手探りする手の下でクラゲのように潰れる泥の音のほかは何も聞こえなかった。

「男爵」ペピがうめいた。

「うん、どうした」

「たいへん申し訳ありません。実は恐いんです」

「ちょっと待ってろ」男爵は身をよじって袋を手にとり、ランプのあいだからカノコソウエキスの入ったブリキの小瓶を取りだし、泥の中にぐったり横たわるペピにそれを押しやった。「一息にぐっと飲んで、瓶はわたしの袋に入れておいてくれ」

短い休息をとるとペピは回復し、かれらはさらに這いすすんだ。水はほのかに麝香草《じゃこうそう》や木犀草《もくせいそう》の香りがしたが、すでに慣れてしまっていたので、匂いがめっきり強くなり、あらためて意識されるようになってはじめて水源が近いことを知った。

「ほら、ペピ、とてもいい匂いがするぞ」ペピの気を晴らさせようと男爵は言った。

「ううん」ペピは疑わしそうに鼻をくんくんいわせた。

さらに体いくつか分だけ進むと、穴は目に見えて狭くなった。男爵は腹ばいになり、蛆虫のように身をくねらせて進んだ。すぐにこれ以上進めなくなった。目の前の筒には貯金箱の穴のような裂け目があり、そこからよい香りのする水が軟骨状の鉱泉沈殿物の上にしたたり落ちている。

「戻ろう、ペピ」男爵が命じた。「違う道を探さなければ。足を引っぱってくれ。はまりこんでしまった」

沼のある玉子形の洞窟へは、来たときよりいくぶん早く戻れた。泥にまみれ疲れはてて、二人はむやみやたらな匍匐前進の出発点まで来た。二人は穴の縁に座って高長靴を水に浸した。

震える手でペピが煙草を巻いていると、鐘が鳴りだし、空間にこだました。音楽家たちは目ざめ、ふたたび演奏をはじめた。チーズ穴の開いた壁のどこかの裏側から聞こえるものが本当に魚の歌なら、いくぶん負《ま》ければ、合唱と称してもかまうまい。歌声は二度目、そして三度目の鐘の音のあと、むしろ吹奏楽団にたとえられるものになった。フルート、オーボエ、ファゴット、ビューグル、ターテルト（龍の形をした木管楽器）がピアニシモで次々交代し、しまいにはクルムツィンク（コルネットの一種）と狩猟ホルンが高らかにひびいて指揮をとった。

「なんという美しさ、なんというすばらしさ」ペピが感きわまってすすり泣いた。煙草が手から水に落ち、かれはリズムにあわせてかすかに体を揺すった。

「でもどこから……いったいどこから」男爵が途方にくれてつぶやいた。頭上に突き出た岩角をつかんで身を持ち上げると、次の穴の前に立った。その下でペピもやはり立ちあがり、指揮者の動作でうっとりとこの地下の組曲を模倣した。メロディアスな楽器の波から真鍮の輝きをもつ澄んだトランペットのソロが聞こえ、曲の主題を繰り返し、高らかにスウィングし、目の回るようなトレモロが旋回し、それからティンパニの柔らかい打音、他の管楽器から一斉に出る不協和音の鼾《いびき》、トランペットの矢のような急降下がむずかる子の泣きわめきで結ばれ、短いファンファーレで終わった。

「今度はヴェルディじゃなかったですね」ひとりごとのようにペピがつぶやいた。

男爵は背後に開く穴に消えた。

何メートルか進むと道は蝸牛の殻のように湾曲し行き止まりになっていた。男爵は憤慨して穴の外に出た。

「この玉子形の洞窟は」ペピが考え考え言った。「オカリナの内部のような感じです。風が穴を通って音を出すことは可能でしょうか」

「黙れ阿呆鳥《あほうどり》」男爵は当て推量を止めさせた。「いつから風がメロディーを吹けるようになった。もちろん魚だってふだんは歌わない。だが命のない自然よりはまだ想定しやすい。そうだろう」

「その通りです、男爵」

ザイルとハーケンを使って二人はあの穴からこの穴へと登り、そろそろ探索をあきらめかけたころ、まだ調べていない穴に移ろうと目立たない出っ張りを迂回すると、その陰に自然にできた広い門があって、そこから芳《かぐわ》しい水の香りがひときわ強く吹きつけてきた。男爵はくしゃみしたい激しい欲求にかられた。ハンカチを鼻にあててくしゃみを抑えながら二人は先を急いだ。すでに水のはねる音がはっきり聞こえる。

「きっとこれだ！」男爵は喜びの声をあげ、大股の足どりで通りやすいトンネルを突き進んだ。やがてランプの光の反射が、かすかに渦を巻く水面に閃いて躍り、そこに広がっているのは地下の湖だった。

興奮で瘧《おこり》のように震えながらも、男爵は二つ目のマグネシウムのトーチに点火した。鞭の一打ちを受けたように、奇怪な形の影の群れが後ずさり、湖を縁どる石筍の乳白色の森のうしろに隠れた。はるか頭上に、霧めいた灰色にぼやけて巨大な丸天井が広がっている。湖がどれほど大きいのかは見極めがたかった。左手にあるどっしりとした石筍の束が視界をさえぎっていたからだ。

「ここがコンサートホールでなければ、髭を剃り落として髪を緑に染めてもいい！」男爵は狂喜してランプを振り回し、影は荒々しく歪《いびつ》にゆがんだ。――湖の中で何かが動いた。

「魚だ」感に堪《た》えたように男爵はつぶやき、水辺に突進した。岩の崩れたところから身を乗り出すと、扇状の波が見えた。一目散に岸辺から離れる黒いものの航跡だ。ついにはそれは暗い水と闇とひとつになり、そのあとも小さな波が、もっとも外縁の石筍のふもとにかすかに打ち寄せていた。しまったと思いながら男爵は、右手にかまえ、身を反らせて投げようとしていた短い銛を下ろし、靴で湿った砂をがりがりと水飲み場の前で焦《じ》れた馬のように掻いた。そのうちトーチは燃え尽きた。男爵は銛を矢筒に差すと、おぼつかなくよろめく夢遊病者の足どりで、ゆっくりとペピの方に戻った。ペピは折りたたんだ釣り椅子を腹の前で握りしめて主人を見つめた。

「魚でしたか」

「ああ、魚だった」

二人はセイレーンのこと、ホメロスのこと、オデュッセウスが仲間の耳に詰めた蠟の耳栓のことを考えた。細く白い石筍が、かれらのいる足場から船のマストのようにひょろひょろと地下世界の岩天井に向かって伸びるのを目でとらえると、男爵は嬉しそうに笑ってペピの肩を叩いた。

「撮影の用意をしよう」

挑発的に突き出た目を持つ三本脚の蜘蛛が、いつでも使えるようにすぐ据えられた。角張った本体からゴムの細い腸がうねり伸び、その先に小さな球体が垂れている。この球体を握りしめると、器械のシャッターが開き、背面に差し込まれた臭化銀を塗ったプレートが光を浴びる。その光は今は少量の純粋マグネシウムの塊として小さな皿に盛られている。「運がよければ、これは魚たちの家族アルバムの中で一番奇妙な写真になるぞ！」自慢げに男爵は言った。

魔法のような音楽はペピをふたたび奮い立たせ、石筍で縁どられた広い湖と、尖った柱で支えられた巨大なドームで有頂天になったかれを抑制するのはこの独特の眺めの崇高さだけだった。「人が歌うところでは、安心してくつろげます」ペピはうわごとのようにつぶやいた。「むかし仕えた団長は、テントを張る前にいつもそう言っていました。椅子を持ってこさせて、舞台の真ん中になるだろうところに座り、アリアを歌います。なにしろもとオペラ歌手でしたから」ペピは陽気に今聞いたばかりの音曲のライトモチーフを口笛で吹いた。これが洞窟の外なら男爵の前ではとてもできなかったろう。

だが男爵もペピの浮かれぐあいを無作法とも思わず、それどころかに柔《にこ》やかな笑みを浮かべて聞き入っていた。まるで香りゆたかな霧が無鉄砲な洞窟探検家たちを酔わせて、前夜に兆《きざ》した山男の友情が、他のものとともにテルプエロ洞窟に薫《か》るスミレの香に触れて熟したかのようだった。

「ペピ、そのメロディーを記譜できるかい」男爵が聞いた。

共にいた長い年月のうち、忠実なムーア人に男爵がいわば知的な頼み事をしたのはこれがはじめてだった。「たとえうまく魚をつかまえられたとしても、大きさを考えれば、生きたまま洞窟の外に運ぶのは難しかろう。もしその奇妙な歌について、何らかの記録があればとても貴重なんだが。近似的でもないよりはましだ」

「近似というと……」

「つまり何らかのよりどころだ」

「お安い御用です、男爵。採譜ならまかしておいてください。ヨーロッパに来る前は、耳から入った音楽や思いついたメロディーをそのまま歌えました。サーカスではマダム・サンプロッティのお父さんは一座のコックでしたが、その人から楽譜の読み方を教えてもらったんです。歌ったあと何も残らないんじゃしょうがないと言って」

「それはすごいぞ、ペピ」男爵は紙と、それから水中でも書けるペンを腰のポケットから探した。ペピは地面にしゃがみこみ、撮影器の予備乾板を入れた荷を下敷き代わりにして、舌を歯のあいだで噛みながら、きれいな五線譜を引いた。

「急がなくてもいい。なるだけ正確にたのむ」そう言って男爵はカーバイドランプを近寄せた。「といっても今できることはあまりない。歌がまたはじまるのを静かに待つばかりだ。トーチの光が歌い手を驚かせなければいいが。もっとも光のないところで生活しているのだから、目はないか、あるいは鈍感な視覚神経しかないと思う。しかしこれほどすばらしく歌える魚が繊細な音感を持ってないとしたらそちらのほうが不思議だ。だからペピ、耳を澄ませ！　終わったら湖のまわりを一巡りしてみよう」

ペピは音の連なりでありさえすれば、どんなに複雑であろうと、少しのあいだは、あらゆる装飾音やテンポの変化、表現や音の強弱や楽器編成も含めて聴覚記憶に保存しておけた。新鮮なまま刻まれた音のパターンを常用の記号に置きかえ、手慣れた仕草で黒や白のおたまじゃくしを五線に描き、短い棒を立てて、一つあるいはいくつもの旗をつけ、開いた弧で勢いよくつなぎ、拍子の区切りに縦線を引き、かくて一度限りの魚の演奏も、後でいつでも再現できる形になった。隣にしゃがみこんだ男爵は、煙草をふかしながら、五線をペピに先立って引いてやった。オルガンのパートを仕上げるか仕上げないうちに、音楽が新しくはじまった。チューバがおごそかに唸り、続いて一群のクラリネットが震え、サキソフォン二本が牛の声めいて鳴き交わし、葦笛《あしぶえ》が高く鳴いた。やがてオルガンのとどろく和音が小楽器の優美な活動を圧して響きわたった。

　男爵は水辺に沿って、ランプの発する光を輝く槍のように前に掲げて走った。息を切らせ、密集する石筍のすきまを縫い、つかのま光る晶洞に足を取られつつ、縁が結晶化し脆く鋭い織物状になった生温い塩水の溜まりを跳ね散らかし、砂の柔らかい波を踏みわけて進んだ。どの方角から音が来るのか、今ははっきりとわかる。ペピも筆記具を投げ出して、男爵を追って駆けだした。湖の縁で男爵は石筍のひとつにぶつかり、酔っぱらいのようにそれを抱きしめた。

「男爵、どうか、どうか待ってください」背後でペピがあえいだ。

　だが男爵は白い柱を、五月柱《メイポール》のようによじのぼった。ペピも猿の機敏さで後に続いた。二人は今、マストの水夫のように、カーバイドランプの光が躍る水面に身を乗りだしていた。片手で身をしっかり支え、男爵は三つ目のマグネシウムトーチを燃えあがらせた。

　二人の眼下、三十メートルほど離れた湖上に、洞穴や島やおびただしい鍾乳石（石筍とは違い上から垂れ下がるもの）や石筍のあいだを泳ぐものがあった！　濡れた触覚毛に縁どられた大きな口、その前に張りきった喉袋の根元をさまざまに色を変えながら膨らませて、車座になって水面から身をもたげている。その真ん中に、鯨《くじら》の大きな口に似た何かがあくびをしている。その喉袋は中央だけは他のもののようにつるつる輝いているが、周囲には象の膚《はだ》のような罅《ひび》や襞《ひだ》があり、見るからに恐ろしいその口からオルガンの音が他の歌い手を圧してとどろくとき、襞はアコーディオンのふいごのように広がったり縮んだりしている。

「あれだ……！」男爵は演奏する怪物だけを見ていて、自分を含めた他のものをすべて忘れた。石筍から手を放し、夢中になってオーケストラの指揮者に手を振った。それは鼠の尾のように無毛な薄緑色の長い触角をちろちろと上下に振って拍子をとり、残りの参加者を指揮している。男爵はなお一、二秒バランスを保っていたが、やがて下に滑り落ちた。懸垂の五回分ほど男爵の体が下に動いたとき、ペピは手を広げ、背中を男爵のいる石筍に、足を近くの鍾乳石に押しつけて一瞬それにブレーキをかけた。男爵の靴がかれの右肩をかすめ、もう片方は踵《かかと》で縮れ毛の頭蓋を打った。大きな叫び声をあげてペピが男爵より先に落ち、最初に地に達した。衝突の鈍い音がした。十八メートルの高さから、一六六ポンドの体重と自由落下が与える勢いで、男爵は不運なムーア人にぶつかった。数分のあいだ男爵は意識を失っていた。

ふたたびわれに返ると、あたりは真の闇だった。ランプが墜落で砕けたのだ。すぐ前から気味の悪いいびきと水の跳ねる音が聞こえる。左足がひどく痛んだが、なんとか横に転がって救急袋からマッチ箱を取りだせた。苦労して上体を起こし、男爵はマッチをすった。

血も凍るような眺めが現われた。かたわらにペピが動かずに横たわっている。だがその正面、せいぜい十歩しか離れていないところ、岸の斜面に、巨大な魚が乗り上げている。化け物はすでに半身が陸にあり、てらてらして皺が寄った皮膚は、巨大な図体の上で弛《たる》み、脇腹からだらしなく垂れている。青い静脈の網目が走る粘《ねば》ついた薄い喉袋は位置がずれ、大きく開いた下顎から灰黄色の恐ろしい歯並びが剝きだしになっている。肉づきのいい上唇が厚ぼったいカーテンのように垂れ、腕ほども太い牙がそこから湾曲して突き出ている。ピンクの鼻は滑稽なほど小さく、剛《こわ》い髭の草叢《くさむら》に吐き捨てたラズベリーのボンボンを思わせ、その左右にある窪んだ目は何も見ていないようだ。その巨大な頭に耳はなく、代わりに紫色の耳介の形をしたものがこめかみから頭頂にかけてもじゃもじゃと生え、神経質な震えがその縁を縮れさせている。ひときわ気味の悪いのは顎から伸びた湿ったガラス状の蝸牛の角で、それで盲者の杖のように川原石の上をあちこち探っている。

柔らかな粒々《つぶつぶ》で赤く縁どられたものの隅々まで、吐き気をもよおす粘《ねば》ついた涎《よだれ》の最後の一滴にいたるまで、すべてが、指のマッチが燃えつきるまでに、男爵の目に刻みこまれた。赤い燃えがらは低い呪いの言葉とともに投げ捨てられた。闇の中を石筍を手探りしながら歩き、手がすべって転んではまた立ちあがった。脇には銛をはさんでいた。急いで新しいマッチを擦り、まだベルトに三本あったマグネシウムトーチの一本に点火した。怪物音楽家は苦悶でうめき、ぴちゃぴちゃと音をたてて、ほぼ全身を水面から現わした。幅広の尾が暴れ回り水を跳ね散らかしている。

このときはじめて、このゴルゴーンのただならぬ全貌を男爵の目はとらえた。驚愕と幻滅の声が大きく口をついて出た。

「哺乳類だ！　哺乳類！　ただの哺乳類！」

この言葉に獣の頭部にある紫の耳介の動きは活発になり、色を緑に変えた。獣は憤ってうなり、上唇をずらせて牙を剝きだした。だが同時に何歩か後にさがった。

「哺乳類！　臭いにおいのセイウチだ！」男爵は声のかぎりにわめいた。

怪物は耳介を縮めて黄色いクロッカスの萼《がく》の形にし、哀れっぽく唸ると、また水に没した。男爵は銛を投げつけた。水が泡立ち、怪物は沈んだ。岸から離れていく渦が、それが遠ざかりつつあることを示していた。

男爵はペピの上にかがみこんだ。

「ペピ、大丈夫か?」

ペピは答えなかった。

「ペピ?」

不意に恐怖に襲われて、男爵は膝を落とし、ペピの上衣とシャツを開き、黒い胸に耳をあてがった。心臓は打っていなかった。

「ああ、ペピ! 何だってお前を連れてきたんだろう」

ペピは死んでいた。

男爵はまぶたを閉ざしてやり、腕を組ませた。それから身を起こして、ぱちぱちいうトーチランプの光の中で短く祈りを唱えた。

「お前が善い人間だったことを天は知っておられる、愛しい忠実なペピ! お前はもう苦しむことはない、勇敢な者よ! お前ならきっと、歌うセイウチ、あの呪わしい哺乳類でも満足しただろう。わたしのペピ! もういないペピ! 哀れなエチオピアの皇帝! お前をわたしの模範にしよう!」

男爵の全身は震えていた。死んだ召使のわきに腰を下ろし、それから拳《こぶし》をまるめ湖に挑みかかった。

「ペピ、どうすればお前にふさわしい墓をここにつくってやれよう」

悲しげに男爵は首を振った。そのとき不意に、洞窟セイウチが引きあげたあとの静けさのなか、天井の鍾乳石の先端から、滴《しずく》がぽたり、ぽたり、ぽたりと落ち、真下の石筍を円錐砂糖のかたちに、兄弟じみた対《つい》として育てている。「ペピ」男爵が呼びかけた。「わたしの偉大な先祖たちの誰も、わたしの忠実な黒人の従者より、現世の遺骸をよく保存してあると誇ることはできまい。お前は永遠にここで、白い石の中で、皇帝にふさわしい記念碑の中で安らぐことになる。偉大なメネリクといえどこれほど永く眠りはすまい」

左足は刺すように痛んだが、なんとか死者をどっしりした石筍の藪までひきずっていけた。そのかたわらにちょうど新しい石筍ができかかっている。注意深く男爵はペピを濡れた鈍い円錐にのせた。間近のトーチのまばゆい光に照らされて、はじめの一滴が短く刈った羊毛のような頭に音もなく落ちるのを男爵は待った。この場所は湖からかなり離れ、水面よりかなり高いので、音楽好きの怪物に煩わされることもなく、石灰化されて持ちこたえられるだろうと男爵は思った。

念のために男爵は死者のぐるりに石と結晶を積み重ねて低い壁をつくった。それから涙に潤んだ目で別れのあいさつをした。ペピのリュックサックを取りあげ、すでに滴のぬれた跡が額と鼻すじに流れている死体に最後に頷き、膝の上で畳まれた手のあいだにデュカート金貨を一枚置いた。

「船賃だ、ペピ。渡し守《カロン》に聞かれたらファーストクラスを求めるがいい。神さまがお前の魂に慈悲を垂れますように」

撮影器を組み立てた場所を見つけるのには少し手間どった。あの化物を乾板に定着させたらどうだろう。そんな考えが頭をよぎった。海棲哺乳類学者へのまたとない土産《みやげ》になるだろう。決心のつかぬまま男爵は三脚の下に残っている缶や箱の小山をひっかきまわした。だが左足がそれとわかるほど腫れてきた。撮影器具はそのまま残した。もはや用がないものだし、いまさら使いたいとも思わない。海棲哺乳類学者が自分でシャッターを切ればいい。

大湖《おおみずうみ》から玉子形の広間へ抜ける道を、亀裂だらけの洞窟の壁から見つけるのは、休憩場所を探すよりも一段と難しかった。おまけに片足がだんだん邪魔になってきた。おまけに何度も迷い、道は隣の洞窟に出たり、数メートル先で行き止まりになったり、あるいは急に降下して竪穴《たてあな》になったりした。石を投げこんでも音がしないからおそらく底なしなのだろう。痛みばかりか眠気まで身を苛《さいな》んでくる。疲労した目の前で石筍と結晶がダンスを踊りはじめた。湖だけが磁力のような心騒がせる静けさを保っている。地面の岩肌がシーソーのように上下に揺れだした。トーチはもうかなり乏しくなった。ほとんど偶然のように男爵は抜け道によろめき入り、穴だらけの玉子まで体をひきずり、沼の縁で崩れ落ちた。湖でセイウチがスケルツォを練習しているのを聞きながら男爵の意識は薄れていった。

寒気で歯を鳴らしながら男爵は目ざめた。四つん這いで、最後には腹だけで、血を流し擦り傷だらけになりながらも、石の耳までたどりつけた。うめき声をあげて朝ペピがきちんと折りたたんだ毛布の上に倒れ、熱で震える手で救急箱をリュックサックから取りだし、小瓶からキニーネ錠剤を二錠取りだし、香りのする水で飲みくだした。また横になって、枕がわりになるものを探っていると、ペピの防水袋に手があたった。苦痛と倦怠と発熱で感覚を麻痺させながら洞窟からひきずってきたものだ。中で紙ががさがさと鳴った。セイウチ交響曲のオルガンのパートだった。

「お前の最期の形見だ」男爵は小声で言って、泥がこびりつき、鋭い岩角で引き裂かれた上衣の内ポケットにそれを押しこんだ。苦痛に満ちた試みののち、左足の靴を脱いで、腫《は》れて血の流れる踝《くるぶし》をかたわらを走る細流に入れた。生温かい水が心地よかった。

男爵がいかに峡谷を抜けて外の世界に戻ったのか、誰も知るものはない。男爵自身も茫《ぼう》とした記憶しかなく、覚えているのは、何度もつまづき転び這いずったこと、凍える岩場の夜、茨とナイフのように鋭い草、それから真っ白な髭で頭が禿げた毛皮服の男だけだった。服にはとても見えない青い布切れにおおわれ、掻き傷だらけで半死半生の男爵を峡谷の前で拾いあげた羊飼いは、「セニョール・バンブロディにやられなさった」とつぶやいて十字を切った。消息を断ったイギリス人登山家の幽霊が生暖かい春の宵には尾根を越え罪もない旅人を襲うと、ここらでは言い伝えられていた。

熱に浮かされて魚やセイウチについて譫言《うわごと》を言う男爵を羊飼いは自分の小屋まで運んだ。五人の子供たちは、父親の背中に捜しに行った迷子の羊のかわりに人がおぶさっているのを見て、口を大きく開けて低い扉の両側に並んだ。父親は悪意のない呪いの言葉で子供たちを追いやり、ふだんは女房といっしょに寝ている粗末なベッドにそっと男爵を横たえた。

羊飼いの女房が病人の世話をした。おとなしく寝ているかと思えば譫言を言いながら荒れ、のたうって鵞鳥のような声を出し、貧しい田舎者には理解できない言葉でどなり散らした。そこで薬草を煎じた茶を飲ませ、特製の土と樹脂の湿布を傷ついた足にあてがった。そのうちいきなり起きあがったと思うと、ごくふつうのスペイン語でここはどこかとたずねた。だが看病していた女房や子供が答える間もなく、また恐ろしい夢に呑みこまれ、叫び声をあげ、意味のない歌をおぼつかなく歌い、ティーカップを看護人に投げ、粗末な毛布にくるまってすすり泣いた。

このよそ者は死にかけている、と思わざるをえなかった羊飼いは、長子を村の司祭に遣わせた。司祭は分別があり慎重な男だった。必要な道具を用意するついでに、パンティコーサの市に買い物に出かける家政婦に医者を呼ぶよう言いつけた。

遠くの羊飼いの小屋で何かの災難にあった浮浪者の診療に呼ばれていると聞いた医者は、何か無愛想なことをつぶやいたが、それでも馬に鞍を乗せ、その尻に家政婦を座らせて出発した。村からは赤い鼻の小僧が案内役になった。医者は病人のベッドの前で司祭と顔をあわせた。

このよそ者にキリスト教徒としての死を迎えさせようとした司祭だったが、これは人間の手が施せる最後の務めではない、と希望の言葉を漏らした。そして病人が嵌めている精妙に刻まれた紋章入り指輪を医者に見せた。それは高貴な顔立ちとあいまって、この男が平民ではないこと、最悪の場合でも発狂したサン・セバスティアンのホテル業者であることを示していた。男爵は指輪をめったに嵌めず、いつもは革袋に入れて鍵のかかる書類箱に入れておいたから、それを見ても個人識別の手掛かりにはならなかったが、医者は長年の経験から病気がもたらす外見の歪みを熟知しており、おかげでこの青ざめて髭の伸びた男が誰なのかすぐにわかった。

「この人なら知ってますぞ、司祭さま」司祭は小さな窓の縁にもたれて、職業柄あまり好意をもたない目で世俗的な同僚を眺めていた。「あのオーストリア人ですよ。半年前に気球で舞い降りてきたクロイツ何とかという男爵です――われわれ天晴れな田舎スノッブどもには天からの贈り物で――魔女ばあさんのダブロン屋敷に住んでいる方です。何だってこんなところにいるんでしょうね。ともかく秘書のほうはのんびりとパンティコーサをあちこち散歩してますよ。もしそばで見物していたいなら、わたしはいやとは言えません。あなたはもう永遠の至福を推挙したかも知れませんが、その注文をキャンセルできないかどうかやってみましょう」

「だからそのためにあんたを呼んだんだよ、ドクトル」

「そりゃどうもご親切に。感謝します。これからあなたを少し憤慨させるかもしれませんから、あらかじめおわびを申しておきます。情けないことにわたしはパンティコーサの性根の曲がった奴らになじみすぎてましてね、司祭さま、聖水の小瓶と乳香の壺をもった幼稚園の先生さま。そいつらに比べりゃここの連中は正直です。いやはや、これみよがしな指輪があるのにね。この方なら金を使うところには使うでしょうから、請求書にはそれも考慮にいれておきましょう。どうしてパンティコーサでなく、こんな辺鄙な村に赴任したんです」

「肺だよ」

「なるほど」職業的な関心からわき見をしたあと、医者は上衣を脱ぎ、袖をまくりあげて、毛布を剝いだ。そして羊飼いの女房に吠えついた。

「阿呆みたいに突っ立ってるんじゃない。熱い湯をもってこい。この人は汚れ放題じゃないか」

次に膨らんだ革ケースを開けて、きらきらする道具のなかから聴診器をとりだし、診察をはじめた。だが脚を一瞥すると飛びあがって厨房に駆けこんだ。そこでは女房がかまどの前に立ち、薬缶の下の火を掻き起こしていた。

「このとんちき、なぜもっと早く呼ばなかった」医者が怒鳴った。「敗血症を起こしてる。オーストリアの男爵を肥《こや》しの湿布で直せると思ったのか?」

司祭は出て行こうとした。

「匂いにがまんできないんですか、司祭さま」医師がたずねた。「青い血を見るというまたとない機会を、まさか逃しはしないでしょうね」

「ドクトル」司祭は固い表情で言った。「こう見えてもわたしはサンタ・マウラ公爵の末子ですぞ。青い血が見たくなったら自分で洗面器に吐いてみせましょう。わたしをここから追い払うものがあるなら、それはこの哀れな患者の匂いではなく、あんたの口から匂う共和主義者のツンとくる悪臭ですわい」

二人のこうした衝突はこれが初めてではなかったし、今までと同様、どちらもそれを楽しんでいた。司祭は頭《こうべ》を高く掲げて、安らかな心で部屋の外に出た。医者が最善を尽くすと信じていたからだ――ひたすら自分を憤慨させるために。

「いつからこの人はここに寝ているんだね」湯の入った椀を捧げ、とまどった笑みを浮かべて戸口に立つ羊飼いに向けて医師がたずねた。

「十日前からです、先生。峡谷のところで見つけたんです」

「この人が死んだら、それはお前らのせいだぞ。前からさんざん説教してるだろう。誰かが病気になったらすぐ町の医者に行けと。蜘蛛の巣とか蛙の柔らか煮なんぞを使うのは医者が匙を投げてからでいい。わかったか」

「はい、先生」羊飼いはきまり悪そうに小声で言った。「あの人をひどく殴ったのは、きっとセニョール・バンブロディです」

「いいからもう行け」

それから医師は湿気を吸ってふくらんだ窓を勢いよく開けて新鮮な空気と明かりを入れ、患者の上にかがみこんだ。

男爵は生死の境をさまよっていた。医師はペニシリンの注射を打ち、女房に粉薬の入った小箱をわたし、一時間おきに一服ずつ病人の口に入れるよう言った。それから脚に塗る膏薬を持っていかせるために羊飼いの長男を連れていった。

「秘書にも伝えておきましょう」小屋の前でかれを待っていた司祭に、医師はそう約束した。

ジーモンは呑気な日々を過ごしていた。男爵が出発した翌日からパンティコーサに春が来た。故郷でなじんだものよりずっと激しく暖かかった。辛辣な嘲弄と熱烈な好意のあいだをふたたび揺らぎだしたテアノを連れていくこともあれば、一人で愛らしい近郊の散歩の範囲をひろげ、あらゆる鉱泉を飲んだり水浴びをしたりもした。のちにそれらの化学成分を多大の興味をもって公立図書館の浩瀚な分析カタログで調べてもみた。自分が水を得た魚のように感じられた。だがこのありふれたたとえによって、男爵とペピのことを思い出すたび、かれの気分はいっとき沈んだ。丸々一週間かそれ以上留守にするかもしれないと男爵は言いおいて行ったものの、三日、四日、五日、そしていまや十二日間も、二人が山のふもとか内部かを這い回っていると思うと心は休まらなかった。

ジーモンは一度だけサロメ・サンプロッティから二人の密漁者の運命を聞き出そうとした。だがこの老予言者は例の内心をうかがわせない表情で、すべてはなるようにしかならないと、ピュティアのようなお告げを垂れるだけだった。男爵の借りた三部屋にたった一人でいるのを見て、マダム・サンプロッティは親切にも、晩はテアノと自分のところで過ごすよう勧め、晩餐を共にするようにさせた。それに対してジーモンが渡したわずかな金額は、食費を賄うに十分なものだった。献立が粗挽き麦粉パンと生野菜と温《ぬる》いミルク以外のことはまれだったからだ。テアノは自分の部屋でこっそりスペインの黒い細葉巻《シガリロ》をふかし、ときどき強い粕《かす》取り酒を一杯ひっかけた。ジーモンのダイエットは効果をあらわし、十二日もたつと心が重くなった分だけ体は軽くなった。

いわば合法的なこの夜の会合は、ジーモンのテアノへの関係には有益に働かなかった。十時ころ伯母がつつましく欠伸したあと、別々の方向に別れた二人が、十五分後にまたどちらかのベッドで再会すると考えるとなぜか気まずい思いがした。伯母が刺繍枠を手に座り、罪深い恋人たちに説教するような独り言を続けているあいだ、テアノは不機嫌にペーパーバックの小説を読んでいた。

ジーモンのほうは熱心に聞いていた。サロメ・サンプロッティの言葉はとくに自分に向けられているのではないかと思った。とりとめのないように思えた演説は、すぐわかったが、はっきり構成された教義に区分けされていた。ジーモンが赤い糸（一貫する主題の意）をつかみとったと感じるや、マダムはかれをさらに深い弁証法的迷宮へ導いていった。それを聞きながらジーモンは、無意識のうちに、製図板にこみいった幻想的な図形を点々で描いていた。だが翌日、ジーモンがこのキメラを見ると、これを描いているときマダムの話した一言一言が頭に浮かび、ふだんはむしろ凡庸な絵しか描けない自分の、迂遠だがとても意味の深いアレゴリーではないかと思った。

男爵と召使が出発してから四日目、サロメ・サンプロッティは朝食のあとでジーモンに地味なお守り《アミュレット》を贈って驚かせた。郵便配達夫がマダムに届けた固く縛られ封印された小包の中身がそのお守りだった。「このメダイヨンを身につけていておくれ」マダムは率直に言った。とまどったジーモンが黄灰色をした金属の小片を裏返すと、奇妙なルーン文字がいくつか彫ってあった。

「これは何ですか」かれは疑わしげに聞いた。「つまり、どんな効能があるんですか」

「あんたを護ってくれるものだよ」

幽霊や神秘に弱いジーモンの性格を、サロメ・サンプロッティの託宣は助長し、理性の声をくぐもらせ、かれの固辞は時間稼ぎにしか聞こえなくなった。

「正直に言うと、こういうものにはあまり関わりたくないんです。紐をつけて、首から下げればいいんですか。それとも臍《へそ》のまわりに巻けと」

「首から下げたほうが楽だね」

「この文字はどういう意味でしょう」

「これを作った人は、どういう材料からお守りが構成されているのか、どんな条件のもとで作られたか、そして何に使えるのかをそれで示しているの。うかつに人を信じないのは感心だけど、この場合はぜんぜん間違いだよ。こんなお守りの目的と効き目は簡単に説明できる。この中で融けあわされた金属と鉱物は、肉体を構成する他の物質と変わりはないけれど、果物の芯のように放射域の中心にある。波長はわたしが提供したデータにしたがってあなたに合わせてある。このお守りを胸につけていれば、今後のあなたの発展にいちばん重要な器官、とりわけ横隔膜が放射圏内に入る。もちろんこうしたお守りの放射で、それとわかるほど肉体に変化は起きない。これは一種の触媒で、これを身につけているだけである過程が促進され、別の過程が阻害される。このささやかな贈り物を受けとってもらえればとてもうれしいんだけどね」

あらかじめ開けてある小穴に緑の絹紐を通してから、マダムはお守りをジーモンに渡した。ジーモンは儀礼的に感謝した。そして紐を首にかけ、金属の小片をネクタイの裏、シャツの中にすべらせた。胸に冷たい感触があった。


早くも次の夜に起こったことを、ジーモンは——少なくともあとで思い返したときには——お守りと関連づけた。それが正しかろうと間違っていようと、あの症状は——ふたたび現われたあの秘密の症状は――亢進した。

その晩は早くから床《とこ》についていた。翌朝早くにアルーナへ遠出を企てていたからだ。実に面白いですよとコフラーがすすめた場所だ。房をなす柳の枝の向こうに月が高く昇り、猫がいないので増えた鼠の一匹がストーブのそばで何か齧る音をたてている。その晩は夏かと思うばかりに生暖かく、物音も聞こえなかったから、窓は開けてあった。ジーモンはパジャマを着て毛布に横たわり、パイプをもう一吹かしして眠気の訪れを待っていた。

とつぜん体がゆっくりと浮くのが感じられた。最初は何ミリメートルかだった。マットレスを圧《お》す一ツァントナー半（約七五キログラム）の体重はみるみる軽くなった。弾みのあるスプリングと馬の毛はまだ体を押していたが、ほどなく肩甲骨とシーツは離ればなれになって、涼しい空気が背に入りこんだ。次に脚が、とうとう腰までが浮いた。今はふわふわとベッドの上を漂っている。とくに力をいれなくとも、体はまた水平にのび、それを揺さぶる波はジーモンをますます高く運んでいった。波頭《なみがしら》が背骨に打ちよせるのがはっきり感じられた。この浮遊状態にはまぎれもない快感があり、いま自分はとてつもなく貴重な体験をしていると意識された。

あとから考えると、この事態は過去の症状――自分自身からの離脱、肉体の放棄――でいくぶん予告されていたようでもあった。幸い今それが成就し完結した。そのときかれから抜けでたと思《おぼ》しいものが何であれ、この未知のものは今や肉体も道連れにしている。祝祭の気分だ。重力への荘重な勝利だ。ジーモンはこの軽やかな高みから祝福を授け、慈悲を施し、信者に応えなければと考えた。

真鍮のシャンデリアからベッドの真上に伸びた枝のひとつを爪先が掠《かす》るばかりになったとき、テアノが部屋に現われた。

「あらジーモン、そんなとこで何やってるの？」

もっともな当惑から投げかけられたこの問いで、謎の現象はいきなり途切れた。鈍い音とともにジーモンはベッドに落ちた。その下で金属のスプリングが二本音をたてて支えから外れ、シーツを通して仙骨に当たった。ジーモンは起きあがり、とまどった目を声のほうに向けた。

だがテアノは黙って部屋を走り出た。

サロメ・サンプロッティの書斎はまだ灯りがついていて、マダム自身は星が刺繍された絹のナイトガウンをはおり、彫刻で飾られた金箔貼りの安楽椅子に鎮座していた。テアノは歯を鳴らしながらその前に立った。

「あ――あの人飛んでたの」つかえながらそう言うと、開いている扉をノックしたジーモンを指した。

「あらそうなの」伯母はあわてもせずに答えた。「まあお入りなさい、ドクトル。姪の啓発的な報告を聞いたからには、もっと詳しい話をあなたから聞きたいの。本当にあなた、空中浮揚《レヴィテーション》を体験したの」

「空中浮揚！」ジーモンが安堵の声をあげた。「ええ、まさにそれです。今までうまい言葉が出てこなかった。本当に空中浮揚かはわかりません。高名な予言者サロメ・サンプロッティさんの教えをうかがいたいと思います」

「この前の仕返しね」マダムは軽く頷いた。「あなたはわたしから巣立ったのよ、ジーモン。あなたが今晩やらかしたことは、もう原因も結果もないものなの。もちろんあなたが飛んだことも突きとめられるわ、でもどうやったの？　つまり、何をしたの？」

「僕が？　何も」

「誓える？」

「なぜ嘘をつかなきゃならないんです。いきなり体が軽くなったと思ったら、ベッドの上に浮かんでいて、そこにテアノが入ってきたんです」

サロメ・サンプロッティはふたたび頷き、安楽椅子のかたわらのテーブルから、握りこぶしくらいの切子細工の水晶球を取りあげ、何か考えているふうに一方の手から別の手にゆっくり滑らせた。

「なるほど」自分だけに語りかけるようにマダムはささやいた。「ヒアシンスはかわいそうに、目を丸くするでしょうね。これは学んで得られるもんじゃない。元々の形が大きいほど、磨きが細かになるほど、積み重ねた経験が豊かで多いほど、突破の可能性も大きくなる。まったく不公平ね」

「不公平ですって」

マダムはテアノの手首をつかんで振った。

「この馬鹿娘」マダムは叱った。「殿方の部屋に何の用があったの――しかもナイトガウンで。人が浮かんでいるベッドに何の用があったの」

テアノの痩せた顔は真っ赤になった。そして透ける下着から裸の爪先まで無言で目をすべらせた。

「サンプロッティさん――」ジーモンが割ってはいった。

「黙ってて」サンプロッティが言葉を断ち切った。「姪を連れていってくださらない。本来いるべきところ、自分のベッドまで。そしてぐっすりお眠りなさい」

「どのみち伯母さんは全部知ってるんだわ」今度はテアノが叫びだした。「全部知ってたのよ、全部！」

マダムは早足で窓辺に向かい、重々しい赤葡萄酒色の天鵞絨のカーテンを勢いよく開けた。まだ葉をつけていないプラタナスの枝に明かりが落ちた。枝のあいだから夜の黒い地色《じいろ》に星が宝石のように輝いている。

「予言者は恐ろしいほど多くのことを知っているんだよ、わが子や」マダムが優しく言った。「それなのにできることはあまりに少ない。許しておくれ。でも何もかもを黙って受け入れるのは易しいことじゃない。あんたのジーモンが眠るまでのあいだ手を握っていてくれるだろう」

「運命から逃れられる可能性は全然ないのですか」むっとしてジーモンがたずねた。

「ないのよ。あるのは不可能性だけ」マダムは肩をすくめた。「よりによってあなたがそれを聞くなんてね」

アルーナの参詣聖堂（巡礼者が詣でる教会）「われらが時間の主《ヌエストロ・セニョール・レイ・デル・ティエンポ》」はパンティコーサ近郊ではもっとも愛される巡礼地のひとつだ。この教会は奇跡を起こす聖像を囲んで建てられたもので、時計の文字盤を表わす光輪の内に描かれた主の復活の聖像は、十五世紀半ばよりサンティアゴ・デ・コンポステラへの巡礼の途上で、とりわけ学者たちが好んで訪れる場所になっていた。一風変わったこの聖地はアルーナの民がかなりの昔から時間と独特の関係にあることをうかがわせる。十七世紀のはじめ、アルーナの機械工で哲学者でもあったアルティード・ビアナは、当時の習慣にならって一メートルほどもある長い表題を持つ書物を刊行した。それはのちに十九世紀が二十世紀に変わるころ『同一性と同時性』という題で知られるようになり、アルバート・アインシュタインが相対性理論を生む刺激となった。

アルティード・ビアナは今にいたるまでアルーナで著作を公にしたただひとりの人物だ。アルーナの民はおそらくその深遠な考察をろくに理解できなかったろうが、ビアナの本が印刷さえされたことに仰天し、村長を通じて一六二三年の初版を全部買い占めさせた。行方知れずになった何冊かを別にすれば、それは今でもアルーナに揃っているし、何軒かの家では三、四部の初版本が蔵されている。ビアナの著作はアルーナでは単に「本」と呼ばれ、素朴な農夫や手工業者や宿屋の主人はそれを聖書のように崇める。義務教育の導入によってそれは実際に読まれさえして、村の学校でアルファベットを叩きこまれた子供たちは、祝祭日には家長のきびしい目のもとで、『同一性と同時性』を一語一語たどたどしく読むのだった。もちろん一文たりとも理解できる者はいない。なにしろビアナは当時の気難しい学者の常としてラテン語で書いていたから。

　しかしビアナから何世代かのち、当時の主任司祭が一番大衆に理解しやすそうな章「時計論《デ・ホーロ》について《ロギイス》」をスペイン語に翻訳するというすばらしいアイデアを思いついた。アルーナが有名な観光地になり、ひいてはジーモンまでも訪れることになったのはひとえにこの司祭のおかげであった。素人も理解できる形になったその発想は実直なアルーナの民を魅了した。すなわち世界には二つとして正確に同じ時間を示す二つの時計は存在しない。日時計すら厳密には影を違う位置に落とす。同時にアルーナの民は一歩進んだ次のビアナの主張も疑わなかった。可能なかぎり多くの時計の示す時刻の平均値こそが——もちろん求めようもないものだが——正しい時刻なのである。

　アルーナの民はいまやこの理論的考究を無私の喜びだけでは満足せず、さらに進んで、時計の不正確性というビアナの命題を実現しようとした。すなわち理論的に正しい時間を実際にとらえようと試みた。すでにアルティード・ビアナの存命中から甥のマヌエル・ビアナがあらゆる種類の時計を集めていたが、この奇想は時計の章が翻訳されてほどなく、アルーナの民に熱狂といえるほどひろまった。ウルヘルの司教が牧書（司教が管轄下の司祭等に送る書簡）「永遠ハ未ダ無シ《アエテルニタース・ノーンドウム》」で、それ自体は無害なこの偏執に反対し、迷える羊たちに永遠の意義を説こうとしたが効果はなかった。アルーナにはほとんどすべてが時計からなる家がある。無数の日時計の棒が棘の森として家の正面をおおっている。壁のあちこちの窪みに時計が嵌まっている。いたるところで水時計の滴りが聞こえる。火時計が暗い部屋でちらついている。あらゆる庭の柱を砂時計が飾り、そこに薔薇や豆の蔓が絡みついている。狂信的な時計収集家は屋根の上にさえ風時計をそなえつけ、それはきわだって不正確であった。

村の中央の小高いところにその参詣聖堂はあった。すらりと高い塔は巨大な日時計の針に使われ、タイルに文字盤が刻まれた北と東のテラスはただそのためにだけ作られたもので、彼方にはグアノコ峡谷とピレネー山脈のすばらしい眺めが望まれた。教会塔の影はアルーナ標準時となり、村の生活はそれに応じて行なわれていた。

村民は自分たちの好みの奇妙さをほとんど意識していなかった。かれらは牛や山羊を牧場に追い、痩せた地を耕し、南の傾斜地に栽培した葡萄で酸いワインを作り、夜は早く寝て日曜はミサに行く。目を引くのはせいぜい、庭で花や野菜の世話をする農婦が砂時計をすばやく握ってひっくり返したり、裸足の少年が大きな桶を持ち息を切らしながら水時計に向かう眺めくらいのものだった。一家のあるじは晩餐が終わると、巨大な鍵束を手に邸内を一巡してあちこちの時計のねじを巻き、それらの時刻の不一致を見てひそかに喜ぶ。アルーナの時計は動いているということだけが大事で、近似的にでも正しい時刻を指しているかはどうでもよかった。どのみちそれはアルティード・ビアナが不可能と証明したことなのだから。

外国人の往来が盛んだった「世界大旅行」時代、スペイン王国旅行省の発行したパンフレットの一冊には、山と積まれた時計に囲まれたアルーナの農婦がリトグラフで表紙に描かれ、それは旅行に関連するあらゆる部署や補助部門に置かれていた。物見高い人たちの洪水がアルーナに押しよせた。そのころ村の参事会員はラー・ショー・ド・フォンにある高名な時計工場に貨車何車両分もの郭公《かつこう》時計を発注した。一時間ごとに郭公が現われる小さな窓の鎧戸《よろいど》にアルーナの名がブロンズ色の筆記体で優美に描かれた時計は飛ぶように売れた。時計工場と村は大いに潤い、おかげでアルーナには街灯と最新式の消火ポンプと遊園地が備わった。

やがてあるドイツの絵入り雑誌がこの驚くべき小村を取りあげると、村人たちは養老院の建設にとりかかった。残念なことに高齢者が急増したときにはまだ骨組しか仕上がっておらず、それ以降、選挙キャンペーンの格好の対象となっている。それにもかかわらず、アルーナのたいていの者は、思う存分自分たちの趣味に浸れるようになって満足していた。巡礼者は以前と変わらず副収入をもたらした。狐狩りゲームを行なう者は大回りしてこの場所を避けた。以前アルーナから時計を一つ失敬したとみなされた者が殴られ半殺しにされたからだ。

ジーモンのように遠足や散歩に訪れるものを、アルーナの民は巡礼者と同じ範疇に入れ、みずからは一歩後に引いて好きなようにさせる。どんな巡礼地であれ、その慈悲の直接の放射圏内で暮らす者は、訪問者をそう遇する。この分類はおおざっぱではあるが、まったく不当でもない。というのも、そうした訪問者はもの静かで礼儀正しい態度ゆえ、旅行者《ツーリスト》と間違えられることはなかったし、聖地に敬意を表することも怠らなかったからだ。そのうえかれらは尊重もされた。というのも巡礼者とは違って、比較的出費のかさむ食事代を弁当で倹約したりはせず、食料品店で購入するか、あるいはたくさんある料理屋から選んで入るからだ。

ジーモンは空腹を教会前にある少しみすぼらしい《オ・チックタック・エスパニョル》ホテルで満たした。色あせた日傘の下に座って悲しそうな顔の男に給仕させながら、昨晩の事件を思い返した。装置も物理トリックもなしに空を飛んで、次の日に何の感慨もない者はいない。脂身が多いばかりか固くもある羊肉をゆっくり嚙んでいると瞑想に誘われた。

飛行が楽しいのは間違いないが、それは飛ぶ者が自分の意志で行なっていると主張できるときにかぎる。そしてサロメ・サンプロッティもほのめかしたとおり、まさにそれが厄介なところだった。ジーモンは飛行が自分のせいとはあまり思えなかったし、おまけに罪の意識も感じていた。というのは、他のすべての人たち——男爵、ペピ、サロメ・サンプロッティ、テアノ、それにパンティコーサとアルーナの住民が、かれを盲目の運命に保護されている者として特別な目で見ているのは確かだと思ったからだ。そう、もし自分がこの贈り物にふさわしい人間であったなら！　過酷な訓練の結果として一センチメートルまた一センチメートルと床との距離を勝ちとったものなら！　テアノの介入で起きた墜落は少しも気にならなかった。自分を上に引き上げる一本の髪の毛さえ見つかれば、それより先のすべてのことは、単に練習次第で可能になる。それが自分でも驚くほどはっきりわかった。だがいかに誠意を尽くそうとも、飛行の初歩を他人に理解させることはできまい。若いころ読んだ旅行記に隠者が何年もの断食と祈禱によって一、二メートル宙に浮かんだとの報告があった。それも全力を尽くした結果で、情けないほどわずかな時間だったという。自分も気をつけないといけないとテアノの介入は教えてくれた。だがどれほど高く飛ぶか、どれほど長く飛ぶか、そもそも飛ぶか飛ばないかはまったく自分次第だ。だが「なぜ」は謎のまま残っている。ただそうなっているとしかいえない。可能性の全貌は今もって見えない。とつぜん何かをなくしたような気持になった。悲しげな顔の給仕はとまどったように頭を振った。客が高額紙幣を自分の手に握らせるや、あいさつもなしに教会のほうに駆けだしたからだ。

教会に巡礼者はひとりもいなかった。寺男は何メートルもある羽根ぼうきを手に、左の側廊をゆっくりと歩いて祭壇の埃をはらっていた。はじめは顔をしかめて不平をこぼしていた寺男も、ジーモンがいくぶんかの喜捨とともに丁重に頼むと表情をやわらげ、聖画像のある納骨堂の扉を開けてくれた。

納骨堂は丸太のような無骨な柱で支えられた地下のドームで、古びた乳香のにおいがした。無骨な金箔貼りの祭壇の雲の上に、キリストが文字盤に囲まれて祀《まつ》られている。卓上には野の花を挿したマーマレードのガラス瓶が所在なさげに三脚の銀のランプ台のあいだに置かれてある。地下を領する冷ややかな静けさは息苦しくなるくらいで、固い足のせ台の上に膝をついて無言で祈りを唱えながらもジーモンは静けさの圧力を心臓に感じた。そこで暑くもないのに上着の前を開いた。

地上に出る背後の階段と前方の祭壇とのあいだ、正確にドームの中央に、蓋のないローマ式石棺が据えられていた。パンティコーサ近くの泉にあるジーモンが見慣れた家畜用水槽にそれはかなり似ていた。だがここでは別の用途があった。石棺の中の奉納物は手の幅ほどさらに埋まれば縁にとどくほど満杯で、おもにさまざまな年代や型の懐中時計からなっていたが、それ以外に銀でできた太陽や惑星もあった。時計に半ば埋もれた小型の精巧なアストロラーベさえある。敬虔な供物を不心得者の手から守る目のつんだ網ごしに、心乱れてジーモンはそれらをながめた。

やがてジーモンはとても奇妙なことをした。その意味は長いあいだわからなかった。自分も何かを石棺に寄与せずにはここを立ち去れないという確信が不意に起こったのだった。最初は自分の時計で試してみた。だが網が細かすぎて通せなかった。石に取りつけられた錠前を外してもらうために寺男か司祭を呼ぶのもためらわれた。かれは上衣の内ポケットから紙入れを出し、すっかり虫干ししたのにまだ大蒜がほのかに匂う、美しい従姉妹からもらった紙片——「ラ・イロンデル、エクス・アン・プロヴァンス、一八三二年七月二十七日、ちょうど真夜中」——を丸めて網ごしに中に落とした。金エナメルの女持ちの時計とサッカー審判用の精密クロノメーターのあいだに落ちたその紙片を見ると、たちまち後悔を感じた。気分を害したあまり、主の前に跪くのをあやうく忘れるところだった。まだ教会前にいるうちに従姉妹の伝言を手帳に書き留めておいた。万一プロヴァンスに行ったときのために。

悲歌《エレジー》の心持ちで、生のはかなさと存在の意味について思いにふけりながら家路をたどっていると、側道に分岐するところで黒い手が指を伸ばしてテラギタを指す標識が目に入った。もちろんジーモンはこの有名な石灰玉子の焼き窯に立ち寄る機会を逃さなかった。

よく舗装された通路の角を曲がると、コリント式円柱を模した洒落《しゃれ》た煙突に迎えられた。葉状装飾《アカンサス》にあたるところから黄土色の煙雲が昇っている。支配人みずからが興味深げな外国人に製法を順を追って説明してくれた。何キロメートルか離れた石切り場を望遠鏡で見せ、攪拌機械、塑像作業場、焼き窯と来て最後は自慢の展示ホールで、そこにはとりわけうまくいった作品が並べられてあった。見せられた石灰玉子は本物と紛《まご》うばかりで、オランダの片田舎ボーケルダムで雌の白色レグホンがそこから石灰の雛を孵《かえ》したがすぐに死んだという話を、ジーモンは喜んで信じた。しきりに微笑んで揉み手をしている支配人からお土産として、《テラギタ・オリジナル》の石灰玉子を買い、豪奢にビロードを張ったレザーケースに入ったこの芸術品を、ためしにサロメ・サンプロッティの鶏の下に押し込んでみようと考えた。

きれいに包まれて左手で揺れる玉子の素朴な完璧さは、つかのま損なわれていた人間と将来への信頼を回復させた。神の創造は美しく限りがない。だが人間はそれを自己の支配下におく。石灰でできた小さな玉子はその戦いのシンボル、いまだ道は遠いが確実な勝利のシンボルである。男爵や共に戦う者たちの高邁な目標、奇跡の技術、崇高な芸術――すべてがこの玉子のなかにある。石灰玉子の概念に帰着できる。どんな鶏もその尻でこの玉子を冒瀆できまい。

ダブロン屋敷の中庭に入ると、テアノが走り寄ってきて、町と療養所の医者から直々にもたらされた知らせを伝えた。イルキダ村から遠くない羊飼いの小屋で男爵が重傷を負っているという。

「何ということだ。それでペピは?」

テアノは肩をすくめた。目に涙があふれていた。「わたしは知らないの。伯母さんが言うには亡くなったんだって。体はあの恐ろしい洞窟の中にあって、善人だったから魂は天に召されたんだって。ねえジーモン、どうしてこんなことが! 予言の力がありながら、こんなことをどうして止められなかったの」

「君だって見たろう。伯母さんが止めようとしたところを――この中庭で、男爵たちが出発する前に」

「でも遅すぎたわ。もしもっと早く……」

「おそらく早くしようとしてもできないんだ。間に合うことはないんだ。あの人が昨日言ったことが本当になった。するとペピは死んだのか」

「伯母さんの予言が今度も当たったと思ってるの」

「ペピは死んでしまった」ジーモンは唇を噛んだ。男だったので濡れて輝くものが頬に跡をつけるのを恥ずかしく思った。「ここではあいつが僕のただひとりの友だちだった。男爵は尊敬している。だがペピは……いっしょに医者のところまで行ってくれるかい」

医者は処方箋のつづりを一枚ちぎって、羊飼いの小屋に行く道筋と目標になるものを描いて見せた。そこで数日前から男爵が意識のないまま熱と戦っているという。

「そして大きな樅の樹のところで左に曲がる。五十メートルほど行けばもう小屋が見える。男爵がまだ生きていることを祈ろう。もし生きていたらこの薬を一服ずつ二時間おきに飲ませてやってくれ」

医者はジーモンに地図と紫色の粒が入った封をされたガラス瓶を手渡し、次の朝自分でも様子を見に行くと言ってから、黒い安楽椅子に怯えてうずくまっている頬の膨らんだ患者にまた向きなおった。

「どこか馬を借りられるところを知ってるかい」医師の玄関扉の前で、ジーモンは連れにたずねた。

「ええ、肉屋さんのところで。でも今出発すると着くのは深夜になるでしょうね。召使の人を貸してくれるか伯母さんに聞いてみるわ。あの人ならここらへんをよく知っているもの。以前は密猟者だったの」

もちろん伯母はこころよく許してくれ、半時間後にジーモンと無言の召使は暮れかけた中を並んで進んだ。召使は手に医者の紙片を持ち、目印の箇所に来るたびに満足そうにうなっていたが、そのうち道を間違えてどうしようもなくなったのに気づいた。身振りでジーモンに伝えるには、暗くなったので医者の地図から意味のあることが読みとれなくなったという。ジーモンはどんなふうに医者が道を描いたか思い出そうとしたが無意味な行為だった。思い浮かんだものはあたりの景色に全然対応していなかったからだ。村を通る回り道を教えてくれなかった実直な医者にいらだった。そちらのほうがきっとわかりやすかったろうに。そのうち道案内の十字架像が目に入った。ジーモンは馬をそちらに走らせ、マッチのちらつく小さな炎で消えかけた文字を順に照らそうとした。文字の痕跡は朽ちた木の扉に食い入っている。

「モ－ロ－ン－パ－ス－ト、モロンパスト」かれは一字ごとに声に出した。「グ－エ－ラ。サ－ル－タ－レ－ス。わが友よ、お前が物を言えないのはしかたないとして、おまけに馬鹿でもあるらしいな」

最初に見つかった灯りのほうに行ってみると、それはマロニエの丸太に貼られた聖母像の前で心細げに燃える小さな蠟燭だった。ジーモンは帽子をとり、この地の信心深さを示す証《あかし》に敬意を表した。

「ここらには少なくとも人は住んでいるらしい」かれはため息をついた。

ほどなく暗い丘から眠そうな「メエエ」という声が聞こえた。動物の声には違いなかったが、ジーモンは手綱を引き締め、斜面のほうに耳を澄ませた。

「おうい」

憤った吠え声がそれに応えた。真っ黒な毛のかたまりが突進してきた。馬はおびえて棹《さお》立ちになった。

「誰だ」

「二人の迷子です」ジーモンが答えた。

偶然は実人生では小説よりひんぱんに起こる。このときも藪の背後に座っていたのは男爵の伏す家の羊飼いだった。夜と山を自分の小屋よりよく知っている羊飼いにとって、この出会いはさほど驚くものではなかった。

「ついてきてください、セニョール」羊飼いはていねいに頼み、ジーモンの馬の手綱をとり、先立ってそれを引いていった。

闇の中から小屋が黒い結晶のように浮かびでた。羊飼いはジーモンに馬を降りるよううながし、それから扉を叩いた。足をひきずる音が近づき、閂が外され、寝間着姿の女房が裸足でかれらの前に立った。

「あっちへ行ってろ」羊飼いは命じ、ランタンを女房から取りあげた。「入ってください、旦那方」

そう言うとジーモンと召使の先に立ち、子供たちの静かで規則正しい寝息に満ちた厨房を通りぬけ、穴だらけのカーテンを押しやって二人を病人の部屋に案内した。

ランプの光が男爵の顔を照らすと、ゆっくりとその瞼《まぶた》が開いた。

「ジーモン」男爵がうめいた。

「喋っている」羊飼いは驚いた。

「もっと近くに寄ってくれ、ジーモン」男爵がささやいた。

ジーモンは男爵の哀れな様子に心を痛めながら、ベッドのかたわらに膝をついた。

「ペピは死んだ」

「ええ、男爵」

「わたしも死にかけている」

「そんなことはありません。あなたにさしあげるものがあります――先生から」ジーモンはポケットからガラス瓶をとりだし、封を切って、中身を手のひらに一粒振り落とした。「水をコップ一杯持ってきてくれ」と、手持ちぶさたにそばに立っている召使に命じた。「男爵、これが飲めますか」

男爵は無言で唇を開き、ジーモンが薬をのせられるよう、色を失った舌を突きだした。それから頭を起こしてコップの水を飲んだ。やせ衰えた首に瘤《こぶ》のように喉仏《のどぼとけ》が大きく動いた。男爵はまた目を閉じて枕に頭をのせた。

「また薬を飲む時間になったら起こします」ジーモンが言った。

男爵はわずかに頷いた。ジーモンは召使のほうをふりかえった。

「お前はどうする。明るくなるまでここにいるか、それとも今すぐ馬で帰るかい」

召使はうつろで暗い目をして、マントに身をくるめて窓際にある粗削りのベンチに腰を下ろした。ジーモンもそれにならった。だがその前にテーブルをベンチに寄せ、ランタンを置き、懐中時計をその隣に並べた。それからマントのポケットから一人遊び用のトランプを出してシャッフルし、ランタンの前を「大ナポレオン」の形で覆った。そして額に皺をよせて複雑な組み合わせに熱中した。意識はトランプと、薬の時間を教える時計と、それから古風な衣装の謎の従姉妹たちと、白い服の従兄弟のフルートにあわせてメヌエットを踊る白昼夢に分割されていた。眠る男爵の安らかな寝息がそれに混入した。一度はあやうくベンチからすべり落ちそうになった。

ようやく窓が闇の中から灰色の染みとして浮かびあがると、ジーモンは安堵の息をついた。

薄明のなか、小屋の正面にある露の降りた牧場に出て、ジーモンはパイプに火をつけて朝日をながめた。早朝ミサの鐘が谷に響き、羊飼いの家族があくびしながら毛布から起きてきた。ジーモンは女房の手に一ペソを押しつけ、熱い牛乳一椀とパンとチーズをたのんだ。

八時ころになると医者が現われ、馬を窓の鎧戸につなぎ、やかましく部屋に入ってきた。

「お早う、ドクトル。召使君もお早う。男爵の具合はどうだ。薬はわたしの言ったとおり飲ませてくれたかい」

医者は患者近くのベッドの端に腰かけ、聴診器をその胸に当てようとしたちょうどそのとき、男爵は目を開き、乾いた唇を舌で湿した。そして小声で聞いた。

「医師の方ですか」

「わたしはパンティコーサ町内と保養場を担当する医師です」医者が自己紹介をした。「これはすばらしい。今日のうちにこれほど筋の通った話ができるようになるとは思いもかけませんでした。なにしろ時間と永遠とを交換するのに必要なものが、あなたには全部そなわっていましたからね。でもこの調子では、地上にあと何十年かはとどまれると思ってもかまいません。雄牛のような体力を持っておられるようですから。今度は寝返って左の腰を見せてください――右は昨晩診ましたから」

態度と位置の両方において、ジーモンは前日の司祭の役をつとめていた。ちくっという短い音は、注射器の薄赤い中身が男爵の腰に注入されたことを示していた。医師は針を抜いて、あふれる血をアルコールを染ませた綿でぬぐった。それからジーモンにこの日になすべきことを教えた。

「昨日は危なかったが、今は快方にむかっている。昨日渡した薬のほかに、安静と、栄養があって胃にあまりもたれない食べ物が必要だ。ブイヨンと、卵黄と砂糖を混ぜたマデイラ酒がいい。ここを見たまえ。脚はまずまず正常な色をしている。何か変わったことが起きたら、いつでも呼んでくれたまえ。喜んでうかがうが、お代は安くはないよ。ははは！」

そして興味ありげにまだテーブルに並べられているトランプを見た。「ほう、大ナポレオンか。シンパシーをこんな形で表明するときは用心したほうがいい。ここらじゃあのコルシカ人は好かれていない。そうそう、マダム・サンプロッティから手紙をことづかってきた」

ジーモンは医者の手から封筒をひったくった。だがそこに父親の筆跡を認めてがっかりしかかった──スペインに着いてからはじめて受けとる手紙だったのだが。驚きの一瞬ののち、従姉妹の愛らしいシルエットはパパ・アイベルの茸形の丸い鼻とやや近視の人懐こい目に席をゆずって消えた。ジーモンはパイプの柄で封筒を開けた。

愛する息子よ！

ようやくお前の居所がわかってうれしい。これまでは安定した職に背を向けて、学問的冒険（男爵に万歳三唱！　検閲がこれを読むなら読むがいい）に従ったお前の性急な決断を呪う日々だった。しかし、いかなる狡猾な方法で国がわたしをこれまでずっと欺いていたかを知ったあとでは、もしお前がそんな岐路にふたたび立っているのなら、わたしは自分の全説得力を動員してお前に助言する。ここにいる吸血鬼どもからできるだけ遠く離れろ！　わたしの急な変心はとても単純な考察によるものだ。計算してみるとかれらにわたしの仕事を売った金額──すなわちこれまでの四十年の勤務のあいだにかすめ取られたわたしの収入全額──の利息は、それだけで四分の一世紀の退職期間に取り戻せる年金額より大きいのだ。わたしが前払いした莫大な資本を払い戻す気はないのだ。それは二百万近くにものぼる。このことがわかるとすぐさまヴィーンに行って、給与課の古い友人、ヴェンツェル・ナビレク・フォン・ヴォルケンブルッフを訪ねた。最初はわたしをぽかんと見つめていたが、やがて少し青ざめてつかえつかえ言った。「よくもそんな馬鹿げたことを。それなら誰だって同じじゃないか……。それに、君はちゃんと年金をもらっているんだろう」だがそこにこそ問題があるのだ。ナビレクがこの理屈を聞く気がまったくないとわかると、次はドクトル・ヴァイスニグルのところに行った。お前の同窓で今は有名な弁護士になっている。かれはわたしが正しいと認めたが、国家の基礎をほじくり返さないようにと懇願もした。弁護士にしてはおかしな見解と思うが、かれはわたしの愛国心に訴えて、さらなる手段を取らせることなく首尾よく帰宅させた。だがひとつだけはわかった。お前は正しいことをした。

それはそうと今ウィーンは大騒ぎだ。有名なアナーキストで爆弾魔のアルフィム・カラフマンデリエフが東駅に到着したんだが、いっしょに象二頭とラクダ三十一頭、ボディーガードと、それから踊り子と称する身持ちの悪い女を大勢連れてきた。だが野党は何も言わずに静観している。奴らがアルフィムに金を渡していることは公然の秘密だ。

ほかには別に変わったことはない。今年は茸の当たり年だ。母さんとわたしは元気だ。首都を吹き荒れる嵐から遠く離れたこの平和な片田舎で、幸せに暮らしている。神がわれわれの哀れな皇帝を守ってくださいますように。

手紙を終える前に、ひとつ真面目な忠告をしたい。お前が健康でパンティコーサを気に入っていることがわかってうれしい。だがそろそろ家庭と家族のことを考える頃じゃないかね。お前に興味があるらしいその娘が良家のちゃんとした人であるなら、わたしとしてはその件を少し真剣に考えるつもりでいる。その娘はおそらく伯母の屋敷を相続するのだろう。スペインはここから遠く離れているが、それほど悪い国ではない。菌類学的に見て、パンティコーサ近郊は非常にわたしの興味をそそる。母

さんとわたしは一度お前を訪ねてみたいと思っている。先ほどの件はよかったら考えてみてくれ。愛情と信頼をこめて

父より

そしてママ・アイベルはこう書いてきた。

可愛い大きなジーモンちゃん！
どうしてこんなに長いあいだひとつも便りをくれなかったの？　もちろんあちこち飛び回ってとても忙しいんでしょうけれど、わたしたちはすごく心配してるんですよ。寒い冬を南の国で過ごせてよかったわね。お父さんはお前に結婚のことを考えてもらいたいと言っています。わたしからは一言だけ。お嫁さんはよく選んでくださいね。お母さんはお前がわたしとお父さんくらい幸せになるのを願っています。近々こちらに来られないの？　お前を抱擁する母より。

「うへえ」ジーモンはつぶやいた。読み返すときには辟易する文章を飛ばした。それでもやはり、ダブロン屋敷を相続できると考えると嬉しかった。

男爵の回復はかなりゆるやかだった。三週間と二日かかってようやくコフラー・デ・ラップが手配した輿《こし》に乗ってダブロン屋敷に移れるくらいに体が元にもどった。

羊飼いの小屋での滞在も終わりかけたころ、パンティコーサの上流の面々は「男爵詣《もう》で」を定期的

に行なうようになった。誰もが面会を許されたわけではない。回復期の患者は大事にせねばならないと医者が命じていたからだ。だが病室にまでその香りがただよってくる草原で、くつろいだ陽気なお祭りが計画された。その笑い歌う声は開けた窓を通して小屋の中まで押し入り、男爵の大きな慰めとなった。誰が来ているのかと毎回ジーモンにくわしく聞き、くれぐれもその人たちによろしくと伝えさせた。しかし町長だけは表敬訪問を自分の立場と相入れないと考えた。男爵の数々の違反行為がパンティコーサのサロンの格好の話題となっていたからだ。同じテーブルについた人たちが男爵の具合がよくなったことをうれしそうに話すとき、自分を排斥された人物のように感じ、黙々とコーヒーフロートをかきまぜるのだった。

テルプエロ洞窟で何が起きたかは、だんだんとジーモンにもわかってきた。はじめそれは、寝入ってもおらず、虚脱して白昼夢を見てもいないときの男爵が、苦しい息の下でささやく言葉にすぎなかった。そんなときは部屋に聞く者がいようがいるまいが気にしないらしい。自分の記憶を汚物と感じ、そこから解放されたいようでもあった。というのは、十分な体力が戻ったあとでさえ、あの恐ろしい時間を語る段になると、声が低まり、その辛さに薄い唇が歪むからだ。男爵の思いは何度もペピを巡った。洞窟の中で白い石のモニュメントに変身したペピを。

「ジーモン、琥珀《こはく》の中の蠅を見たことがあるかい」男爵は苦しげに息を吐きながら言った。「あと何年かで――何十年かもしれないが――ペピもそんなふうになるだろう。まず石灰が、曇りガラスできたヴェールのようにペピにかぶさる。とても薄くて脆《もろ》いヴェールだ。指でつつけば髪の毛くらい細い罅《ひび》の網ができる。頭の上、滴《しずく》が垂れるところは少し厚いかもしれない。それから小さな角が生える。白いナイトキャップだ。鍾乳石の尖端に集まる重い滴で、雷雨の雨粒そっくりに、下ではじけ散って小さな滴になる。だが滴が一滴垂れて次のしずくが垂れるまでの間《ま》が恐ろしい。昔はどの駅にもあった電気時計をまだ覚えているかい。あれで鉄道旅行の楽しみがだいなしになった。分針が次の時刻に飛び移るまでの恐ろしい待ち時間ときたら！　君もきっと中国の囚人の拷問について読んだことがあるだろう。水滴を頭に落とされる話だ。かわいそうなペピはそんなふうに呪われた洞窟の中に座っている。セイウチに周りで吠えられながら！」

　こんな憂鬱な幻想を男爵から追い払うのが何より優先すべき自分の務めだとジーモンは考えた。そこで外ではいかに花々が咲きほこっているか、草原や森では泡立つような緑がいかに溢れているか、パンティコーサの美しい娘たちにリボンで飾られた子羊たちがいかに遊んでいるかを語り、次の見舞客として誰を許すべきかを話しあった。だが夜は長かった。

「ペピのまわりで奴らは歌っているだろう」男爵はつぶやいた。「そう、奴らは歌える。ペピを連れ出してキリスト教式に埋葬するべきだろうか。ここに駐留している部隊の指揮官に言ってくれ。指揮官なら軍人だからきっと立入禁止区域にも釣魚許可証なしに入れる。もちろんわれわれが洞窟にいたことは世間に知れ、町長は通告するか判決を下すかせねばと考えるだろうが――」

「落ち着いてください、男爵。判決を下せるのは判事だけです」

「それがどうした。どのみちわたしは罰せられる。それに値することをしたから……」

「男爵」ジーモンがさえぎった。「話の終わりはいつも早く切りあげねばなりません」

「聞く人を退屈させるからかい」

「違います。夜が明けてしまうからです。そして眠る時間がなくなります」

ある日男爵はセイウチ交響曲をペピが記譜した紙のことを思い出した。泥と湿気にかなりやられていたものの、壁の釘に掛けられたぼろぼろの上衣のポケットにそれはまだ残っていた。特許ものの筆記具はその優れた性能を実証していた。水でふやけて皺になった紙が乾いて張り子紙のようにくっつき合ったものを、おそるおそる剝がしてみると、水はペピの記譜を損なっていなかった。普通のインクならそれは避けられなかっただろう。純粋の墨汁さえこの特許筆記具ほどはもつまい。

「この楽譜が読めるかい」男爵は秘書に聞いた。「だめか。君があまり音楽的でないのを忘れてたよ」アクロバットよろしく音符の蟻が踊る五線譜を男爵の指がたどった。「わたしも音楽についてはからきしだ。それともペピが自分の能力をとてつもなく過信していたのか」

「かなり現代的な音楽なのでしょうか」ジーモンは言ってみた。


マダム・サンプロッティの週に二度の訪《おとな》いが、男爵にはいつも待ち遠しかった。ジーモンは扉の前で見張りに立たねばならなかった。分まできっちり正確に、マダムは牧場のはずれの樅の大樹のそばに、驢馬にまたがり、テアノに端綱《はづな》を持たせて現われる。ときには自ら煎じた霊薬《エリキシール》を入れた小瓶や、ジーモンが熱湯に浸してお茶にするための干した薬草を詰めた小袋を持ってきた。だがたいていはベッドのかたわらに座り、男爵の話を聞くだけだった。マダムを前にすると男爵は落ち着き、心も解《ほど》けるようだった。マダムは男爵が何でも気兼ねなく話せるただ一人の人物だった。ペピを連れた遠出から、不運な探検の最後のイメージとして記憶に焼きついている髭男の幽霊まで、熱のヴェールがかかって露出不足のままに――。もちろんジーモンもそれらすべてを男爵の薄明の時間に発した切れ切れの言葉から組みたてることはできたが、それを継ぎ合わせてもつじつまは合わせられなかった。サロメ・サンプロッティは上手な聞き手だったが、そればかりではなく、男爵を助けて乱れた記憶をはっきりさせた。あやふやなときなど、マダムの投げかける一言で、状況が電光を浴びたように明るみに出るのだった。

「でもサンプロッティさん、どうしてそれに思い当たったのですか」

「知っているからよ、男爵」マダムは優しく答えた。「ともかく先を話してごらん」

「あなたがもう知っていてもですか」

「わたしはそうでもあなたはまだでしょ」

そんな訪問のおり、男爵はセイウチの歌を書きとめたペピの記譜を見せた。マダムは親指を湿してぱらぱらとめくった。はじめは特に興味がなさそうだったが、そのうちとつぜん、ある音の連なりに好奇心をかきたてられたようだ。太いけれど形のよい指を指揮者のように複雑に振り、それに合わせてハミングし、満足できないようにひとつ咳払いして頭を振った。

「でもペピの最後の仕事だったんですよ」男爵は死者の形見を弁護した。

「ねえ男爵さん、わたしの家族の事情を、あなたはおぼろげには知ってるわね」いきなり無関係な問いを投げかけられて答えに窮した男爵を、マダムは鋭い目で見た。「テアノが口をすべらせたからね。それをあなたの秘書が、わたしのところへ引っ越す前にあなたに密告したでしょ。そもそもあなたがなぜわたしの誘いに応じたか、それが理由のひとつだったじゃない。あなたはその組み合わせを突飛すぎると思い、本気にはしていなかった」

「一言言わせてもらえば……」

「いえ何もおっしゃらないで。この件に触れるのは気が進まないけれども、信頼には信頼で応えなくちゃね。わたしの母は実際にサルヴァルン公爵夫人で、イタリア人のコックと駆け落ちしたの。母にはたいへんな音楽の才があって、コックはすばらしいバリトンの声をしていた。もしかしたらそれが母の心を動かしたのかもしれない。でもわたしは公爵の娘――ブリンディジとローマのあいだのどこかの道端で母が産み落としたの。憎むべき公爵夫人を思い出させるわたしを、公爵は自分の子として認知しなかった。わたしを一目見てくれれば、不細工なサルヴァルン家の血を引いていると確信できたのにね。いずれにせよ公爵はもうずいぶん前に死んで、今はパフィロスの教会でパロス島産大理石の下に眠り、どんなに不潔な海綿採りでも肖像のその醜い顔を踏みつけられる。わたしのささやかな音楽の才は間違いなく美しい母から受けついだものだけど、ほかの才能はテュアナのアポロニオス兄弟団のひとりから連綿と続くサルヴァルンの家系からのもの。サルヴァルンの一族である種の実践を試みなかったものはほとんどいないの。わたしと先祖とを比較する者は――その機会に恵まれた人は多くはないけど――わたしを出来損ないと呼ぶ。祖父と父から手ほどきを受けてないからね。今できることは、わたしの才能が及ぶはずだったもっと偉大なものの残照にすぎない。でもここまで到達できたことは誇りに思ってるよ。ヘルメスの智慧だってテニスみたいなもので、その精髄は書物からじゃなく、熟練したパートナーとの訓練から学ぶもので、知というよりは術なのさ」

「そこまで打ち明けてくださるほどわたしを信頼してくださって感謝します、公爵令嬢」

「そんな呼び方はやめてちょうだい。わたしには一家のゴシップであなたをうんざりさせる気もないし、自分の家柄を笛太鼓《ふえたいこ》で宣伝するつもりもないよ。セニョール・サンプロッティはとてもいい人だった。父から継いだ悪い遺伝よりもずっとそちらをありがたく思っている。セニョール・サンプロッティは、わたしの異父弟のロドルフォ、つまりテアノの父親に、優れた音楽教育を受けさせてくれた。

ロドルフォは将来を嘱望された道化楽師だったのに、結核で早く死んでしまった。わたし自身はクラシック音楽がなにより好きだったけど、自分の楽器として選んだリュートは、若かった頃はあまり人気がなくて、こんなのを持っていると笑われるんじゃないかと思ったものさ。でもこの楽器で自分の第二の、疑いなく稀有な才能を意識したんだよ。クアドロカラチ公爵夫人が慈善公演を催したとき、代役として参加を許されたんだけど、そのときいきなり、ある響きの連なりに――他の楽師たちが上辺だけの装飾音か、あるいは場違いな音とさえ感じたところに――深い意味のあることがつかめた。その意味は単なるハーモニーを越えた領域で探さねばならないことがわかった。もちろんペピは、この並外れた歌を記譜したとき、そんな事情にはちっとも気づいてなかっただろうけどね」

「つまり、ここに似たものがあるとおっしゃりたいのですか」

「決まってるじゃない。あなたの秘書が楽譜が読めればよかったのにねえ」

「ジーモンですか」

「あの人について何か気づいたことはない。正常な人と思ってらっしゃる?」

「正常? あの男が狂っているとでも? なるほど、ときどきぼんやりすることはあります。でもある程度はそれでも差し支えないときだけで――ふだんは頼りがいがあって、慎重で、忠実な男ですよ」

「やけにあっさり太鼓判を押すのね。でもあなたがあの人を失う日にそなえて、覚悟をさせてあげるべきかもしれない」

男爵は姿勢を正し、驚いてマダム・サンプロッティを見た。

「いいえ男爵さん、あの人が死ぬわけじゃないの。病気でもないの。そんな心配はしなくていい。ドクトル・ジーモンはある次元の消失に苦しんでいるというか――それとも楽しんでいるのかもしれない。あなたの秘書は、わたしたちの世界よりむしろ亡霊の世界に属していると言ったら、あなたはわたしのことをとりとめのない馬鹿と思うかもしれないね。もちろんあの人のそれなりの部分は今もここにいる。でもすでにあの人は変性の前段階にいて、それが完了したあかつきには殻を脱ぐだろうよ。今は蛹《さなぎ》なの。これ自体はごく自然な、誰もが直面する発展だよ。でもあの人の場合、それが生きているうちから起こってるってだけのことだ。悪魔だけが――そう、悪魔だけが、これからどうなるか知ってるだろうね」

「ジーモンが亡霊とは。それでわたしに何をしろというのです、公爵令嬢」

「だからそれは止めておくれ。亡霊のことはおいておこう、あなたが衝撃を受けるといけないから。ともかくわたしたちはメタモルフォーゼを目撃していて、その対象はよりによって、あなたの秘書なんだよ。この考えにどうかなじんでちょうだい。わたし自身の一族にも似たことが起こった。そして最悪の結果になったのではと疑っている。ドクトルには、わたしの力のおよぶかぎり気をつけておこう。楽譜はドクトルから遠ざけておいてちょうだい。変化を速めるおそれがあるからね」

「あの楽譜ですか。するとあなたが思うには、あの忌まわしいけだものが……」

「忌まわしいけだものですって。ポセンドンの眷属に向かって何てことを言うの。詩人たちがナイアスやニンフやメルジーネをひいきにするのはわからないでもないけれど、水に属するものは、しばしば自分がどう見えるかにあまり価値を置かないの。あなたが洞窟で目撃して声を聴いた獣がトリトンの顕現だったとまでは言わない。でもわたしたち人間が賢い鳥を訓練して、わたしたちの口笛に合わせて鳴かせることができるように、水の精の力はヘロドトスや、ピコ・デラ・ミランドラやコンラート・フォン・メゲンベルク（十四世紀ドイツの碩学）が観察した奇妙な現象を保持するばかりでなく、かれら水の精を楽しませる盲目のセイウチ――ここでわたしは、目のつぶれたわたしたちのナイチンゲールのことだけを言ってるんだけど――も養い続けてきた。そういうことだって考えられるじゃない」

「しかし、今の時代に……」男爵は抵抗した。

「あなたはドクトル・アイベルの面白い仮説に感心したんじゃなかったかしら。わたしが思うには、あなたとペピはまさしくネプチューンが少年合唱団を囲っていたところに入りこんだ。そんなことをしたらろくな結果にならないのは当然だね。もちろん外からは事故とか身体機能不全とか判定されるだろうけれど、あなたは必然性という単純なマントの下で毎日何が起きているか少しも知らないだろう。今わたしたちにとって大切なのは、ペピが人類に残した遺産を役立たせることだ。何があっても資格のない人間の気まぐれに委ねちゃだめ。そんなことをしたら天球の音楽がスペイン俗謡のメドレーに組みこまれてしまう」

「するとあなたがご自分で」

「残念ながらピュタゴラスの研究は大きめの困難に出くわしたところで断念したけどね。この命がけの数学的離れ業は女のやるスポーツじゃない。でも、パンティコーサから一日の行程のところに何年も熱心にその研究をしている三人の殿方がいる。すばらしい景色のなかのロマンティックなお城に住んでるのさ。あなたが健康を取り戻ししだい、そこにささやかな遠出をするかね」

　二人がそんな話を交わしているころ、テアノはジーモンを連れて小屋のまわりを散歩していた。回復期にある貴人のまわりにたむろする他の訪問者の巻き添えを食って、この二人もしばしば子供じみた社交ゲームに参加せざるをえなかった。そんなときコフラー・デ・ラップは、断固とはねつけ続けるテアノにキスを試み、またブラーレンベルゲの双子娘や何人かの似たような身持ちの悪い小娘たちも、人の好いジーモンを取り巻いていた。そんなハプニングがあったため、ジーモンとテアノは丘の裏にあるオークの大樹を待ち合わせの場所に選び、礼儀正しい雲隠れの技《わざ》を発揮した。最初にオークに来たものは、地面にまで届いているしっかりした大枝を、葉叢《はむら》のドームがおおうところまで登る。ここまで来れば誰かが追ってくることもない。というのも大樹のまわりには原生林もかくやの藪《やぶ》が繁っていて、それは物見高い連中から数メートルほど離れるに十分であったし、繁みの影や巨大な根のあいだや岩の窪みは、空気が清らかになるまで数分待つに十分であった。たとえオークまで押しよせるものがいて、幹にそって枝々の蛇の絡みあいじみた迷宮をうかがっても、見えるのは枝や蔦や干し草や苔ばかりで、ときたまかさかさという音が聞こえるばかりだった。

テアノの横で柔らかく香《かぐわ》しいクッションに横たわり、空を眺めてぼんやりしていると、しばしば両親の手紙がジーモンの頭に浮かんだ。テアノにそのことを喋りたくて舌がうずいた。陽に焼けた顔の輪郭を手でそろそろとなぞると、テアノが目を開けてかれを見て、何をそんなに考えているのと聞く。かれは何らかの言い逃れを考え出して、ペピのこと、男爵のこと、あるいは自分が高く評価している絵画と君を比べていると答える。テアノはそれを信じなかった、なぜならそのときはジーモンを愛していたし、かれはサロメ・サンプロッティが予言した未来をはねつけてくれたから。年寄りには愛のことは何もわからない。人から聞いた、あるいは聞いた人から聞いた経験だけは豊富なマダム自身もそれは認めていた。一方ジーモンは、どれほどよそよそしく自分の手がテアノに置かれているかに、いやでも気づかざるをえなかった。ここで飛ぶつもりになったらどうなるだろう。あの樹をこえて、丘のかなたに、東の空に小さな丸い雲のように浮かぶ月の乳色の染みのところまで。自分がこれほど異質であること、まったく別の人間であること、もしかすると人間でさえないこと、それがジーモンを苦しめた。炉辺のテアノは、あるいは子供を抱いたテアノはどんな風かも、今のかれにはどうでもいいことだった。きっと灰のなかでジャガイモを焼いたり、猫のようにわが子に乳を飲ませたりするんだろう。だが輝くクレーターや凍る岩壁のほうが、地平線まで広がって目をひくものはせいぜい忍冬《すいかずら》しかないイギリス風の芝生よりもよかった。すべては見せかけにすぎない。二人は兄妹だが、属する四大が異なる。ジーモンは風、テアノは火だ。二人を分かつもの、それは対立するもの同士の憤怒だ。火のなかで吹く風はついには双方を滅ぼす。テアノは風の花嫁ではなかった。

「どうしたの。ジーモン」

「しっ！　男爵と君の伯母さんが僕たちのことを話してる。男爵はわれを失っている」

「二人をわざわざ観察しようとしたことは、一度もありません。病人は自分のあわれな体にかまけて、人の行動は目に入りません。あなたはテアノとジーモンが……」

「ええ、少なくとも今は」サンプロッティは請けあった。

「恥知らず！」男爵は雷を落とした。「あなたが寛大なのをいいことにして――同じ屋根の下で！あの青二才は自分のしていることがわかっているのか。あとでみっちり絞ってやる」

「絞るならもっと大事なことに頭を絞りなさいな」マダムが男爵をなだめた。「このことは科学的な見地からだけ眺めて、たいそうな意味づけをしないでおくれ。これが罪といえるなら、あたしたちだってその罪を分かち合わねばならない。少なくともあたしはテアノの品行に責任があるからね。しかし法律家さえも夢想にふけらせる自然の摂理がある。哲学者以上にね。曲馬娘の〈女鹿のニーナ〉は……」

「マダム！」男爵は狼狽して身をよじった。「あなたはすべての時代でもっとも恐ろしい千里眼です。それは口に出さないでください！」

とうとう男爵が羊飼いの小屋を出られることになったとき、それは第一級の社会的事件となった。診断をくだした医師はむろんそのニュースに守秘義務という厚いフィルターをかけた。だがたちまち漏れて、パンティコーサは迎え入れの支度に狂奔した。

輿《こし》はもとは以前の州知事の持ち物だった。この知事は優雅な年金生活を過ごそうと田舎の別荘におもむく途上、パンティコーサ中央広場で卒中の発作を起こして天に召された。コフラー・デ・ラップは町長に懇願し、彫刻がふんだんに施され金箔と絵画で飾られたこの乗り物をパンティコーサの武器貯蔵庫に保管してもらっていた。それが今、男爵の輸送に供されることになった。私人の立場からは良心の呵責に悩んでいた町長も喜んで耳を傾け、四人の屈強な町内警備隊の軍曹に輿をかつぐことを命じさえした。

汗をかいた警備隊員たちが男爵の前でかしこまって敬礼をした。回復期の男爵はおぼつかない足どりで、いきなりさらされる日光からサングラスで目を守って、羊飼いの小屋の敷居に現われた。帽子やパラソルを振る紳士淑女、色とりどりの小旗を持つ子供たち、町の司祭と村の司祭、選りすぐりの教会合唱団、自治消防団の楽団が半円状に並び、男爵の後ろに医師と小さなトランクを手にしたジーモンが従った。男爵は四方八方に愛想よく会釈し、コフラー・デ・ラップと礼服に身を固めた駐屯軍司令官が一同を代表してあいさつの辞を述べた。教会の合唱隊がオーストリア国家を歌いだした。男爵も敬礼を返した。ひとりの少女が大きな花束を手におぼつかなく歩いてきて、男爵に頬を撫でられた。コフラー・デ・ラップは踊るような優雅な足どりで輿に近づき、扉を開け、両吹奏楽団が熱烈なファンファーレを奏し、エリアス・クロイツ‐クヴェルハイムはほっと一息ついて防虫剤がきつく匂う赤天鵞絨のクッションに身を沈めた。

「男爵ばんざい《ビバ・エル・バロン》！　男爵ばんざい《ビバ・エル・バロン》！」群衆が叫んだ。

ブラスバンドの演奏はマーチに変わり、四人の力持ちの軍曹が一気に輿を肩にかつぐと、行列が動きだした。小屋の前には羊飼いが、重みのある袋を手に晴れやかな顔で立ち、かたわらで女房が感極まってエプロンの裾で鼻をかんでいた。

ジーモンはこの歓迎凱旋に男爵に劣らず驚いた。男爵は揺れる輿に弱々しくもたれ、ときおり窓から手を振った。輿がダブロン屋敷ではなく町役場にまっすぐ向かったとき、二人の驚きはさらに大きくなった。大広間の中央まで輿が入ると、町長が慇懃に腰を低くして、小幅な足どりで近づいてきた。とまどった顔で降りた男爵の手をうやうやしく握り、棕櫚《しゅろ》と観葉アスパラガスで飾られた壇上の豪奢な安楽椅子へと導いた。そして自ら演台に登ると、ブロンズの小さな鐘を勢いよく振った。

「敬愛する男爵さま！」ほどなく場内が静まると町長は演説をはじめた。「町民のみなさん。わたしたちは今日、神は褒むべきかな、栄えある客人、高名なる学者、伝統ある――しかも汚点ひとつない――家名の当主である男爵は、まさにダイダロスのように思いがけなく来駕され、それからというもの、皆に愛され敬われる友として、世慣れた物腰と配慮をもって、わたしたちのささやかな社会に溶けこんでくださいました。しかしながら、今日わたしたちがここに集まりましたのは、男爵が長期の重篤なご病気のあと、ふたたびわたしたちのもとに戻ってこられた喜びのためばかりではありません」

町長はここで一息入れた。大広間は静まりかえり、男爵のほうに視線を動かす音さえ聞こえるようだった。

「その喜びのためばかりではないのであります」町長は続けた。「敬愛する男爵さま、ここに集まった者のなかで、あなたとあなたの忠実な秘書の方だけが、健康なあなたにふたたび会えたことより他に、何がわたしたちを幸せにしているかをまだご存知ありません。ですからご説明せねばなりません。三日前に、わたしは知事から手紙を受けとりました。その中でわたしは栄えあるスペイン王の外務大臣の代理として、男爵に報告することを委託されたのであります。何事かと申しますと、昨年のオーストリアにおける男爵の資産没収令は、オーストリア皇帝の命により無効とされました。したがって男爵にかけられたあらゆる嫌疑は晴れ、その名誉はいかなる点でも回復されたのであります――オーストリアにかぎりましては――と申しますのは、われわれは男爵の潔白を、男爵の学者としての地位と同様、最初から一点も疑いも持っておりませんでしたから」

続く言葉は嵐のような喝采にかき消された。医師は男爵の髭のほんのわずかな震えまで鋭い目で見つめていた。かれは演壇の裾、ジーモンの隣に立っていて、上着のポケットのふくらみは注射器を示していた。しかし男爵は終始落ち着きを保っていた。無言で聴衆ごしに窓を見ていて、そこに見える模造の果物籠がサロメ・サンプロッティの存在を暴露していた。

「かくしてわれわれの客人の輝かしい人生のなかのこの不愉快な逸話は、少なくともわれわれには、喜ばしい結果をもたらしたわけであります。もし男爵が不運な政治的混乱の犠牲に一時的にでもならなければ、われわれは男爵と相知るという偶然には恵まれなかったわけでありますから。したがいまして、運命のかくのごとき計らいに満足し、それに――万事を丸くおさめた運命に感謝しようではありませんか」

ここで男爵が立ちあがろうとするのが見えた。

町長は丁重な仕草でそれを制し、席に座っているよう求めた。

「尊敬する男爵、あなたからのお言葉をいただけないのはほんとうに残念であります。しかしながら、わたしたちの医師はすでに相当な怒りを見せております。われわれ皆が存じているように、男爵の体調はいまだ万全ではなく、安静が必要とされます。したがいまして、このささやかな祝賀を万歳三唱と名誉町民証の授与で締めくくりたいと思います」

「ばんざい！　ばんざい！　ばんざい！」

そのあと町長は演壇を降り、羊皮紙の長い巻物を参事会会長の手から受け取り、深く一礼してそれを男爵に手渡した。全員が前に押し寄せ、名誉町民を祝福した。トランペット状の巨大な耳を持つ《クーリエ》の記者は、行く手をはばむ邪魔者の階級に応じて、尖らせた肘で腹などの柔らかい部分を突いたり、毛皮のように柔らかく迂回したりしながら、速記帳と鉛筆を手に突進し、すばやく二、三の質問をなぐり書き、混乱した男爵がその意味を理解しないうちに自分で答えを書きこんだ。男爵は一礼し、聴衆から差し伸ばされた招待状を受けとり、尊敬すべき婦人たちからのキスを受けた。まわりに山と積まれた花束はどう扱っていいかわからなかった。とうとう医師と護衛係が群衆を解散させ、今はよろめきながら両足で立つ男爵を人目につかぬように裏口から立ち去らせた。

ダブロン屋敷の玄関門でサロメ・サンプロッティは男爵を迎えた。そして男爵を部屋に案内し、注意深くソファに寝かせ、カーテンを引いた。男爵に押し寄せたニュースはかれを喜ばせるというより驚かせたようだった。男爵はぐったり横たわり、スコッチ織の毛布の下で青ざめていた。サロメ・サンプロッティはかれに親しげに頷き、苦いお茶のカップをその口に持っていった。

「さあお飲みなさい」優しさをただよわせてマダムは言った。飲み終わるとカップをテーブルに置いた。「手の近くにあるのは昨日の《クーリエ》。あなたのことが詳しく載ってるよ。ウィーンからの最新情報によれば、野党は手ひどい打撃を受けたそうだ。野党はあの評判が悪いカラフマンデリエフを利用しようと思っていたけど、カラフマンデリエフは手ずから革命党評議会を粉砕して、そのためベーハイムキルヒェンおよびアウスシュラーク－ツェーベルン公爵になった。猟銃やクロスボウを持っている者はカワウソを狩りはじめた。皇帝はカワウソを仕留めたものにはもれなく半デュカートを御《お》手元金《てもと》から払うらしい。フランツ・ヨーゼフ・フォン・メドリンク－マイドリンク新内閣は最初の施策として、この数年間に権利を剝奪された者の救済を決議した。男爵、あなたはその代表例となったのさ」

「わたしのコレクションはどうなりましたか」

「《クーリエ》によると大部分は助かったらしいね。野党の大物たちはカワウソを膝に乗せてあなたの屋敷の広間で宴会を開いているときに逮捕されて、庭で溺死させられたそうだ」

「神があれら成《な》らず者の魂を受け入れ給いますように」男爵は敬虔に祈った。「すぐさまウィーンに戻らなくては」

男爵はなるべく早く出発したいと言ってきかなかった。テルプエロ洞窟探検は失敗に終わったものの、少なくともコレクションは戻ると思うと、いてもたってもいられなくなり、それをマダム・サンプロッティ以外のダブロン屋敷の全員に伝えた。サロメ・サンプロッティはモンロヤを訪ねるよう男爵を説き伏せられたことだけで満足した。そこにはペピのセイウチ楽譜を吟味できる三人男が住んでいる。いちばん近い鉄道駅はリモラで二日間の道のりだったが、途中で道を逸《そ》れれば、ここから三時間足らずでモンロヤに行ける。男爵の健康状態を考慮するなら、そこで休憩に一泊するのが望ましい。

マダム・サンプロッティは書斎の窓から、中庭でジーモンが包装紙のロールとバスケットを持ってあちこち走り回り、男爵がガーデンチェアに座ったまま二人の騾馬《らば》使いを相手に値段の交渉をしているのを眺めた。そして同情の目で向かい側の窓のカーテンの裏にいるテアノを見た。やせた頬と大きな目。その隣でスイス刺繍の帯がぼろぼろに裂けて窓際に垂れている。少しするとテアノは姿を消した。マダム・サンプロッティは水晶球を手にとり、居ながらにして目の当たりとなった数部屋離れたジーモンの部屋を一心に見つめた。

ジーモンはせかせかと働いていた。だが後ろめたさが横隔膜あたりに凝り固まり、疑いなくテアノへの思いに結びついたそれは、包装紙とバスケットで蓋をしようとしてもできないものだった。男爵の仕事が終わって部屋に戻るとテアノがいた。窓枠に腰かけて、その服は廃墟に遠足に行ったときと同じだった。

「ようこそ。来てくれてうれしいよ」暗い表情でかれはあいさつした。「昨日の夜はどこにいたんだい」

「ベッドの中よ。いろいろ考えてたの」

「その前の夜は？」

「洞窟のペピのところ。セニョール・バンブロディが案内してくれたの」

「何だって」

ジーモンはうつろな目で相手を見つめた。テアノは風通しのよい席から滑りおり、ジーモンに背を向けて外の山並みを眺めた。雪原が夕日に輝いている。

「なぜ驚くの。あなただって伯母さんみたいなことができるじゃないの」

「どういうことだい？」

「忘れたの。オークの樹の上のわたしたちの巣にいたときのこと。男爵が伯母さんと話してたことを、あなた教えてくれたじゃない。それなのに、わたしが洞窟に行ったからといって何で驚くの」

「でも何しにあんなところに」

「洞窟に行けばきっと何かわかると思ったの——男爵のこと、伯母さんのこと、あなたとわたしのことが」

「それで？」

「いたの。でも何がなんだかわからなかった」テアノはいきなり崩れ落ちると頼りなくすすり泣きをはじめた。「何だかわからない。魚の歌を聞いたの——男爵はセイウチって言うけど、言わせておけばいいわ——でも聞いたの。ねえジーモン、あれは魚だけれど魚じゃなかった」

「セイウチだよ」

「セイウチだけどセイウチじゃなかった。あれは人の心を裂くように歌うの。鶏はコケコッコ、猫はニャーと鳴くだけだけど、あのセイウチは歌うの！　鶏や猫にできないことをする。ふつうのセイウチがどんな声を出すかは知らないけど、歌わないことは確か。あなただって同じ。あなたも人間なのに人間じゃない」

「テアノ！」

「言わせて。人は歩いたり座ったり、寝たり立ったり、走ったりはする――でも飛びはしない。飛ぶ人間はもうまともな人間じゃない――歌うセイウチがまともなセイウチじゃないように。実はジーモン、あたしこっそり見てたの。小屋のとなりの干し草にもぐって、あなたが練習するとこを見てたの。他のみんなが、男爵も羊飼いも、畜舎や放牧場の動物たちも寝ているときに。ちょっと見には露の中をのんびりと満足げに歩こうと思っているみたいだった。健康管理をする市民で、それなのに化け物。わたしが息を殺していた干し草の前で屈伸運動をして、菩提樹の周りを一回りして、草地に向かって、森のほとりを越えた。そこらへんはまだ霧がかかっていたから、あなたの体から色がなくなって透きとおってきたのは、そのせいかと思ったの。でもね、よく見ると体をとおして樅の黒い幹が見えるじゃない。あなたは森の空き地がある東のほうに行った。そのときお日さまが出たんだけど、あなたに影はなくて、その代わりに溶けたガラスのように赤く輝いてた」

「それは飛んでるんじゃないよ」ジーモンは反論した。「目の錯覚だ。霧と太陽のまやかしにすぎない」

「嘘おっしゃい。すごく近くから顔を見たのよ。戻ってきたとき、あなたはまたわたしを通りすぎた。それでわかったの。あの二秒のあいだに飛んだに違いないって」

「すると、こないだみたいにベッドの上じゃなくて？」

「違う。いいかげんに白状してよ。ここにいたくないなら簡単に消えられるって」

「ああそうだとも」ジーモンは叫んで地だんだを踏んだ。「これ以上僕を怒らせるなら今すぐ消えてやる」ジーモンは部屋を飛び出て乱暴に扉を閉めた。


　第六代公爵第三子の裏からぎごちなく這い出て足をもつれさせたテアノを支えて、大きな安楽椅子に座らせるのにサロメ・サンプロッティはなんとか間に合った。そして芳香塩（気つけ用の嗅ぎ薬）の瓶を姪の鼻にあてがい、短い失神から覚めるまで辛抱強く待った。

「あんなに腹を立てたジーモンは見たことない」テアノがつぶやいた。

「あんな人は正体を見破られたとき、そうなりがちなんだよ」

「なんでできるのか知ってる？」

「飛ぶことかい。残念だけどわからない。あの人を男爵と可哀そうなペピといっしょにこの家に呼んだときは、詳しいことがわかればいいとわたしも思った。でも男爵がわたしたちの注意をすっかり引きつけているあいだに、あれほどさりげなく起こるなんてね。今はあの術を完璧に会得しているようだ。空中浮揚は何か月か前あなたを驚かせたけれど、あれは子供の遊びのようなもの。少し根気さえあれば誰だって習える。無時間性《アクロニー》にももう達したかしら」

「何ですって」

「あなたにはわからない。ああいう人は、まず空間との自然な絆を失うのさ。だから遠くの星にでもどこにでも行ける。その最初の段階をわたしたちは《飛行》と呼ぶ。でも本当は鳥や気球の運動とは何の関係もない。いったん空間に囚われないようになると、すぐに時間も力をおよぼせなくなる」

「するとそのときは……」

「不死で遍在する？　そうかもしれない。でもそのとき関与しているのは悪魔の永遠なの。なぜって全能じゃないからね」

「飛ぶだけで魔女呼ばわりされるの」

「あるいは性によっては魔法使いとね。そんな人たちにしてやれるのは焚刑しかない。そうすれば病《やまい》がそれ以上侵すことはないから。残念だけどまだ救えるものをそんな思い切った方法で救うには、今のわたしたちは人間的すぎる。わたしには、ドクトル・アイベル氏の指一本さえ焦がすつもりはないよ」


部屋に戻るとテアノは服を乱暴に脱ぎ捨て、裸で闇に立った。それから蠟燭を灯し、鏡の前に進み出た。優しく自分の暖かい手をガラスの冷たい手に触れさせ、そしてささやいた。

「あなたを愛したのは悪魔だったのよ、テアノ」


ささやかなキャラヴァンが小村ボロ・エル・カリル・デ・カウエテ・モベルドを通りすぎたあと、リモラ駅へ向かう街道を逸れてわき道に入ったとき目の前に開けた峡谷は、あの不運な冒険旅行をはじめたころ、何も考えずペピと休憩したあの場所と見違えるほど似ていたので、男爵は身震いをした。地衣類の銀白色の髭をはやした樅の樹に挟《はさ》まれた狭い坂道では、斑《ぶち》の山椒魚が苔の上を這いずり、巨《おお》きな岩塊が無秩序に散らばり、その下には渓流が音をたてて流れていた。鬱蒼とした森が陽の当たる斜面と交代するところで、怠け者の蛇たちがとぐろを巻いて昼寝している。男爵は洒落たパナマ帽を脱いで胸のハンカチで額の汗をぬぐった。そして体を揺らしながら着々と進む騾馬の脇腹を親しげに叩き、案内人に——馬を大股に歩ませて先を行く無骨な山男に——声をかけた。

「もうそろそろのはずなんだけど」男爵の後ろで白い驢馬に乗るサロメ・サンプロッティが言った。

「モンロヤには前に一度だけ行ったことがあるけど、お城が見えるまで二時間もかからなかったわ」

「街道から逸れたのが二時間前だ」非難めいた声で男爵が反論した。

「わたしの鞍《くら》は骨のようです」ジーモンが不平をこぼすと、鞍の下の騾馬が鼻づらをマダム・サンプロッティの驢馬の尻に押しつけてくんくん嗅いだ。「この馬の剝き出しの背骨にじかに乗っているみたいだ」

「騾馬よ、ジーモン」最後尾にいたテアノが正した。「あたしの驢馬だって乗り心地はよくないのよ。なんなら取り換えっこする?」大喧嘩の第一幕は勢いよく扉が閉じて早々と終わったが、それ以来、テアノは爪を切られた猫のようにおとなしくなった。

「別にいいよ」ジーモンは申し出を断った。「こんな獣はどれもどうせいっしょだ。パゴダを乗せた象ならいいんだけど。そこでロッキングチェアに座るんだ」

「ハンニバルが使い捨てた象がそこらにいるかもしれないわよ。わたしたちも同じ道をたどってるもの」

「あなたの召使は荷物を持ってそろそろリモラに着くころでしょう」男爵がマダム・サンプロッティに言った。「荷物をちゃんと保管してくれているでしょうか」

「わたしたちがリモラに着くまでずっと飲んだくれているだろうね」

風に揺らぐ羊歯《しだ》の襞飾りをつけた、とりわけ明媚《ピトレスク》な岩のところで道は分岐したが、そこを曲がったところで、河のせせらぎに混じって、谷からおなじみのメロディーが聞こえてきた。誰かが下で有名なヴェルディの「女心の歌」のアリアを歌っている。「女心は秋の空《ラ・ドンナ・エ・モビーレ》……ああ不実なる人よ《アッハ・ヴィー・ゾー・トリューゲリッシュ》……ああなんと移り気な《アッハ・ヴィー・ゾー・モビーレ》……」極上のウィーンのオペラ座ドイツ語が生《き》のスカラ座イタリア語と入れ替わり混じりあい、魔法のような二重言語に化している。

「あれは何だ」男爵はとまどって呼びかけ、鞍から立ちあがった。なじみのない場所での音楽はあれ以来きまって男爵を不快にさせた。

次の角を曲がると歌い手の姿が現われた。一行の十メートルほど下、流れの岸にその男は立ち、光沢のある魚を釣り針からはずし、その伴奏に大声のテノールで歌っているところだった。その目がとつぜん、手綱を引き締め驚いて見下ろす四人の乗り手のほうを向いた。

「こんにちは――皆さん。皆さん――こんにちは」男はヨーデルの声でそう言うと、魚をハンカチのように振った。

「こんにちは。いい天気ですね」男爵が答えた。

「どうぞ馬を降りてください」かん高い声で男が言った。そして魚をブリキの桶に投げ入れ、急いで斜面を昇ってきた。あえぎながら男爵の前に立った男は、恰幅がよく、田舎風の服を着て、髪は早々と白くなっていたものの、顔色は健康そのものだった。

男爵にはすぐにその男が誰かわかった。

「ミュラー‐シュタウフェンさんじゃないですか。どうしてこんな辺鄙なところに?」

「クロイツ‐クヴェルハイム男爵！　なんという奇遇でしょう。わたしの高貴なパトロンのご子息にこの静かな谷でお会いするとは」

以前はウィーン・オペラ・アンサンブルを支えるひとりだった高名なテノール－バリトン歌手は嬉しそうに事情を話した。リスボンで客演して戻る途中で、とつぜん旅がいやになりました。そこで今のこの場所の数キロメートル手前で非常ブレーキを引いて、何人かのコーラスガールたちといっしょに、楽しく爽やかに森の生活を送っているんです。

「すばらしいですよ！　まさにすばらしい！」歌手はこの存在様式を自画自賛した。「あれこれの役を演じたところでいったい何になります？　魂は萎える、足は扁平になる——ギャラですって？　わたしの喉は、もう十分に黄金で酬いてくれました。わたしは釣りマニアで、ここには鱒《ます》がいます。何て言っていいのか、とても大きなのが、とてもたくさん、河から無限に生まれると思えるほどに。奴らったら中国人みたいに殖えるんです。長い釣り生活の中でももっとも豊かな河が釣り竿の前に現われたんです」

「それはそれは！」

「ああ男爵」心動かされて歌手は追憶にふけった。「あなたの父君を思い出します。父君の銀婚式でソロで歌えるよう、クレムスの音楽学校でどんなに訓練してもらったことか——でもその前にお亡くなりになってしまいました。よろしければ鱒の煮付けのクレソン添えをいっしょにいかがですか。フィフィの料理がもうすぐできあがります——それともフィフィだったかな、今日の当番は」

「実は」男爵はサロメ・サンプロッティのほうを見やった。「残念ですがミュラー－シュタウフェンさん。実はわたしたちはモンロヤ城に向かう途中なのです。とうに着いていてもおかしくないはずなんですが」

「モンロヤまではあと十分もかかりません。ときどき鱒を何匹か持っていって、蜂蜜と交換していま す。近いうちにウィーンにお戻りになりますか、男爵」

「明日発ちます」

「オペラ座によろしくお伝えください。わたし抜きでどんなふうに『椿姫』が演じられているのか知りたいものです」

「以前の『椿姫』とは大違いでしょうね。それではごきげんよう」


城はそれから十分ほどで見えた。道はアーチ門の前で終わっていた。門に扉はなく、天辺に燕の尾のような変な飾りがついている。そこを抜けると広い草地に出た。西のほうで草地はゆるやかに下り、水のない濠《ほり》に落ちこんでいた。蔦に荘厳に覆われた塀が角ばった城の内部を囲っている。苔むしたさまざまな建物の屋根がその上に聳え、なかでも細長い本丸《ドンジョン》の尖ったこけら葺《ぶ》きの屋根が目をひいた。濠のこちら側ではがっしりした外堡《がいほ》が門の上で城を守護している。跳ね橋に錆びた鎖が斜めに張られている。外堡のそば、二本の月桂樹のあいだに、素朴なベンチのついたテーブルが地面に杭打たれて据えられ、そこで卵黄色の仕着せを着た男が空豆の皮を剝いていた。訪問者たちが近づくと男は跳びあがり、腕を風車のように回して走ってきた。

「ここは私有地、私有地ですよ」耳ざわりな声が叫んだ。鼻の上でフライパンほども大きな眼鏡が揺れている。切子細工のレンズで殖えた目がまばたきした。その目は葡萄の房のように鼻の左右に垂れ下がっている。

「あなた新入りね」マダム・サンプロッティが文句を言った。「ここの人たちとはかなり前から親しいのよ」

男は到来者の前に突っ立ったままだった。狼狽して上着の裾《すそ》の隠しポケットから色鮮やかな格子縞のハンカチをほじくり出し、眼鏡をはずして磨きだした。ジーモンはこの顎の尖った、地中海沿岸系の浅黒い顔をどこかで見た覚えがかすかにあった。それは間違いではなかった。男のほうも、また眼鏡をかけると、ジーモンを認めた。

「ああ、モンセニュール――なんと光栄な」男はつかえながら言い、深くお辞儀をした。おかげで眼鏡が鼻からずっと離れたところまでずれ下がった。「モンセニュールはおそらく覚えておられませんでしょう。わたしは影絵師のデュンです――観相術師でもありますが」

「デュン？　やあまさしく」ジーモンはあの霧の夜、男爵といっしょに魚商人のティモーンを訪れたときのことを思い出した。デュンは男爵のほうを向いて同様に自己紹介した。自分は一種独特の芸術家で、偉大な学者のシルエットを手早くみごとに切り抜いたことがあると。

「本当に今日は思いがけない出会いをする日だ」男爵が額に皺をよせて言った。「まずミュラー＝シュタウフェン、それからこの男。城のあるじとすでに知り合いだとしても、もう驚かないぞ」

「何でもないことよ」サロメ・サンプロッティが男爵を落ち着かせた。それから影絵師のほうに身を傾けて、自分たちが来たことを告げるようにと重々しく命じた。

「あの人たちは邪魔が入るのを嫌う。でも今は別。きっとあなたがたを喜んで迎えることでしょう」

思いにふけるようにマダム・サンプロッティは影絵師を目で追った。

「あの人は観相家。さあ行こうかね」そう言って薊《あざみ》で暇をつぶしている驢馬の頭を引っぱりあげて、その尻を大きな音を立てて叩いた。

道案内をしてきた男はマダムの先に立って歩を進めた。「わたしはここより先には一歩も入りません」かれはきっぱりと言った。「この城には魔が憑いています。中にいる人たちは正気ではありません。あらかじめ申しておきます」

ジーモンは男に小銭を投げてやった。それを男は熟練した蠅追いの器用さで空中からつかみ、礼も言わずにポケットにしまった。

人を寄せつけぬような外堡の壁には、よく磨かれて光沢のある真鍮板が嵌め込まれ、そこにはドイツ語で《金属精錬協会　m・b・H（通常は有限会社の意）》とあった。男爵はその奇妙さにサロメ・サンプロッティの注意をうながした。

「これはあの人たちの巧妙な発明のひとつで」マダムは説明した。「読む人の母国語に応じてその都度変わるの。この幼稚なトリックにもう大勢がひっかかった。ちなみにm・b・Hとは《特別の下心《ミット・ベゾンデレン・ヒン》を持つ《ターゲダンケン》》の意味なんですって——一種独特のユーモアね」

この幼稚な騙《だま》しにまったく感心しなかった男爵は、音を響かせて橋を渡ったときにもまだ頭を振っていた。そして怪訝そうに蜘蛛の巣の垂れるピッチ穴（敵に煮えたピッチを浴びせるための穴）の黒く開いた口に目をやったが、不意にぽこぽこ呑気に歩く騾馬を止まらせたい衝動にかられた。先ほどの案内人の健全な常識を信じて、千里眼の婆さんが楽譜を城のあるじに手渡すまで、ミュラー＝シュタウフェンやコーラスガールとおいしい鱒料理の昼食を楽しんだほうが賢明ではあるまいか。だがすでに遅かった。仕着せを来た影絵師が側門から姿を現わした。手にした巨大な鍵で、板金で装甲された木材の組み合わせをごそごそやっていると、その努力に負けたのか、門はきしりながら後退した。

城はきわめてロマンティックな荒廃状態にあった。顎骨《あごぼね》に似るその布置で、ただ一本の歯が、しかも虫歯が、塔としてそそり立っていた。この部分はいわば手入れされた廃墟で、何の役にも立たないその残骸は、すばらしい庭園の背景あるいは前壁をなしていた。自然の娘たちでもっとも美しいものが、ここでは、かつて雄々しかった過去の名残りと幸せな婚礼を挙げていた。入念に除草された基礎壁が、きれいな花と薬草の苗床を短く刈った芝生から分かち、丸屋根は花ざかりの藪に呑み込まれ、無骨な石柱が薔薇の樹を支え、ライラックと赤い山査子《さんざし》のあいだを迷路のように抜ける優美な小道は日陰の場に通じ、そこには白いガーデンテーブルと椅子、それから慎ましく肌をさらす大理石のニンフたちが佇《たたず》んでいた。ジーモンはうっとりとなった。鞍から降りて見ると、そのうちのひとりは謎の従姉妹たちのひとりに驚くほど似ていて、台座から下を向いていたずらっぽく微笑みかけてくる。テアノも同じことを思ったらしい。ジーモンの手をとって、勢いよく自分のほうに引き寄せた。

「もとはお城の噴水だったんです」丸い水盤のほとりで気をひかれたように歩をとめた男爵に影絵師が言った。睡蓮のあいだをきらめく金魚が泳ぎ回っていた。「ムーア人の捕虜が二百人かかって、岩を穿《うが》ってつくったものです。とても深いんですよ」

「満月の夜に城主たちはここで水浴をしたんだ」マダム・サンプロッティが言葉をそえた。「金魚といっしょに水浴すると精がつくし、若返りさえすると思われていたのさ」

「とても古い迷信だ」男爵も認めた。「湯舟に浮かべるおもちゃの金魚が愛されるのにもそれ相応の理由がある。なにより鯉は尊ばれる多産のシンボルだから」

「ねえ男爵、テアノもいるのよ」

「これは失礼」

人の住む城の翼部は北側にあり、屋根の高い建物が幾棟か縺《もつ》れあい、その中央に趣きのあるやや僧院めいた中庭があったが、そこにはきらびやかで急な階段と短い通路を通ってでないと行けなかった。男爵とサロメ・サンプロッティもここで鞍から降り、手綱を影絵師に渡すと、かれはそれを半地下室の窓の格子に結わえつけた。

金属精錬会社の者たちは中庭の石のベンチに座り、鳴き声をたてて羽毛の生えた脚で歩いてきた鳩に餌をやっていた。訪問者が紋章で飾られたアーチ門から現われ、ジーモンがこの牧歌的情景に礼儀正しく抑制した感嘆の声であいさつをすると、三人の男は身を起こし、間隔をとって横並びになり、かれらのほうに歩いてきた。修道服を思わせる白い衣に身を包み、ふわふわした髯《ひげ》のうねりは臍あたりまで達し、そこで絹紐でまとめられ、銀色をおびた房となっていた。腕は胸の前で組まれ、手は修道者のように僧衣の袖に隠れていた。いちばん右の男はとても大柄で、どっしりしていて、赤毛だった。二人目は小柄で太っていて禿げていた。三人目はふたたび大柄だったが今度は痩せていて、髪は乾いた苔のようで、鼻は矛槍《ほこやり》の形をしていた。サロメ・サンプロッティがかれらをトマス・オナイン、ヒアシンス・ルコルフェ、トゥルペンベルク男爵マキシム・ファンフス――アイルランド人、ブルターニュ人、ラインラント人――と紹介した。

「するとこの方が有名なドクトル・アイベルさんですね」ヒアシンス・ルコルフェが得心したように言った。

ジーモンは驚いた。「どこでわたしの名を知ったのですか」

「お目にかかったのは今日がはじめてです」どっしりしたトマス・オナインがルコルフェに代わって答えた。「しかし何か月か前に、マダム・サンプロッティの依頼で、あなたにお守りを処方しました。

効きましたでしょうか」

「効き目はあったね」暗い表情でマダム・サンプロッティが答えた。

ヒアシンス・ルコルフェは奇妙に光る緑色の柄付眼鏡を通して、ジーモンを吟味するように見た。そして「これはこれは」と言ったが、サロメ・サンプロッティはかれを恐ろしい目でにらんで唇に指をあてた。

「あなたはアルパート・トゥルペンベルクのご親戚ですか」男爵がたずねた。「マンハルツベルク（オーストリア東北部にある尾根）上部地域の代々の鷹匠の家に生まれて、三年前まで緑十字協会の会長だった、あのトゥルペンベルクさんですが」

「遠縁にあたります」痩身のトゥルペンベルクは冷たく答えた。「あの人の借金を肩代わりするという栄誉にあずかったこともあります。わたしがもう死んでいると思ってくれていればいいのですが」

男爵は気まずい思いになって沈黙した。オーストリアのトゥルペンベルク家は、やたらに人に金をせびるので心ならずも有名になっていた。

「わたしたちが来たのはたんなる表敬訪問じゃないの」サロメ・サンプロッティがはじまりかけた沈黙を破った。

「今日ここに持参したのは、親切な男爵が快く提供してくださったとても変わった記録なの。あなたがたは今もピュタゴラスの徒だったわね」

三人の男は一斉に髭をつまみ、嬉しそうに微笑んだ。

「何なりと話してください、マダム・サンプロッティ」トマス・オナインが意味ありげに鰐革の手提げかばんの側を叩いた。

「もちろん、そもそものいきさつから始めなきゃならないけどね」

「ああ、それはどうか」男爵が拒否するように手をあげた。

「中に入りませんか」ヒアシンス・ルコルフェが誘うような仕草で扉を指した。

「わたしはサンプロッティさんが話を終えるまでここに残っていよう」男爵が小さな声で言った。

「サンプロッティさん、あなたは良いようにしてください。ジーモン、君も皆さんと行ってくれ」

「ではあなたのお望みどおりにしようかね。そんなに長い話でもないし」


男爵は葉巻に火をつけて中庭のそこここを歩いた。職業的な好奇心で小型の貯水槽を調べた。雨水が屋根から無骨な石樋《いしどい》を通じてそこに導かれている。脂ののった普通の鯉が浮かびあがり、粘つく灰色の小さな口を、餌を欲しがるように水面から伸ばした。男爵はポケットにあったビスケットの屑《くず》を投げてやった。鯉の旺盛な食欲に男爵も早めの昼食以来何も食べていないことを思い出し、ミルクの一杯か何かをもらってそれで暇をつぶそうと影絵師のデュンを探した。

最後にかれを見たのは中庭の隅でだったから、今は少し開いている扉から城内に消えたのではなかろうか。

「ムッシュー・デュン?」男爵は扉の隙間ごしに声をかけた。中から物音が聞こえた気がしたので、軽くノックしてから、そのまま躊躇わずに中に入った。

そこは明るい広間だった。壁や寄せ木張りの床に不規則に組まれたスポーツ用と思われる器具は、男爵の父がウィーンの邸宅に設けた体育室を思わせた。今はそこは図書室になっている。クロームの輝く梯子や、天井から鎖で下がるいくつかの真鍮の玉のわきを抜け、高い鉄棒の下を通り、丸い金属の円盤の上に立つと、電気の爆《は》ぜる音が広間を走り抜け、身体に強い衝撃を受けた。

男爵はむっとして振りかえった。誰かの馬鹿げた冗談の種にされたのかと思ったのだった。驚いたことに、広間と器具がどんどん大きくなっていく。鉄棒は伸びてますます高みにあがる。遠近は歪み、真鍮の玉もだんだんと遠ざかる。天井を見あげると、そこには鉄枠のはまった丸窓だけがあり、その背後で青っぽい炎が揺れている。

扉が勢いよく開き、ヒアシンス・ルコルフェが突入し、恐怖の叫びをあげた。「しまった。縮小扉が」

そして制御卓に駆け寄ってレバーを動かした。男爵は肝をつぶしてかれを見あげた。ヒアシンス・ルコルフェは巨人になっていて、今の自分はそのくるぶしほどの背丈もなかった。興奮して向かってくる怪物に踏み潰されないよう、男爵は必死に合図を送った。丸い円盤の前で怪物は膝を折り、モルタデラ（ソーセージの一種）の指を男爵にのばした。

「どういうことだいったい」男爵は叫び、後退《あとずさ》って、いつも携行しているピストルを胸のポケットから出して巨人に向けた。覚悟を決めて巨人の左眼、湿ったガラス質のボールの黒い瞳孔を、虹彩の放射状の輪のなかの標的に見たてて狙いをつけた。

「やめてください」犂《すき》の歯ほども大きい黄ばんだ歯が、疣《いぼ》だらけの唇から恐ろしげに突き出て輝いている。木の根のように絡まった髯が降りてきた。男爵は引き金を引いた。

「あう」巨人がうなり声をあげ、引っ込めた手で眼を撫でた。男爵は力のかぎりに走り、配電盤の裏に隠れた。隅からうかがうとヒアシンス・ルコルフェは身を起こして、ハンカチの角をひねって、下睫毛のあいだから痛む銃弾を探っていた。塩水半リットルもの大粒の涙が頬をつたい、漏斗のかたちをした毛穴に広がった。男爵はピストルに装塡した。

それからトマス・オナインとトゥルペンベルク男爵、続いてマダム・サンプロッティ、ジーモン、テアノが入ってきた――誰もが巨人だった！　城の住人たちの裸の爪先が、サンダルの台架の上で男爵をおびやかした。汚い爪の広い傘の下の贋物の砲台、大きな爪先は先のまるい臼砲の照門の関節の上に剛毛がちろちろとしている。男爵は配電盤の下に這い込み、平たく腹ばいになってピストルを構えた。まわりの葉のない干からびた植物の形をした埃のかたまりにくしゃみが出そうになり、やむをえず手で口を押さえた。

「呼んだか、ヒアシンス」トマス・オナインが聞いた。

「ちょっと待ってくれ、トマス――目に弾が入った。男爵に撃たれたんだ。ああ、これだ」ルコルフェはちっぽけな黒い点を粗い織物からはじき飛ばして、ハンカチを修道服の袖に押し込んだ。

「男爵に目を撃たれただって」

「縮小扉に入り込んだ」

トゥルペンベルク男爵は叫び声をあげ、衣をひるがえして配電盤に突進した。埃が荒々しく舞いあがって丸屋根をなし、男爵は窒息するかと思った。

「もう遅い、マキシム。スイッチはもう切ってある。何度も言っただろう。お前のずぼらはきっといつか大変なことを起こすって。おととい、あの上を走った鼠が、いい教訓になったはずだ。自分であの下に入ってみたらどうだ」

「ヒアシンス！」

「馬鹿な。こんなことが起こってたまるか」トゥルペンベルク男爵は泣き声で言い、拳で配電盤を太鼓のように叩いた。おかげで男爵は耳がつぶれそうになった。

「それで男爵はどこにいるのです」ジーモンが鋭くたずねた。

「この広間のどこかに隠れている」打ちひしがれた声でルコルフェが答えた、

「隠れているのか。かわいそうに」

「ドクトル、もし男爵が縮小扉を抜けたなら」三人のなかで真っ先に落ち着きをとりもどしたトマス・オナインが説明した。「おそらくとても小さくなっていると思います。縮小扉、つまりここにある装置は、あいにくたまたまできてしまったものですが、原子のあいだの間隔を縮めます。凝縮といってもいいでしょう。恐ろしいのは、その過程が不可逆らしいことです。かなり努力したものの逆の作用をする拡大扉はいまだ開発できていません。ヒアシンス、男爵がどのくらいまで縮んだかわかるかい」

　しょげかえったルコルフェは親指と人差し指の先くらいの距離を示した。だがかれは頭一つ分だけ被害を過小評価していた。

「すると何も手の打ちようがないの」マダム・サンプロッティが聞いた。

「何も」三人がコーラスで応じた。

「それにしても男爵はどこにいるんです」ジーモンが叫んだ。

「ここだ！」ジーモンの問いに重苦しい沈黙が続くなか、体格に応じて小さくなった、鼠のような声が聞こえた。

「今の聞こえた？」テアノがささやいた。

「男爵！　かわいそうな男爵！」配電盤の下から昂然と現われたツヴェルク（ドイツ民間伝承に登場する侏儒）を前にし

て、ジーモンは膝を折った。男爵は痙攣的にしゃっくりをし、こっそりピストルを胸に押しつけた。ジーモンの頭は先のウィーン万国博覧会（一八七三年開催）のパヴィリオンで見た大地球儀より大きかった。

「声を小さくしてくれ、ジーモン」ツヴェルクが言った。「わたしの鼓膜は過敏なんだ」

ジーモンはささやきかけた。「男爵！　こいつらはあなたに何をしたのですか」

「うん、そのくらいがいい」男爵は巨大な秘書の目を強いて見つめた。「あの人たちは悪くない。わたしは影絵師を探していた。何か飲むものをもらおうと思ったんだ。だがどんな秘密が隠れているかもわからない見知らぬ家を、あちこちうろついてはいけなかった。君たちの話は全部聞いていた。するとどうしようもないのだな」

「何か手だてはあるはずです」ジーモンは変えることのできない運命に抵抗した。

三人の金属精錬師は気の毒そうに肩をすくめた。

「それなら耐える方法も見つかるだろう。わたしの祖先はモグラだった――わたしはツヴェルク……」男爵はちっぽけな手で顔をおおったが、すぐにまた平静に戻った。「これからどうする」

「まずは家中から猫を追い払わないと！」マダム・サンプロッティが命じた。「当面はここから動くこともできないし」

「ここに猫はいません」トゥルペンベルク男爵が安心させるように言った。

「しばらくのあいだはわたしたちの客人でいてくださいますね、男爵」トマス・オナインがたずねた。

「うまく過程を逆行できるかもしれませんから」熱をこめてルコルフェが言い添えた。

「いや、こんな不吉な家に……むしろ秘書のポケットに入ってウィーンに戻り、庭師の犬小屋で暮らすわけにはいかないか。鼠に乗ってシェーンブルン宮殿に行くのもいい。そして皇后さまの爪先にキスするのもいい。しかしあなたがたは、わたしをもとの姿に戻してくれるかもしれない。ここにいることにしよう。わたしのジーモンも滞在させてもらえませんか。ジーモン、君もこれまでどおり、ツヴェルクになったわたしのそばにいてくれるかい」

「ええ、男爵」ジーモンは感動してつかえつかえ言った。

「この可哀そうな人は何を食べるの」テアノが現実的なことを言った。

「それは何でもありません」ヒアシンス・ルコルフェは見るからにうれしそうだった。こう請けあうことで、今いる面々を金縛りにしている恐怖が少しでも和らげられると思っているらしい。「食べ物を縮小扉の下に置いて縮めればいいんです。男爵の必要なものなら何でも縮められます。家具でも服でも筆記具でも書物でも。男爵がこの新しい境遇に不便を感じても、わたしたちのせいと思わないでください」

「プフフフ」ジーモンが憤りの鼻息をたてた。サロメ・サンプロッティもこの無神経な言葉に額の皺を寄せた。それでも最低限必要なものの手配は保証されて安心した。

「やってみましょう。さきほどはミルクを飲みたいと言っておられましたね」

「みなさん！」ジーモンの呼びかけは一座の視線を集めた。「僕も小さくしてもらえませんか。たとえこの嘆かわしい状態でも、僕は男爵に従う用意があります」

皆が当惑してかれを見つめた。

「それはよくよく考えたうえで行なわねばなりません」やがてルコルフェがためらいつつも言った。

「だめよジーモン、お願いだからやめて」テアノは泣き顔になっていた。

「それならわたしも縮めてちょうだい。三人いたほうがきっと楽しいわ」

「あなたにとって、プロポーションはそんなにどうでもいいことなの」サロメ・サンプロッティが皮肉を言った。

「サンプロッティさん、皮肉はやめてください」ジーモンはとつぜん奇妙に落ち着きがなくなり、声はかすれ声になった。「あまりに慣れっこになっていて……」

「いかなる事情があっても、そんな犠牲者を出すことは許さない」男爵が告げた。「君はそのままブロブディンナグ国にいて仲介役を務めてくれたほうがずっとありがたい」

「おっしゃるとおりです、男爵」ジーモンは安堵のため息をついた。

「あなたに感謝します、男爵」オナインが認めた。「こんな運命を平然と受け入れていただいて」

男爵は上辺だけの誉め言葉を短い動作でしりぞけた。「君たちの靴のあいだで立っているのはもう飽きた。お茶にしないか。こんなことがあったからと言ってお茶を飲まない法はない。ツヴェルクといっしょにいるのが嫌じゃなければ、わたしも連れていってくれ」

ジーモンは手の甲を平らにして地面につけた。男爵がその上に乗った。だが立つ気にはなれず、膝立ちになってまっすぐ立てた親指につかまった。ジーモンが立ってから、上着の胸ポケットを空けてくれるようたのんだ。空中のこんな高さで手のひらの上で座っていると目まいがすると言うのだ。ジーモンはハンカチを取って、代わりに男爵をポケットに押しこんだ。縁からかろうじて頭が出ている。

「ずいぶん楽になった」男爵が感謝した。「ツイードが少しちくちくするが。だがここからなら君と話しやすい」

中庭で影絵師デュンに会った。ポットとカップを載せた銀皿を掲げたかれは男爵のことを知らされて驚いたが、大げさに感情を表わしはしなかった。両手が震え、未舗装の道を走る消防車のように食器が鳴りはしたが、それはジーモンの胸ポケットから見えるものに驚いたというより、むしろ年齢とある種の神経質のせいだった。「ご冗談を、モンセニュール」とデュンはつぶやいたが、声が小さすぎてジーモンにしか聞こえなかった。

「馬鹿な奴だ」ジーモンはそう言い捨てて、切子細工の眼鏡で増殖した、大きく無邪気に見開いた目から顔をそむけた。

「ほんとうにすてき」悲しむべき行列の最後についたテアノが隣の伯母にささやいた。

「誰がだい」サロメ・サンプロッティは上の空で応じた。するとテアノはいきなり涙をこぼした。

「どうしたんだい」

「もしジーモンに嫌われたら、あたしも縮小扉の下に行ってやる！」

幸いにもこの日マダム・サンプロッティはリューマチに苦しんでいて、他の人は足を引きずるマダムのずっと先にいた。誰も伯母と姪のあいだで鳴ったびんたの音を聞かなかった。


ようやく低いテーブルにつき、薔薇の花びらを不機嫌な顔でむしる男爵を黙って眺めていると、誰もが罪の意識を起こした。テアノはハンカチで軽く鼻をかみ、マダム・サンプロッティはパンをちぎって丸め、トマス・オナインは髯の房をひねくり、トゥルペンベルク男爵はケーキのフォークをもて遊び、ヒアシンス・ルコルフェはナプキンを広げては皺をのばしまた折り畳むことを繰り返した。

やがてトゥルペンベルク男爵が咳払いをして言った。「男爵用にカップとサンドイッチを縮めに行ってきます」

「せっかくのマイセンがもったいない」男爵がはねつけた。「そこらの鉢を持ってきてくれ。今さら誰も使わないようなものでかまわない。そもそもどんな目的でこの悪魔の機械を発明したんだい」

「あれは実際にツヴェルクをつくるためのものだったのです」ヒアシンス・ルコルフェが顔を赤くして白状した。「わたしはしょっちゅうツヴェルクのことを考えてしまうのです。わたしの少年時代は、老いた伯母が寝る前や秋の夕べや冬の午後に話してくれた、いくつもの胸おどるツヴェルクの話と結びついていました。当時は自分もツヴェルクになりたくてたまりませんでした。ツヴェルクを忘れることができなかったのです。というのもわたしの出身地ブルターニュには、かつて大きな森に棲んでいたという小鬼《ハインツェルメナー》や地の精《グノーム》を思い出させるものがあちこちにあります。それからライプツィヒで社会学を何期か研究したマキシムから、中央ヨーロッパ人なら誰でもツヴェルクにひそかに熱中していると聞きました。ドイツの庭にはどこでも石膏や陶土製のツヴェルクがいるそうです。赤いとんがり帽子をかぶった可愛らしい豊饒の神で、その表象《アトリビュート》は熊手、シャベル、小さな手車、如雨露《じょうろ》ということです。そこでわたしはツヴェルクの秘密を探究しようと考えました。そのときはもちろん自由意志を尊重し、背丈も一エレ（七十センチメートル前後）以下にはしないつもりでした」

ヒアシンス・ルコルフェはとうとうナプキンを膝のうえに広げ、気まずい表情で胡瓜《きゅうり》のサンドイッチを手にとった。ジーモンは自分の指の爪に見入っていた。誰もが自分の返答か動作を心待ちにしているように感じたが、失望させると思うと気が重かった。

「皆さんはなぜ僕をそんなに見つめているのですか」

「だってあなた、飛べるじゃない」テアノが決めつけた。「あなたはこの中でただひとりの飛べる人よ」

「だからどうした。禁じられているとでも言うのか。だから僕が魔術師か、あるいはここに住む方々のような才能ある科学者だっていうのか。飛ぶなんて大したことじゃない」

「そのとおりです。目まいを感じるか感じないかだけの問題です」トゥルペンベルク男爵が請け合った。「あなたがたのパンティコーサの冒険旅行のことは聞いています」

「気球のことじゃないわ」テアノが口をとがらせた。

サロメ・サンプロッティが勢いよくテアノの脛《すね》を蹴った。テアノは黙った。

「ほかの方法もありますね」ヒアシンス・ルコルフェは譲歩した。「男爵のお茶が来ました」

指の長さほどの男爵がマッチ箱の上に座って脚を組み、かき混ぜる姿はそれにしても見ものだった。サロメ・サンプロッティとテアノは人形芝居小屋を、男たちは模型鉄道と砂の城を連想し、ほほえましく男爵を眺めた。

「何ということだ」だしぬけに男爵が言った。「コレクションの少なくとも一部が失われたと思ったら、今度は一人前の体をあきらめること、それが学問へのわたしの最後の捧げ物なのか。この身体で世界を見ることは、ツヴェルクの目で見ることだ。強い拡大鏡で見るのと変わりはない。ここにあるケーキの一切れに――不規則な穴のあいたマットレス大の芳しいものに――どれほど新奇なものがあるか、君たち巨人にはろくに想像できまい。端を小さな生き物が這っている。虫のようなものだ。今のわたしが見てもピンの頭くらいの大きさしかない。君たちの裸眼ではそもそも見えまい。形が不定形だからおそらく単細胞生物だろう。大きなバクテリアかもしれない。わかるかい？　ヤツメウナギだってわたしには中くらいの鮫の大きさになり、サーディンは鯨になる。これはとてつもないことだ。これからは何でももっと微妙に、正確に、はっきりと見られる……」

こう言ったあと男爵は、テーブルの中央にあった薔薇の花瓶のまわりを昂奮して歩き、ジーモンの前で立ちどまると、右手をあげて誓った。

「ジーモン、これは新たな人生の一齣《ひとこま》だ。ここには先人も後継者もいない。今から死ぬまでのあいだ、短期間であれミクロ魚類学者として研究を続けよう！」

「いつもの男爵に戻ったわ」テアノがすすり泣いた。


城の三人のあるじが、インク、ペン、紙、種々の器具、それに学術文献を縮小することを約束し、男爵の求めに応じて、サンドイッチとケーキとお茶を追加した。会話はありふれたものになった。暗黙の了解で、男爵をその災難から気がそれるように、会話は強いて自然な調子ではこばれた。

まずは話題を社交的なもの——旅の経過や自然と共に生きることの利点やもうすぐ来る夏の暑さへの不平——に迂回させたあと、ようやくトマス・オナインはサロメ・サンプロッティとその一行をモンロヤに導いた理由に話を持っていった。トゥルペンベルク男爵はペピの楽譜をとりあげ、部屋の隅で鍵盤を剝きだしていたグランドピアノの前に座った。だが初めの数音で男爵は悲痛な顔になり耳をおおった。

「やめろ！　やめてくれ！」かん高い声が聞こえた。「なんてひどい音だ」

「楽譜にあるとおり弾いただけですよ」気を悪くしたトゥルペンベルク男爵が弁明した。「もっとも、いくぶん新調性的で大胆な即興性がありますから、保守的な耳には異様に響くかもしれません」

「たんに縮小されたわたしの鼓膜が騒音に耐えられないのだろう」男爵が非難を限定化した。

「でもスタインウェイですよ」だが誰も続けようとは言い出さなかった。

「面白い」ヒアシンス・ルコルフェがつぶやいた。「たいそう面白い。セイウチ交響曲の神秘はお茶とケーキの合間に究明できるようなもんじゃない。ロバート・フラッドを調べてみよう。ノイヴィルトにも手がかりがあるかもしれない。あなたがたの部屋は召使に案内させましょう。夕食は七時です。城の中はどこでも自由にご覧になってかまいません——ただし研究室は除いて。ご自分の家のようにおくつろぎください」

「どうぞおかまいなく」ジーモンは嫌みをまじえて感謝し、男爵を胸ポケットにしまった。「洗面台、タオル、歯ブラシ、石鹸、それから剃刀《かみそり》も縮小することを忘れないでください」

寝る前にジーモンとテアノは廃墟の庭を散歩した。そこは影と香り、蛍の光とこおろぎの声からなる夢の風景だった。サーカスの切符売り娘も温和で素直になる穏やかな夕べだ。二人はまだ男爵がジーモンのベッドの隣りの靴箱に引きこもったときに受けた影響から逃れられなかった。箱は男爵のために調度が整えられ、秘書が切り開けた小さな扉に、ヘアピンを曲げてできた閂《かんぬき》がささっていた。ちょうど赤橙《あかだいだい》の月が昇ったところだ。樹脂の薬味を効かせた風が森から吹いてくる。塔の天窓を一匹目のこうもりが掠《かす》めすぎた。テラスの上に孔雀石色の青銅の砲塔が照準を天に向けている。テアノは手を静かにジーモンの腕に置き、暗さで瞳孔がいっそう開いた大きな目で愛しそうにかれを見た。

「これでウィーンに戻らなくてもよくなったわね」テアノはおずおずと口をきった。「わたしたちとパンティコーサにいられる——わたしや伯母さんといっしょに。男爵には召使がアルペンガルテン（高山植物をあしらった石庭）に作ったツヴェルクの家に住んでもらって、天水桶で小さな魚を育ててるの。そして自分の観察結果をあなたに口述して、あなたは詩を書く——そしてわたしたち、あなたとわたしは……」

だがジーモンはろくすっぽ聞いていなかった。砲身の向こうの月をじっと眺め、腕をテアノの手の下から抜いて壁にもたれ、暗く輝く蔦に身が埋もれそうなのも気にしなかった。「何だか変だ」かれはくぐもった声で言った。「食べすぎかもしれない。小さいときから苺《いちご》は胃にあわなかった。ああ！」

「どうしたの」

「何もかも見える。何もかも！」

蔦のはざまの、ジーモンの顔が白い仮面のように照らされていた場所が、いきなり空白になった。「どこにいるの、ジーモン」テアノは面食らった。大声をあげて葉の繁みに駆けより、夢中で絡みあった蔓《つる》を手で探り、壁から引き剝がそうとした。予告もせず、別れの言葉も告げずに、恋人が夜のなかに消えてしまい、テアノは戦《おのの》いた。だがとうとうかれの肩をつかまえ、チョッキのボタンと鼻を握り、緑に抱擁されたジーモンを引っぱりだし砲架に押しつけた。

ジーモンはひどくとまどっていた。たった今起きたことをうまく説明できなかった。それまで眺めていた月が一時《いちどき》に破裂し、無数の銀の環に――玉ねぎの輪のようになった。環は空いちめんに転げ、踊り、殖え、ついには脈うち閃《ひらめ》く紗《しゃ》が四方からジーモンを囲んだ。紗は多彩に輝き、のたうつ体のように波うち、その表《おもて》を火花が散り、いくつもの太陽が丸まって燃える球体になり、暴れながら回りだした。やがて渦は地平線の上で傾き、下が上に――星々が下に、大地が上に、月が中になり、月を中心とした逆立《アンチポデイツシユ》ちの眺望をかたち作った。ジーモン自身も回転をはじめた。すべては黒く、一個の円盤で、月を明るい臍とする撓《たわ》められた無限であった。そこでジーモンは狂ったグラモフォンの針となり、その喇叭《らつぱ》から映像と音の洪水が放たれた。マンモスの群れ、裂ける氷河、煮えたぎる火山、ルビコンを渡るカエサル、そして月の中の男――どこから来たのか、すべては自分のまわりを回っているのか――どうやって最後の力をふりしぼってクレーターの縁を越えたか、祝福する教皇たちと菩薩たち、大学入学試験合格の祝いでほろ酔い気分のパパ、牧場で踊る農夫たち、ヴァルミー（フランス革命軍がプロイセン軍を破った地）の連射とツンドラで橇《そり》を追う狼の群れ――そして最後にジーモン自身。インクに汚れた指で熱心に作文を書く小学生の、宝くじ局の、シュヴァインバルト未亡人の下宿のジーモン。同時に知ったのは、自分はこれらの時点のどこにも、ほぼ三十年の人生のどの時点にも存在できることだ。この短いようであまりに長いスパンから、すべての時間を貫いて満たす大樹の枝と根のように、無限の可能性が、将来と過去のはるかな深みに伸びるのが見えた。そしてテアノがかれの肩をつかんで蔦から引き剝がしたまさにそのとき、モンロヤ城のテラスの上に、天を狙う青銅の砲塔の前に、すべてのものが参集した。

「どうしたの、ジーモン」テアノは心配そうに聞いた。

「ああ、テアノ、見せてあげよう」ジーモンは勢いこんでそう言うと、恋人の腕をとってテラスから離れた。矢の速さで二人は昇った。はるか下に城はあった。窓が二つ、火花のようにまたたいている。

「あそこが君の伯母さんの部屋、その下が図書室」

すでに二人は図書室の窓の前まで漂い降りていた。室内ではヒアシンス・ルコルフェ、トマス・オナイン、そしてトゥルペンベルク男爵マキシム・ファンフスが、書類が幾重にも散らばった机を囲んで、フォリオ判の厚い書物をめくり、メモを取っていた。二人はそれから目のくらむ高みに昇り、山を、海を見た。東の彼方で天はやや明るくなっていた。二人は太陽に向かって飛び、イタリアの長靴を、ギリシアの多くの島々を飛び越し、アラビアの荒野の砂丘を曙《あけぼの》光が照らすのを見た。

ふたたびテラスに立つと、ジーモンに解放されたテアノは床に崩れ落ちた。ジーモンはその体を部屋まで運んだ。ガラスでできているように慎重にベッドに寝かせ、瞼を撫でた。それから寝室用ランプを消した。

「ジーモン、ジーモン……」テアノがささやいた。

「なんだい、テアノ」

ジーモンは白金色に輝いた。テアノは目をおおった。ジーモンは親しげに微笑みかけ、それからしっかりした足どりで部屋を出た。

階段のところに影絵師がいた。青空色の小便壺をビールジョッキを運ぶ給仕のように捧げ、あるじたちの寝室に向かっている。ところが叫び声をあげて脆《もろ》い容器を落とし、壁にへばりついた。

「モンセニュール（「セニュール」には「旦那」とともに「神」の意もある）！」デュンはあえいだ。

「どうして僕がわかった」ジーモンは強《きつ》い調子でたずねた。「ウィーンで会ったときからお前のそぶりはおかしかった」

影絵師は何とも答えなかった。そして四つん這いになって尻から階段を降りだした。

「どうして僕とわかった、デュン」ジーモンは影絵師の襟首をつかんで持ち上げた。

「わたしは芸術家です。モンセニュール」影絵師は苦しそうに喉を鳴らした。「芸術家は神々の友です。自分の正体をわたしに晒《さら》そうとした神は、モンセニュールがはじめてではありません。そういう人たちからわたしは逃げています。黒い紙の扱い方しか心得ていないものは、待ち伏せされても手も足も出ません。どうか、モンセニュール、モンセニュールをこれ以上見ておれません——眼がつぶれます」

「悪いことをした、デュン。破片を拾ってくれ。来月一日付けで退職届を出したまえ、影絵界のミケランジェロ君。なぜ神々から逃げているんだ」

「誰もわたしの芸術を真面目に受けとってくれません。誰もそれを信じてくれません――わたし自身もせっかく覚えたものを忘れてしまい……」

ジーモンはいきなり滑稽な切子細工のレンズをつけた眼鏡を鼻からもぎ取って、階段に叩きつけた。ガラスの破片の雨が飛び散った。

「お前は見栄坊の阿呆だ」ジーモンは素っ気なく言い放った。「喝采される権利を持つのは役者だけだ。すべての芸術家が、誰かが作品を買ってくれるという縛りのもとでだけ仕事ができるなら、世界はどこに行きつくんだ。お前は影絵を切り抜くものの中ではもっとも偉大だ――たとえそれで餓死しようとも」

「ありがとうございます、モンセニュール、ありがとうございます」影絵師は泣き声になった。「そう言ってくれたのはあなただけです」

「僕は疑うのだが……」ジーモンは最後まで言わなかった。影絵師のいう神々が本当はできそこないの奴らかもしれないという疑惑は、人の耳に入れるにはふさわしくない。「デュン、神を認識できるという栄誉にあずかるものは多くはない。それだけでも君はひとかどの人物だ」

「あなたのご命令なら何なりといたします。モンセニュール」

「ならそんな間が抜けた称号で呼ぶのはやめてくれ。僕はウィーンから来たドクトル・ジーモン・アイベルだ。わかったな。さっさと予備の壺を持って行くんだ。さもなければご主人がたは安眠できなかろう。それから脇を通らせてくれ――まだ庭にいたい」

ジーモンが入ると、朝食のテーブルについていたのはサロメ・サンプロッティだけだった。かれはにこやかに朝のあいさつして、それから心地いい椅子にかけた。マダムはかれを探るように、しかし少し自信なさげな目で見て、穏やかに咎めた。

「ねえドクトル、姪はかわいそうに、すっかり取り乱してるよ。あの娘はああいう遠足には心の準備がまだできてないの。今後も連れがほしくなったら遠慮なくあの子をお使い。そのときは夢を見てたのよって言い聞かせるつもりだけど、信じてもらえないかもしれないね。突拍子もないあの子のことだから、見栄坊でちっぽけな自分と神々に愛された女たちをおこがましくも比べてみるだろう。あいにくあの子はレダやアルクメネじゃない。星座になる柄じゃない。この世紀は真実に引きこもるほうが健康にいいのよ。どんなに味気なくてもね」

「マダム、あなたは謎かけでしか話さない！」ジーモンは頭を振った。トゥルペンベルクが現われて思考は中断された。

「男爵の具合はいかがです」変人の城主は聞いてきた。望遠鏡をわきに置き、目を興味深そうにマーマレードの壺に向けている。昨日の僧衣の上に桜んぼ色の二角帽《ビコルヌ》（ナポレオンがかぶって有名になった帽子）をかぶっている。

「トゥルペンベルク男爵、あなたの奇行に敬意を表するのはやぶさかじゃないけど」マダム・サンプロッティが言った。「頭にのせているそれは何なの」

「お許しください。なにしろ天文観測所で難しい仕事が——たいそう不吉な合《ごう》（占星術用語。二つの天体が合わさること）が昨夜起きたもので。なるほど、帽子か」放心の体で男爵は二角帽を脱ぎ、禿げ頭をなでた。「上の塔は隙間風がひどいんです。男爵の具合はいかがですか」

「変身したの」

「変身ですって」ジーモンは驚いたあまり蜂蜜をパンの近くのテーブルクロスに滴らせた。「どうして今まで知らせてくれなかったんです」

「なぜってその意味が測りがたかったから。朝食のテーブルで話題にすることで運命の進行に介入できる人は誰もいないからね。問題っていうのはね、変身して男爵は幸福なのかもしれないってこと。男爵の夢が最高のかたちでかなったのかもね。とうとう先祖のモグラの対極に到達して、反自然的家系の浄化《カタルシス》になったんだから。この問題を探究していたヒアシンス・ルコルフェと話してみたいけれど、はっきりした答えが返ってくるとも思えないね」

「ヒアシンスは寝坊ですから」トゥルペンベルク男爵が友の弁解をした。

ジーモンはこぶしでテーブルを叩いた。コーヒーがカップからこぼれ、スプーンとナイフがぶつかって音をたてた。「いいかげん何が起こったか教えてくださいよ。男爵は何に変身したのですか」

「魚によ。知らなかったの、ドクトル」

「知りませんでした」

「年寄りをからかわないで、ドクトル。男爵は朝方部屋の戸の隙間から入ってきてわたしを起こしたの。秘書のドクトル・アイベル氏が一晩中ベッドにいなくて、どこに行ったのか手がかりも残してくれなかったっていうのよ……」マダムはここで一息おいて、牡蠣《かき》のような目をジーモンに向けた。

「男爵は腹痛と皮膚の痒みを訴えていた。そしてふくらはぎに鱗《うろこ》が生えてきたって言うの」

「鱗が?」

「ええ、魚の鱗。ろくに息もできなくて、必死で水を欲しがっていた――中に入るための！　お望みどおりに容器のなかに入れてあげたの」

「どんな容器です」

「だから――その――夜に入れ歯を入れとく容器よ。今朝はまだその中にいたわ、真っ裸で、幾重にも鱗におおわれて。それから耳の後ろに鰓《えら》ができてたの。背中には鰭《ひれ》のきざしがあって、脚は膝のあたりまでくっついてた」

「何ということだ」ジーモンがつぶやいた。死人のように色を失った顔色に、今は恥ずかしさで赤味がさしている。僕はよりによってそんなときに男爵を放っておいたのか。「すぐ男爵に会わせてください」

「見ないほうがいいと思うけど。今はわたしの洗面器のなかにいる。変身はすでにかなり進行してるよ」


男爵はエナメルの白い鉢の底を泳いでいた。人間であったことを思わせるのは表情豊かな目と、かろうじてブラシ状に口を囲む髭ばかりだ。銀の鱗が紡錘形に変形した体中をおおい、胸、脇、尾、腹、それに背中の鰭は完全にできあがっていた。

秘書を目にとめると男爵は水面に突進し水から口を出した。ジーモンは唇を震わせながらその上にかがんだ。

「シュシモン」男爵がうなり、小さな飛沫《しぶき》をあげた。

ジーモンは無言で頷いた。大粒の涙が水鉢の男爵近くに落ちた。

「あしゃらしい水をくれ」

ジーモンは盥《たらい》から新鮮な水を男爵に注いだ。男爵は生き返ったようになった。そして水鉢の縁で羽《は》づくろいをしている蝿に不器用に食いつこうとした。だがそのとき体が引き攣《つ》り、驚いて見守る者に白い腹を見せながらも蝿に向かった。蝿は一瞬回避の動きをしたあと、またのんびりと羽づくろいをはじめている。

「死んだんじゃないかしら」サロメ・サンプロッティは言って十字を切った。

「なぜわからなかったのです」ジーモンが咎めた。「どうして今になって。あなたはろくでもないことしか予見しない」

「そうなの。残念だけど」マダムは悲しそうな顔で認めた。「そうじゃなければ今ごろは金も力もある女になっていたかもしれない。でもこの場合はあなたの非難は当たらない。魚はわたしの管轄外だもの。その霊的生活についても、健康状態についても」

「男爵は死んでます」トゥルペンベルク男爵も言った。「動いてないじゃありませんか。魚が死んだときにはこんな感じになります」

「どうしてこんなことに」

「どんな変身もストレスになります。人から魚への道のりを克服したことで生命力が消耗したのでしょう。他の人には誰が知らせますか」

「それにはおよばない。もう来てしまった」

テアノ、ヒアシンス・ルコルフェ、トマス・オナインは朝食の部屋でデュンから残りの人たちはすでにサロメ・サンプロッティの部屋に行ったと聞いた。テアノはジーモンを見ると目を輝かせ、憧れもあらわに両腕をひろげた。だが恋人と伯母のあいだの洗面器にいる男爵に気づくと凍りついたようになった。

「何これ」

「若い娘さんの見るものじゃありません」トゥルペンベルク男爵が走り寄ってテアノの前に立ちはだかった。

「男爵よ。魚になって、裸になって、死んだ男爵」静かにサロメ・サンプロッティが宣言した。

「あなたがたも変身してみたらどうですか」ジーモンが丁重に三人の城主に言った。「賢者の石を探求しているのでしょう」

「そのことはもう考えました」ヒアシンス・ルコルフェはためらいながら言った。

「別の手段があるはずだ」トマス・オナインが反対した。「われわれが縮んでもしかたがない」


悲しみに打ちひしがれながらも、どうしたら死者の尊厳を損なわずに始末できるか、死骸を前に一同は考えこんだ。生前の高潔さを思えば、思い出を腐臭によって損なうのはためらわれる。もっとも高貴な方法は保存である。これによって生前の面影は残り、肉体の自然な壊滅も防げる。腐敗する部分はすべて除去して、狩猟の記念やミイラのように詰め物をするにせよ、一般に学問的目的で用いられる、石炭酸やアルコールや、琥珀のさまざまな代用品や脱水のような特殊な手法を使うにせよ。

サーディンの缶という天才的な案を出したのはサロメ・サンプロッティだった。

「死によって不意に中断された変身を、わたしたちの手で力のおよぶかぎり全きものにすること、ともかくそれを尊重すること。男爵はそれに値する人物なの。金のサーディン缶に入れましょう、それも特製の。宝石と真珠で飾って紋章をエナメルで蓋に描くの」

ジーモンは怪訝な目でマダムを見やった。こんな悪ふざけは少々不謹慎が過ぎる。だがマダムはしごく真面目な顔をしていて、ほかの者も笑ったり憤慨してはいない。本当のところ、死んだ魚はどう扱えばいいのだろう。キリスト教の作法にかなう埋葬は問題にならない。サーディンの埋葬につきあってくれる司祭はひとりもいるまい。かといってごみ捨て場に捨てたり、もともと城にはいない猫にやったり、鶏の餌にもできない。

「紋章は折れた腕です」ジーモンが補足した。「男爵は一族の末裔でした」

「それから何か含蓄の深いモットーを缶に」ヒアシンス・ルコルフェが言い添えた。

トゥルペンベルク男爵が提案した。「富モ時モ無駄ニサレズ《アウルム・エト・オレウム・ノーン・ペルディディー》」

トマス・オナインも約束した。「われわれが費用を負担して、ウルヘルで一番腕のいい金細工師に作らせます」

テアノが聞いた。「それまではどうしておくの」

「本物のサーディンと同じに扱いましょう」

「ともかくあたしの洗面器に入れとくわけにはいかないよ」

「デュンに取り出させて、サーディンの扱い方がわかるまでは、とりあえずグラスに入れておきましょう。オイルに浸す前に塩漬けにするのではないでしょうか」

男爵の不在は空虚をもたらし、その中で各人はすぐさま役割の再配分にとりかかった。自然は真空を嫌うという。だがそれを忌むのはむしろ人間——とくに女である。死の荘厳を前に男たちがどうしようもない畏怖を感じ佇《たたず》んでいるのを尻目に、サロメ・サンプロッティは家事の手綱を握り、テアノは悲嘆で赤くなった鼻を白粉《おしろい》ではたいた。女たちのやろうとすることは、かくのごとくすこぶる即物的である。鏡を前にする女性の芸術家的な集中でテアノは濃い眉を黒く染め、睫毛にマスカラをつけ、十分に悪魔的な顔にしてからジーモンを探しに行った。

ジーモンは庭で青銅の大砲に馬乗りになっていた。ほんの十二時間前には髪も逆立つ夜の遠足の出発点になったところだ。かれはパイプを吹かしていた。その穏やかに悲しむ様子は、テアノほど決心を固めていない女には、自分の思い込みは間違っていたかと疑わせただろう。だがテアノはすでに、授かるはずもない子供に産湯を注いでいるところだった。地上では与えられなかった居場所の代わりに、それを地獄の中に――悪魔のベッドの中、悪魔のかたわらに見出そうとしていた。悪魔は今、兵器にまたがって、小枝で虫歯をほじり、鼻と口から青い雲を吐いている。いざというときのためにテアノはブラウスのボタンをもうひとつ余分に外した。そして十分近づいたところで、「ハロー、ジーモン」と声をかけた。

「ハロー」ジーモンは振り向きもせずに答えた。

その肩に軽く触れてテアノは聞いた。「これからどうするつもりなの、ジーモン」

「わからない」その声は暗かった。「たぶん家に、両親のもとに帰ると思う。オーバーヴェルツの司祭の聖具係になるかもしれない」

「ははは」テアノはあざけった。いかにも馬鹿馬鹿しく聞こえたからだ。

「笑うなよ。公証人見習にさえなるかもしれない。ともかく何かやらなければ。男爵がこの世からいなくなるなんて考えもしなかった。最初はペピ、次に男爵――僕だけが残ってしまった」ここで振り向いてまともにテアノを見た。「こんなのっておかしくないか」

「ジーモン、わたしを愛してる？」

ジーモンは驚いて目をみはった。「今はそんなことを考えるのに絶好の機会じゃない。なぜそんなことを」

「わたしが好き?」

「ああもちろん。でもなぜ……」

「あなたは悪魔――わたしは悪魔の奥さんになりたいの」

「悪魔だって? とんでもない」

「不死で全能」

「僕がかい」

「昨夜のことを忘れたの? 結婚してくれる?」

「僕が――」かれは手で目をこすった。「僕が嫌なわけはない。でも君の伯母さんが言うには、君は僕を愛してないそうだ。だが君の言ったことのほうが確かだろう」

「しょっちゅういっしょに飛べるわね。世界のどこにでも」

「ああ、そのとおりだ。僕は飛べもできるし」ためらいながらジーモンは言った。

「ドクトル! ドクトル・アイベル!」ヒアシンス・ルコルフェが庭のどこかから呼んでいる。かれは二人の友と意見が一致していた――この不思議な客人の滞在中は時間を無駄にすべきではない。

ジーモンは砲塔から飛び降りて、言わでもの言い訳をした。「お呼びがかかった」

「ほんとうに結婚してくれる?」

「ああ。でもとりあえずいっしょに来てくれ――何か男爵に起きたのかもしれない。なにしろこんな狂った城だから」
三人の城主とマダム・サンプロッティが門の前で待っていた。かれらはジーモンにひどく丁重なあいさつをした。かれの腕にぶらさがったテアノは顔を輝かせた。婚約者としての自分が意識された。どんな娘もこんなときは婚約相手の光輝を喜んで浴びる。かつて危うく曲芸師の助手になるところだったテアノにとって、これは大いなる瞬間だった。高名なサロメ・サンプロッティにお辞儀をさせ、とるに足らない姪――無《ニヒツ》と姪《ニヒテ》、なんて含みのある言葉なの――が頭を反りかえらせ、かれらの敬う、やがて一緒になる運命の男のかたわらにいる。

「あなたの空中浮揚についてお聞きしたいのです」トマス・オナインが口をきった。「マダム・サンプロッティが話してくださいました。お守りの作成を依頼する手紙からも、あなたがある種の難題と戦わねばならぬことが見てとれました。マダム・サンプロッティから今聞いたのですが、あなたは昨晩、偉大な卓越性《マギステリウム》がご自身にあることを身をもって体験されたそうですね。われわれの召使に、あなたは完全な神性を顕わされました……」ここでオナインは口ごもり、神経質に僧衣のゆるんだ紐の端をもてあそんだ。

「あたしたちの知りたいのは、それがどんなものかなの」マダム・サンプロッティが助けを出した。

「ええ、それをわたしたちは知りたいのです」ほっとしてトマス・オナインは打ち明けた。「いいですかドクトル、われわれはこの城に二十年あまり滞在して、賢者の石を探求し続けました。西洋と東洋のあらゆる古書肆から、手に入るかぎりの文献を集めて、ここだけの話ですが、ヒアシンスは掃除婦に化けて、パリとウィーンの国立図書館から、他の手段では手に入れようのない手稿をいくつか調達しました。最初ヒアシンスはここにひとりきりでいて、まったくの隠遁状態で研究を進めていました。それからマキシムが加わりました——《錬金術評論《ルビュ・エルメティック》》の広告を目にとめたのです。当時二人は大型の蒸留器と湯煎装置《バルネウム・マリアエ》を組み立てていました。最後にわたしが、わたしの公刊した『化学の結婚』をめぐるとても刺激的な文通のあと、モンロヤへの道をたどりました。わたしの金は、ルスコフ・アンド・グルーファンドル社が市場に投入したばかりの錬金炉《アタノール》に投入されました。今でもりっぱに役にたっています——その後何度もこのモデルは改良されたのですが。作業の進捗はおそろしく遅々としていましたが、それを嘆くつもりはありませんでした。十年ののち、わたしたちは特殊な物質を発見しました。偉大なフルカネルリさえ第一質料《マーテリア・プリーマ》だと考えたものです。そして今から数か月前にようやく赤い獅子の腐敗にまで到達できました。でも、ほら、ごらんの通り！　わたしたちの人生の最良の時期は術《オプス》に呑みこまれてしまいました。それでいていまだに、待望の日——輝く不死鳥が灰と化した哲学者の玉子から這い出る日——がまだどれほど遠いのかまるでわかりません。そのかたわら、いろいろなものを組みたてたり発明したりしました。縮小扉もそのひとつです。ほどほどの値段でホロスコープやお守りを売り、リューマチによく効くという評判の薬草膏薬や、体が瘦せて肌がきれいになるお茶も製造しました。こんながらくたを疲れはてた手にかかえて、わたしたちは今あなたの前に立っています——まだ若いのに、とくに努力もせず、受肉した非-人間《ウンペルゾーン》のなかの超自我《メタヘアウトス》に到達できたあなたの前に——。われわれが興味と羨望に襲われたとしても許されはしないでしょうか」

「それは買いかぶりではありませんか」困ったジーモンは言った。「あなたがたに打ち明ける秘密など僕にはありません——それでなくともサンプロッティさんがたえず見透かそうとしているのに。マダム・サンプロッティも説明に困るものを、僕に聞かれてもどうしようもありません。正直に言いますと、あなたがたの使う奇妙な語彙さえ僕には理解できません」

「あたし自身がこの人に文献をひもとくことを禁じた」マダム・サンプロッティが言った。「教育の感化を受けていないまったく天然の才能なの。アカデミックな圧力なしにその才能を開花させたかったからね」

「お守りの効き目は感じましたか」トゥルペンベルク男爵がジーモンにたずねた。

「率直に言えばノーです。もっとも僕がほんとうに飛んだのは、あれを初めて首にかけた夜だと覚えています」

「空中浮揚のことね」マダムが解説した。

「ええ。でもお守りがそれに関係しているとは思えません。地面から浮かび上がりたいという妙な欲求を感じたのは、それ以前からのことですから」

「するとオプスについては何もご存知ないのですか」落胆した顔でトマス・オナインが聞いた。

「そこに成功の秘密が隠れているのかもしれない」考え考えマダム・サンプロッティが言った。「主要な情報提供者は口をそろえて、渇望から解き放たれよと言ってるじゃない。でもあなたがたはそうじゃない」

「ええ完全には」トゥルペンベルク男爵が認めた。「しかしその点でささやかな夢を持っていない人はいません。死が来なければいいとひそかに願っていない人はいません。そして何かしらの野心を持たない人はいません」

「それは違う」マダム・サンプロッティが反論した。「ここにいる人は――まだ《人》と言えればだけど――時に応じて自分の良心が許すことだけしかしない。姪も請け合ってくれるだろうけど、この人の良心はけっこう色々なものを許すけどね」

テアノはたちまち赤くなった。それでも気まずい間《ま》ができた。

「あなたが飛べるということは、わたしにはとてつもなくすばらしいことに思えます」やがてヒアシンス・ルコルフェが控えめに言った。「それがどんなものか、わたしたちに見せていただけないでしょうか」

ジーモンには心構えができていた。筋肉を引き締め、横隔膜を持ちあげ、離陸に精神を集中した。だが体は依然として打ちこまれた杭のように草地にあった。とまどって頭を振り、顔を天に向けて、何度か深呼吸をした。それから再度試みようと腕を曲げ、蛙のように跳ねた。

「しっかりしてよ、ジーモン！」テアノが声をかけた。

「お手伝いしましょうか」ヒアシンス・ルコルフェがたずねた。

ジーモンは相手をきっと睨んだ。「あなたがたのお喋りで心が乱れてしまいました。飛ぶには精神を極度に集中させねばなりません。それはおそらく非日常的なある種の心境です」

「朝食が重すぎたのでは？」トゥルペンベルク男爵が思いつきを口にした。

歯を食いしばってジーモンはさらに飛びはねた。

「あなたおかしいわ」テアノがふくれた。「馬鹿みたい」

「黙ってろよ」ジーモンがたしなめた。「こんな奴が僕と結婚したいっていうのか」

「わたしのこと？　蛙ならどこにでもいるわ――でもわたしの欲しいのは王様が化けた蛙！」

「それが君の望みなら……」

「今日中にわたしのとこに飛んできてちょうだい。さもなきゃそのままお別れよ」テアノはぷりぷりして森のほうに走っていった。

ジーモンは悲しげにそれを見送った。三人の城主はこの短い諍《いさか》いに驚きを隠さず、今はこれに対して態度を決めるべきか、決めるならどういう態度をとるべきか考えているようだった。ジーモンはもう一度跳ねてみた――今度はうまくいった。一秒の何分の一かだけ、まるで重力が情けをかけたように空中にとどまった。気づいたのはサロメ・サンプロッティだけだった。マダムは誇示するように拍手して祝った。

「ドクトルをひとりにさせておおき」疲れて額の汗を拭っているジーモンの肩をもった。「あの人が飛べるのは間違いない。姪はあんたがたが聞いたら髪の毛が逆立つようなことを教えてくれた。あんたがたも知ってるだろうが、空中浮揚は慰みにやれるような簡単なもんじゃない。あなたがさっき口に出した朝食のこともあるし、ほんの二時間前に男爵の悲劇があったばかりなのに、せいぜい職業的関心か体育会系的な野心を満足させるためにやってみさせるなんてね――。向こうには死人が横たわっているのを忘れちゃいないだろうね。大切な亡骸《なきがら》を黄金の缶に塩漬けにしてそれで終わりっていうわけにはいかないよ。あたしが思うに、昨日から矢継ぎ早に起こったことの一つ一つにもう少し注目すべきだ――他のことにかまけてあのことをまるきり忘れてしまうのはどんなもんかね」

「男爵の件は痛ましい事故でした。誰が責任を負うべきものでもありません」トゥルペンベルク男爵が非難をはねつけた。

「よりによってあなたがそれを言うの？　まあ驚いた」サロメ・サンプロッティが食いついた。「あの物騒な縮小扉のスイッチを切り忘れて、扉に鍵さえかけなかったのに。おかげで何も知らない男爵が陰険な罠に落ちたというのに」

「待ってください」ヒアシンス・ルコルフェがマダムをなだめた。「マキシム、君が間違っている。

君にも責任はある。男爵があとで魚になるなんて、もちろん誰にも予想できませんでした。男爵の死と大事な客人ドクトル・アイベルは、残されたものにとって、まったく別ものです。マダム・サンプロッティ、わかってください、こんな場合はまず客人をとらざるをえません。何と言っても死のほうが――ほら、まあ――ありふれた現象ですから。男爵はまだ当分わたしたちのもとにいます。でもドクトルは、男爵が変身したからには、われわれのむさ苦しい宿を引き払ってしまうでしょう」

「そのつもりはありません」ジーモンはかれを安心させてやった。

「今はあたしたちだけにしておいて」マダム・サンプロッティはそう言って、ジーモンの腕をつかんで引っぱって行った。

大きな菩提樹の下にあるテーブルに老女は腰をおろして、ため息をついた。ジーモンにも身振りで自分に倣うようすすめた。

「テアノは――」ジーモンが話しだしたが、マダムはそれをさえぎった。

「いいかげんにあの馬鹿娘を頭から追いだしな。言っとくけどあの娘はあなたを愛してはいない。飛べる男、魔術師、半神を夫にしたいだけ。テアノは日常を越えたものがとても好きだから、そういうのが自分の前に現われると夢中になってしまうの。干し草の中に潜んで、あなたの朝の訓練をうかがっていたとき、あの子はまだ半信半疑だった。だからこそ、証拠がつかめて有頂天になったんだし、大げさに期待するようにもなった。超自然はごくごく自然だってことが、どうしても呑み込めないんだ。だから人間のなかに神を認めるすべを忘れてしまう。今は向こうの森を走り回って、首をくれそうな樹を探してる。でも心配しないで。あの子はそんなことはしない。もうすぐあの藪にしゃがみこんで、わたしたちが立ち去るのを待つでしょうよ。自分の部屋に潜り込めるようにね。夕食には降りてこないだろう。あなたの前にのこのこ出ていくよりは、お腹を空かせていたほうがましと思ってるから。ほんとうに馬鹿な娘！　わたしがもし若ければ、何がなんでもあなたと結婚したのにねえ。今はなおのことそう思うわ。でもわたしなんか嫌いだろ。昔からきれいじゃなかったから……」

「僕もテアノは愛していないと思います」ジーモンは白状した。「マダム、どうかわかってください。テアノは僕がとても気にいったようですが、僕とは相性がよくない」

「そういうことなら、あの子と仲直りさせてあげようかね」マダム・サンプロッティは寛大に約束した。「夕食後にあの娘の部屋に行って、あなたは婚約したとは思っていないと言ってやろう。ちっぽけな恋愛ごっこはこれでおしまい。潮時よ。オーストリアであなたの運命の奥方が待ってるよ」

「急いで結婚する気はないんですが」

「それならそれでいい。いずれはそうなるから」

ジーモンは立ちあがった。「少し疲れました。もしよろしければ……」

「そう簡単に放しはしないよ。昨晩何があったかおっしゃい」

「覚えていません」その声は苦しげだった。

ジーモンは本当に覚えていなかった。影絵師と出会ったあと、また庭に出たが――それはどうでもいい。半神と化すとき、場所は大して問題ではない。

あの夜ジーモンは可能性のもっとも遥かな限界を突破した。真剣にというよりむしろ好奇心で追求した進化ののち、変性が訪れた。気まぐれと好意から可哀そうなテアノを道連れにしたあの飛行中、空間は自分には無意味なことが意識された。サロメ・サンプロッティが予感したように、望みのままにどこでも一瞬で移動できた。どんな星雲も遠すぎはせず、自分の心は近すぎることはなかった。空間とともに時間の壁も破られた。空間は時間の関数にすぎず、一方が解消されると他方も存在しなくなる。それは雄型と雌型で、そのあいだで現実が型押しされる。

ジーモンは卓越した仲間たちと共にいた。神々や英雄がいたるところにいて、割り振られたおのおのの星を領地のように耕し、オリンピックのような遊戯で暇をつぶし、ときどき顕現しては、信者たちの敬意を受けていた。ショッテンギムナジウム以来おなじみの有名な名が現われた。複雑な家系樹をもつ立派な旧家だ。かれらはいくぶん郷紳地主《ランデッド・ジェントリ》味をおびた、自分たちだけの階層を構成し、宇宙の中心の土地でみずからの寺院、霊山、神託を保持している。その隣には大量の新入り《ヌーヴォー・アリヴェ》がいる。こちらは名もない奇人変人で、多少の適応能力を慰みにして忘却の運命を忘れようとする者たちだ。何らかの祝祭が盛大に企てられ――死ぬことがないので――何度となく最初からはじまり、同じ機知がまた繰りかえされる。老いたものの中には、自分の聖域を他にくれてやるものもいる。それで気をまぎらわそうとしたり、信奉者に見捨てられた場所を有効に使おうと思っているのだ。何人かのへそ曲がりは、そこに創造主が見つかると思って、しつこく無限の限界を突破しようとする。そんな遠征から帰還したものは疲れ果てて意気が挫けたように見え、祝祭で大量のネクタルを口に注ぎ入れる。

一八三二年七月二十七日もいきなり他の日――無限の日々の連なりからジーモンが意のままに選び出せる日――と似たものになり、エクス・アン・プロヴァンスの当時《ラ・イロンデル》と呼ばれた魅力的な離宮の前に着地するには、思考を飛躍させるだけでよくなった。だがジーモンはそれを望まなかった。一度だけ経験したプロテウスの状態――かれはそこから歩幅ほども離れていなかった――をしりぞけて、なじんだ皮膚とその中身を選んだのは、センチメンタルな恋着のためではない。聖なるジャッカル、アヌビスの仮面をかぶってエジプトのファラオを訪れたり、ジェシー・ジェイムズ（西部開拓時代の無法者）とポーカーの勝負をしたり、教皇レオとともにフン族の王アッティラのもとに向かったりするのを妨げるものはなかった。だが生来の全知者として、過去に起きたことや、何らかの方法で歴史の流れに介入すれば起こるであろうことをすべて知るものにとって、そんな企てのどこに魅力があろう。この超越的世界の敷居に立ったジーモンは、それだけで欠伸をもよおし、恐ろしいまでの退屈に身が震えた。人をもて遊ぶことは、このような状況では、子供じみた遊戯以上のものがある。自分も永遠に修道院の廃墟でティーパーティーを催し、美しい従姉妹の前で澄ましてフルートを吹くべきだろうか。古典時代以降のシビュラであるテレサ、ドルイドの娘フィオナ、それから白服の従兄弟はきっとそれを待っている。今にしてみればあれら紳士淑女がなぜ自分に興味をもったか、その訳《わけ》がよくわかった——ついに新顔が現われたと思ったのだ。

贋の極楽の門前でジーモンは素っ気なく「ありがとう、でも僕はごめんだ」と言った。無制限の自由という餌はあまりにちっぽけで、ドクトル・アイベル氏の趣味に合わなかった。この浄土《エリュシオン》は一種の快適な地獄にほかならならず、考えられるかぎりの逸楽の椀飯振舞であらゆる食欲を扼殺し、住人を麻痺睡眠に陥らせる。その睡《ねむ》りの深みに古代の神々も消えた。お茶会への興味はすぐに冷《さ》める。そこでまず浄土に新人を迎えようと、死すべき人間を命取りになりかねないランデヴーに誘い、みずから作った規則による手の込んだ遊戯と恋愛の迷宮を発案する。太古の神話が証しているように、性愛は今にいたるまでもっとも永続する誘惑である。それにも飽きると、全知で全能のものも、もはや何もすることがなくなる。これは死よりさらに悪い。

ほとんど抗しがたい誘惑にもかかわらず、神というこの潜伏性の病に感染しなかったのは、ジーモンのあっぱれな手柄だった。自然の気まぐれが恵んでくれた無限の自由を活用はしたが、その使い道はただ、自由から模範的な帰還を行ない、その自由そのものから己《おのれ》を解放することだけだった。なにしろ自由には当然にして帰還可能性も入っているからだ。かれは長くはためらわず、取り返しのつかないのもかえりみず、人間そのもののジーモンを選択し、ごくありふれた人間がこうむる危険もすべてひきうけた。以前の状態《スタトゥス・クオー・アンテ》が復活した。ジーモンの先例は多くの追随者を産んだらしく、神々が人界に逃げ出してオリンポスはめっきり淋しくなったという。

もちろんこの決断をしたとき、細々《こまごま》したことはジーモンの考慮の外にあった。神性のこの放棄とともに、飛行能力も失われるとはかぎらなかった。飛行能力はその初期段階においては、きわめて人間的なものである。さらにかれはそれを発展のある時点で——疑いなくいまだ死すべき人間の仲間だったときに——すでに得ていた。というのも、どんな人間も隠れたかたちで不死性の萌芽をみずからのうちに有しており、あらゆるヘラクレスは一度は岐路に立つからだ。ときどき心がきわめて高揚したとき、ジーモンは未来に飛ぼうともした——とはいえ節度を保ち、ゴールを設定したうえでのことだが——。距離を完全に超越した存在でも、もちろん足を使うことはできる。とはいうものの、ぶらぶら歩きから疾走まで微妙にテンポを変えられる尊ぶべきこの移動手段は、必要性を超えた何らかの理由があるとき以外はあえて選ぶ意味のない儀式になってしまう。ジーモンが望んだのは人間であること——自分の足で歩いて疲れること、眠ること、そして翌日に何が起こるか知らぬままでいることだった。

この放棄は取り返しがつかない。でなければ放棄とはいえまい。そしてそれは、神々や超自然的な術や自称従兄弟に関する記憶をすべて拭い去って、かろうじて耐えられるものである。

「わたしが大蒜《にんにく》で処置した手紙はどうおしだね」サロメ・サンプロッティが聞いてきた。

「投げ捨てました」ジーモンはそう言っておいた。本当のことを打ち明けるのは気が進まなかった。

「どうやら正しいところにね。するとわたしには何も教えないってわけかい」

「ええ残念ですが。正確には思い出せないにしても、庭にいるとき……」

「でもその前にテアノと飛んだね？」

「ええ。すばらしい体験でした」

ジーモンはシャツの下のお守りを探った。取り出してサロメ・サンプロッティに返そうとしたが、マダムは持っておくようにと頼んだ。あんたが切り抜けた試練は最後のものではないし、一番難しいものでもない。これからも人生は長く続くんだから。

「こんなものはたいして頼りにならないけど」マダムは言った。「でも年寄りは伝統が好きなの。お子さんができたら首にかけて、わたしのことを話してあげて。たぶん気に入るだろうよ」


ジーモンは気づかわしげに藪を見やった。あの後ろにテアノが隠れていて、城にこっそり帰れる機会を待ち構えている。だがほどなく解放されるだろう。影絵師が裾をひるがえして鋸壁の上を走り、巨大な布切れを振りながら、何かこちらに叫んでいる。草地で熱心にジーモンの事例を議論していた三人の城主は目を上げた。

「《魚》と言ってませんか」ジーモンが聞いた。

「どうした、デュン」

デュンは鋸壁から消え、またたく間に跳ね橋をこえて、こちらに突進してきた。喘ぎ喘ぎ濠の前で一同と顔をあわせた。好奇心に負けてテアノも藪から出てきた。

「魚が――男爵が――動いています」

「死んでなかったのか」ジーモンが叫んだ。

「洗面器にいます――上のサンプロッティさんの部屋の。わたしは漬物用の瓶を持って上がりました。いつまでも洗面器には入れておけませんから。死んでいるとわかってはいましたが、瓶には水を入れておきました。そうしたら男爵は気持ちよさそうに泳いでいるじゃありませんか。わたしに気がつくと男爵は鰭《ひれ》を振って頭を水面から出しました。とにかく来てください！」

ジーモンが真っ先に城に突入した。他の者もあとに続いた。ヒアシンス・ルコルフェだけがうめき声をあげ跳ね橋の上に残された。サロメ・サンプロッティの日傘につまづいたのだ。

洗面台の前にうやうやしい半円が形成された。男爵秘書という立場から、疑いなく最初に呼びかけの資格を持つジーモンは、つつましく咳払いをして、そろそろと陶器の鉢に近寄った。一指尺（約二十センチメートル）ほどのサーディンの男爵は、かれの方に泳ぎ寄り、哀れを誘う魚の頭をもたげて、言うにいわれぬ静かな目でかれを見つめた。

「男爵、死んでいなかったのですね」ジーモンは胸がつまって小声で言った。

男爵は生きている証拠に力強い跳躍を見せた。ふたたび洗面器に落ちると水がはねかえった。

「すてき！」テアノがため息をついた。

「この馬鹿たれ」マダム・サンプロッティが言い捨てた。

「なんとか意思の疎通ができませんか」トマス・オナインが現実に返って言った。

「何か紙をください」ジーモンが頼んだ。「男爵が字を読めるかみてみましょう」

トゥルペンベルク男爵が僧衣からメモ帳を引き出し、一ページ裂いてジーモンに渡した。

「何て書くの」テアノがじりじりしてたずねた。

「お腹が空いてないか聞いておやり」マダム・サンプロッティが提案した。

ジーモンは紙に「空腹ではありませんか」と書いて洗面器のふちにかざした。男爵はちらと見て、誤解しようのない動作で小さな口をあけた。

ジーモンは思い出した。仮死の直前に男爵は貪欲に蠅に食いつこうとしていた。そこでさらに書き添えた。「蠅はいかがですか」男爵は同意の印を見せた。

そこで一同は蠅を取ろうと散り散りになった。抜け目ない蠅はどうやらこの追求を予知していたらしい。一同は空しく城中を狩りたててまわった。橋でつまづき脚をまだひきずりながらも雄々しく狩りに参加したヒアシンス・ルコルフェがつかまえた鞋虫《わらじむし》を、男爵はさも嫌そうにはねつけた。そこでジーモンは、違う食物を提案したらどうだろうと考えついた。そして紙切れにこう書いた。「パン屑はいかがですか」男爵は大喜びはしなかったが拒否もしなかった。テアノはキッチンに走り去ったところに、デュンが誇らしげに蟻の卵のかたまりを掲げて一同に見せた。これは男爵へのごちそうだ！

「デュン、昇給に値するぞ」トゥルペンベルク男爵が感激して叫んだ。

たちまち男爵は蟻の卵を飲み込み、尾を激しく振って、食欲はとうてい収まっていないことを示した。デュンは追加の蟻の卵を掘りに庭に行き、ジーモンは筆談で地虫はどうかと聞いた。男爵は生きとした興味を示したが、結局この日は蟻の卵で満足せねばならなかった。すぐつかまえられたのはミミズだけだったが、あまり食欲をそそる格好はしていないし、男爵より長くて、気味悪く太っていた。それに二皿目の大盛りの卵で男爵は満腹したようだった。

組織作りに秀でたトゥルペンベルク男爵は、そのあいだにさらなる食糧補給のための各自の役割を定めた。今後はジーモンとテアノが蟻の卵を探す係になった。デュンは翌朝城の濠の泥から地虫を掘り出す（吐き気のするような仕事だ）係で、トゥルペンベルク自身と他の城主は、見込みはかなり薄いものの、蠅を探すことにした。サロメ・サンプロッティはその不器用さを鑑みて除外された。その代わり洗面器のそばにつき、さらに男爵が何か希望を漏らすか注意していることになった。男爵の災難を軽減するか、あるいは救いさえする案を、どんなに不毛なように思えるものでも全員が顔を合わせる食事の席で披露することにした。

新鮮な水も手配された。中庭の大きな貯水槽に移すことも考えられたが、短い議論のあと却下となった。濁って藻の生えた水には思いもよらない危険があるかもしれない。肉体の健康にもかかわらず男爵が退屈そうにジーモンには思えたので、学術文献が手配され、本や雑誌を洗面器のふちで支える書見台もつくられた。そして通りかかったものは皆ページをめくることにした。さらに午後のお茶の時間に、トマス・オナインが月二回発行の《カタロニア漁業》の定期購読申込用紙に記入した。

沈んでいた雰囲気も活気づき、希望が見えるようになった。男爵が生きていたことのありがたさで、魚の形もさほどのこととは思われなくなり、そのうち何かいい方法が見つかると信じられてきた。翌朝ジーモンが蟻の卵を探していると、驚いたことにテアノが心配そうな顔をしている。男爵のほうは一晩を持ちこたえ、皆の朝のあいさつを受け今は元気よく輪を描いて泳いでいる。

「悩みごとでもあるのかい、テアノ」ジーモンはそうたずねて小さなブリキのシャベルを地面に置いた。

「冬のことを考えてたの。今なら蟻の卵も蛆虫も、たぶん蠅だっているでしょうけど、冬は男爵にどんな餌をやればいいの？」

「冬のことなんか今から言うなよ」ジーモンは驚いてとがめた。「そのときまでは何か解決策が見つかるさ。そうでなくとも――そう、そのときはパン屑も食べてもらわないと」

黙ってテアノはとりわけ卵の豊富な幼虫部屋を掘りかえし、あわてて逃げ惑う蟻たちのあいだから卵をスプーンであらかじめ用意したマッチ箱に集めた。ジーモンはそれを考え深げに見ていた。

「あなた変わったわね」やがてテアノはためらうように言った。「もう前みたいに怖くない」

「ああ」ジーモンも同意した。

二人はそのことについては二度と話さなかった。


サロメ・サンプロッティ、テアノ、ジーモンがすでに昼食の席についていると、三人の城主がひそひそと話をしながら作業場から出てきた。男爵の泳ぐ洗面器は配膳台の上に置かれている。

「研究は進んでいますか」ジーモンが儀礼的に聞いた。

「いえ、しかし」――トゥルペンベルク男爵は興奮を抑えきれないようだった。――「いいことを思いついたんです」

「わたしから話させてくれ、マキシム」トマス・オナインが口をはさんだ。「わたしのほうがうまく説明できる」

もたもたと僧衣をたくしこんでトマスは席についた。

「マダム・サンプロッティ、わたしが考えるには」マダムのほうを向いてかれは話を始めた。「あなたもご承知のように、われわれは物質の変成ばかりでなく、長いあいだホムンクルスの創造にも取り組んできました」

　サロメ・サンプロッティは頷いた。

「そこで」と今度は一同に顔を向けて話を続けた。「マダム・サンプロッティもお客さま方もおそらくご存知ないでしょうが、人造人間の製作はかなりはかどっています。われわれが試作した試作品は、微小な繊維の一本一本にいたるまで自然そのままなのです。どれほどの苦心を要したは聞かないでください。このホムンクルスは貴重品保管室にいつでも動かせる状態で置かれて――いや、『横たわっている』と言ったほうがいいでしょう。デザートが済んだら、あなたがたにも向こうの作業場でご覧にいれましょう。きわめてすばらしい――芸術品です」ここでかれは誇らしげに一同を見回した。「ここであなたがたは、『ではなぜそのホムンクルスをここで歩かせないのか』と当然お聞きになりたいでしょう。答えは簡単です。生きていないからです。なぜ生きていないのか。魂がないからです」

　ここでトマス・オナインは二人の女性とジーモンを期待の目で見た。だが少し早すぎた。この奇抜すぎる発想は、まだかれらには呑み込めていなかった。

「あとは誰もがすぐ思いつくことです。可哀そうな男爵に魂はありますが、人の体はありません――われわれは人の体は持っていますが、そこに命を目覚めさせる魂は持っていません。ちなみに申しておきますが、あちこちに出たがる亡霊をひとつ、ホムンクルス用におびき寄せようとしたこともありました。でもみじめな失敗に終わりました。そこで未練を残しながらも、計画はきっぱり断念するつもりでした。ホムンクルスは今も貴重品保管庫に横たわっています。要るのはたった一人の魂です。でもそれを獲るには、蝶取り用の網をかまえて墓場に立っているだけじゃだめなんです」

「信じられません。とても信じられません」ジーモンは驚いた。「あなたがたのホムンクルスに男爵を——組み込むつもりなんですか」

「どうしていけないのです」ヒアシンス・ルコルフェが答えた。「たった一度のチャンスなんです。もちろん厄介な点はあります。男爵の魂は空中を浮遊してはおらず、魚にはまり込んでますから、魚と魂とは無傷で分離はできますまい。ですから魚もいっしょに組み込みましょう。この一点で、難題が今後いくつも出てくるでしょう。でも人の手柄を横取りするつもりはありません。この分野での重要な先行研究が、高名なプロティヴェンスキ・ド・ロトカベルグによってなされています。かれは特に天分と向上心のあるラットテリアを人造セントバーナードに組みこもうとして、みごとに成功をおさめました。その報告『犬の巨大化について《ド・ラグランディスマン・デ・シャン》』は専門家のあいだで当時すさまじいセンセーションを巻きおこしたものです。とはいうものの、ひとまずのところ、同じものを同じものに——犬を犬に——組み込んだにすぎません。しかしもしわれわれの魚が人の魂を持つからには、きっとその魂はホムンクルスの中で安住するでしょう」

「あなたがたが成功すれば、科学の勝利でしょうね」

「そうは言ってもこのことは——男爵のことを考えても——外に漏らしはできません。われわれはヘルメス主義者です。相当に例外的な事態が起きないかぎり公表は正当化できません」

「すぐ男爵に打ち明けましょうか」

「簡単な報告にとどめましょう。今救助計画を練っているところとか」

スープと肉料理のあいだにジーモンは書いた。「救いの見込みかなりあり」

最新情報を記したこの紙を男爵の前にかざすと、魚の目に信頼と歓喜とそして好奇心が現われた。かれは一種の身振り信号を開発していて、世話する者はかなり正確に見当をつけられた。ぴんと張った尾鰭を力強く動かして銀色の体で洗面器をジグザグに横切る動きは、不屈の生への意志といくぶんかの待ち切れなさを表現していた。

三人の城主はいらだたしいほどゆっくりとデザートをつまみ、大粒の蛇苺《へびいちご》の品質とクリーム中の脂肪分の減少について長々と議論を交わした。客人のほうは好奇心で煮え立つばかりになり、椅子を体で神経質に研磨していた。とうとう彼らもナプキンを丸めて靭皮《じんぴ》の輪にはめた。トマス・オナインが卓上の呼び鈴を取って鳴らした。

「片づけてくれ、デュン！　それからお客さま方はどうぞ隣の部屋に。ご婦人方には申し訳ないのですが、これからお見せするホムンクルスは裸同然です。さもないとどれだけ精巧な細工かがおわかりにならないでしょうから。ではこちらに」

もったいぶった身振りでトマス・オナインは作業場の鉄の扉を開き、解剖台を見せた。人の体がその上に横たわっている。「ああ！」の三重奏を発して、サロメ・サンプロッティとテアノとジーモンは近寄った。

「小さな人がフラスコに入っているとばかり思ってましたよ！」ジーモンが感嘆の声をあげた。

白い大理石の卓にのびやかに四肢を伸ばした男は、正確にル・コルビュジエの理想体型《モデュロール》の比率にのっとっていた。中心部はタオルでつつましくおおわれていたが、目にうつるところの完成度には疑いの余地もなく、些細な部分まで本物の人間に倣っていた。体毛の一本一本、毛穴の一つ一つにいたるまでが筋肉質の体のあるべきところにあった。器用な製作者は偽造を完璧にするよう、足指の爪の裏をすこし汚し、前腕に茶色がかった色素斑までつけていた。

「触ってみてください」トゥルペンベルク男爵がうながした。

テアノとジーモンは御免こうむった。このホムンクルスには死体を思わせる薄気味悪さがあったからだ。

だがサロメ・サンプロッティは躊躇せず、片方の手を無造作にいじった。弾力のある皮膚の内部に入り組んだ骨格があることが容易に感じられた。

「おめでとう、と言うしかないね」マダムはそう漏らしたが、そこに嫉妬の響きはなかった。

「あなたがたは本気で、この体に男爵の魂を詰められると思っているのですか」ジーモンは疑わしそうだった。

「確実にできると言ってよろしいでしょう」ヒアシンス・ルコルフェが自信満々で請けあった。

ジーモンは弱々しく言った。「信じられない」

その手にトマス・オナインがルーペを押しつけた。

「顕微鏡の下に置いてもいいんですが、まあこれでよくご覧ください。これが新しい男爵になるのです——元の男爵が改善され、より健康になって!」

「でもぜんぜん似てない」おずおずとテアノが異をとなえた。

そのとおりだった。ホムンクルスの顔はのっぺりしていて、いかなる個性も感じさせない。無精ひげは一本一本本物と見違えるほど似せてはいる。だが表情は美しくうつろで、皺一本ないその額には、ほんのわずかな知性さえ宿っていないようだ。

「それは先に少し触れた細部の問題です」トマス・オナインが釈明した。「むろんわれわれは男爵の顔も構成せねばなりません——たいそう興味深く、真の芸術家にふさわしい課題です。世間の誰もが男爵と認め、自分自身もなじんでいる顔に。どなたか肖像をお持ちでないですか。もちろん写真が一番いいのですが……」

「パスポートはどうでしょう」

「すばらしい。身長はだいたい合っていればいいのです。一センチか二センチの差はどうってことはありません。もちろん大腿骨か腓骨に修正片の挿入もできます。あと二週間もあれば十分です。パスポートを持ってきてください――すぐ仕事にとりかかりたいので」

ジーモンは資料綴りからパスポートを探し出して錬金術師たちに渡した。

トゥルペンベルク男爵は写真が非常によく撮れていることを認めて嬉しがった。

「身長、一メートル八一センチ。すばらしい――変えなくていい。体格、痩身――すでにそうなっている。髪、白髪まじり――なんとかなる。顔、楕円――うん、写真どおりだ。肌、日焼けあり――そうしよう。特別な徴候、なし――しめしめ。口髭はあきらめよう。そのうち自分で生やすだろう。これ以上のことは勘弁してください――あとは企業秘密です」

客人たちは怪しげな作業のなされる場所をすごすごと立ち去った。ホムンクルスに魅せられてしまったサロメ・サンプロッティは、あの作業場と称されたところをもっとよく見て回っておけばよかったとあとで悔やんだ。ジーモンにもやたらに器具があったというぼんやりした記憶しかなかった。真鍮や鉄やガラス製の器具は、一部を黒い布で隠されて、部屋の隅に移動させられていた。

「プロティヴェンスキの人造セントバーナードの報告書でも貸してもらおうかね」サロメ・サンプロッティはそう思った。

だがその機会はなかった。城主たちは完全に引きこもってしまい、デュンを通して謝罪させ、食事の時間にも現われなかった。サロメ・サンプロッティ、テアノ、ジーモンは完全に自分たちだけにされた。デュンは客人たちの召使になった。とくにジーモンに対しては、目からその願いを読みとった。おいしい食事とさまざまな娯楽に心をくばり、ナイトテーブルに花を置き、銅の風呂沸かし用ボイラーに火を入れた。だがかくも丁重に遇されていると、日を追うごとに一日が長く感じられる。

一度テアノとジーモンは散歩の足を延ばして、テノール歌手ミュラー＝シュタウフェンを訪ねた。モンロヤへ行く道筋で出くわしたあの男だ。ミュラー＝シュタウフェンは樹皮でつくったつつましい小屋のわきに吊ったハンモックを揺らしていたが、二人との再会にたいそう驚いた。男爵のことを聞かれてジーモンはできるだけ本当のこと——すなわち城で療養中であると答えた。それからウィーンやウィーンのオペラ座やその著名な指揮者や、あるいは何にも束縛されない釣り生活の快適さについてお喋りを楽しんだ。城の方々はもう鱒は欲しがっていませんかとミュラー＝シュタウフェンは聞いた。魚釣りは副収入も得られる楽しい仕事なのだという。もっともオーストリア領事館を通して不定期に送られてくるもので十分間に合っているのですが。宮廷オペラ歌手の年金は豪勢とはとてもいえませんが、ウィーンよりずっと金はかかりません。ワイン、釣り糸、釣り針、それからときどき新しいゴム長靴。パンと石油は魚との物々交換で手に入ります。

かれは訪問者たちに凹んだ金属の杯ですばらしい赤ワインをうやうやしく勧め、ぜひとも夕食を共にしてくださいと頼んだ。だがあいにくもう暗くなっていた。

「また来てくださいね！」別れ際にかれは声をかけた。「今度は昼食のときに——さもなければランタンを持ってきてください」

ジーモンのテアノとの間柄《あいだがら》は、この週を境にして、情熱のない、しかし親密な友情になった。テアノがジーモンに接する態度は、あの大飛行の体験以来、すっかり別物に化した。ジーモンへの好意はいわば心の領域だけに狭まり、その縮まりをテアノは心地よく感じた。全身を揺さぶる感情に頭を悩ませることももうない。人当たりのいい、従順といってもいい、ただときたま口数が減り憂鬱に沈む性格にもなった。何度か二人は軽くキスを交わしたが、暗黙の了解でそれ以上の接近を避けた。二人のあいだには垣根が立ち、その背後でどちらも幸福を感じた。

当然のことながら、作業室の中の秘密の仕事の捗《はかど》り具合は、食卓でも尽きない話題になった。ジーモンとテアノは何度となくサロメ・サンプロッティに専門家としての見解を問うたが、マダムはたまにしか相手にしなかった。たいていはバルコニーで籐椅子にゆったり腰をかけ、かたわらに男爵を入れた鉢を置いて瞑想にふけっていた。そして男爵の読んでいるページを風がめくらないように見張り、ときたま手前に置いてある二つの皿から蟻の卵と地虫を水に撒いた。

ジーモンは言った。「まあ、こんなことは冬まで続きはしないよ」

テアノが答えた。「そうだといいんだけど」

男爵は模範的な忍耐を続けていた。差し出されたものは熱心に読んだ——小さな目を大きな紙面にさまよわせるのはかなり難しくはあったが——。何か願いごとのあるときは、尾で水面を、誰かの耳にとどくまでいつまでも叩く。もちろん何が望みなのか理解するのはしばしば非常に難しかったが、マダムはここでも千里眼の能力を発揮した。いくつかの試みのあと、かならず正解を当てた。男爵の願いはそれほど多様ではなく、新鮮な水か餌か、そうでなければ別の読み物だった。

マダム・サンプロッティはそれからも何度か、浄土《エリュシオン》の敷居に立ったときの印象をジーモンから聞き出そうとした。だがその部分は記憶の地図からジーモンがみずから拭い去り、空白の斑《ふ》になっていた。記憶の最果ての岩礁のあいだで、驚嘆しながらその黄金の砂を指の隙間からこぼれさせた、今は沈んだアトランティスの、立証できない仮説としてしか許されないその宇宙的破局の残滓も、記憶になかった。にもかかわらずジーモンは別人になった。愛想のいい優越性は、サロメ・サンプロッティへの態度を決定し、その態度はテアノとの新しい関係よりも明瞭にその優越性の印になった。

サロメ・サンプロッティの予言力が、ジーモンを前にして、シビュラの才と神の全能とを隔てる壁に突き当たったのはその夜がはじめてではなかった。ある晩ジーモンに、あなたの予言のとおりに、自分のために作られた女性がいるとして、それがどうしたというのでしょうと聞かれたときも、マダムは包み隠さず打ち明けた。

「わたしの術は直観だから」その声は無念そうだった。「透視する幻も自分の願望が偽造したもの、神の計画つまり将来とは無関係な人や物や事件で彩《いろど》られたものになりがちなんだ。だから視《み》る相手がどうでもいい人のときしか確かな予言はできない。ある特定の将来を願っていたら、それと異なる将来を知ることはできない。だから男爵がどうなるかもわからないままなんだよ。駅で愛想よく手を振りながら汽車に乗る男爵は見えるけど――それがわたしの願望の反映にすぎないのかどうか、それがはっきりしない。男爵、テアノ、あなた――みんながわたしの心に入り込んでてね。目を曇らせるんだ」

「でもペピの死は見えたでしょう」ジーモンが反駁した。

「でもね、最後の最後に辛い確信にいたるまでは、無事に戻ってくるかもしれないと思っていたんだよ」

「するとあの扉の中で何が行なわれているかもわからないんですね」

「あんたと同じくね。わかるのは男爵に新しい体を用意してるってことだけ」


ある日の朝食時、扉が開き、徹夜明けの血の気が失せた錬金術師たちが「カカオ、蜂蜜、ハム、それから柔らかい玉子」と呼ばわった。

「偉大なるニコラウスにかけて！（おそらく錬金術師ニコラ・フラメルのこと）」ヒアシンス・ルコルフェがうめいた。「たいへんな仕事だった。見たらあっと驚きますよ――男爵を。でも血が足りません」

「ホムンクルスが命を宿す前は、たんなる血漿しか注入されていないんです」トマス・オナインが説明をおぎなった。「保管にはそれが最適ですから。あなたがたの血液型は何ですか」

「Aです」ジーモンが答えた、

「あたしも」マダム・サンプロッティが言った。「テアノはOだったと思うね。――もっともあの娘は貧血気味だけど」

「ならばAを採りましょう。保存血液も合わせれば十分なはずです」

「すると今から……」ジーモンがたずねた。

「ええぜひお願いします」

トゥルペンベルク男爵は誘うように扉を指した。

「ありがたい！　食事が来た」

三人の城主はデュンが小さな配膳車を押して運んできた大皿に群がった。

「おごそかな瞬間だ！」ジーモンが告げ、ナプキンでていねいに口をぬぐい、立ちあがって作業場に向かった。サロメ・サンプロッティとテアノも興奮してそれに続いた。

大理石の板に男爵の精巧な模造品が手足を伸ばして横たわっていた。瞼は閉じていたが、大きな鼻は生き生きと皺のあいだから突き出て、鼻翼のまわりにはすでに暖かな息がたわむれているようだった。そばに開いたままのパスポートが置いてあった。それはもはや死体ではなかった。畏敬の念を起こしがたい抜け殻ではなく、本物のクロイツ＝クヴェルハイム帝国男爵エリアス・ダナスであり、その男爵が今まさに目覚めようとしていた。

「でもずっと若く見えるじゃない？」テアノがささやいた。

「髭がないからだよ」ジーモンが答えた。

「行きましょうよ。裸の男なんていや」テアノが顔をそむけた。

三人の城主はまだ食事中だった。客人たちの讃辞に、かれらは食べ物で頬を膨らませたまま応えたが、その顔は見るからにうれしそうだった。サロメ・サンプロッティとジーモンとテアノは山盛りの食事を見るうちに、いらだちがしだいに募ってきた。城主たちは焦《じ》れて待つ客人を延々と続く饗宴で引き留めておくことに喜びを見出しているようでもあった。

「辛抱、辛抱」とトマス・オナインが皆を制して半熟卵の殻を割った。「あと二時間か三時間だけわたしたち――わたしたちと男爵を放っておいてください。取り付けの場面はほかならぬマダム・サンプロッティにさえも覗き見させたくないのです」

　ついにかれらも満腹した。ヒアシンス・ルコルフェはクロワッサンをまたひとつ掠めとった。だがトマス・オナインは真剣な顔つきでデュンが図書室から運んできた男爵入りの洗面器を受けとった。城主たちはふたたび作業室の中に消えた。中から鍵をかける音が聞こえた。


　二時間十五分の待ち時間は、男爵の友人たちには、それまでの何週間かに輪をかけて辛かったともいえた。分娩室から締め出された未来の父親のように、かれらは作業室の外をうろつき回った。ジーモンはしょっちゅう鼻をつまみ、サロメ・サンプロッティは隙間風を感じると言い訳して椅子を滑りおり、広間じゅうを歩き回り、テアノは青ざめた顔で窓の凹みにもたれて下唇を噛んでいた。背の高い大時計が十五分を打つたびに、これらの動作はほんの わずかだけ中断された。

「隙間風のないところが本当にみつからないのですか」とうとうジーモンが呼びかけた。

　そのとき作業室の扉が勢いよく開いた。トゥルペンベルク男爵が戸口に立っていた。

「あなたの血を。もしよろしければ」

　かれは左の袖をまくって、腕をしっかり曲げていた。肘が綿を締めつけているのが目についた。

「わたしも――見てていい?」テアノが口ごもりながら言って、ジーモンについていった。ジーモンは無言で上衣をテアノに渡し、シャツの袖をめくった。サロメ・サンプロッティは背後であえいでいた。

　ホムンクルスは今は床に横たえられていた。チューブとガラス器が穿刺針《せんし》で体につながれている。鉄のスタンドに螺子《ねじ》でとめられたシリンダーのなかでウィスキー色の液体が波を打っている。男爵は

――今のホムンクルスは十分そう呼べた――先ほどよりさらに硬直性痙攣で麻痺しているように見え、仮死状態にあるのかもしれないが、けして死んではいなかった。ジーモンとサロメ・サンプロッティは男爵の両側に寝かせられたが、マダム・サンプロッティの場合、これはかなりの困難をともなった。二人はチューブを取りつけられ、込み入ったチューブとポンプの組み合わせを通して男爵とつなげられた。

「これから三まで数えます」トマス・オナインが告げた。「そのあと両手を握って、また開いてください――握りこぶしをつくってください。一……二……三」

ヒアシンス・ルコルフェがポンプを操作した。

濃い赤色の血がガラス管を上り、ガラスのポンプを満たし、別のチューブを下って男爵に押し込まれるのをジーモンは見た。その動きは息苦しくなるほど鈍《のろ》かった。

だがそのとき、ジーモンはあやうく躍り上がりそうになり、一瞬手を握るのを忘れた。男爵の手がかれの前腕をかすり、探るように手首に昇り、リズミカルに動く指に行きあたるとまた引っこんだ。

「男爵が動いた」ジーモンは息を呑んだ。

ヒアシンス・ルコルフェの幅広い顔が、かれの頭上でゆっくり頷いた。だが目はあいかわらずポンプの水位計をにらんでいる。

一同のそばで床にしゃがみこんでいたテアノがため息をついた。「生きてる！」

トゥルペンベルク男爵はデュンに、すぐさま何か着るものを持ってくるよう命じた。

ジーモンは顔を傾けて、男爵の顔を横目で見た。軽い震えがそこに走っていた。

「両人から五百ｃｃ」ヒアシンス・ルコルフェが報告してポンプの手を止めた。トマス・オナインは血液供給者の腕から、さらに男爵の腕からも針を抜いた。ジーモンはこわばった体をもぞもぞさせたが、サロメ・サンプロッティは体を転がして腹這いになっただけだった。やがて男爵の目が開いた。唇をなめ、手を下にやってろくに覆われていない体をつかんだ。

「具合はどうですか、男爵」トゥルペンベルクがたずねた。

「変な気持ちがする。とても変だ」弱々しい声がそれに答えた。「だがうまくいったようだ。何か着るものはないかね」

トマス・オナインが無言のまま、ちょうど入ってきたデュンを指した。

人間とは何だろうか。他の一般向け解説書と同じくらい手軽に参照できるリッポルトの自然・芸術百科事典にはこうある。

「人間は哺乳綱に属し、その中の第一目《もく》（すなわち手が二本ある目である。この点で四本の手を持つ第二目の猿と区別される）を単独で占める。人間の属する科は他の属を含まない。リンネは自身の自然体系でさらに二つの属を記述し、一方をHomo troglodytes、他方をHomo larと命名した。偉大な学者のかかる誤謬は許されるべきである。時代の制約上、かれが払拭できない立場にあった博物学における多くの暗部は、後継者の倦まざる探究によって最終的には消え去ることになった。ブルーメンバッハによれば、リンネのHomo troglodytesは博物学上異常種の白色ムーア人すなわちアルビノと、今はよく知られるようになったオランウータンの不可解な混同であった。一方Homo larは正真正銘の猿であった。

直立歩行する動物は人間だけだと自然は定めた。オランウータンでさえそれは不可能ではないにしても自然ではない。人間を他のすべての同類と区別する指標をして目を引くものの中に、大きく突き出た顎がある。他の点では人によく似た猿さえもこれにはあてはまらない。言語、すなわち音を音節で区切って思考を表現し、その方法によってそれを他に伝える能力のゆえに、人には他のすべての動物に勝る優位を与えられるべきである」

善良なリッポルトはそれからさらに詳しくホモ・サピエンスの特異性と優越性に論を進めたが、それで明らかになったのは、われわれすべてが熟知していると思っていることを、定義という精妙に作られたコルセットに押し込むという無謀な試みは、みじめに失敗するということにすぎない。不可能事のもうひとつの例として、もっとも単純な人間にであれ、それに言葉を詰めこんで表現しつくすという試みがある。だがわれわれはとうからそれも断念していて、いまさらブロックハウスやマイヤー(どちらも代表的な百科事典)をひっくり返すこともしないし、その複雑さにもかかわらずいまだ不十分な哲学者や神学者の努力の精華もかえりみない。あらゆる論議にもかかわらず、人間はニーチェの告白によればひたすら捉えがたい存在である。

言葉に頼らずともよいデザイナーや画家や彫刻家なら、あるいは指だけで手近な人を指せる素朴で平凡な市民なら、ことは非常に簡単である――「ほら、これが人間だ。誰だってそう思うだろ!」これで判明するのは、ある人間を人間と認めさせるものは、実をいえば単にそれらしいシルエットにすぎないことだ。人の影さえも、第三の次元を失った無意味なものではなく、ぎりぎりまで簡略にされた人の概念である。もちろんそこには多くのものが欠けている。だがたやすく頭に浮かぶ一般的な理解とわれわれのファンタジーがうまく働いて、苦もなく欠けているものを埋め、影から人間をこしらえる。もちろんその結果は多種多様である。黒人なら真っ先に黒人になる。「やはり同じ人間の」はずの白色や赤色や黄色人種は、後回《あと》しか後々回しになる。矮人《わいじん》には矮人が多数派の忌まわしい長足族よりずっと人間らしく思える。何が二次的あるいは三次的な重要性しか持たないかは、多分に相対的なものである。

原初的な似姿であるシルエットのことはそこまでにして、その対極にある、すべての似姿の中でもっとも完全なもの、すなわちホムンクルスに話を移そう。ここにおいて造形芸術はあらゆる点でその頂点に、そしてその上限に達する。そこで最終的に――止《とど》めをさすように――作られたものは、本物の生きている人間と同じ媒介物《メディウム》で姿をあらわす。媒介物とはすなわち外見で、そこにはすでにシルエットの段階からあらゆる芸術家の努力が傾注された。しかしそこから問題は込み入ってくる。芸術家は登り先を間違え、崇拝者の熱狂的な喝采にさらに舞いあがり、名人芸の頂点も越えて、造物主《デミウルゴス》の虱《しらみ》として、神の衣の襞に匿《かく》れて、万物創造の源である反響のない虚空を巡る。われわれはエフェソスのパラシオスが描いた葡萄を本物と勘違いした愚かな鳥を笑う。だがその上機嫌も、作品の完成度があがり、賢いはずの人間もだまされ、自然と見分けのつかないくらいになると、茫然自失に、あるいは憤慨にさえ変わる。あなたが今食べた葡萄はわたしのアトリエで作ったものですよ、などと主張する芸術家を、われわれはあっさり不信で遇するだろう。しかし目の前で葡萄の出現を見せられると、狼狽と、まさに根本的な疑惑にかられる。周囲の世界の大部分が怪しくなる――たちまちすべてが奇妙な二重の光のもとに見えてくる。種《たね》からその生成を観察できたものは、まだ確かな自然の起源を持つと信じられるが、すぐにこんな疑いが忍び寄る。種や胚芽ももしかしたら……そして確実性の幻影は消えてしまう。

かくて本物と偽物の区別はますます難しくなり、人間はその本性からして人工的であるというヘルムート・プレスナーの主張もそれほど滑稽に響かなくなる。ヘルメス学のもっとも経験を積んだ鑑定家さえ、多くの場合、鑑定の対象がホムンクルスか人間かを決定することは不可能に近くなる。徹底的検査のために対象を解体することを法律とモラルが拒んでいる場合はなおさらである。

有効なパスポートを所持していて、圧倒的な学識の重みをもつ尊ぶべき学者の存在を、そのような鑑定家が疑う権利がどこにあろうか。誰もがだまされるほど似ている人工物を魚に分類することは、このような場合、笑うべき言葉の詮索、いやむしろ名誉毀損ではあるまいか。

すでにノヴァーリスが断章のひとつで問うている。「すべての人間が人間でなければならないのか。人とまったく異なる存在も人のかたちをとり得る」これに必要な変更を加えると、ここからクロイツ－クヴェルハイムの特殊な場合に光をもたらすのに適切かもしれない問いができあがる。「すべての魚は魚であらねばならないのか」その答えは「魚とまったく異なる存在でも魚のかたちをとり得る」となる。たとえば、不運な事故によって――縮小過程としておこう――道を外れ、さらに一連の不運な偶然で侏儒でもいられなくなり、さらには出自にふさわしい高貴で王者の風格がある獣（たとえば双頭の鷲や双尾の獅子）にもなれず、よりによってごくありふれた魚に変身してしまった、名家の出身で教養もあり賢明でもある男爵がそんな存在の例となろう。ノヴァーリスの見解を、まだ少し消耗しているが生命力にあふれて今は服を着ているホムンクルスにひとまずあてはめ、人間の姿をしているものでも絶対的な確信をもって人間とは認められないというわれわれの無力を暴露するならば、ここで変更を施したノヴァーリスの断章は、魚も人間であり得るとわれわれに確信させる。実際クロイツ－クヴェルハイムの場合においては自然と芸術が完全に組み合わさっている。というのも一方では今男爵は魚が組み入れられたことにより自然な人間の魂を持っている。他方では魚が意のままに動かせる人間の体は疑いなく人工物である。

しかし真に驚くべきは、ある人間が実際に人間である――いかなる留保も疑似生物学的トリックもなしに――というもともと正当だった期待が、男爵の場合は回り道をしてふたたび満たされたことである。人間は人間を発明するというサルトルの観察を否定することは難しい。しかし自然はパスカルが含蓄豊かに述べたように、われわれが秤の片方を変化させると、もう一方も変化して、均衡が保たれる。縮小扉の下で気の毒な男爵に起こったことは、均衡の攪乱を意味する。それでも、小さくなった男爵が侏儒男爵の代わりに魚の姿を創出したのはすばらしいことであった。研究者が自分の研究の対象に抱く理解と愛情にもっともふさわしい、最終的ではないにしてももっとも深遠な証《あかし》であろう。

サルトルが人間の自由にどれほど敬意を示そうと、われわれの生まれついての惰性は鉛のように重いのは認めざるをえない。われわれはその点で、体が重くなって飛べなくなるまで穀物を喰い続ける鳥に似ている。もちろん惰性は恥じて隠すものではない。それ自体は人間社会を安定させる要素である。ひとえにそれがあってこそ、人は、ほぼ人間と認められる外見をした同胞に対処できる。自由意志と惰性との弁証法的な協調があってはじめて、人間社会は可能になる。人間社会とはすなわち適合原理《プリンピキウム・コンフオルミターテイス》であり、規範としてのその力はあまりに強いので、いわば鼠に化して穴に隠れたくなるような極端な状況下でさえ、鼠にならんとする自由意志はたいてい無力である。惰性は鼠化を拒み、消え入りたくなる恥、はなはだしい屈辱に面してさえ、惰性は通常乗り越えられない壁になる。逆の場合も同じである。あらゆる通例に反していったん鼠に――あるいは魚に――化したものは、惰性があまりに身についているので、鼠化あるいは魚化をすぐに不可逆のプロセスだと考えてしまう。人はあまりにもたやすく甘受し順応する。これが破滅をもたらす。もし例外的に器用な人がいて、仮《かり》初《そめ》に犬や猫やその他何にでもなれたら――昔なら焚木《たきぎ》の山に放り込まれたろうが、今では無視されるだけだ。よほど異常な状況にないかぎり人は惰性という規範を逸脱しない。モンロヤの紳士たちの助力がなかったなら、男爵が人間の姿を取り戻すのは、たとえ縮小された形でも難しかっただろう。

ふたたび男爵と話が交わせ、かつそのとき洗面器の中のサーディンを思わずにすんで、ジーモンはどんなに嬉しかったろう。サーディンでも男爵には違いないとはいえ、それは親しい者にとってさえ――かつては偉大だった知性の片鱗は影絵のようにはかなくは見てとれるが――しょせんは哀れでちっぽけな魚でしかなく、大海の鰯《いわし》群との違いはその特異な過去にしかない憂うべき仮象であった。男爵が生命の中心として体のどこかにいまだ魚を住まわせていることは、早々《はやばや》と忘れ去られてしまった。モンロヤの一件が終結を見たあと、ウィーンでオリエント急行を降りたったこの立派な紳士をあえてホムンクルスと呼ぶのは、よほど物事にこだわる人間だけだろう。ふたたびプレスナーを引用すれば、人間はその本質からして人工的なものであるが、もしそうならば、われらの男爵は特段に人工の、いわば人工の人工の、あまりにも人間的な、あるいは超人間的な存在ではなかろうか。だがそんな些細な問題をあえてとりあげる者はいるだろうか。

ともあれ男爵の名はいかなる百科事典にも載り、著作はあらゆる専門図書館に蔵され、著名なコレクションはウィーン宮廷博物標本陳列室《ホーフ・ナトゥラーリエン・カビネット》（現在のウィーン自然史博物館の前身）の幾部屋をも満たしている。エンゲルリンゲン・オプ・ヴューールハイム支教会付きの礼拝堂にあるクロイツ‐クヴェルハイム帝国男爵家代々の墓所に据えられた青銅の簡素な棺の碑板には魚が刻まれている。聖堂世話係に率いられた観光客はそれをキリストの象徴と判じる。かれらの英雄の終《つい》の安息場へ巡礼する魚類学者たちは――それをどう解するにせよ――きわめて意味深いものと受けとる。いまや真実を知るものは、男爵の養子になったジーモンと、はるか彼方のスペインでさらに老いたマダム・サンプロッティよりほかにいなかった。モンロヤの三人の城主は哲学者の石に見《まみ》えずに亡くなった。サンプロッティの姪テアノは、ノイヴィートの動物園を訪れたとき、かなり前から耳が遠くなり「マニュエル」と呼ばれても聞こえなかった退役ライオンに食われてしまった。

幻想のオーストリア・その二――『男爵と魚』

垂野創一郎

おかげさまで『オーストリア綺想小説コレクション』も第二弾を出すことができました。今回の『男爵と魚』も他国の幻想小説とはすこし毛色のかわった、そして先に出た『廃墟建築家』と似通ったところをもつ不思議な作品です。原著は『廃墟建築家』の三年前、一九六六年に刊行されました。『廃墟建築家』は音楽で溢れていましたが、この『男爵と魚』も、いかにもオーストリアの小説らしく、音楽が重要な役を果たしています。しかしひとまず、音楽にもましてこの小説を際立たせている博物学から話をはじめましょう。なにしろこの話は、ウィーンの花屋と茸博物館ではじまり、スコットランドとスペインに舞台を移したあと、ふたたびウィーンの宮廷博物陳列室、それからドイツの動物園で終わるのですから。

もちろんこの小説が博物学的であるのは、頭と尻尾だけではありません。思いつくままにあげていくと、まずは登場人物です。主人公は魚類学の泰斗《たいと》であり、副主人公であるその秘書は菌類学者の父をもっています。

またその描写にしても、図鑑のように明確な輪郭で細部まで描かれています。たとえば秘書の務めていた役所の官僚ピラミッドであるとか、旅行ブームの終焉による温泉町パンティコーサの衰退であるとか、「何もそこまでくわしく書かないでも」と思うくらいに、作者の筆はプロットに直接関係ないことでも何もかも描写せずにはやみません。この筆法は図鑑の中の鳥や魚の細密画を思わせないでしょうか。

また端役の名は多く動物から採られています。マウスエルル（＜Mausohl＝ネズミイルカ）、ガイエレッガー（＜Geier＝ハゲワシ）、アーベントヒルシュ（＜Hirsch＝鹿）、シュヴァインバルト（＜Schwein＝豚）など、まるでサザエさんの一家のようです。対して主要人物には、アイベル（＜Eibe＝イチイ）、コフラー・デ・ラップ（＜Rapp＝ブドウの果柄《かへい》）と植物名が見られます。そういえば錬金術師のひとりの名はヒアシンスといいました。これらも図鑑の雰囲気をかもし出してはいないでしょうか。

博物学を思わせるものはそれだけではありません。博物学黎明期のいわゆる「存在の連鎖」を多分に意識したであろうプロットにしてもそうです。十八世紀にリンネやビュフォンによって生物の近代的分類が試みられるよりも前に、哲学者や科学者のあいだで広く行きわたっていたのは、アリストテレスの『生命論』に基づく中世的な階層構造でした。これはアーサー・O・ラヴジョイの『存在の大いなる連鎖』（晶文社、後にちくま学芸文庫）という本で論じられていますが、それによれば、神の造りたもうたあらゆる物は、単純なものから複雑なものまで、一本の長い鎖の環のように連なっていて、神の手がそれを天界から地上に垂らしているのです。鎖は上から順に天使―人間―動物―植物―鉱物と連なっています。

この小説では天人がほとんど何の説明もなく人前に現われます。奇異な感じもしますが、上に触れたような「存在の連鎖」の考え方にしたがうなら、つまり十八世紀以前の考え方で被造物を上から下までたどろうとしているのなら、その登場もさして不自然ではありません。十七世紀の博学な文人医師トマス・ブラウンの言葉を先に触れたラヴジョイの本の第三講から引けば、「そんなにも多くの学ある人々が……被造物の梯子を壊し、天使の存在を疑うに至るとは私にとっては謎である」。

そしてこの存在の階梯を自在に上下することがこの小説のモチーフのひとつになっています。すでに本文を読み終えた方は、男爵の奇妙な先祖について、錬金術師たちの城で男爵を見舞う運命について、あるいは秘書と天人たちとの関係について、あるいは黒人の召使と石筍の関係について、思い出してみてください。そこには存在の階梯を自由に昇り降りする人間の姿がみられます。そして小説の最後で、作者自身がやや唐突に演説めいたものをはじめて、存在の階梯すべてを包含する人間存在を歌いあげています(ちなみに次回配本の『メルヒオール・ドロンテの転生』でも、人間が鸚鵡《おうむ》に転生します)。

ところで博物学といえば、往時のオーストリア帝国すなわちハプスブルク帝国の歴史のうえで無視できないのはルドルフ二世の存在でしょう。ロバート・J・W・エヴァンズの『魔術の帝国　ルドルフ二世とその世界』(平凡社、後にちくま学芸文庫)によれば、ヨーロッパの君主の中でも指折りのこの畸人には、従来三通りのイメージがあったといいます。第一に弟のマティアスに政権を奪われた政治的弱者、第二に芸術家や科学者のパトロンにして大蒐集家、第三にジョン・ディーなどを宮廷に招いたオカルティズムの庇護者です。

しかしこれらの一見ちぐはぐな三面は、当時の時代思潮を考慮するなら、一つの理念の三通りの顕現にすぎない、というのがエヴァンズの本の論旨でした。この本の第七章の初めのほうに、たとえばこうあります。「当時の蒐集熱にしても、それは生半可な好奇心に発する興味なのではなく、事物の根源的な配置、すなわち創造の連鎖におけるその位置を映し出すように、さまざまな事物を系統立てて組み合わせようとする試みなのである」。

ここで注目されるのは、本書の主人公の男爵とその秘書の一対と、エヴァンズのあげたルドルフ二世の三面との共通性です。第一の政治的弱者性は、野党カワウソ党の陰謀で国を追われたことに現われています。第二については男爵みずからが科学者にして大蒐集家であること、そして第三の点については、これは解説から先に読んでいる方のために詳しくは申せませんが、ジョン・ディーとエドワード・ケリーによる天使との交感を思わせる場面が作中にあるのです。また作中に登場する書物『逃げるアタランタ』の作者ミヒャエル・マイアーは一時期ルドルフ二世の宮廷に滞在していました。

こんなふうにルドルフ二世とこの作品を結びつけることは、いまこの解説を書いている訳者のこじつけでしょうか。それとも単なる偶然の類似でしょうか。それとも作者が意図したことでしょうか。おそらくそのどれでもないと思います。オーストリアの歴史の底に流れるある種の志向が、ことさら意識しないまま、この小説に出てきてしまったというのが一番近いのではありますまいか。

広汎な知識をもつ魚類学者の主人公からは、荒俣宏氏が自然に連想されます。氏は『世界大博物図鑑』全七巻（平凡社）を編んだ大ナチュラリストであり、また『アクアリストの楽園』（角川書店）で見られるように、みずから海底に潜り水中生物を採集するフィールドワーカーでもありましたから。

この解説を書くために氏の著作をいろいろ読み、大いに参考になったのですが、その中の一冊『大博物学時代』（工作舎）にちょっと気になる箇所がありました。第一章冒頭の「時間をつくること」という節にある、氏がロンドンに旅行したときの印象です。「ちょっとした街角には、決まってアンティックな時計が店の軒先などにぶらさがっているのに、どの時計もまちまちの時間を指していた。

あとでホテルのメイドに尋ねたら、いつも正しいのはビッグ・ベンだけですわ、と教えてくれた。ここでは正確な時計のほうが、むしろ異様なのである」。まったくの偶然の一致には違いありませんが、まるで本書に出てくるアルーナの町のようではありませんか。

そこで『廃墟建築家』の解説で宿題にしていた時間の問題にはいっていきましょう。図鑑の中で時間が流れないように、あるいは進化論以前の博物学が時の流れを無視しているように、この本でも時は素直には流れません。『廃墟建築家』には十八世紀のヴェネツィアから今までずっと生きているドン・エマヌエーレというお坊さんが出てきましたが、この本にもウィスキー樽の中で六百年以上生きているお爺さんが出てきます。こういうセンスはどこから来るのでしょう。日本でも『私何だか死なないような気がするんですよ』という本を出した、文壇の生き証人ともいえる高齢の女性作家がいましたが、そんなふうに感じる人は日本ではまれでしょう。

そもそも時間というなら、この『男爵と魚』は一体いつの話なのでしょう。それが明示されていないために、翻訳しながら悩んだのですが、その手がかりは作中に少なくとも二つありました。一つめは男爵がニーダーバイエルンの僧院で養殖されていた鯉の調査に赴く場面で、そこには「この掟は一九一八年まで実際に守られていた」とあります。二つめは秘書とその恋人が「疑似《パラ》‐伯爵《グラーフ》」という言葉遊びをする場面です。秘書はここで「二〇年からある駄洒落だ」と言います。この二つから推《お》すなら、小説の舞台は一九二〇年以降でなければなりません。

するとおかしくありませんか。なにしろこの小説ではまだ皇帝がシェーンブルク宮にいます。皇帝の位は史実では一九一八年に廃止されたはずなのに、どうしたことでしょう。

これは少し前にはやったスチームパンクのようなパラレルワールド小説、あるいは歴史改変小説なのでしょうか。でもそういうものとは少し肌合いが違って感じられます。というのはその異質さをことさら際だたせてはいないからです。皇帝の存在はごくさりげないかたちでしか触れられません。そうかといってノスタルジーとも違いましょう。「今は失われたものにあこがれる」というような心情は作品に漂っていませんから。むしろ読んでいて聞こえるような気がするのは、「皇帝？　いないほうがおかしいよ。皇帝がいないオーストリアなんかオーストリアじゃないよ」という声なき声です。英米の短篇でいえばキプリングの「彼等」やデイヴィッド・イーリイの「隣人たち」のように、そこにいないものが、そこにいないがゆえに、かえって生活の、あるいは生の、中心となっている。そんな按配が感じられるのです。

ここからはいわゆる「幻肢」も連想されます。これは事故などで手や足を失った人が、それにもかかわらずいまだそれらがあるように感じられる現象で、たとえば脚の切断後に親指が痒《かゆ》いと感じる人がいるそうです。これについてはスピノザも『デカルトの哲学原理』という本で触れていましたから、相当古くから知られていた現象のようです。

幻肢は医学的には、脳内の神経網が自発的に活動することで起こる現象とされているようです。かつて皇帝の命を伝えるために帝国全土に張りめぐらされた官僚制の網が、皇帝亡きあとも自発的にその実在を想定せねばならぬようなものでしょうか。そういえば官僚制の網は、秘書が官庁を辞するときや、男爵が釣魚許可証を申請するときの顚末の描写で、この小説にリアリティというか精彩を与えるのにも一役かっていました。

非在の皇帝を求める気持ちを、時の流れについていけない時代遅れということもできましょう。しかし一面では時間を超越していると考えられなくもありません。作中で登場する占い師のお婆さんは、ある登場人物を評してこう言います。「無時間性《アクロニー》にももう達したかしら」。つまりこのお婆さんは、時間感覚を失うことをポジティブにとらえているのです。このお婆さんは人の将来も過去も同時に見通せて、その目には「望遠鏡を逆さに見たように、小さいけど見通しのいい景色が過去と未来のすべてに開ける」のです。

「時代遅れ」とは時間を流れるものとみて、皆と共に流れられないことを意味しましょう。しかし、この占い師のお婆さんのように、過去・現在・未来を一望に収められる目をもつものにとって、時はもはや流れるものではなく、したがって時代に遅れるということもありえない。そうではありますまいか。

古来こうした目は神の属性とされていました。『獄中記』の終わりをオスカー・ワイルドはこうしめくくっています。「たとえひとびとがきみに、過去はとりかえしがつかぬと告げようとも、信じてはならぬ。過去といい、現在といおうとも、神の目から見ればひとつの刹那《せつな》にすぎない。われわれはその神の目が見るところで生きようと努めるべきだ」。すなわちここでは「無時間性」に達することは、人を越えた存在に近づくための第一歩なのです。物語の最後で生き残るのはこのお婆さんと秘書の二人でした。かれらもやはり、あのウィスキー樽に浸かった人のように六百年くらい生きるのでしょうか。ハプスブルク家がルドルフ一世以来六百年あまり続いたように。

ここらで冒頭で触れた音楽へ話を移しましょう。『廃墟建築家』では様々なエピソードを通して音楽の快楽が語られていました。とりわけシェルターに避難した廃墟建築家とその仲間たちにとっては、音楽は天国へ行くための手段でした。かれらは弦楽四重奏団、あるいは五重奏団を組んで、シューベルトを奏しながら死を迎えようとしています。かれらの想定する死後の世界とは、死の瞬間の意識がそのまま、あたかも宇宙空間を物体が慣性飛行するように、永遠に持続することを意味します。したがって死の瞬間にシューベルトを奏でていれば、その至福が永遠に続き、それがかれらの期待するところの天国なのでした。

『男爵と魚』でもやはり音楽は此岸と彼岸をつなぐものとして現われます。ただしここでは秘教的あるいは錬金術的に——ピュタゴラス以来の神秘思想と結びついたかたちで現われるのです。

まずは前奏曲《プレリュード》のように、白服を着た謎の青年が登場し、フルートを演奏します。この前奏曲あるいは狂想曲《カプリチオ》ともいうべきものからさらに物語は進み、男爵はやがて洞窟のなかで、海神ネプチューンが擁する「少年合唱団」のコーラスを耳にします。女占い師は採譜されたその歌を見て、秘教的な意味を持つと見抜き、錬金術師に見てもらわねばと言い出します。それと前後して男爵も秘書もある種のいわば錬金術的な変性を遂げます。

そうした過程の案内標識ともいうべき一冊の書物が作中に提示されています。秘書がある未亡人から餞別《せんべつ》に贈られた『逃げるアタランタ』です。千里眼の老婆が見破ったとおり、これは単なる餞別ではなく、秘書の覚醒をもたらす触媒のごときものでした。

たいそうありがたいことに、この奇書は大橋喜之氏の手によって邦訳されています（八坂書房刊『逃げるアタランタ　近世寓意錬金術変奏譜』）。

この本は十六世紀から十八世紀にかけておびただしく出たといわれるエンブレム・ブックの形式を

とっています。すなわち各章が題辞《モットー》・図像（狭義のエンブレム）・寸鉄詩《エピグラム》の三つ組（広義のエンブレム）で構成されていて、『逃げるアタランタ』の場合、その三つ組が五十組集まって一冊の本を構成しています。図像がしばしばギリシア・ローマ神話をモチーフにしているのも多くのエンブレム・ブックと同じです。ただ異なるのは、エンブレムの一つ一つが錬金術の奥義を示し、そしてそのそれぞれに、マイアー自身の作曲と思《おぼ》しい三声の遁走曲《フーガ》が付されていることです。今ではこれら五十のフーガは一枚のCDになっていて、自分の耳で聞くこともできます（Emily Van Evera et al. "The 50 Fugues of Atalanta Fugiens" Claudio Records）。男爵と召使が洞穴で聞いたのもこんな歌だったかもしれません。ともあれこの『逃げるアタランタ』は、「歌の探求」がテーマのひとつになっているこの小説に登場するにふさわしい書物であると思います。

ついでながら錬金術に関連して言及すべきは玉子のシンボリズムでしょう。『逃げるアタランタ』では第八エンブレムで火と鍛冶の神ウルカヌス（ヴァルカン）が刀をふりかざして玉子を打とうとしていますが、それと同等の意味をもつとおぼしい玉子が、この『男爵と魚』にもあちこちに出てきます。男爵が迷い込む玉子形の洞窟とか、秘書が土産物店で買う陶器の玉子とか、「ノアの洪水前の巨鳥の玉子」にたとえられる気球とか――そして何より「哲学者の玉子の孵《かえ》し方を教えてくださらないの」と秘書をかきくどく未亡人の文句とかに、新たな生命の揺籃のシンボルとしての玉子が顔を見せます。

かくも奇妙な話を書いたペーター・マーギンターは、一九三四年、ウィーンで鉱山技師の子として生まれました。父親はかれが生まれる寸前にニーダーエステルライヒの炭坑に墜落して亡くなったそうです。インスブルックとウィーンで法学と政治学の博士号を得たあと、一九六四年から六八年にかけてウィーン商業会議所秘書を務めました。七一年にトルコの大使館付文化担当官に就任し、七五年にロンドンに異動、その後ウィーンに戻り八九年まで外務省に勤務、そして九五年までロンドンにあるオーストリア文化事業センター長の座についています。

六六年『男爵と魚』で小説家としてデビューし、翌六七年には「探偵神秘小説《クリミステリウム》」と銘うたれた、ドクトル・ジーモン・アイベルがふたたび登場する第二作『死んだ叔父（*Der tote Onkel*）』が刊行されました。死因に疑いのある叔父の遺産整理に赴いた甥が、夢実験を記した故人の秘密日記を発見するところからその物語は始まります。

六九年に出た詩と短篇小説からなる作品集『埋葬後の会食（*Leichenschmaus*）』は、全体がフランス料理のコース仕立てになっていて、ポタージュからデザートにいたる料理に見たてられた十七の短篇小説と、ワインからコーヒーにいたる飲み物に見たてられた五つの詩から構成されています。いずれもブラックユーモアの味つけが濃いものです。『男爵と魚』の最後の一文にはおそらく少なからぬ読者が面食らうでしょうが、この作品集を読めばそれがこの作家の持ち味だとわかります。

その他にも、ある会計係が廃墟の城で双頭の鷲（往時の二重君主国の象徴）を発見したためにカラバス伯爵と化し、現実と夢幻の混淆する世界に巻き込まれる『ケーニッヒルーフェン（*Königrufen*）』（七三）とか、ある夫婦が互いに相手を殺そうと計り、どちらも不発に終わったところから起こる騒動を描く『万事休す（*Rettungslos*）』（八三）など、『男爵と魚』に劣らず不思議な本を十冊あまり遺して、二〇〇八年に世を去りました。翻訳家としてはウォルター・デ・ラ・メアの『ムルガーのはるかな旅』の他、トマス・ハーディーやロバート・グレイヴスなどの作品を訳しています。

本書の翻訳は底本としてGeorg Müller社の一九六六年版を使いました。かたわらHobbit Presse Klett-Cotta社の一九八〇年版も参照しました。

最後に一言。この小説に出てくるカワウソはおそらく社会主義者のアレゴリーでしょう。『男爵と魚』の世界には第一次あるいは第二次世界大戦は気配さえ見られませんが、ロシア革命の影はさしています。なにしろ男爵はこうつぶやきますから。「明日の法律を作るのは民衆だ——そして明日の民衆はカワウソだ」。このあたりについては当コレクション第三弾の解説で、『メルヒオール・ドロンテの転生』とからめて語りたいと思います。『メルヒオール〜』では転生という仕掛けによって百年以上隔てられたフランス革命とロシア革命が重ねられ、そして転生前の主人公は、貴族の家に生まれながらその特権性を後ろめたく思うという、いわば太宰治的な心情を持っています。そういう人がフランス革命に巻き込まれればどうなるのか。次回配本を楽しみにして待っていただければと思います。

ペーター・マーギンター　Peter Marginter

一九三四年ウィーンに生まれる。インスブルックとウィーンで法学と政治学の博士号を得たあと、六四年にウィーン商業会議所秘書、七一年にトルコのオーストリア大使館付文化担当官に就任。ロンドン大使館に異動後、ウィーンへ戻り、八九年まで外務省勤務。その後はロンドンのオーストリア文化事業センター長を務めた。一九六六年に『男爵と魚』で小説家デビュー。主な作品に「探偵神秘小説《クリミステリウム》」と銘打たれた『死んだ叔父』(六七)、短篇小説と詩をフランス料理のコースに見立てた作品集『埋葬後の会食』(六九)、『ケーニッヒルーフェン』(七三)、『万事休す』(八三)などがある。ウォルター・デ・ラ・メア、トマス・ハーディなどの翻訳でも知られる。二〇〇八年没。

垂野創一郎　たるの・そういちろう

一九五八年、香川県生まれ。東京大学理学部数学科卒。翻訳家。編訳書に『怪奇骨董翻訳箱　ドイツ・オーストリア幻想短篇集』(国書刊行会)、訳書にヘルベルト・ローゼンドルファー『廃墟建築家』(国書刊行会)、レオ・ペルッツ『最後の審判の巨匠』(晶文社)、『夜毎に石の橋の下で』『ボリバル侯爵』『スウェーデンの騎士』『聖ペテロの雪』(以上国書刊行会)、『アンチクリストの誕生』『どこに転がっていくの、林檎ちゃん』『テュルリュパン』(以上ちくま文庫)、グスタフ・マイリンク『ワルプルギスの夜　マイリンク幻想小説集』(国書刊行会)、J・L・ボルヘス／オスバルド・フェラーリ『記憶の図書館　ボルヘス対話集成』(国書刊行会)、アレクサンダー・レルネット＝ホレーニア『両シチリア連隊』(東京創元社)、バルドゥイン・グロラー『探偵ダゴベルトの功績と冒険』(創元推理文庫)などがある。

DER BARON UND DIE FISCHE

Peter Marginter

1966

オーストリア綺想小説コレクション 2

男爵《だんしやく》と魚《うお》

著者　ペーター・マーギンター

訳者　垂野創一郎

2025年 3 月20日　初版第一刷発行

発行者　佐藤丈夫

発行所　株式会社国書刊行会

〒174-0056　東京都板橋区志村1-13-15　電話03-5970-7421

https://www.kokusho.co.jp

印刷　創栄図書印刷株式会社

製本　株式会社ブックアート

装幀　コバヤシタケシ

ケース装画　ベネデット・チェルティ、アンドレア・チオッコ著

『カルツォラーリの博物館』（1622）口絵

企画・編集　藤原編集室

ISBN978-4-336-07681-6

落丁・乱丁本はお取り替えします。

オーストリア綺想小説コレクション 2

男爵と魚

ペーター・マーギンター
垂野創一郎訳

野党カワウソ党の陰謀で故国を追われた
魚類学の泰斗クロイツ－クヴェルハイム男爵は
ウィスキー樽の中で六百年生きている先祖達の支援で
気球軍団を率いてウィーン反攻へ出発するが
嵐で不時着したピレネー山麓で歌う魚の噂を聞き……
天衣無縫の綺想に満ちた冒険が
次々に繰り広げられる大人のお伽話。

定価 4400 円（10％税込）

オーストリア綺想小説コレクション 1

廃墟建築家

ヘルベルト・ローゼンドルファー
垂野創一郎訳

廃墟建築家が設計した葉巻型巨大シェルターに
世界の終末を逃れて避難した人々が語る
奇想天外、摩訶不思議な物語の数々。
幾重にも入り組んだ枠物語のなかで
主人公は夢と現実の境界を行き来し、時に見失う。
はたして夢見ているのは誰なのか?
オーストリア・バロックの粋を凝らした魔術的傑作。

怪奇骨董翻訳箱

ドイツ・オーストリア幻想短篇集

垂野創一郎編訳

ドイツ・オーストリアが生んだ
怪奇・幻想・恐怖・耽美・諧謔・綺想文学の、
いまだ知られざる傑作奇作18篇を収録。
《人形》《分身》《閉ざされた城にて》
《悪魔の発明》《天国への階段》《妖人奇人館》
六つの不可思議な匣が構成する
空前絶後の大アンソロジー。本邦初訳多数。

定価6380円(10%税込)

ワルプルギスの夜

マイリンク幻想小説集

グスタフ・マイリンク

垂野創一郎編訳

第一次大戦中のプラハを舞台に
老貴族たちの破滅の様を描く『ワルプルギスの夜』、
〈メデューサの首〉との対決によって
人間界を去り仙人的存在となった主人公が
その思い出を語る『白いドミニコ僧』の2長篇に
短篇8編とエッセイ5編を収録。
ドイツ幻想小説の最高峰マイリンクの作品集成。

定価 5060 円(10%税込)